Schwarze Masken

Lanzarote-Krimi

Über den Autor

Für Peter Greminger war Reisen immer eine besondere Herausforderung. Er verbrachte den größten Teil seines Lebens im südostasiatischen Raum, wo er lange beruflich tätig war. Schon damals hielt er seine Erlebnisse oft in Reiseberichten und Kurzgeschichten fest.

Nach Abschluss seiner beruflichen Tätigkeit verbrachte der Autor zwei Jahre in Neuseeland, wo vier Romane über das Land der Kiwis entstanden: „Pakeha" (Fremde in Neuseeland), „Tangiwai" (Weinendes Wasser), „Paua" (Meerohrschnecken) und „Kahurangi" (Grüner Stein). Ein weiteres Buch „Sunda" erzählt eine spannende Geschichte aus Indonesien, und „Fuego" ist eine futuristische Fantasie.

Der vorliegende Roman entstand dann auf der kanarischen Insel Lanzarote, wohin er mit seiner Frau oft dem kalten Winter entflieht. Die bizarre Landschaft und die bewegte spanische Geschichte veranlassten ihn, dieses spannende Buch zu schreiben.

Peter Greminger

Über das Buch

Nach seiner Pensionierung vertreibt Comisario Fernando seine Zeit mit kellnern im El Rondó, einem Fischlokal am alten Hafen von Puerto del Carmen auf Lanzarote.
Die blonde Frau erregt seine Aufmerksamkeit, da sie seit Tagen oft alleine an einem Tisch sitzt und vor sich hinstarrt. Nachdem sie ihm vom Verschwinden ihres Freundes erzählt hatte, versucht er zu helfen und gerät damit in dramatische Ereignisse.
Als Ex-Polizist sind ihm die Hände gebunden, aber er findet Wege, trotz Entführung und Mord, Licht in die dunklen Machenschaften zu bringen, welche von höchster Stelle orchestriert werden. Lange ist unklar, was es mit den auftauchenden schwarzen Masken für eine Bedeutung hat.

"Soy el desesperado, la palabra sin ecos,
el que lo perdió todo, y el que todo lo tuvo. "

„Ich bin der Verzweifelte, das Wort ohne Echo, derjenige, der alles
hatte, und alles verlor. "

Pablo Neruda

Herstellung und Verlag:
BoD - Books on Demand, Norderstedt

ISBN 9 783 753 463 551

PETER GREMINGER

Schwarze Masken

ROMAN

Comisario Fernando beschließt, der einsamen blonden Frau zu
helfen und gerät in den Strudel bizarrer Verflechtungen.

Kapitel 1

Die tiefstehende gleißende Sonne schien ihr direkt ins Gesicht und blendete sie unbarmherzig bis fast zur völligen Blindheit. Rechts erahnte sie noch die endlosen Reihen der Geschäfte und Lokale. Auch um diese Stunde war entfernt immer noch das Treiben der Touristen zu hören. Links der Promenade lagen die Strände mit den in Reihen angeordneten Liegen und den bunten Schirmen, flankiert von verlassenen Buden und Bars. Vor all dem, weiter draußen, schwappte ein träges Meer. Das leise Plätschern verriet, dass es Ebbe war und erst in ein paar Stunden die Flut sich mit sanfter Gewalt den Strand wieder beharrlich zurückerobern würde.

Ingrid verlangsamte ihre Schritte und ließ sich treiben. Jetzt war die schönste Zeit in Richtung Hafen zu schlendern, denn kurz vor Sonnenuntergang verzogen sich die Menschen in ihre Häuser und Appartements, um sich für den abendlichen Ausgang fertig zu machen. Geblendet vom Licht der Sonne und umschmeichelt vom leisen Hauch des warmen Windes, wurde das Herz weit und empfänglich. – Christian. Wie herrlich wäre es, wenn seine schlaksige Gestalt neben ihr ginge, wenn er sie verstohlen an der Hand nähme und ihr mit leisen Worten romantische Bemerkungen über die, weit draußen dem Hafen zustrebenden Boote machen würde.

Der Fischer Ziel war bestimmt die Sicherheit der wuchtigen Molen des Puertos, um dort die kurze Nacht zu verbringen und dann, am frühen Morgen des nächsten Tages, wieder hinaus zu fahren. Der Ablauf dieses einfachen Lebens schien Ingrid wie ein wahres, für sie selber unerreichbares Glück, und eine sichere Geborgenheit für diese Menschen, wenn auch klar war, dass es ein hartes und einfaches Leben für sie bedeutete.

Ingrid blinzelte erneut und es war nicht sicher, schimmerten da ein paar Tränen durch die Wimpern oder war es tatsächlich der Schimmer der letzten Sonnenstrahlen über dem allmählich dunkler werdenden Wasser. – Christian war nicht hier. Dieser Gedanke durchfuhr sie immer wieder wie ein glühendes Eisen. Was war nur geschehen? Alles war doch perfekt geplant. Ja, es war doch unmöglich, dass ihre Hoffnung einfach so brutal endete. Wo war er? Warum war er einfach ohne ein Wort verschwunden? War ihm etwas zugestoßen oder hatte er sich einfach aus dem Staub gemacht?

Die bohrenden Fragen trieben sie an, und da ihr jetzt der Abendwind von Westen her kühler entgegen blies, beschleunigte sie ihre Schritte, folgte dem kurzen Aufstieg entlang den Touristenlokalen und lief hinunter zu der kleinen Kirche, die versteckt hinter den Gebäuden des Hafens lag. Unmittelbar gegenüber lag auch das Lokal „El Rondó", ihr Ziel.

Kapitel 2

Rechts, ab der Marktgasse, führt eine Seitenstraße zum ältesten Teil der ostschweizer Industriestadt Winterthur. Dort, an der Steinberggasse, befanden sich noch einige kleine Geschäfte, deren Auslagen darauf hindeuteten, dass auch ihre Tage gezählt waren. Es waren vor allem Künstler-Ateliers, Nähstuben, Läden mit Modeschmuck, Antiquitäten oder einfachem Trödel. Die abgelegene Gasse war an diesem Novemberabend wie leergefegt. Ein paar gusseiserne Laternen beleuchteten die nassen Pflastersteine und spiegelten sich in den spärlich beleuchteten matten Scheiben der Schaufenster. Der Regen hatte aufgehört, aber noch immer klatschten schwere Tropfen von den vorstehenden Traufen.

Die dunkle Gestalt verharrte kurz, wich den Pfützen aus und strebte dann einem Eingang auf der linken Seite zu. Er trug einen schwarzen Mantel und hatte die Kapuze übergezogen, so wie heutzutage viele Jugendliche das als besonders cool betrachten. Bei dem Mann handelte es sich aber wohl eher um eine ältere Person, was man an der etwas gebeugten Haltung erahnen konnte und am festen, schwerfälligen Schritt. Sein Gesicht lag im Dunkeln verborgen.

Vor der massiven Eingangstür blieb er kurz stehen und wechselte das in Öltuch gewickelte mitgebrachte Objekt vom rechten unter den linken Arm. Der Inhalt musste von beachtlichem Gewicht sein, denn der Mann kämpfte kurz gegen ein Fallenlassen. Dann stieß er die Türe auf und betrat das Innere des Ladens. Mit einem scheppernden Klingeln schlug die Türe hinter ihm ins Schloss. Ein wuchtiger Ladentisch stand im Wege und versperrte den Zugang zu einem wilden Durcheinander von Antiquitäten, Kunstgegenständen, Trödel und Ramsch. Die Regale waren überfüllt, und vieles lag achtlos auf dem Fussboden verstreut. Im schummerigen Licht sah alles wenig einladend aus und erinnerte eher an ein lang vergessenes Lager oder an eine alte Remise, als an ein Verkaufslokal.

Dennoch trat sofort ein junger Mann aus dem Hintergrund und begrüßte den Ankömmling dienstfertig: „Guten Abend. Wie kann ich Ihnen helfen?"

Der Mann im schwarzen Mantel legte seinen mitgebrachten Gegenstand vorsichtig auf den Tresen und schob seine nasse Kapuze mit einer energischen Gebärde zurück, wie wenn er signalisieren wollte: Da bin ich und jetzt bist du dran!

Danilo Gasser, der Geschäftsinhaber, blickte in kalte graue Augen und erschauerte. Es war nicht ungewöhnlich, dass manchmal zwielichtige Gestalten herkamen und Gegenstände, deren Herkunft man besser nicht besonders beachten sollte, verhökern wollten. Nun ja, entsprechend konnte man den Wert dann auch erbarmungslos herunterhandeln. So kam man oft günstig in den Besitz von besonderen Objekten. Nicht alles war Ramsch, was sich da hinten stapelte.

Bedrohlich lag aber dieses Ding da, eingewickelt in Ölpapier, zwischen ihnen auf dem Tisch. Sein Gegenüber verzog keine Miene, deutete darauf und brummte: „Da, mach schon auf!"

„Sie wollen verkaufen?", erkundigte sich Danilo.

„Hm!", knurrte der Mann.

Inzwischen beurteilte Danilo den Besucher als nicht so alt wie angenommen. Seine Haare waren glänzend schwarz. Der Schatten eines Bartes gab ihm einen verwegenen Anblick, aber seine Körperhaltung war jetzt aufrecht und eher sportlich. Er war wohl nur wenig über dreißig.

Gefährlich, taxierte Danilo den Fremden und begann vorsichtig das Papier zu entfernen. Zum Vorschein kam eine dunkle Fratze mit schmalen schlitzartigen Augen. Ein Gesicht mit langgezogener

Kinn- und Halspartie, eine Maske, gefertigt vermutlich aus hartem Ebenholz.

„Ich kaufe keine afrikanischen Masken", war Danilos automatische Reaktion. „Die sind hier nicht mehr verkäuflich."

Der Mann stand schweigend da und starrte ihn an. Die Augen glitzerten gefährlich, und der Mund bildete einen schmalen Strich, wie wenn er mit Gewalt den Ausbruch von Wut zurückhalten wollte. Solche Besucher jagten Danilo ein Frösteln über den Rücken. Langsam tastete er sich in Richtung der Lade, wo er für alle Fälle eine Waffe, eine alte Luger 7.65, versteckt hielt.

„Bleib stehen!", knurrte der Mann. „Mach ein Angebot!"

„Ich sagte doch schon…"

„Lass das! Ich will wissen, was das wert ist." Er schupste die Maske in Danilos Richtung. „Keine Ausreden!"

Danilo überlegte fieberhaft. Hätte er doch nur das Geschäft eine Viertelstunde früher geschlossen, dann stände er jetzt nicht da und müsste mit dem Schlimmsten rechnen. Der Mann war gefährlich und wahrscheinlich auch bewaffnet. Sein Auftreten war alles andere als beruhigend.

Trotzdem schüttelte er den Kopf und begann erneut: „Tut mir leid, aber damit kann…"

„Sag endlich den Preis!", unterbrach ihn der Mann grob. „Ich hab' nicht alle Zeit."

„Ich könnte Ihnen einen anderen Händler empfehlen…"

Der Mann knurrte und deutete energisch auf die Maske. „Chris hat mich aber zu dir geschickt."

„Wer hat…?" Danilo stockte. – Christian, verdammt noch mal, was für einen Unsinn hatte dieser Idiot schon wieder im Sinn? Was für krumme Geschäfte liefen da…?

Christian. Sie kannten sich seit der Zeit am Technikum. Sie hatten einige wilde Jahre zusammen verbracht. Chris machte dort seinen Abschluss als Ingenieur und war eindeutig der Streber, was ihm, Danilo, natürlich oft zugutekam, wenn's darum ging, die schwierigen Lehrgänge zu meistern. Er selber war aber nicht richtig bei der Sache und schmiss nach zwei Semestern das Studium frustriert. Er hatte Besseres vor. Chris beschwor ihn durchzuhalten und verstand den Entschluss überhaupt nicht. Der hatte gut reden. Der hatte seine Eltern hinter sich, die ihn unterstützten und alles berappten. Er selber war da weit schlechter dran. Seine Mutter war vor drei Jahren verstorben und der Vater hatte sich ins Ausland verabschiedet. Irgendwo in Südamerika ging der einer Arbeit nach, von der Danilo keine Ahnung hatte. Mit kaum neunzehn Jahren allein gelassen, einfach so. Klar, der Scheck war immer gekommen, manchmal sogar pünktlich, und seinem Studium wäre eigentlich nichts im Wege gestanden. Aber frustriert und jeglicher Motivation beraubt gab er auf und versuchte sich mit Gelegenheitsarbeiten durchzuschlagen. Eigentlich keine schlechte Zeit. Dem ewigen Druck des Lernens entflohen, fühlte er sich frei und ungebunden. Ein paar lockere Bekanntschaften mit jungen Frauen trugen ebenfalls dazu bei, dass er sich bestens fühlte und sich keine großen Gedanken über die Zukunft machte.

Trotzdem suchte Chris weiterhin den Kontakt, und sie trafen sich öfter mal an der Bar des Lokals an der Ecke zur Hauptstraße. Der banale Namen „Drinks", täuschte nicht darüber hinweg, dass es sich um ein Haus für den lockeren Kontakt zu willigen Mädchen handelte. In den spärlich beleuchteten Räumlichkeiten verkehrten gerne junge Leute, auch Studenten, welche sich, nach etlichen Drinks, eine Gelegenheit für eine heiße Nacht erhofften.

Danilo und Christian saßen meist am Ende der Bar und beobachteten das oft belustigende Treiben der jungen Leute. Irgendwie fühlten sie sich als die Senioren, welche die notwendigen Erfahrungen bereits hinter sich gelassen hatten und hier als Zuschauer ein paar amüsante Stunden verbrachten.

„Du meine Güte!", grinste Christian und deutete mit dem Glas in Richtung einer Gruppe. „Die Rothaarige lässt die aber wirklich zappeln. Bin gespannt, mit welchem der Kerle sie dann abzieht."

Etwas gelangweilt blickte Danilo in die Richtung. „Na ja, die sind doch alle noch nicht ganz trocken hinter den Ohren", brummte er. „Ich wäre beinahe versucht, denen die Rote wegzuschnappen. Sie gefällt mir."

Es wurde dann aber meist doch nichts aus den erotischen Plänen, und die beiden Freunde verabschiedeten sich und strebten getrennt ihrer jeweiligen Unterkunft zu. Christian wohnte immer noch im Wohnheim der Uni, wobei Danilo in einem Altstadthaus nahe der Kaserne ein Zimmer hatte.

Es dauerte noch ein ganzes Jahr, bis Chris endlich die Examen hinter sich hatte und nach einigen turbulenten Feiern seinen Freund anrief und ein Treffen in ihrem Lokal vereinbarte.

„Ich hab' da etwas zu besprechen...", erklärte er vage. Und als er Danilos Unsicherheit bemerkte: „Du kommst doch?"

„Ja..., ja, ich komme schon."

„So gegen zehn Uhr, ist das in Ordnung?"

„Ich komme..." Skeptisch warf Danilo das Handy aufs Bett und überlegte, ob er überhaupt hingehen sollte. Chris hatte in den vergangenen Monaten kaum einmal etwas von sich hören lassen. Er wähnte sich jetzt wohl in der „Upper Class" und hatte mit seinem Titel wohl bereits eine lohnende Stellung gefunden. – Neid? Nein, das konnte nicht sein. – Obwohl, seine momentane Situation war nicht gerade rosig. Die Gärtnerei drüben am Heiligberg reduzierte, wie jeden Herbst, die Beschäftigten. Während dem Winter war da nicht mehr viel zu tun. Es war schon klar, wer da den Job verlieren würde. Er hatte keinen festen Anstellungsvertrag. Also, wie weiter? Der Gang zum Arbeitsamt war wohl unausweichlich. Mit dem Arbeitslosengeld würde er es vermutlich über den Winter schaffen, und dann würde man wieder sehen. Also, etwas Ablenkung konnte man gut gebrauchen.

Er saß schon da, als Chris eintrudelte und sich auf den Hocker nebenan schob. Das Lokal war gut besucht, und der Lärmpegel stieg mit jedem neuen Glas, das über die Theke ging.

Chris grinste. „Bin etwas spät dran. Entschuldige."

„Ein Bier...?", brummte Danilo. Dann lauter: „Möchtest auch eins?"

Christian schien bester Laune. „Ach, nein! Heute ist etwas Besseres fällig. Wie wär's mit Whiskey, Single Malt?"

„Na ja, wenn der Herr meint..." Der Sarkasmus war unverkennbar.

Sein Freund ließ sich aber nicht beirren. Er gab dem Barmann ein Zeichen und bestellte zwei Doppelte.

„Ich habe zwei gute Nachrichten und eine schlechte", begann er. „Ich fang' gleich mit den guten an. – Ich bin verlobt."

„Wau!", entfuhr es Danilo mit einem abschweifenden Blick ins Lokal. „Das geht bei dir aber im Eiltempo. Wer ist denn die Glückliche? – Kenne ich sie?"

„Kaum!", entgegnete Chris spitz. „Und schon gar nicht von hier."

„Aha..."

„Ingrid ist eine Deutsche", begann er. „Wir haben uns im August in Basel kennengelernt. Du weißt schon, unsere Abschlussfeier führte uns nach Basel, und da ist es eben passiert. Es war einfach ein Einschlag wie eine Bombe. Sie ist wunderbar, schön, blond, eine Göttin. Außerdem ist sie intelligent und gebildet. Sie ist einmalig."

Danilo grinste: „Du bist verknallt!"

„Ja, ich liebe sie und werde sie heiraten. Allerdings wollen wir uns Zeit lassen. Wir sind noch jung und das ganze Leben steht noch vor uns."

„Klar, dachte ich auch. – Warum dann diese Eile?" Danilo verzog das Gesicht. „Ach, kommt da vielleicht die zweite Überraschung? Ist sie schwanger?"

„Unsinn!", fuhr Christian auf. „Natürlich nicht. – Und dann wollen wir auch zuerst noch zu den Eltern fahren. Ingrid sagt zwar sie könne tun und lassen was sie möchte, die Eltern hätten sicher nichts dagegen. Aber der Anstand verlangt natürlich, dass wir uns da sehen lassen."

Danilo hob sein Glas. „Na dann, Gratulation, viel Glück!"

Christian ignorierte die guten Wünsche und grinste dämlich in sein Glas. „Sie ist einfach eine Wucht", raunte er.

„Wo ist sie denn jetzt?"

Der Lärm im Lokal wurde langsam unerträglich, und die Beleuchtung war auf ein Minimum reduziert worden. Entsprechend schien der Barmann am anderen Ende weit entfernt und dessen Bewegungen erfolgten wie im Zeitlupentempo. Ein paar junge Männer schäkerten gegenüber, auf der anderen Seite der Bar, ungeniert mit zwei Damen in glitzernden Minis und engen Tops. Danilo überlegte kurz wer da wohl die Auserwählten sein könnten. Dann wiederholte er die Frage und stieß seinen Freund in die Seite.

„Wo...? Was! – Ach du meinst Ingrid", antwortete Christian verlegen. „Ich war grad wo anders."

Danilo schüttelte den Kopf. Was war der Chris doch für ein Träumer. Die Verliebtheit hing dem ja geradezu aus den Ohren heraus. Sein Freund hatte eine braune Strickjacke übergezogen, was ihm den Anschein eines unerfahrenen Jungen gab. Er war schon immer der stille, zurückhaltende gewesen, der wohl alles kameradschaftlich mitmachte, aber nie selber die Initiative ergriff und sein Studium immer sehr wichtig nahm. Umso mehr erstaunte es Danilo, wie er plötzlich auftaute und derart über seine blonde Eroberung schwärmte. – Was so eine Frau da alles bewirken konnte.

„Also, wo hast du deine Herzdame versteckt?"

„Ich verstecke doch niemanden", wehrte sich Christian. „Sie ist noch in Basel, aber morgen kommt sie her."

„Ach, ich dachte sie ist Deutsche?", wunderte sich Danilo.

„Ist sie auch", konterte Christian. „Aber sie lebt seit einiger Zeit in der Schweiz. – Du weißt ja, die Personenfreizügigkeit."

„Na ja!" Man wusste ja, was diese offenen Grenzen für das Land bedeuteten.

„Lass das!", brummte Christian. „Ihre Eltern leben in Hamburg, aber sie arbeitet seit Jahren hier. Sie ist Archäologin und hat einen Abschluss der Humboldt-Uni Berlin. Ihre Eltern scheinen wohlhabend zu sein und haben ihr das Studium wie auch den Start ihres eigenen Geschäftes ermöglicht."

„Wau!", kommentierte Danilo das Gehörte und schwenkte sein Glas. „Darauf wollen wir noch einen trinken. – Ja, ist das vielleicht die zweite gute Nachricht. Jetzt kommt wohl die schlechte."

Christian wartete bis der Barmann eingeschenkt hatte und die Flasche wieder ins Regal vor den Spiegeln stellte. Dann richtete er sich auf, wie wenn er der Ankündigung mehr Gewicht verleihen wollte. „Pass auf! Jetzt kommt die wirklich gute Nachricht, besonders für dich Dan."

Danilo ließ ihm Zeit. Chris konnte ganz schön nervig werden mit seiner Gemächlichkeit. Mann, spuck's schon aus!

„Das Geschäft, ich sagte ja schon, Ingrid führt ein Geschäft hier. Das passt jetzt aber überhaupt nicht in unsere Zukunftspläne, verkaufen will sie aber doch nicht."

17

Danilo verkniff sich ein Grinsen. „Also was sage ich, die Sache ist also doch nicht so felsenfest. Sie lässt sich eine Option offen. Ganz schön clever die Dame..."

„Nein, so ist es doch nicht!", fiel ihm Christian ins Wort. „Ihr Vater besitzt eine Finca auf Lanzarote und braucht dort dringend einen Verwalter. Wir möchten die Chance nutzen und dort ganz neu anfangen. Wir sind jung und die Welt steht uns offen."

Das wiederum passte genau zu Christian, dem Träumer, Schwärmer und Fantasten. Er sah sich wahrscheinlich bereits als Manager einer Bodega. Herrlich warme Sonne an einem einsamen Strand und Siesta bis in die Abendstunden hinein. – Der Herr Ingenieur und die Archäologin! – Ha, und das sollte gut gehen?

Trotzdem, irgendwie bewunderte Danilo seinen Freund. Kaum zu glauben, der traute sich was. Darauf konnte man trinken.

„Chris, du Schlaumeier!", grinste Danilo. „Darauf wollen wir trinken. Das hätte man dir nicht zugetraut."

„Prost Dan! – Aber jetzt kommt die eigentliche Nachricht." Er ließ sich Zeit bevor er weiterfuhr: „Du könntest das Geschäft hier übernehmen."

Für einen Moment schien völlige Stille zu herrschen, wie wenn jemand die Zeit, das blitzende Licht und den dröhnenden Lärm angehalten hätte. Die Starre dauerte nur einen Bruchteil einer Sekunde, aber für Danilo fühlte es sich wie Stunden an. Er starrte seinen Freund mit offenem Mund an.

„He, du kannst wieder zurückkommen", schmunzelte Chris. „Du hast schon richtig gehört. Das Geschäft ist ein Antiquitäten-Laden an der Steinberggasse, gleich hier um die Ecke."

Endlich drehten die Räder im Gehirn weiter. Trotzdem war Danilo noch wie benommen. Ein flaues Gefühl machte sich im Magen breit. Er versuchte es mit einem kräftigen Schluck der bernsteinfarbenen Flüssigkeit zu beruhigen. Tausend Fragen fuhren ihm durch den Kopf.

„Wie um alles in der Welt kommst du auf so eine Schnapsidee? Wie kommt deine Freundin überhaupt zu diesem Laden? Ich kenne mich mit solch altem Zeug doch überhaupt nicht aus. Das ist ja noch blöder als du als Verwalter einer Finca. Seid ihr denn noch bei Trost?"

„Nun stell dich mal nicht so dämlich an!", entgegnete Chris und nahm seinerseits einen kräftigen Schluck. „Das ist doch keine Hexerei, du stellst dich hinter den Ladentisch und verhökerst das Zeug. Das meiste ist sowieso Made in China und die Kunden sind kaum Experten. Für Nachschub wird bei gegebener Zeit gesorgt."

„Na ja..."

„Und außerdem bist du doch immer auf der Suche nach einer Arbeit."

„Hmm...", brummte Danilo wohlwissend, wie seine finanzielle Situation stand. „Wann...?"

Christian merkte, dass alles nach Wunsch lief. „Ich sagte schon, Ingrid kommt morgen an. Wir treffen uns abends um sechs Uhr dort im Geschäft. Wir regeln alles und gehen anschließend schön essen und feiern."

Danilo nickte ergeben. Er hatte ja kaum Zeit das Ganze zu überlegen. Er brauchte unbedingt noch einen Whiskey.

„Am Samstag fliegen wir dann nach Lanzarote", sagte Christian abschließend. „Das ist nun die schlechte Nachricht für dich, wir werden uns eine ganze Weile nicht mehr sehen."

Kapitel 3

Es war nicht gut für sein Rheuma, das wusste er ganz genau, aber er hatte sich nun einmal dafür entschieden und gleich wieder aufgeben, das war nicht seine Art. Es zog aber auch wirklich durch das Lokal, wie wenn der kalte Nordostwind einen Spaß daran hätte, ihm bösartig in den Rücken zu fallen. Fernando schob die schweren Stühle zurecht und wischte die Tischplatte sauber. Um diese Zeit war hier nicht viel los, denn die meisten Touristen bevorzugten die angesagten Restaurants entlang der Promenade. Das El Rondó war eigentlich eine alte Fischhalle und vormittags wurde nebenan tatsächlich auch der eingetroffene Fang der lokalen Fischer verkauft. Das hier war eher eine einfache Halle mit einer großen Theke, wo Bier, Wein und Tapas angeboten wurden. Nach Feierabend saßen dann die Arbeiter draußen auf den Bänken, tranken ihr Bier und palaverten über ihr Dasein.

Fernando arbeitete hier, weil ihm die Situation gefallen hatte und weil er nach seiner Pensionierung keinen Sinn in untätigem Herumsitzen sah. Hier traf er immer interessante Leute, Einheimische, die Zigaretten rauchend über ihr Tagwerk referierten, Touristen, die in fremden Sprachen lärmten oder mit ein paar holperigen Sprüchen ihre Spanisch-Kenntnisse anbrachten. Viele von ihnen waren grell und luftig bekleidet und setzten sich als umworbene Gäste ungeniert über alle sittlichen Gepflogenheiten hinweg.

Die Arbeit war nicht schwierig. Ein Kellner musste hier keine besonderen Fähigkeiten beim Bedienen und Servieren haben. Das Lokal war bewusst einfach gehalten und entsprach der Atmosphäre der Fischhalle, mit steinernem Fussboden, hoher Decke und groben Tischen und Stühlen. Tischdecken brauchte man hier keine, Besteck und Geschirr war einfach und eher billig. Die Türen standen meist weit offen.

Draußen hatte die Dämmerung eingesetzt, und es würde bald dunkel werden. Da an diesem Abend kaum Gäste den Weg hierher fanden, stellte sich Fernando neben der Theke in die Ecke, dort wo es etwas weniger zog, und beobachtete die Frau am Zapfhahn. Diese füllte gekonnt Bier in ein Glas. Ihr kurz geschnittenes schwarzes Haar stand etwas wirr um den Kopf, was ihr einen leicht herausfordernden Ausdruck verlieh. Trotz der schlanken, drahtigen Figur war offensichtlich, dass sie nicht mehr die Jüngste war. Wie viele spanische Frauen, gab sie aber viel auf ihr sportliches Aussehen. Fernando wusste, dass sie eine Katalanin aus Barcelona war. Ihre aparte Art gefiel ihm, und sein Auge ruhte wohl oft etwas länger auf der Gestalt.

„Don Fernando", rief sie lachend über den Tresen. „Was träumen Sie da? Oder beobachten Sie vielleicht eine Verdächtige?"

Sie wusste natürlich, dass er ein ehemaliger Beamter der Policía Nacional war und hier mehr aus Zeitvertreib, als aus Notwendigkeit arbeitete. Als Comisario war Fernando während seiner Laufbahn mit wachem Geist und Körper im Einsatz gestanden. Na ja, der Körper hatte inzwischen etwas zugenommen. Der Ruhestand war ihm wohl etwas zu wenig fordernd geworden. Dennoch, Don Fernando war ein stattlicher Mann. Sein grauer Schnauzer gab ihm sogar etwas Verwegenes, und das weiße Hemd und die schwarze Hose verliehen ihm durchaus Attraktivität.

„Señora Ilona, ich faulenze hier nicht", konterte er. „Wie Sie sehen, sind da keine Gäste. Außerdem beobachte ich Sie, und Sie sind doch nicht verdächtig."

„Woher wollen Sie wissen, dass ich nichts verbrochen habe?", scherzte die Frau mit strahlendem Lächeln.

„Na ja, dem würde ich ganz gerne auf den Grund gehen, wenn Sie mir so gestatten."

Ilona winkte energisch ab. „Solche Untersuchungen kennen wir. Hatten Sie in Ihrer beruflichen Laufbahn wohl öfters. – Außerdem, da kommt jemand. Sie haben zu tun."

Die eintretende Frau, die kannte er doch. Sie kam zögernd durch den Eingang und blickte um sich, wie wenn sie nicht wüsste welchen der vielen leeren Tische sie wählen sollte. Sie entschied sich für den in der hinteren Ecke. Eigentlich untypisch, dachte Fernando. Die Leute bevorzugten meist die vorderen Tische mit viel Aussicht.

Er warf das Servicetuch über den Arm und trat zu ihr. „Buenas tardes Señora Ingrid, was darf es sein?"

„Ein Glas Weißwein bitte", bestellte die Dame in unsicherem Spanisch. Dann stutzte sie: „Sie erinnern sich an meinen Namen?"

„Natürlich, Sie waren in letzter Zeit ja öfter hier. – Also, ein Glas vom Malvasía seco."

„Ja, gerne."

„Sofort!"

Während er die Bestellung weitergab, überlegte Fernando: Was war wohl mit der Frau? Sie war sehr schön, aber immer allein. Sie war hellblond, hatte die Haare aber zu einem Zopf zusammengebunden. Das Kleid mit dem hübschen Blumenmuster passte ausgezeichnet zur hellen Haut und umfloss weich die schönen schlanken Beine. Die Füße steckten in leichten, bequemen Sandaletten. Sie war nicht besonders groß, wohl kaum über 170 cm.

Sie kam immer allein und machte auch diesmal einen eher verstörten Eindruck. Das war keine der verrückten Touristinnen, die oft in Gruppen, schrill und laut hier auftauchten und ihn mit allerlei Anzüglichkeiten überhäuften. Deren Betragen ertrug er dann mit einem Lächeln, aber eigentlich widerte es ihn an. Diese Frau hatte Stil. Er überlegte, vielleicht war sie sogar auf der Insel wohnhaft.

Er wäre kein ehemaliger Polizist gewesen, hätte er nicht versucht ein paar Antworten zu bekommen. Also blieb er am Tisch stehen und sagte: „Bitte, ihr Wein, Señora. Sie kommen öfter her, wohnen Sie auf Lanzarote?"

Ingrid blickte auf und zögerte. Dann lächelte sie und antwortete: „Ja… aber eigentlich nein. Ich weiß selber nicht recht. Ich warte..."

„Sie warten, worauf denn, wenn ich fragen darf?"

Ein Schleier von Unsicherheit, Verstörtheit, oder war es tatsächlich Angst, schimmerte in ihren Augen. Fernando kannte diesen Blick, er war oft da, wenn Menschen unter extrem hohem Druck standen und vor Ausweglosigkeit beinahe verzagten.

„Bitte entschuldigen Sie. Ich wollte Sie nicht bedrängen", beeilte er sich und kehrte zur Theke zurück.

Ingrid blickte ihm unschlüssig nach. Der Mann hatte so gar nichts von einem Kellner an sich. Auf Lanzarote waren ihr die normalen Angestellten der Touristenlokale anders aufgefallen, jünger, oft recht aufdringlich aber dann eigentlich wieder kaum hilfsbereit und auch wenig zuvorkommend. Stolze Spanier, ungehobelte Engländer, radebrechende Frauen aus Osteuropa oder scheue Asiatinnen waren eher die Regel. Dieser Mann hier hatte etwas väterliches an sich. – Wie hieß er gleich wieder?

„Señor", sprach sie ihn an, als er sich wieder ihrem Tisch näherte. „Wie war doch gleich ihr Name?"

Ein Lächeln huschte über sein Gesicht. „Fernando", entgegnete er, „einfach Fernando. Kann ich noch etwas für sie tun?"

Einen Moment überlegte sie, ob der Mann ihr vielleicht helfen könnte, verwarf die Idee aber sofort wieder. Stattdessen bestellte sie einen Avocado-Salat mit Tomaten und ein Brötchen.

„Gerne, meine Dame. Kommt sofort."

Etwas später, als sie gegessen hatte, beim Abräumen, erkundigte er sich: „Sind Sie mit ihrer Familie auf Lanzarote?"

„Nein, ich bin allein", antwortete Ingrid schnell. Dann zögernd: „Na ja, eigentlich müsste mein Freund da sein."

„Ihr Freund hat sie heute nicht begleitet", stellte Fernando fest. „Ich habe ihn auch noch nie hier gesehen…"

Fernando blickte hinüber zur Theke, wo Ilona eben mit einem Paar beschäftigt war, welches sich die verschiedenen Tapas erklären ließ. Die Wirtin verschwand kurz nach hinten zu den Schaltern für die Beleuchtung, war aber gleich wieder zurück. Ansonsten war das Lokal leer. Die untergehende Sonne warf die letzten Strahlen durch die offene Tür. Auf dem großen Platz davor flanierten die letzten Touristen, zückten ihre Handykameras, fotografierten und bestaunten den rotgoldenen Sonnenuntergang. Es war die Stille vor dem abendlichen Ausgang zum Essen und zum Vergnügen. Der spanischen Sitte gehorchend, ließen sich alle viel Zeit und dinierten eher spät. Zuckend erwachte eine Neonlampe über dem Eingang, konnte aber die friedliche Abendstimmung nicht verderben.

Fernando konnte sich also ein kleines Schwätzchen durchaus erlauben. „Woher kommen Sie denn?", begann er unverfänglich.

„Ich bin Deutsche, komme aber aus der Schweiz", sagte Ingrid.

„Die Schweiz", wiederholte Fernando. „Ein schönes Land. Ist ihr Freund auch von da?"

„Ja, er ist sogar Schweizer... und sollte eigentlich hier bei mir sein", verriet Ingrid zögernd.

Fernando beugte sich interessiert vor. „Aber warum ist er denn nicht hier? Eine schöne Frau wie Sie lässt man doch nicht..."

„Ach, ich weiß auch nicht", unterbrach Ingrid. „Warum setzen Sie sich nicht zu mir?"

„Ist eigentlich nicht gestattet", entschuldigte Fernando. „Kellner sollen sich nicht zu den Gästen setzen. – Aber es ist ja niemand da."

Er rückte den Stuhl und betrachtete sein Gegenüber nachdenklich. Tatsächlich, ihre Augen sprachen von unbewältigten Sorgen. Sie schien zu warten.

„Ihr Freund hat Sie verlassen?", riet er.

„Nein, das hat er nicht!" Sie schrie es beinahe. „Entschuldigen Sie, ich weiß im Moment einfach nicht wo mir der Kopf steht. – Er ist einfach nicht gekommen."

„Wie? Nicht gekommen?"

„Wir hatten ausgemacht, dass er ein paar Tage nach mir fliegen sollte, aber er ist nie angekommen." Sie rang um Fassung und senkte den Kopf. „Aber was erzähle ich Ihnen da...", flüsterte sie.

Fernando rückte etwas näher, so dass Ingrid unwillkürlich aufschaute. Er fragte ruhig: „Wann war das denn?"

„Kurz vor Weihnachten", antwortete sie. „Wir wollten eigentlich die Festtage auf der Finca feiern."

Er schüttelte den Kopf. „Aber hat er denn nicht angerufen und seine Verspätung erklärt. So etwas kommt doch öfter mal vor."

„Sein Handy ist ausgeschaltet. – Was glauben Sie, wie viele Male ich versucht habe ihn zu erreichen. Er ist wie vom Erdboden verschwunden. – Ich sollte zurückreisen..."

„Das sind jetzt bereits vier Wochen her", sinnierte Fernando. „Ja, vielleicht wäre das am besten." Dann überlegte er: „Haben Sie denn bei der Fluggesellschaft nachgefragt?"

„Natürlich, aber die wollen keine Angaben über Passagiere machen. Sie berufen sich auf den Datenschutz. – Ich gab nicht auf, flehte, weinte und verlor schließlich die Nerven. – Zu Hause bei den Eltern kam ich auch nicht weiter. Die kümmern sich kaum um ihren Sohn und wissen nicht was er treibt. Er könne tun und lassen was ihm gefalle. Es ist scheußlich wie Eltern so herzlos sein können. Er ist einfach verschwunden."

„So einfach verschwindet ein erwachsener Mann nicht. Er wird seine Gründe haben. Meist tauchen solche Vermisste plötzlich wieder auf."

Ingrid blickte zweifelnd auf. „Sie sprechen wie einer von der Polizei. Die vertrösten uns doch mit solchen Worten, obwohl sie keine Ahnung haben was passiert sein könnte. Die wollen sich einfach die Arbeit vom Leibe halten."

„Waren Sie denn schon bei der Polizei?"

„Nein, noch nicht. Außerdem weiß ich auch nicht wo ich mich hinwenden sollte."

Fernando zögerte. „Da könnte ich ihnen vielleicht behilflich sein. – Aber vorher würde ich doch nochmals versuchen festzustellen, ob ihr Freund auch wirklich auf Lanzarote ist. Vielleicht ist er einfach irgendwo in Deutschland hängen geblieben."

„In der Schweiz", korrigierte Ingrid sofort.

„Ach natürlich", sagte Fernando. „Trotzdem, er könnte überhaupt nicht hier sein. Das muss man zuerst feststellen. Ich könnte da vielleicht behilflich sein."

„Sie?"

Jetzt lachte Fernando, wurde aber sofort wieder ernst. „Ja, könnte ich. – Ich war vorhin nicht ganz ehrlich, als ich mich vorstellte. Mein Name ist Comisario José Fernando Romero. Ich war bei der Policía Nacional, jetzt aber im Ruhestand."

Erschrocken richtete sich Ingrid auf. „Polizei!"

„Beruhigen Sie sich", mahnte Fernando. „Ich bin nicht mehr im Dienst und habe auch keine polizeilichen Befugnisse mehr. – Dennoch, ich habe da ein paar Freunde…"

„Nein, nein", wehrte sich Ingrid sofort. „ich möchte keinen Wirbel auslösen. Christian wird sich irgendwann wieder melden."

Fernando sah, wie sich Ilona hinter der Theke zu schaffen machte und Blicke zu ihnen hinüber warf. Als er aufschaute, schüttelte sie fast unmerklich den Kopf, wie wenn sie ihm signalisieren wollte, er solle sich doch bitte nicht einmischen. Sie kannte ihn nur zu gut und wusste, wenn er einmal etwas aufgegriffen hatte, dann ließ er sich nicht beirren und verbiss sich darin, bis alles gelöst war. Seit er im El Rondó arbeitete, war hier etwas Ordnung eingekehrt. Oft waren die Gäste unausstehlich, was sich dann auf das Personal auswirkte, so dass es herging wie in einem aufgescheuchten Fliegenschwarm. Neben ihr selber stand hinter der Theke noch ihre Nichte, welche sich so ein Taschengeld verdienen wollte. Mit siebzehn war diese aber noch jung und unerfahren, so dass sie sich schnell von der Hektik der Kellner anstecken ließ, Bier verschüttete oder Teller fallen ließ. Dann musste Ilona mit aller Kraft selber die Bestellungen heranschaffen. Das dauerte glücklicherweise manchmal nur eine Stunde oder so, aber danach war sie fix und fertig, so dass sie oft daran dachte, diese Plackerei endlich aufzugeben. Don Fernando hatte mit seiner unerschütterlichen ruhigen Art Ordnung ins Lokal gebracht. Er scheute sich auch nicht, einmal einen nervösen Mitarbeiter zur Ruhe zu mahnen, und die Kunden schienen ob seiner seriösen Gelassenheit auch merklich gemäßigter und geduldiger zu werden. Der Mann gefiel ihr, sehr sogar, aber nach der Katastrophe ihrer Ehe war sie vorsichtig und abwartend geworden. Ein Ex-Polizist, das fehlte ihr gerade noch. So einer war doch dauernd in Probleme verwickelt, und das brauchte sie nun wirklich nicht. Trotzdem verfolgte sie immer wieder verstohlen seine Gestalt. Träumen war doch erlaubt. Sie schruppte die freie Fläche der Theke erneut und erneut.

Ingrid trank den letzten Schluck des Weines und schüttelte den Kopf. „Herr Fernando", sagte sie. „Vielen Dank für ihre Anteilnahme, aber ich denke, ich muss selber sehen…"

„Einfach Fernando", unterbrach er sie. „Wie heißt denn ihr Freund mit vollem Namen?"

„Christian Sonderegger."

„Sonderegger, was für ein ungewöhnlicher Name", wunderte sich Fernando. Da ist auf Lanzarote wohl kein Anderer, der so heißt. – Müsste eigentlich leicht zu finden sein."

Ingrid wollte gehen, antwortete aber dennoch: „Ach wo, der Name ist in der Ostschweiz häufig zu hören. Da gibt's ganze Dörfer, da heißen alle so."

„Interessant", entgegnete Fernando. „Ich sehe, Sie wollen gehen. Ich hoffe, sie wiederzusehen. Es war mir ein Vergnügen…"

Kapitel 4

Nach Feierabend, seine Schicht endete um acht Uhr, fuhr Fernando nicht direkt nach Hause. Ohne wirklich zu wissen was er da wollte, lenkte er seinen alten Skoda vom Parkplatz am Hafen in Richtung Biosfera, dem bekannten Einkaufszentrum von Puerto del Carmen. Wie immer erschien ihm der Ausdruck Biosfera für ein Shopping-Center maßlos übertrieben. Es mutete geradezu überheblich an, die paar Geschäfte, diverse Cafés und einen McDonald mit dem gesamten Lebensraum der Erde zu vergleichen. Immerhin war der Ort, seit der Entstehung vor sechzehn Jahren, so etwas wie das Zentrum des Ortes geworden. Sogar für die Autobusse wurde dies zur wichtigsten Haltestelle von Puerto del Carmen.

Während der kurzen Fahrt schweiften seine Gedanken weit ab, so dass er beinahe einen Radfahrer übersehen hätte. Er machte einen Schwenker und grinste entschuldigend in dessen Richtung. Warum machte er sich nicht einfach auf den Weg nach Hause? Tías wäre direkt weiter gerade aus, und nach ein paar Kilometern würde er bei Tante Amara durch die Türe treten und später sein Abendessen bekommen. Musste er sich jetzt tatsächlich einmischen, er, der er doch seit ein paar Monaten pensioniert war und damit dem unsteten Leben eines Polizisten entflohen war? Aber war nicht gerade das das Problem? Seit der Pensionierung hing er herum wie ein abgenützter Besen. Es war eigentlich kein Zufall, dass er als Kellner im El Rondó anfing. Seine planlosen Ausflüge hatten ihn bald einmal zum Hafenlokal gebracht, wo er sich dann zu den alten Männern auf die Bank gesellte. Bald aber merkte er, dass ihn deren Gespräche langweilten, denn sie handelten immer nur über außergewöhnliche Fischfänge, ausgiebige Feiern, Essen, Trinken und natürlich über Frauen. Die alten Lüstlinge, dachte er, was für ein Leben, da zu sitzen, Zigaretten zu rauchen und den leicht bekleideten Touristinnen nachzuglotzen. Was die Letzteren natürlich schamlos provozierten, denn die unförmigsten Weiber zeigten wackelnde Busen und gigantische Pobacken. Unverständlich, wie sich Urlauber, wenn sie ihre Heimat hinter sich ließen, schamlos verhielten, ohne zu bedenken, dass das Gastland eine katholische Kultur hatte, wo Sittlichkeit gepflegt wurde. Ja, die alten Männer waren nicht die Einzigen, die darüber hinwegsahen. Das Tourismusgeschäft lief, und Geld rechtfertigte natürlich alles.

Fernando setzte sich bald einmal drinnen im El Rondó an die Theke und trank sein einsames Bier. Die schwarz gekleidete Frau gegenüber entpuppte sich als die Geschäftsführerin. Ihre besonnene speditive Art, wie sie ihre Arbeit erledigte, war ihm bald aufgefallen. Sie ordnete die bereitgestellten Tapas unter der Glashaube, zapfte dann und wann ein Bier oder bediente die Kasse. Freundlich erkundigte sie sich nach seinem Woher und Wohin und ob er vielleicht noch ein Bier möchte. Sie gefiel ihm. Ein Wort gab das Andere und seine Anstellung als Aushilfskellner war bald beschlossene Sache.

Fernando lenkte seinen Wagen um den Kreisel, eine kurze Steigung hinauf und hundert Meter weiter, zur Zentrale der Guardia Civil. Das Tor stand weit offen, und er parkte problemlos auf dem kleinen Platz hinter dem massiven Zaun. Obwohl ein paar Beamte im Eingang standen, hielt ihn niemand auf. Man schien Comisario Fernando zu kennen. Dieser war sich durchaus bewusst, dass er als ehemaliger Beamter der Policía Nacional eigentlich beim falschen Polizeikorps eindrang. Er wusste aber auch, dass der Zoll- und Grenzschutz zur Aufgabe der Guardia Civil gehörte und erhoffte sich damit eine rasche Abklärung. Der leitende Polizeidirektor, im Range eines Coronels, begrüßte ihn lautstark und bat ihn, auf dem gegenüberliegenden Stuhl Platz zu nehmen. Nachdem die üblichen

Höflichkeiten ausgetauscht waren, erkundigte sich Coronel Martinez, was Fernando, dessen Zusammenarbeit er immer sehr geschätzt habe, zu ihm geführt habe, und ob er helfen könne. Man sei ja schließlich für das eigene Land im Einsatz und versuche Recht und Ordnung zu erhalten. Solche Sprüche kannte Fernando schon, dieser Martinez war auch bekannt für seinen steifen Umgang. Aber versuchen konnte er es trotzdem.

„Coronel", begann er deshalb, „ich hätte da eine kleine Bitte. Ein Fluggast wird seit Dezember erwartet, jetzt aber vermisst. Nun stellt sich natürlich die Frage ob der Mann überhaupt auf Lanzarote angekommen ist. Das müsste doch leicht herauszufinden sein. Er heißt Christian Sonderegger."

„Wie bitte... Sondo...?" entgegnete der Coronel.

„Sonderegger", half Fernando. „Ein komischer Name, aber der Mann ist Schweizer."

„Na ja, die haben fürchterliche Namen. – Aber wie kann ich da helfen?"

„Ich dachte, die Guardia Civil kontrolliert doch die Einreise. Es müsste doch möglich sein, einen Blick auf die Passagierlisten zu werfen", erklärte Fernando.

Martinez zögerte. „Hm... so einfach geht das leider nicht. Liegt denn eine Anzeige oder Vermisstenmeldung vor?"

Der Mann wusste ganz genau, dass er hier nicht in offiziellem Auftrag erschienen war. Aber Fernando hoffte auf kollegiales Verständnis und entsprechende Hilfsbereitschaft. „Nein natürlich nicht", antwortete er deshalb. „Ich bitte Sie rein persönlich um einen Gefallen."

„Aber sicher, ich verstehe, wir wollen sehen was sich machen lässt. Machen Sie sich aber keine zu großen Hoffnungen, die Passagierlisten sind in den Händen der Fluggesellschaften und Sie wissen ja, wie viele Flugzeuge Lanzarote anfliegen. Die Guardia Civil versucht immer die Kontrolle über den Grenzverkehr zu behalten, aber Sie wissen auch, die Unterbesetzung im Corps lässt uns wenig Spielraum."

Schöner konnte man eine Absage nicht formulieren, dachte Fernando. Der Kerl war nicht einmal Mann genug, einfach Nein zu sagen. Fernando verabschiedete sich kurz darauf und verließ das

Gebäude mit steinerner Miene. Die Zusammenarbeit mit der Guardia Civil war schon seit er denken konnte problematisch. Die Kerle wähnten sich etwas Besseres, denn ihre Organisation war nicht nur der zivilen Polizeidirektion unterstellt, sondern vor allem auch dem Militär. Sie war deshalb bei der Bevölkerung auch mehr gefürchtet als die Policía Nacional. Es war ein Fehler von ihm bei denen anzufragen. Er musste selber einen Weg finden um seine Fragen zu beantworten. Ja, sollte er sich wirklich die Mühe machen? Das Verschwinden eines Touristen war doch nicht sein Problem.

Tías liegt etwa zweihundert Meter höher als Puerto del Carmen. Die Straße dort hinauf führt vorbei am Golfplatz und an kargen landwirtschaftlich genutzten Feldern. Dass auf der regenarmen Insel das Wasser für das Vergnügen einiger Reichen verschwendet, und nicht für die dringend benötigten Kulturen benutzt wurde, verstand Fernando immer noch nicht. Aber auch das lag doch nicht in seiner Verantwortung. Er war im wohlverdienten Ruhestand.

Die Fahrt dauerte keine zwanzig Minuten, aber das Verlangen nach einer Zigarette peinigte ihn gewaltig. Dieser verfluchte Coronel hatte ihn mehr erschüttert, als er sich eingestehen wollte. Der Kerl hatte ihm unmissverständlich vor Augen geführt, dass er tatsächlich endgültig abgeschrieben war. Er gehörte zu den Alten, denen man höflich, freundlich und bemitleidend ihren Platz zuwies. Gerade mal als Kellner war er noch zu gebrauchen, mehr lag da nicht drin. Obwohl das eigentlich verboten war, fischte er sich während der Fahrt umständlich eine Zigarette hervor und betätigte den Anzünder an der Konsole. Es war dunkel und kaum Verkehr, was soll's. Er war Polizist und sich selber anzeigen war wohl das Blödeste was man sich vorstellen konnte. Polizist. Warum klammerte er sich ständig an diesen Namen? Comisario. War das nicht einfach ein Beruf wie jeder andere? Mensch, lass los, du machst dich selber verrückt. Du bist pensioniert, erfreue dich doch deiner Freiheit und genieße den Lebensabend. Ja, war er denn jetzt alt? – Lebensabend, das tönt so als wäre man kurz vor dem Tod. Der Gedanke an das Lebensende erfüllte ihn erneut mit Nachdenklichkeit. Seit dem Tod seiner Frau lebte er mit seinem Sohn Pablo bei Tante Amara. Na ja, eigentlich war das eher sein Männerhaushalt, denn das Haus gehört natürlich ihm, Fernando. Da aber die alleinstehende Amara, die

Mutter seiner verstorbenen Frau, seit längerem bei ihnen lebte, war es trotz ihres Alters nur logisch, dass sie den Haushalt übernahm und für die beiden Männer kochte. Sie nannten sie liebevoll Tía Amara, obwohl sie eigentlich ja die Großmutter und nicht die Tante von Pablo war. Sein Sohn vergötterte die alte Frau. Er hatte ja auch die meiste Zeit seines Lebens mit ihr zusammen verbracht und wurde von ihr, als einziger Enkel, wie konnte es anders sein, entsprechend verwöhnt. Heute war Pablo aber der Kindheit entwachsen. Er hatte mit zweiundzwanzig sein Studium abgebrochen und arbeitete seitdem in der Ferretería auf der anderen Seite von Tías, dort wo die Straße Richtung San Bartolomé hinführt. Die Arbeit in diesem Eisenwarengeschäft war unregelmäßig und scheinbar nicht besonders erfüllend. Fernando fragte sich manchmal, wie lange Pablo das noch durchziehen, und wann er vielleicht eine eigene Familie gründen und wegziehen wollte. Dann würde es in seinem Haus noch einsamer werden. Er vermisste seine Frau in so einem Moment ganz besonders. Schmerzhaft wurde ihm bewusst, dass wenn er heute durch die Türe ins Wohnzimmer kommen würde, ihn außer Tía Amara, niemand empfangen würde. Sein Sohn war meist irgendwo unterwegs, so dass Amara öfters klagte, dass der Junge nichts Richtiges zu Essen bekomme. Er blieb immer öfter den Mahlzeiten fern.

Es war nun schon mehr als zehn Jahre her, seit dem Tod seiner geliebten Maria. Viele Monate verbrachte sie im Krankenhaus in Arrecife, wo sie dann nach langem Leiden den Kampf gegen den Krebs verlor. Das war eine Zeit in der er selber einen unbarmherzigen Kampf focht, zwischen den Anforderungen seines Berufes und dem Bedürfnis, an der Seite von Maria zu sein.

Warum beschäftigte ihn gerade jetzt dieser schmerzhafte, schon Jahre zurückliegende, Verlust derart? Als er in die kleine Calle Drago einbog und vor seinem Haus anhielt, kurbelte er das Seitenfenster herunter, warf den Zigarettenrest zu Boden und atmete tief die frische Luft. Im Gegensatz zu den Straßenzügen unten in Puerto del Carmen, wo es oft unschön nach Abwasser stank, war es hier oben angenehm frisch. Manchmal zu frisch und richtig kalt, korrigierte er sich und stieß die Wagentür auf. Das weiß getünchte Haus hob sich in der Dunkelheit deutlich vom Himmel ab. Hinter dem Gartentor lagen die mit schwarzen Lapilli beschichteten Beete, wo allerlei Kakteen, Geranien und unbekannte Büsche wucherten. Es waren nur ein paar wenige Schritte bis zur Tür. Das Fenster daneben war hell beleuchtet und verriet, dass Tante Amara auf ihn wartete.

Am nächsten Morgen verlor Fernando keine Zeit. Seine Schicht im El Rondó begann um zwei Uhr. Sohn Pablo war schon weg. Dieser war am Vorabend kurz nach zehn Uhr nach Hause gekommen, hatte mit seinem Vater noch ein Glas Wein getrunken und war dann frühzeitig in sein Zimmer verschwunden. Er hatte etwas von wichtigen Auslieferungen erzählt, welche früh morgens erledigt werden müssten. Na ja, die alte Geschichte, nichts konnte schnell genug gehen, und man musste immer selber für alles sorgen. Fernando schüttelte den Kopf. Wurden die Menschen denn nicht vernünftiger? – Und er? Warum hetzte er mit hoher Geschwindigkeit den Berg hinunter, Richtung Arrecife?

Kaum zu glauben, die kleine Insel Lanzarote hatte sogar ein paar Kilometer Autobahn. Über diese fuhr Fernando mit Höchstgeschwindigkeit. Kurz bevor er die Hauptstadt erreichte, nahm er die Ausfahrt zum Flughafen. Er stellte sein Auto auf den Besucherparkplatz und betrat kurz danach die Ankunftshalle. Noch waren wenige Flugzeuge gelandet, und die Halle war praktisch leer. Das kam Fernando entgegen, denn in der darauf folgenden Hektik, wenn die Ankünfte im Dreiminutentakt erfolgten, waren seine Aussichten auf ein vertrauliches Gespräch mit Gregor gering. Gregor war ein vor vielen Jahren zugewanderter Serbe und arbeitete in der Abteilung „Lost and Found", dem Fundbüro. Fernando vermisste ja kein Gepäckstück, aber er wusste ganz genau, dass an dieser Stelle die Passagierlisten einzusehen waren. Gregor war da und grinste dem Comisario fröhlich entgegen.

„Ola, Comisario!", begrüßte er Fernando. „So früh schon an der Arbeit?"

Ha, früh, dachte Fernando. Es war schon kurz vor zehn. „Gregor, du alter Gauner!", konterte er und verschwieg seinen Ruhestand wohlwissend. „Ich brauche deine Hilfe."

„Na dann, kommen Sie herein", beeilte sich der Mann und öffnete die Türe neben dem Schalter. „Was kann ein einfacher Gepäckträger für die gestrenge Polizei tun?"

„Die Polizei ist doch dein Freund…"

„Ja, ja, ich weiß schon, und helfen soll jetzt ich. – Wo brennt's denn?"

„Die Passagierlisten der letzten dreißig Tage…", begann Fernando.

„Die bekommen Sie doch ganz offiziell von der Flughafenbehörde", wunderte sich Gregor.

„Das schon", gestand Fernando, „aber es ist etwas kompliziert. Ich möchte, dass du einen Blick in deinen Computer wirfst und mir einen Namen suchst."

„Comisario, das darf ich doch nicht…", wand sich der Mann.

„Doch, doch, das geht schon."

„Wie denn, ich werde meinen Job verlieren, wenn das raus kommt."

„Es wird schon niemand erfahren", beruhigte Fernando.

„Ich kann nicht!"

„Doch das kannst du bestimmt, und den Job behältst du noch viele Jahre. – Wann hast du hier denn angefangen?"

Gregor wusste genau, dass seine Ankunft auf Lanzarote einer genaueren Prüfung nicht standhalten würde. Er wurde bleich und lenkte stotternd ein: „Also, wenn… die Polizei das wünscht… muss ich mich wohl fügen. Wen suchen Sie denn?"

„Einen Herrn Christian Sonderegger, Schweizer."

„Wie? Ich muss das aufschreiben. Aus der Schweiz, ach so, Suiza."

Fernando grinste. „Ganz richtig, Suizo. Der Mann sollte seit Anfang Dezember angekommen sein. Ich brauche das Datum und die Airline."

Gregor blickte auf den Computer und zögerte. „Das wird eine Weile dauern, und ob die Daten des Dezembers noch vollständig vorhanden sind, weiß ich auch nicht."

Fernando winkte ab. „Lass dir Zeit", sagte er gutmütig, fügte aber dann hinzu: „Morgen vormittags will ich das Resultat. Du kannst mich jederzeit anrufen. Hier, meine Handy-Nummer, schreib' sie da dazu! Und noch etwas, das bleibt unter uns, wir verstehen uns doch."

„Natürlich Señor Comisario, natürlich, ich werde Sie sofort benachrichtigen."

Fernando drehte ihm den Rücken zu, verließ den Raum und durchquerte die Ankunftshalle mit langen Schritten. Er wich den jetzt aus aller Welt hereinströmenden Menschen aus und umrundete die in der Halle platzierten riesigen Lavabrocken. Die schwarzen Ungetüme sollten die ankommenden Touristen sofort auf Lanzarote, die bizarre Lavainsel, einstimmen. Sie wird auch als 'Die schwarze Perle im Atlantik' bezeichnet.

Zufrieden machte sich Fernando auf den Rückweg, fuhr die untere Straße nach Puerto del Carmen hinein und war gerade noch rechtzeitig zum Schichtanfang im El Rondó.

Ilona empfing ihn mit einem Lächeln, was seine gute Stimmung nochmals steigerte.

„Hola, Fernando, Sie scheinen aber wirklich bester Laune", sagte sie fröhlich.

„Señora Ilona, Sie zu sehen ist immer eine Freude", antwortete er galant. „Ihr Lächeln…"

„Schmeichler", unterbrach sie ihn schelmisch und beugte sich über die Theke. „Ein Polizist beabsichtigt doch immer etwas, wenn er so zuvorkommend beginnt. – Wen wollen Sie heute verhaften?"

„Na ja, Sie abzuführen wäre natürlich ein besonderes Vergnügen", ging er auf das Geplänkel ein. „Wie wär's denn mit einem Abendessen?"

„Langsam, langsam mein Lieber", bremste sie. „Erst einmal nennen Sie mich nicht immer so formell Señora, einfach Ilona genügt durchaus."

„Danke Señ… Ilona. Ilona, ich hätte da tatsächlich eine Bitte. „Sie wissen doch, die blonde Dame gestern, sie ist öfter hier. Haben sie schon mit ihr gesprochen?"

„Aha, jetzt kommt schon mal das Verhör!"

„Ach, Unsinn! Ich wäre einfach dankbar, wenn ich etwas mehr über die Frau erfahren könnte. Sie scheint in Schwierigkeiten zu sein."

„Aua! Auch noch eine Rivalin! Mir schwimmt wohl bereits das Abendessen davon…"

„Nein, nein, du siehst das völlig falsch, Ilona. Sie könnte ja meine Tochter sein. Ich wollte nur wissen, ob du einmal mit ihr gesprochen hast und ob du zum Beispiel etwas über ihre Herkunft, Familie, Wohnort oder mehr erfahren hast. – So zwischen Frau und Frau."

Ilona lehnte sich zurück. „Also, dann wird es jetzt ernst. Ja, wir haben schon miteinander gesprochen, aber viel hat sie nicht erzählt. Sie stammt aus Deutschland, lebt aber in der Schweiz. Sie ist hier auf Lanzarote seit Anfang Dezember, und wenn ich recht verstanden habe, wohnt sie auf einer Finca oberhalb von Conil."

„Wo denn genau? Hast du eine Adresse?"

Ilona schüttelte den Kopf. „Wie denn? Ich bin doch nicht die Einwohnerkontrolle. Das ist doch eher dein Gebiet, mein lieber Comisario."

„Ist ja schon gut", beschwichtigte er. „Es hätte ja sein können, die Touristen ergötzen sich doch immer mit dem Thema, Woher und Wohin. – Oberhalb Conil, das müsste doch zu finden sein."

„Dann mein Lieber, mach dich mal an die Arbeit. – Natürlich zuerst mal hier, dort drüben warten Gäste."

Fernando grinste. Na ja, das war wohl der einfachere Teil, das mit den Hungrigen, das war ein leichtes Spiel, da ging's um Seebarsch, Lachs, Garnelen oder Muscheln. Der besondere Weißwein von Lanzarote mundete den Fremden auch immer, und ein Café Solo rundete das Ganze zu aller Zufriedenheit ab.

Kapitel 5

Die Finca lag etwa zwei Kilometer nördlich von Conil auf einer kleinen Anhöhe in unmittelbarer Nähe der Ermita de la Magdalena. Die einzigartigen Trichter der Weinberge lagen weit angelegt, in langen Reihen, von den Abhängen der Montaña Tersa bis hinab ins berühmte Weintal 'La Geria'. Dort unten reihten sich die Bodegas entlang der Straße und warteten auf die Touristenbusse. Hier oben war Ruhe und ein atemberaubender Ausblick hinüber zu den Feuerbergen und zum Nationalpark Timanfaya.

Fernando fand das Anwesen schnell, denn hier in der ländlichen Gegend fiel eine fremde Besucherin sofort auf. Ein paar Fragen an einen Bauern auf einem Feld oberhalb Conil, brachten ihn in Richtung der Ermita, einem alten Gemäuer, das einmal eine Kirche gewesen war. Jetzt war diese aber verschlossen, und die Fassade hatte bessere Zeiten gesehen. Der Putz war abgebröckelt, und rundum hatten sich Flechten, Farne und Gestrüpp breitgemacht. Er stellte seinen Wagen in einem Feldweg ab. Die Bauten neben der Ermita waren kaum in besserem Zustand, schienen aber noch bewohnt. Von dort wies ihn eine alte Frau ein Stück weiter, zur Finca des Señor Vogt. Der sei aber seit längerem abwesend, und wenn da nicht bald etwas geschehe, würde das Gut bald verlottern. Es wäre die Zeit, die Reben zu schneiden, aber der faule Kerl, der dort gelegentlich arbeite und eigentlich zuständig wäre, würde keinen Finger rühren. Ja, die junge Frau, die vor ein paar Wochen gekommen sei, die sei wirklich zu bedauern. Sie wirke so verloren, und man frage sich schon, was sie hier überhaupt wolle und wie das weitergehen sollte.

Fernando bedankte sich und machte sich auf die letzten paar Meter. Plötzlich schoss ihm ein Hund entgegen. Konnten die denn ihre Köter nicht unter Kontrolle halten, fluchte er und bückte sich nach einem Stein. Er mochte es überhaupt nicht, wenn er angegriffen wurde. Das Tier verstand und blieb hecktisch bellend in ein paar Metern Abstand stehen.

„Na, sei schon ruhig, ich will doch nichts von dir!", versuchte Fernando die aufgeregte Kreatur zu beschwichtigen. „Bleib wo du bist!"

Der Lärm schien niemanden zu alarmieren, nur die alte Frau weiter unten blickte in seine Richtung. Zwischen die Fronten geraten, versuchte es Fernando mit Angriff. Er schwitzte gewaltig, aber trat jetzt energisch auf das offene Tor zu, den Hund immer im Blickwinkel. Dieser wich zögernd zurück, wie wenn er sagen wollte, dass seine Pflicht erfüllt wäre und andere jetzt die Reihen schließen sollten.

Nun hatte Fernando den weiten Weg natürlich nicht gemacht, um unverrichteter Dinge den Rückzug anzutreten. Er musste die Deutsche sprechen, und wenn es nur war, dass sie von der Ankunft ihres Freundes erfuhr. Die Nachricht von Gregor war heute früh erwartungsgemäß eingetroffen, wenn auch nur per SMS und in aller Kürze: 'Ankunft Sonderegger: Do.19.12. 13:45 Flug LX 344'.

Na also, der Serbe hatte gehorcht, wenn auch minimal. Eine Angabe über das Hotel, oder vielleicht mit wem der Kerl weggefahren war, das war natürlich zu viel verlangt. Dennoch, Gregor hatte getan was er konnte. Man durfte nicht zu viel erwarten. Vielleicht hatte Ingrid weitere Hinweise, wohin sich der Angekommene hätte wenden können.

Die Einfahrt war verlassen. Die alte Frau hatte recht, das Anwesen war ungepflegt. An den Rändern der Zufahrt und des Hofes wucherte Unkraut, und der Wind hatte Schmutz und Unrat in eine Ecke geweht. Zaun und Tor waren verrostet und brauchten dringend Bürste und Menning. Auch die Fassade sollte gestrichen werden.

An Tür- und Fensterrahmen blätterte die grüne Farbe ab. Alles schien verschlossen und gut gesichert. Fernando blickte um sich. Seitlich, bei der Doppelgarage, stand ein Mietwagen. Das musste das Auto der Deutschen sein. Sie war also da. Immer den knurrenden Hund im Rücken, trat Fernando an die Tür und klopfte. Nirgends war eine Klingel oder Glocke, mit der er sich bemerkbar machen könnte, zu entdecken. Er klopfte lauter, und schließlich schlug er mit aller Kraft gegen die Tür. Erneut und erneut. – Keine Antwort.

Wo zum Teufel war die Frau? Hörte die den Krach den er machte und den wütend bellenden Hund denn nicht? Fernando sah sich um. Die Finca lag mitten im Weinberg. Die schwarzen Trichter mit den Rebstöcken gruppierten sich unterhalb der Mauer wie ein riesiges Heer von Meteorit-Einschlägen. Die im Durchmesser bis zu fünf Meter messenden Vertiefungen schützten den Rebstock vor Wind und Wetter. Die Lapilli der Trichter mussten in mühseliger Handarbeit immer wieder ausgeschaufelt werden, und ein Ring von Steinblöcken befestigte das Ganze fast wie eine Burg. Es war aber offensichtlich, dass auch hier die Pflege völlig vernachlässigt wurde. Die Rebstauden müssten, jetzt im Januar, geschnitten werden, denn auf Lanzarote begann, wegen dem milden Klima, die Lese bereits im Juli. Fernando, der einem guten Tropfen nicht abgeneigt war, schüttelte den Kopf und ging um die Ecke. Von struppigen Büschen versteckt fand er eine Terrasse, und dort lag Ingrid auf einer Liege und las in einem Heft. Scheinbar trug sie einen Bikini, hatte aber einen dazu passenden blumenbedruckten Umhang über sich, denn es war doch empfindlich kühl hier oben.

„Hallo!", rief Fernando, merkte aber gleich, dass die Frau nichts hörte, weil sie Stöpsel im Ohr hatte. – War sie sich denn nicht bewusst, wie verletzlich sie dadurch war? Jeder konnte sich ihr nähern, und sie würde es erst merken, wenn er direkt vor ihr stand.

„Señora Ingrid! Hallo!" rief er lauter und ratterte energisch mit dem losen Gatter. „Señora!"

Tatsächlich erreichten die Geräusche und Rufe endlich Ingrids Sinne. Sie drehte sich um und riss die Stöpsel aus den Ohren. „Mein Gott, ich habe Sie nicht gehört!", stammelte sie entschuldigend und sprang auf. „Herr Fernando, was machen Sie denn hier? – Bello, sei ruhig, hör' auf!"

Der Hund verschwand endlich um die Ecke.

„Guten Tag Señora! Entschuldigen Sie mein Eindringen, aber vorne hat sich einfach niemand gemeldet", sagte Fernando. „Sind Sie denn ganz alleine hier?"

Ingrid nickte. „Ja, schon, aber manchmal ist Pedro, der Hausmeister da."

„Sie sollten nicht so allein hier draußen sein", mahnte Fernando. Dann schwächte er ab: „Lanzarote ist nicht gefährlicher als andere Länder, aber man weiß ja nie…"

Nun lachte Ingrid. „Don Fernando, Sie machen sich ja Sorgen um mich. – Setzen Sie sich doch. – Möchten Sie eine Limonade? Die hier ist zwar nicht mehr kalt. Einen Moment, ich hole frische aus dem Kühlschrank."

Sie drehte sich um und verschwand mit wehendem Umhang durch den Seiteneingang. Fernando entdeckte die Tür erst jetzt. Er ging ein paar Schritte, blickte hinter das Haus, schob dann den etwas schadhaften Korbstuhl zurecht, ließ sich nieder und streckte die Beine. Während er wartete, überlegte er, was die von ihm mitgebrachte Neuigkeit für die Frau wohl bedeuten könnte. Der Freund war also auf Lanzarote angekommen, hatte sich aber, aus welchem Grunde auch immer, klammheimlich verdrückt. Na ja, das war nicht gerade die feine Art…

Ingrid kam mit einem Tablett und Gläsern zurück. „Ich hoffe Sie mögen Limonade mit Zitrone. Leider haben wir hier kein Bier im Haus." Sie rückte den wackeligen Tisch näher und reichte Fernando sein Glas.

„Danke, das ist sehr erfrischend", seufzte Fernando nach einem langen Schluck.

Auch Ingrid setzte sich wieder. „Was führt denn die Polizei in mein Haus?", fragte sie schelmisch, aber auch verunsichert.

„Na ja, also, ich habe mich erkundigt", begann er zögernd, dann gewann der Ermittler die Oberhand, und er setzte sie von der Ankunft des Herrn Sonderegger in Kenntnis.

Ingrid reagierte gefasst. Nur das leichte Zittern ihrer Hand, als sie das Glas abstellte, bewies, dass die Nachricht sie erschütterte. Es dauerte eine ganze Weile, bis ihre Reaktion kam.

„Er ist also hier, lässt sich aber nicht blicken. – Was soll das? Wo ist er?

„Das wissen wir auch nicht", antwortete Fernando. „Ich nehme an, er hat die Insel nicht wieder verlassen, wenigstens nicht auf dem normalen Weg, per Flugzeug zum Beispiel. Da gibt es natürlich noch viele andere Möglichkeiten, Boote, Schiffe, Fähren hinüber nach Fuerteventura oder nach anderen kanarischen Inseln. Er könnte also theoretisch auch schon wieder weg sein. – Nun die andere Frage, was das soll. Ein solches Verhalten eines Ausländers ist höchst ungewöhnlich, ja sogar verdächtig. Die Polizei könnte darin durchaus Zollvergehen, illegale Einwanderung, bis hin zu schweren Verbrechen vermuten. – Wenn sie das melden."

„Nein bitte nicht, keine Polizei bitte!", flehte Ingrid.

„Das heißt aber, Sie müssten es aussitzen, warten ob er wieder auftaucht …oder dann irgendwann ohne Antworten nach Hause reisen."

Sie zögerte. „Könnten nicht Sie…"

„Ingrid, Sie wissen, ich bin nicht mehr im Dienst. Ich habe die Möglichkeiten der Polizeibehörden nicht mehr. Wir könnten einzig versuchen uns auf der Insel umzuhören und umzusehen. Lanzarote ist nicht sehr groß, und irgendwann taucht hier jeder wieder auf."

„Sie würden mir helfen?"

„Versprechen kann ich aber nichts…"

Fernando schalt sich im gleichen Moment einen Tor. Wie konnte er der Deutschen Hoffnung machen, wenn er ganz genau wusste, dass dieses einer Suche der sprichwörtlichen 'Nadel im Heuhaufen' entsprach. – Heuhaufen! Sollte das ein Witz sein? Auf Lanzarote gab's weder Wiesen noch Heu. Hier gab es aber Millionen von Touristen. Sie kamen und gingen ungehindert, krabbelten umher wie die Heuschrecken. Das war weit schlimmer. Wo sollte man da mit einer Suche beginnen?

Er sprach es aus: „Unsere Chancen auf Erfolg sind verschwindend klein. Wir müssten uns darauf einstellen, dass wir den Kerl nie finden. – Und wenn wir ihn wider Erwarten aufspüren, was dann?

Was für Motive trieben den Mann zum Untertauchen an? Ist er viel-leicht ein Krimineller, oder sind gar andere hinter ihm her? Könnte es sein, dass er Ihnen persönlich aus dem Weg gehen will? Solchen Fragen müssen Sie sich stellen Ingrid, und das kann ganz schön danebengehen und verletzend sein."

„Ich weiß", sagte sie verzagt. „Ich frage mich ja schon die gan-ze Zeit, ob da nicht damals in der Schweiz schon Anzeichen für irgendwelche Probleme waren. – Ja, unsere Verlobung war etwas überstürzt, aber ich rechnete das dem Angebot meines Vaters zu. Er bot uns ja die Verwaltung dieser Finca an. Christian war Feuer und Flamme, und es konnte ihm nicht schnell genug gehen. Jetzt aber bin ich nicht mehr so sicher, dieses Gut ist ziemlich herunter ge-wirtschaftet, und es braucht wohl viel Energie und Geld, es wieder auf den richtigen Weg zu bringen."

Trotz ihrer Verzagtheit hatte die Frau klare Vorstellungen und träumte nicht auf einer himmlischen Wolke. Das beeindruckte Fer-nando. Es war an der Zeit, ihr etwas Mut zuzusprechen.

„Es ist schon so", begann er. „Diese Finca scheint auf den ers-ten Blick heruntergewirtschaftet. Das ist aber nicht so tragisch wie es aussieht, denn vergessen Sie nicht, Sie sind nicht in Deutschland, wo alles so perfekt sein muss. Auf Lanzarote geht die Zeit etwas langsamer, vor allem hier auf dem Lande. Die Felder können wieder in Ordnung gebracht werden, und das Haus dürfte mit etwas Farbe bald wieder im alten Glanz erscheinen." Er blickte in die Ferne und ergänzte: „Die Lage hier ist hervorragend, und mit etwas Anstren-gung könnte der Betrieb durchaus guten Ertrag abwerfen."

„Sie meinen also, ich sollte nicht aufgeben und weiter hier aus-harren. – Es könnte ja sein, dass Christian wieder auftaucht und sich dann doch noch alles zum Guten wendet?", zweifelte Ingrid.

„Ja, natürlich, das ist durchaus möglich", sagte Fernando, bremste jedoch sofort wieder ab: „Aber wir dürfen nicht aus den Augen verlieren, dass es durchaus anders sein könnte. Das Ver-schwinden ihres Freundes wirft doch einige Fragen auf."

Ingrid nickte. „Ich verstehe, was schlagen Sie jetzt vor?"

Der Polizist in Fernando hatte bereits diverse Pläne entworfen, aber sollte er solches wirklich angehen und verwirklichen?

„Wir müssten eine Suchaktion starten", sagte er zögernd. „Haben Sie ein Foto von Herrn Sonderegger?"

„Na ja, Abzüge eigentlich nicht. Wer macht schon im digitalen Zeitalter noch welche. – Auf meinem Laptop sind aber einige."

„Gut, dann drucken wir ein paar Dutzend aus", ordnete Fernando an. „Wir verteilen die dann und stellen Fragen."

„Dürfen wir denn das?"

„Wer sollte uns daran hindern?", entgegnete Fernando. „Sie klappern die Hotels ab und fragen dort am Empfang. Wo immer Sie einkehren, fragen sie die Kellner, die Bedienung an der Bar oder die Türsteher. Also, wo sind die Fotos?"

Ingrid wandte sich der Tür zu. „Bitte Herr Kommissar, kommen Sie mit, mein Computer ist drinnen."

„Ach, lassen Sie dieses Comisario, Señor oder was auch immer, ich bin der Fernando", sagte er und folgte Ingrid ins Haus.

„Danke", sagte sie schlicht. „Sind wir jetzt so etwas wie ein Team? – Bitte kommen Sie!"

Aus dem grellen Sonnenlicht traten sie in einen etwas düsteren, großen Raum. Graue Bodenplatten und grob verputzte, weiß getünchte Wände, dominierten im ersten Augenblick. Ingrid stieß einen Flügel zur hinteren Terrasse auf, und das hereinströmende Licht enthüllte eine weite Mudejar-Decke mit braunen Balken und einfachen Kassetten-Füllungen. Staub und Spinnweben konnten die schlichte Schönheit der Decke nicht verbergen. Fernando war beeindruckt, hatte er doch eher einen einfachen Wohnraum erwartet und nicht einen Saal von solcher Größe. Ein schwerer Lüster schwebte herunter und glitzerte im einfallenden Licht wie tausend Edelsteine. Das Mobiliar entsprach, aus schwerem dunklem Holz gefertigt, ebenfalls einem spanischen Landsitz und weit weniger einem schlichten Bauernhaus. Der große Tisch bot Platz für mindestens zehn Gäste. Lange Anrichten entlang der inneren Wand verrieten, dass hier einmal ausgiebig getafelt worden war. Da kein Porzellan oder Silber zu sehen war, vermutete Federico aber, dass hier wohl längere Zeit niemand mehr diniert hatte. An den Wänden hingen mehrere Kunstgrafiken, für ihn etwas zu modern, aber wohl kaum billige Imitationen. An der Stirnseite befand sich ein massives

Gemälde, und wenn er sich nicht irrte, war das ein Original von César Manrique, dem bekannten Künstler auf Lanzarote.

Ingrid spürte Fernandos Erstaunen. „Ich sagte ja schon, dieses Haus gehört meinen Eltern. Sie haben es so herrichten lassen. Ich war selber erstaunt ob dieser herrlichen Räume."

Rechts führten drei Türen weiter ins Haus hinein. Eine ging wohl zur Küche. Ingrid steuerte aber auf die zweite zu und bat Fernando, ihr zu folgen. Dahinter verbarg sich eine Art Büro, offensichtlich ein Raum, den Ingrid benutzte. Er war schlicht aber praktisch eingerichtet. Ein Schreibtisch stand in der Mitte, Stühle für Chef und Besucher. An der Wand befanden sich etliche Regale und Aktenschränke. Auch ein schwerer blass grüner Tresor stand wuchtig in der Ecke. Man konnte sich gut vorstellen, dass hier die Geschäfte des Weingutes abgeschlossen worden waren. Weiter hinten im Haus mussten sich wohl noch die privaten Räume befinden, wo sicher auch das Schlafzimmer der jungen Frau lag.

Ingrid wies auf einen Stuhl und bat Fernando: „Bitte setzen Sie sich. Ich starte nur schnell den Laptop und suche die Fotos."

Nach einer Weile und etlichen Mausklicken, beugte sie sich vor und rief: „Da, diese Bilder könnten passen!"

Fernando umrundete den Tisch und blickte Ingrid über die Schulter. Der Bildschirm zeigte eine Reihe von Thumbnails mit Personen. Ingrid vergrößerte und klickte durch die Reihen.

„Da, das ist Christian vor zwei Monaten."

„Und die da?", fragte Fernando, als ein Foto mit drei Personen auftauchte. „Das sind Sie und…"

„Ja, Christian und sein Freund Danilo."

„Ach so, ein Freund", überlegte Fernando. „Könnte der vielleicht etwas über den Verbleib von Christian wissen?"

„Natürlich habe ich ihn angerufen und gebeten, mir sofort zu berichten, wenn er weiß wo Christian ist. Leider Fehlanzeige. Ich hab' ja schon erklärt, dass selbst die Eltern nicht wissen, wo ihr Sohn steckt. Er ist einfach wie vom Erdboden verschwunden."

Fernando merkte, wie ihr die Geschichte nahe ging und versuchte, das Gespräch in eine weniger emotionale Richtung zu lenken. Er tippte auf das Brustbild des Vermissten und sagte: „Also, drucken wir doch dieses hier aus."

Jetzt stockte Ingrid. „Oh Gott, der Drucker! Ja, da steht einer unten im Schrank, dort an der Wand. Ich hab' keine Ahnung, ob der funktioniert. Da ist auch ein Stapel Papier."

Kurz darauf fummelten sie mit Kabeln und Steckern, klappten den Deckel auf und zu, legten Papiere ein und versuchten zu drucken. Es dauerte über eine Stunde, bis das Gerät endlich ein paar Rattergeräusche von sich gab und dann nochmals eine halbe, bis es endlich richtig funktionierte. Es musste ja auch noch der entsprechende Treiber gefunden und aktiviert werden. Sie entschieden sich für eine Größe A5, damit das Gesicht des Gesuchten auch gut erkennbar war. Nicht genug, es musste ja auch noch ein Text drauf, damit ein möglicher Hinweis gemeldet werden konnte.

„Schreiben Sie meine Handynummer da hin!", befahlt Fernando. „Normalerweise erhalten wir eine Unmenge Falschmeldungen, und damit wollen wir Sie besser nicht belästigen."

„Wäre es nicht vernünftiger, nur das Bild zu zeigen?", fragte Ingrid unsicher.

„Damit würden wir den Suchkreis drastisch einschränken", knurrte Fernando langsam ungeduldig. „Machen Sie schon!"

Es war inzwischen weit über die Mittagszeit hinaus geworden, und er würde mit Sicherheit zu spät zur Arbeit kommen. Wenn er dann bei Ilona auch noch mit diesem Zettel und der Bitte ankam, für ihn die Ohren offen zu halten, waren das keine guten Voraussetzungen. – Voraussetzungen wofür?

Ilona war ihm wichtig, das war völlig klar. Aber auch diese Ingrid durfte er jetzt nicht einfach hängen lassen. Er hatte sich nun einmal eingemischt und musste weitermachen. Die Frage war nur, was dabei herauskommen sollte. Im besten Fall tauchte der Blödmann endlich auf, und alles wäre in Ordnung. Ein glanzloser Abtritt für ihn, aber eine innere Stimme sagte ihm auch mahnend, dass das so nicht ausgehen würde. Während seiner ganzen beruflichen Laufbahn hatte er in so einer Situation immer auf seine Intuition gehört und war fast bei allen Fällen richtig gelegen. Ein Mann verschwand nicht einfach so 'mir nichts dir nichts' spurlos. Da musste mehr dahinter verborgen liegen und er, Ex Comisario Fernando Romero, würde das herausfinden.

Am Schluss richtete sich Fernando entschlossen an Ingrid: „Das hätten wir nun, 80 Fotos sind nicht viel, aber immerhin. Sie verteilen die Hälfte und ich die andere. – Da ist aber noch etwas, was mir nicht gefällt. Sie leben in diesem Haus völlig ungeschützt, das ist einfach zu gefährlich."

Nun lachte Ingrid. „Ach wo! Das ist doch Unsinn. Außerdem verriegle ich die Türen immer, bevor ich schlafen gehe."

Fernando blieb aber ernst. „Trotzdem, es gefällt mir nicht. Am liebsten wäre mir, wenn Sie hinunter nach Puerto del Carmen an eine nur mir bekannte Adresse ziehen würden."

„Aber bitte, dann würde mich Christian ja nie finden", entgegnete sie sofort.

Das hatte natürlich etwas an sich. Deshalb lenkte Fernando ein: „Richtig, deshalb habe ich mir überlegt, dass ich jemanden zu ihrem Schutze hierher abkommandiere."

Jetzt lächelte Ingrid erneut. „Fernando, Sie vergessen, dass Sie ja nicht mehr kommandieren können…"

Unwirsch winkte er ab. „Ich finde einen Weg, verlassen Sie sich drauf. Heute Abend, ich rufe Sie an. Ich hab' da schon jemanden im Visier."

Kapitel 6

Ilona war richtig sauer, als Fernando erst gegen halb drei eintraf und dann auch noch mit diesen blöden Flugblättern wedelte. Sie hatte sich tüchtig geärgert, denn vor einer Stunde war das Lokal von einer Horde Iren gestürmt worden. Alle wollten partout einen See-aal serviert. Der war auf Lanzarote aber kaum und im Moment überhaupt nicht erhältlich. Sie musste persönlich hinter der Theke hervor kommen, um dem überforderten Kellner beizustehen. Charmant lächelnd versuchte sie zu beruhigen. Wie wär's denn mit einem Zackenbarsch, offerierte sie, der war fangfrisch und 'a la plancha' gegrillt, einfach köstlich. Die Männer verloren aber rasch das Interesse an köstlichem Fisch und entschieden sich grölend für eine weitere Runde Bier. Sie versauten das Tischtuch und zogen bald lärmend weiter.

Fernando hätte das vermutlich besser hinbekommen. Wo war er? Er fehlte ihr. – Ja, nicht nur um die lästigen Zecher abzuwimmeln, irgendwie spukte er immer wieder durch ihren Gedanken. Sie war drauf und dran zum Handy zu greifen und ihn anzurufen. Aber nein, als Chefin durfte sie sich eine solche Blöße nicht leisten. Sie war erleichtert, als er doch endlich auftauchte.

Die ersten Stunden waren hektisch, es war viel zu tun. Dann, gegen Abend, ließ der Andrang nach, und Fernando fand endlich Zeit für ein paar Worte.

„Señora Ilona, es tut mir wirklich leid", sagte er während einer Pause entschuldigend. „Ich wurde aufgehalten."

„Na ja, vermutlich von der blonden Lady, mit der du in letzter Zeit immer die Köpfe zusammensteckst. Sie hat dich wohl total verhext."

„Unsinn!", entgegnete er. „Sie braucht meine Hilfe, und auch Sie, meine Verehrte, könnten einen Beitrag leisten. Bitte legen Sie diese Fotos auf und spitzen Sie die Ohren. Es könnte ja sein, dass hier einer den Vermissten erkennt."

Ilona deutete an die Säule neben der Theke, wo der Zettel an gut sichtbarer Stelle bereits hing. „Da schau doch! – Und nenn' mich nicht immer Señora. Wir hatten doch ausgemacht, Ilona."

Er hatte es nicht vergessen, aber den Aushang noch nicht bemerkt. Jetzt bedankte er sich überschwänglich: „Vielen Dank, Ilona, du bist ein Engel."

„Engel, Engel, Engel…", gluckste sie und verschwand hinter ihrem Zapfhahn.

Gegen neunzehn Uhr wurde Fernando zappelig. Es waren nur noch wenige Gäste da, und er hatte Ingrid doch versprochen, für einen Beschützer zu sorgen. Dabei hatte er an seinen Sohn gedacht, der sicher ein paar Tage frei nehmen könnte. Es wurde bereits dunkel, und zu spät durfte es nicht werden. Aber wo trieb sich der Sohn denn herum?

Fernando verschwand zur Toilette, kramte das Handy hervor und probierte Pablos Nummer. Tatsächlich antwortete der Junge sofort und fragte was denn los sei. Er sei seit Stunden zu Hause.

„Ausgezeichnet!", freute sich Fernando. „Ich bin gleich bei euch, warte bitte auf mich."

„Ich wollte aber ins Pueblo am Hafen, da gibt's eine Party heute Abend", erklärte Pablo trocken.

„Das geht nicht!", befahl Fernando. „Warte bis ich da bin, dann erklär' ich dir alles." Er hoffte, dass die elterliche Autorität noch nicht ganz verloren war. Sicher war er der Sache aber nicht. Deshalb eilte er zurück ins Lokal und bat Ilona um einen verfrühten Feierabend.

„Ilona, ich mach's wieder gut, aber es ist wichtig. Das Abendessen ist nicht vergessen. Ich versprech's dir." Er betete für das Verständnis dieser Frau. Notfalls hätte er sich vielleicht auch einfach weggestohlen. Nur, dann wäre die fragile Beziehung wohl endgültig zerstört.

Beziehung? – Ja, das Verhältnis zu dieser Frau war ihm wichtig. Er wusste zwar nicht, wohin das führen sollte, aber Ilona war nicht mehr aus seinen Gedanken zu tilgen. Alter Lüstling, schalt er sich, was erhoffst du dir da eigentlich? Er hatte keine Ahnung und wusste auch nichts über die Frau. Er wusste nicht einmal wo sie wohnte, war sie verheiratet, hatte sie Familie? Für einen richtigen Polizisten war er unverantwortlich völlig ahnungslos. Wahrscheinlich würde sie jeden Versuch der Annäherung auch sofort abblocken. Mach dir keine Hoffnungen.

„Also gut, mach dass du wegkommst!", drang Ilonas Aufforderung zu ihm durch.

„Danke!", brummte er und lief zum Ausgang. Da hast du es, sie entlässt dich einfach wie einen unwichtigen Handlanger. Konzentrier dich jetzt lieber auf dein Ansinnen an Pablo.

Der klapprige Skoda schaffte die Strecke hinauf nach Tías in Rekordzeit. Pablo war noch da.

Schwer atmend stand Fernando im Wohnraum. Tante Amara starrte schweigend auf die Männer. Pablo sprang auf und fragte: „Papá, was soll das? Ich wollte schon los."

„Gut, dass du noch da bist", schnaufte Fernando. „Wir brauchen dich für ein paar Tage. – Du kannst doch so lange weg bei der Ferretería, oder nicht?"

Pablo zögerte und murmelte: „Na ja, ist egal, ich bin mit denen sowieso fertig."

Tante Amara fuhr auf. „Was! Du hast deine Arbeit…"

Fernando unterbrach sie. „Lass das jetzt! Egal, wir haben Wichtigeres zu tun. Komm Pablo, wir müssen los. Ich erklär dir alles unterwegs."

„Die Suppe…", rief Amara und rang mit den Händen.

„Später! Komm schon Pablo, wir müssen hinauf nach Conil."

Etwas später im Auto erklärte er seinem Sohn die Situation: „Die Frau wohnt ganz allein dort oben in der Finca Magdalena. Ihr Freund ist nicht gekommen, und wir haben keine Ahnung wo er ist und weshalb er sie da hängen lässt. Sie braucht Schutz."

In der Dunkelheit des Wagens konnte sich Pablo ein Grinsen gerade noch verkneifen. „Ach Papá, hast du da vielleicht etwas laufen? Warum übernimmst dann nicht du selber die Beschützerrolle?" „So einen Blödsinn!", tadelte der Vater. „Ich könnte glatt ihr Opa sein. Außerdem hast du doch handwerkliche Fähigkeiten. Die Finca ist in einem verlotterten Zustand. Aber du wirst schon sehen."

Sie fuhren an der kleinen Dorfkirche vorbei und gewannen Höhe. Fast hätte Fernando den Fahrweg zur Ermita und der Finca verpasst. Außerhalb der Ortschaft war es nämlich stockdunkel. Der Mond war noch nicht aufgegangen, und die Sterne wurden teilweise von Schleierwolken verdeckt. Das Gut lag in völliger Dunkelheit. Rechts und links konnte man die Trichter der Rebberge gerade noch erahnen. Das Tor stand immer noch offen, aber der Hund war nicht mehr zu sehen oder zu hören. Sie stiegen aus und Fernando ließ das Licht des Wagens brennen. Im schwachen Schein fanden sie den Haupteingang und hämmerten dagegen. Es war doch sehr unwahrscheinlich, dass Ingrid um diese frühe Stunde schon zu Bett gegangen war. Es war ja kaum acht Uhr. Hatten die Deutschen andere Gewohnheiten als Spanier, die oft weit nach Mitternacht zur Ruhe gingen?

Pablo umrundete das Haus und entdeckte die Terrasse mit dem großen Fensterflügel. Als er sich näherte, ragte ein Gewehrlauf durch den Spalt der Tür.

„Verschwinde!" ertönte eine Frauenstimme. „Ich zögere nicht, ich schieße."

Pablo schreckte zurück, aber Fernando erkannte die Situation sofort. „Señora Ingrid!", rief er. „Ich bin's, Fernando und mein Sohn. Bitte, dürfen wir hereinkommen?"

Als Fernando näher trat, senkte sich die Waffe und der Flügel wurde aufgestoßen. Ingrid stand im Eingang und zitterte am ganzen Körper. Ihr bleiches Gesicht zeichnete sich in scharfen Konturen vor dem schwarzen Hintergrund ab.

Fernando nahm ihr das Gewehr aus den Händen, gab es seinem Sohn und sprach beruhigend auf die erschreckte Frau ein. „Señora, es ist alles gut, wir wollen nichts Böses."

„Kommen Sie…", stammelte Ingrid immer noch verwirrt. „Ich wusste nicht…"

„Es tut mir leid", sagte Fernando. „Es ist allein mein Fehler, ich hätte wie versprochen anrufen sollen. Bitte beruhigen Sie sich, Ingrid."

Mittlerweile war Pablo eingetreten und hatte den Lichtschalter gefunden. Helles Licht fiel auf die unwirkliche Szene. An der linken Wand stand die Tür eines Schrankes weit offen. Mehrere alte Waffen waren zu erkennen. Der Saal lag genauso da, wie ihn Fernando am Nachmittag gesehen hatte, verbreitete jetzt aber einen bedrohlich düsteren Eindruck. Im Hintergrund stand die Tür zu einem Schlafzimmer weit offen. Vermutlich hatte sich Ingrid dort aufgehalten, als sie aufgeschreckt wurde.

Pablo klappte die Flinte auf und schüttelte den Kopf. „Liebe Frau, damit hätten Sie niemanden erschossen, da fehlen Schlagbolzen und Patrone." Er machte sich daran, die weiteren Waffen im Schrank zu untersuchen und kam zu ähnlichen Ergebnissen. Er schloss den Schrank und steckte den Schlüssel in die Tasche.

Ingrid hatte unterdessen alle Lichter eingeschaltet und bat die Besucher in den bekannten Arbeitsraum. Erst jetzt beachtete sie den jungen Mann, den Fernando als seinen Sohn vorgestellt hatte. Er war schlank und etwas grösser als sein Vater. Große Ähnlichkeit konnte sie nicht ausmachen, aber sein Gesicht war kantig und ein Dreitagesbart machte ihn etwas älter, als er vermutlich war. Nur seine braunen Augen waren leicht träumerisch mit einem matten Schimmer. Vielleicht lag es an der Beleuchtung, aber Ingrid dachte unwillkürlich an ein schlafendes Raubtier, welches träge in die untergehende Sonne blinzelte. Der junge Mann war aber voll aufmerksam und schien die Situation mit allen Sinnen zu erfassen. In blaue Jeans und ein einfaches schwarzes Shirt gekleidet, machte er den Eindruck eines praktisch denkenden und handelnden Mannes. Er war es dann auch, der die erste Frage stellte.

„Señora, sie wohnen hier ganz allein? – Nicht mal einen Hund?"

„Doch, da ist einer, aber der ist total verwildert", beeilte sich Ingrid mit der Erklärung. „Ich bin nicht einmal sicher, ober der überhaupt hierher gehört oder vielleicht doch zu einem Nachbarn. Wahrscheinlich dahin, wo er etwas zu fressen bekommt. Hier war ja lange Zeit kaum jemand."

„Ja, da war so einer hier", bestätigte Fernando. „Ein Köter, wohl kaum ein wirkliche Schutz. Aber er könnte schon richtig Lärm machen und dadurch mögliche Eindringlinge vertreiben, vor allem in der Nacht."

„Wir werden ihn finden", sagte Pablo, „gleich morgen früh."

Fernando frohlockte. Er wusste doch, dass sein Sprössling in so einer Situation nicht kneifen würde. Er war ein guter Junge, und er war mächtig stolz auf ihn. Dann erinnerte er sich aber an die Suchaktion. Viel Hoffnung durfte er der Frau nicht machen. Es war höchst unwahrscheinlich, dass sie ihren Freund finden würden, vor allem, wenn dieser das nicht wollte.

Noch immer standen sie mitten im Raum, bis Ingrid sich besann und ihre nächtlichen Besucher zum Sitzen aufforderte. Fernando versank in ein einfaches altes Sofa, und Pablo begnügte sich mit dem Besucherstuhl. Ingrid ließ sich auf den Drehstuhl hinter dem Schreibtisch fallen.

„Ich war heute Nachmittag unten in Puerto del Carmen", sagte Ingrid. „Die Hotels liegen da weit verstreut die Promenade entlang. Vom 'San Antonio' bis zu den 'Fariones Suites' sind es vermutlich an die vier Kilometer, und an den Rezeptionen war es sehr mühsam. Außerdem habe ich den Eindruck, dass unter den in Busladungen ankommenden Touristen, Christian kaum zu finden ist. Ich werde mir also morgens nochmals die eher kleineren Anlagen vornehmen. Davon gibt es aber vermutlich tausende. Dabei glaube ich je länger je mehr, dass es auf Lanzarote, trotz der kleinen Insel, unendlich viele Möglichkeiten gibt zu verschwinden. Keine guten Voraussetzungen für so eine Suche."

„Wem erzählen Sie das", knurrte Fernando. „Was glauben sie was Polizeiarbeit ist? Ich hab's zur Genüge erlebt. Die Erfahrung ist frustrierend, aber sie befiehlt: Nicht aufgeben!"

Pablo grinste: „Der Herr Comisario spricht ganz aus seinem Herzen. – Also, jetzt wie weiter?"

„Du bleibst hier!", kam sofort der Auftrag. „Du bist für die Sicherheit der Señora verantwortlich. Verriegelt das Haus und lasst niemanden herein, außer ihr kennt ihn. Du hast dauernd das Handy auf Empfang und berichtest mir sofort, wenn etwas Ungewöhnliches geschieht."

„Na ja, zum Beispiel, wenn der Freund plötzlich auftaucht", kommentierte Pablo leise.

„Er wird nicht auftauchen", entgegnete Ingrid schwach. „Ich kann mir einfach nicht vorstellen, dass er mich hier derart im Stich lässt. Ich habe so ein ungutes Gefühl, dass da etwas Schreckliches passiert ist, und wir völlig im Dunkeln tappen."

„Bitte lassen Sie sich jetzt nicht unterkriegen", sagte Fernando. „Es ist immer so, die Ungewissheit ist am schlimmsten. Ihr Freund ist irgendwo da draußen, und wir werden ihn finden."

Ingrid nickte ergeben. Was sollte sie auch tun. Es war wie wenn sie in eine irreale Geschichte hinein geraten wäre, die eigentlich nichts mit ihr zu schaffen hätte. Christian war weit in die Ferne gerückt, wie wenn es sein Heiratsversprechen, die Verlobung, nie gegeben hätte. War das alles einfach nur ein überstürzter Traum gewesen, den es in Wirklichkeit gar nicht hätte geben sollen. Sie war sich nicht einmal mehr sicher über ihre Liebe zu Christian, ob die auch echt war. Oder umgekehrt, wie stand es denn mit seiner Liebe zu ihr? Es war wie eine Fata-Morgana, was war Wirklichkeit, was Vorgaukelung?

„Ich möchte jetzt zu Bett gehen", sagte Ingrid müde.

„Natürlich", beeilte sich Pablo mit der Antwort. „Ich bleibe hier und mach es mir auf dem Sofa bequem."

Fernando rappelte sich auf, verabschiedete sich und fuhr kurze Zeit darauf in Richtung Tías.

Die Nacht zog sich dahin. Pablo kämpfte um eine bequeme Lage auf dem ausgeleierten Sofa. Die Kälte zog herein wie eine eisige Wolke und hielt ihn wach. Irgendwo dort hinten musste diese deutsche Frau in warmen, weichen Federn liegen. Sie wollte nicht aus seinem Kopf. Seine Aufgabe hier war wie ein Spiel im Lotto, wahllos getippt, fieberhaft erhofft und am Schluss doch verloren. Die Bewachung dieser Frau brachte seine Fantasie in Fahrt. Eine schlanke, blonde Frau, der Wunschtraum jedes Mannes, sie war ganz in er Nähe. Das ebenmäßige helle Gesicht mit den blau schimmernden Augen. Es erinnerte ihn an eine Madonna, himmlisch aber unerreichbar. Diese Ferne versetzte ihn in eine Hoffnungslosigkeit, wie er es nicht für möglich gehalten hätte. Der Haupttreffer unmöglich und der Schlaf in weiter Ferne. Wie ein

Kokon kauerte er sich zusammen mit heißem Herzen und kalten Gliedern.

Endlich drangen die ersten Lichtschimmer in den Raum. Pablo erhob sich und trat hinaus auf die Terrasse. Es war bitter kalt, und der wenige Schlaf trug dazu bei, dass er zitterte. Die Nächte auf Lanzarote konnten, besonders in erhöhten Lagen und im Januar, ganz schön kalt werden, aber rasch fanden die ersten Sonnenstrahlen ihren Weg zu den entfernten Bergen und warfen fantastische Licht- und Schattenspiele in die kahle Landschaft der Vulkane und Krater. Unten im Tal lagen die Trichter der Rebberge immer noch im Schatten und erinnerten an die groben Poren von Elefantenhaut. Die Feuchtigkeit der Nacht hatte ein paar Nebelschleier entstehen lassen. Diese schwebten an den Hängen entlang, würden aber bald wieder verschwunden sein, aufgezehrt von der Wärme der Sonne.

„Buenos días!", erklang eine Stimme leise hinter ihm. „Was für ein herrliches Bild."

Ingrid war unbemerkt unter die Türe getreten und lächelte, wie um den herrlichen Morgen noch strahlender werden zu lassen. Ein Blick über die Schulter verriet Pablo, dass sie sich einen seidenen Umhang übergeworfen hatte, aber barfuß auf der Schwelle stand. Ihre blonden Haare hatte sie schlicht hinten zusammengebunden, wobei ein paar Strähnen sich selbständig gemacht hatten. Wie eine verwunschene Fee, dachte Pablo und war froh, dass sie von hinten seine innere Aufruhr nicht in seinem Gesicht entdecken konnte.

„Möchten Sie einen Kaffee?"

„Gerne", murmelte er und schlug sich die Arme um den Körper. „Es ist kalt hier oben. – Ja, aber wirklich sehr schön."

Stumm folgte er ihr in die Küche. Es zeigte sich, dass der hintere Teil des Anwesens mehr Räumlichkeiten aufwies, als vermutet. Neben der Küche lag ein Vorrats- und Waschraum. Gegenüber ging es zu mehreren Schlafräumen und noch einem Bad.

„Wenn Sie noch eine Nacht bleiben, können Sie selbstverständlich eines der hinteren Schlafzimmer benützen. Es ist mir peinlich, dass Sie diese Nacht auf dem Sofa verbringen mussten. Ich werde nachher sofort die Bettwäsche bereit legen."

Die Frau war munter und geschäftig, so ganz anders als die verängstigte Person von gestern Abend. Sie hantierte mit Kaffeedose,

Filter und Kanne, schob Brotscheiben in einen Toaster und deckte den Tisch.

„Es sind leider fast keine Vorräte da. Wir müssen nachher einkaufen gehen. Sie fahren doch mit, nicht wahr?"

„Ja klar, kann ich", sagte Pablo. „Bitte lassen Sie dieses dauernde „Sie", ich bin der Pablo."

„Gut", antwortete sie. „Und ich bin die Ingrid... aus Deutschland."

Beide lachten befreiend. Aber im Hintergrund lauerte natürlich immer noch die Frage, was sie da eigentlich wollten.

„Gut", wiederholte Pablo. „Ich weiß nicht wie lange ich hier bleiben muss, aber ja, wir brauche etwas zu essen. Und dann sagte mein Vater noch, dass hier auch etwas Ordnung geschaffen werden sollte. Mein erster Eindruck bestätigt das, aber ich würde mich gerne etwas umsehen."

„Bitte sehen Sie..." Erneut dieses stahlende Lächeln. „Bitte sieh dich frei um. Das Haus ist in deinen Händen. – Ich denke wir fahren um zehn Uhr. Ich erledige erst das hier alles und ziehe mich dann um."

Pablo trat vor das Haus. Er schüttelte den Kopf ob der angetroffenen Unordnung. Der Hof war übersät mit Unkraut, die Platten lagen schief und zum Teil zerbrochen auf dem Boden. Gestrüpp wucherte wild entlang der Mauer, und von der Wand blätterte der Putz ab. Als erstes nahm er sich das Tor vor. Dieses könnte zur Sicherheit doch geschlossen werden. Fehlanzeige, eines der Scharniere war abgebrochen. Er nahm sich vor, gleich heute ein neues zu besorgen. Ein Blick über die Weinberge zeigte schonungslos, dass da ohne Hilfe nichts zu machen war. Die Trichter mussten wiederhergestellt und die Reben geschnitten werden. Da brauchte man wenigstens ein halbes Dutzend Hilfskräfte. Ja, was machte denn der Verwalter? Eher überhaupt nichts! Er musste unbedingt Ingrid fragen.

Wütend begann Pablo die größten Büsche auszureißen und auf einen Haufen zu schichten. Das konnte man zu gegebener Zeit dann verbrennen. Als er gegen zehn Uhr ins Haus trat, war er verschwitzt und verdreckt. Dem gegenüber war Ingrid adrett in weißer Hose und bunter Bluse gekleidet. Sie hatte eine große Einkaufstasche aufgetrieben und war bereit zur Abfahrt.

„Bitte entschuldige", stammelte Pablo. „Ich sollte erst duschen und mindestens die Hose reinigen. Ich mach so schnell ich kann."

Lachend winkte sie ab. „Lass dir Zeit, wir haben keine Eile!"

Unter der Dusche reifte sein Plan. Sein Vater hatte ihm das alles eingebrockt, jetzt soll er ihm auch beistehen. Er, Pablo, wollte diese Finca Magdalena wieder in Schuss bringen, und dafür brauchte er Arbeiter und nicht zuletzt auch Geld. Mal sehen, was der Herr Papá dazu meinte.

Als sie dann zusammen im Auto saßen und kurz darauf Tías erreichten, bat Pablo darum, vor dem „Hyper Dino" Supermarkt anzuhalten. Sie könne hier ihre Einkäufe machen, während er bei der nahen Ferretería ein Scharnier kaufen wolle. Sie brauchte nicht zu warten und solle nachher einfach nach Hause fahren. Er hätte noch ein paar Kleinigkeiten zu erledigen und würde später den Weg zur Finca schon alleine finden.

Papá Comisario Fernando saß in der Küche vor einem Kaffee und schwatzte mit Tante Amara. Als Pablo unverhofft eintrat, blickte Fernando erstaunt auf und fragte: „Was machst denn du hier? Solltest du nicht auf Ingrid aufpassen?"

„Ja, ja", wehrte der Junior ab. „Zuerst einmal Guten Tag! – Sie muss ja mal einkaufen, und da dachte ich, ich komme während dieser Zeit vorbei. Hab' auch gleich eine Bitte."

„Wie war denn die Nacht?", wollte Fernando wissen.

„Alles ruhig", sagte Pablo. „Was ich fragen wollte, könntest du ein paar Arbeiter aufbieten, die dort oben im Weinberg helfen. Die Reben müssen unbedingt geschnitten werden. Außerdem brauche ich einen Maurer und einen Maler. Das Elektrische, das kriege ich selber hin. Das Gut ist in einem bedenklichen Zustand."

„Du meine Güte!", rief Tante Amara. „Welche Schande, die Finca Magdalena!"

Fernando starrte seinen Sohn fassungslos an. Dann brach es aus ihm heraus: „Bist du von Sinnen! Du sollst die Deutsche beschützen, hast du verstanden. Ja willst du dort gleich einziehen und die Finca übernehmen? – Ich sagte doch nur, du könntest ihr etwas zur

Hand gehen, aber doch nicht gleich den Gutsherrn spielen. Dieser Christian soll der Verwalter werden, nicht du."

„Niemand spielt hier den Gutsherrn", entgegnete Pablo. „Erinnere dich, Señor Comisario, wenn sich einer eingemischt hat, dann wohl eher du. Die Dame hat dir wohl den Kopf verdreht. Ich will nur zu Ende bringen, was du angezettelt hast."

„Aber doch nicht gleich mit einer ganzen Armee. Woher soll ich jetzt Arbeiter und Handwerker finden?"

Tante Amara holte neuen Kaffee aus der Küche und stellte die Tassen vor die beiden Männer. Sie schüttelte verstohlen den Kopf. Die Beiden, Vater und Sohn, waren sich so ähnlich. Sture Kerle waren sie, und was sie im Schädel hatten, das wurde durchgezogen, egal, was da komme. Es war aber schon erstaunlich, wie sich jetzt Pablo ins Zeug legte.

„Papá", sagte Pablo versöhnlich, „ich möchte Ingrid gerne helfen, und dazu brauche ich dich. – Außerdem glaubst doch auch du nicht im Ernst daran, dass dieser Christian nach so langer Zeit plötzlich wieder auftaucht. Der hat sich doch aus dem Staub gemacht. Vielleicht hat der erkannt, was für eine Knochenarbeit dahinter steckt, bei so einer Finca."

Vater Fernando ließ die Kaffeetasse sinken und blickte durch die offene Küchentür hinaus in den hinteren Hof, wo sich ein paar wilde Kakteen gegen die Mauer neigten. Es war ein bescheidenes Haus, aber dieses einfache Anwesen war ihr Zuhause, das Heim für zwei Männer und eine alte Frau. Sein Sohn Pablo war hier aufgewachsen. Es war eine gute Zeit, wobei der Tod der Mutter und der Ehefrau sie enger zusammengeschweißt hatte. Er konnte sich nur schlecht vorstellen, dass sie einmal auseinandergerissen würden. Dennoch, die Welt drehte sich weiter und über kurz oder lang würde es so weit sein, dass Amara starb oder Pablo auszog, um seinen eigenen Weg zu gehen. Hatte er Angst vor dem Alleinsein, dass er hier sitzen würde und sich jeden Tag fragen würde, was das noch sollte.

Die Gedanken, die durch Fernandos Kopf schwirrten, formten sich zu einer Erkenntnis, dass es jetzt wohl soweit war und Pablo sich, vielleicht noch unbewusst, seinen Weg suchte. Die Finca Magdalena war nicht das schlechteste Ziel, das musste er sich eingestehen. Aber verrannte der Junge sich da vielleicht in etwas, das nicht geschehen konnte. – Ja, auch er dachte, dass der Freund der Ingrid wohl nicht so schnell auftauchen würde. Aber wollte die blonde Deutsche dann wirklich hier auf Lanzarote bleiben und eine Finca bewirtschaften. Viel wahrscheinlicher war doch, dass sie zurück nach Deutschland fuhr. Vielleicht würde sie dann das Gut verkaufen, doch Pablos oder sein eigenes Gespartes würden nie und nimmer dafür reichen, es zu erwerben.

Auf all das hatte Fernando nur eine Antwort: „Pablo, du verrennst dich da in etwas, das nie gelingen kann…"

„Ach so", unterbrach ihn der Sohn. „Ich bin gut genug, dir aus der Patsche zu helfen und eine Beschützerrolle zu übernehmen, die ja auch du hättest machen können. Der Job im El Rondó ist dir aber wohl wichtiger. Dass ich jetzt vielleicht auch einmal eine Idee habe, das willst du nicht wahr haben. Die scheiß Arbeit in der Ferretería hängt mir sowieso schon lange zum Hals heraus."

Fernando wand sich. „Ich meinte ja nur. Die Situation mit dieser Finca ist derart verworren, dass da böse Überraschungen lauern und noch vieles passieren könnte. – Ja, hast du vielleicht sogar ein Auge auf die blonde Deutsche geworfen?"

„Ach Unsinn!" Die Reaktion kam etwas schnell.

Auch Amara blickte von ihrer Handarbeit auf, sagte aber nichts.

„Unsinn", wiederholte Pablo. „Die Frau ist verlobt, ist eine Fremde hier, spricht unsere Sprache kaum, und ich kenne sie doch überhaupt nicht."

„Klingt überzeugend", knurrte Fernando. „Also gut, ich werde sehen, wo ich ein paar Arbeiter finde. Ich ruf' dich an, wenn ich welche habe. – Du bleibst aber dort oben auf deinem Posten, verstanden!"

Pablo versprach es, winkte Tante Amara zu und verschwand. Der Alte würde sein Wort halten und ihm die benötigten Arbeiter schicken. Über Geld, das brauchte er natürlich auch noch, für Zement, Holz, Farbe, und vieles anderes, ja, über Geld würde er später mit ihm reden. Jetzt musste er zurück zur Finca, zu Ingrid.

Kapitel 7

Wieder war Fernando im El Rondó an der Arbeit, wechselte Tischtücher und legte neue Gedecke auf. Es war Sonntagabend, und die Gäste, Touristen, aber auch Einheimische tafelten und genossen die hervorragenden Spezialitäten.

Seit dem Einsatz seines Sohnes auf der Finca Magdalena waren drei Tage vergangen, und auch um die Suche nach dem vermissten Christian Sonderegger war nichts geschehen. Langsam ärgerte sich Fernando über sich selbst, er hatte wohl vorschnell reagiert, und die ganze Geschichte war dabei im Sande zu verlaufen. Glücklicherweise war Ilona so verständnisvoll und hatte über seine diversen Absenzen großzügig hinweggesehen. Gestern hatte er sie tatsächlich zum Essen ausgeführt, in ein Lokal etwas die Calle Juan Carlos hinauf. Es hieß 'La Cascada Puerto' und war ein typisch spanisches Restaurant. Er war öfters hier, man kannte den Comisario und hatte einen Tisch etwas abseits am Fenster reserviert. Das Filet 'Cerdo Iberico' war hier vorzüglich. Es stammte vom schwarzen Schwein, welches vorwiegend mit Eicheln gefüttert wurde und ist eine Spezialität. Typisch für ein spanisches Lokal war die Einrichtung des Restaurants aus dunklem Holz, mit gedrechselten Stuhllehnen und schweren eckigen Tischen. Die Beleuchtung war diskret, der Rioja Wein vorzüglich und die Bedienung, wie immer, laut aber gut: Dem

Señor Comisario und seiner schönen Begleitung würde man heute besonders empfehlen...

Sie ignorierten die umfangreiche Ankündigung des Menus und stießen auf den schönen Abend zu zweit an. Ja, Ilona war an diesem Abend besonders attraktiv. Sie trug ein schwarzes, eng anliegendes Kleid mit einem großzügigen Ausschnitt, dazu Schuhe mit hohen klappernden Absätzen. Eine rote Stola hatte sie auf die Stuhllehne sinken lassen. Es fehlte nur noch, dass Fernando als spanischer Edelmann das feurige Bild abgerundet hätte. Er hatte sich aber eine einfache Weste übergezogen, denn er wusste, dass am späten Abend ein kühler Wind wehen würde. Jetzt aber genoss er das Filet und Ilona eine schöne Seezunge.

Fernando erzählte ein paar amüsante Episoden aus seiner Zeit bei der Polizei und kam dann irgendwann auf den Fall Sonderegger zu sprechen, so nannte er die Geschichte unterdessen.

„Der Vermisste ist immer noch nicht aufgetaucht", bemerkte Ilona und legte die Gabel weg.

Fernando beugte sich vor. „Hast du auch wirklich genug? Es gibt hier köstliche Desserts." Und dann: „Nein, wir haben immer noch keine Ahnung wo er steckt. Die Sache ist wohl gelaufen."

„Die ganze Aktion mit den Fotos hat also nichts gebracht. Irgendwie tut mir diese Deutsche leid. Sie sitzt nun hier fest."

„Na ja, sie ist immer noch dort oben auf der Finca und scheint weiter zu hoffen. Pablo ist bei ihr und hat sich viel Arbeit aufgeladen. Eigentlich wäre es das Beste, wenn sie zurückreisen würde. Ich sehe kaum noch Möglichkeiten."

Ilona blickte nachdenklich ins Glas und sagte: „Pablo scheint da eine schöne Aufgabe gefunden zu haben."

„Hm... die Arbeiten gehen gut voran. Die Reben sind geschnitten, und es sollte in ein paar Monaten eine gute Ernte geben."

„War da nicht ein Verwalter?"

„Doch, aber der taugt nichts. Ingrid hat ihn rausgeworfen."

Tatsächlich war der Mann dort aufgetaucht und begehrte zu wissen, was da geschah, aber Ingrid machte kurzen Prozess. Sie entließ ihn und sagte, sie würde die Finca jetzt selber führen. Das war ja ursprünglich auch so vorgesehen, zusammen mit ihrem Freund. Jetzt machte sie das einfach alleine. – Nicht ganz, gestand sich Fernando. Pablo war da, und dann hatte er eine ganze Gruppe Arbeiter zur Verfügung. Als Comisario, na ja Ex-Comisario, hatte man halt so seine Beziehungen. Die örtliche Strafanstalt in der Nähe von Tahiche hatte immer wieder Sträfling im Offenen Vollzug, welche für Arbeiten außerhalb der Mauern eingesetzt werden konnten. Der leitende Vollzugsbeamte war gerne bereit, einen Trupp von acht Männern zur Finca Magdalena abzukommandieren. Für Comisario Fernando Romero war das eine Selbstverständlichkeit, sagte der Direktor im Range eines Coronels, er könne sie anfordern, wann immer er wolle. Fernandos Bedenken, dass da nur unfähige, arbeitsscheue Männer zur Verfügung stünden, zerstreute sein Freund mit dem Argument, da wären sehr wohl auch gelernte Handwerker dabei und manchmal sogar Akademiker.

Tatsächlich schien Pablo sehr zufrieden mit den Fortschritten der Arbeit, und der geregelte morgendliche Anmarsch und abendliche Abzug war nur von Vorteil. Dadurch war ein unbemerktes Eindringen tagsüber praktisch ausgeschlossen. Wobei sich Pablo immer wieder fragte, was denn eigentlich für eine Gefahr bestehen sollte. Der Mann, dieser Christian war verschwunden, und wer dann noch sollte Ingrid bedrohen?

Solange sie nichts über das Motiv des unerklärlichen Wegbleibens ihres Freundes wussten, so argumentierte Fernando, würden sie ein Auge auf die Frau haben. Dabei kam ihm schon mal der Gedanke, wieso sein Sohn so bereitwillig seine Nächte dort oben auf der Finca verbrachte. Aber das sollte ihn ja nicht kümmern, sein Junge war inzwischen erwachsen und konnte tun und lassen, was er für richtig hielt.

„Pablo macht seine Sache recht gut", erklärte Fernando nach einer Weile und schob den Teller weg. „Aber ich denke, irgendwann müssen wir die Sache doch beenden."

Verschmitzt lächelnd warf Ilona ein: „Aber doch nicht unsere Sache?"

„Gott, nein, das war überhaupt nicht so gemeint. Ich hoffe, du schenkst mir noch oft einen so schönen Abend." Sachte tastete er nach ihrer Hand.

„Lieber Fernando, von Herzen gern", flüsterte sie, errötend wie ein junges Mädchen.

Noch immer sah Fernando das warme Lächeln und das Strahlen in Ilonas Augen, auch wenn er heute wieder Tische abwischte, Stühle rückte und Bier servierte. Ilona arbeitete wie immer geschäftig hinter der Theke. Ihre Augen trafen sich manchmal nur kurz, und es war jedes Mal wie ein Stromstoß, ein Beben, ein Aufwühlen seiner Gedanken, welche ihn sekundenlang parallelisierte. Er musste aufpassen, dass er dem Gast nicht den Wein über die Kleider schüttete. Fernando rief sich zur Ordnung. Mensch, reiß dich zusammen, noch gut eine Stunde, dann ist die Schicht zu Ende. In diesem Moment brummte das Handy. Sie hatten strikte Anweisung, die Telefone auf stumm zu schalten und keineswegs im Lokal Gespräche zu führen. Fernando beeilte sich, in einer Ecke zu verschwinden, und nahm ab.

„Dígame!"

Stille. „Hallo, wer ist da?"

„Sind Sie derjenige, der Christian sucht?", tönte es aus weiter Ferne in gebrochenem Englisch.

Fernando erstarrte. „Ja, hallo, wer ruft denn da?

„Sie suchen Christian?"

„Ja!" Fernando unterdrückte eine Verwünschung. „Wer sind Sie?"

„Mein Name ist Danilo Gasser", antwortete der Mann am anderen Ende. „Ich habe das Flugblatt gesehen, und darauf stand ihre Nummer."

Fernando hatte sich endlich gefasst. „Einen Moment bitte, es ist hier so laut", sagte er und schob sich durch die Tür zur Toilette.

„So, jetzt nochmals. Sie kennen Christian Sonderegger?"

„Klar, wir sind Freunde, Geschäftsfreunde. Wissen Sie schon wo er sich aufhält?"

„Nein, leider nicht", antwortete Fernando. Er überlegte. Wenn der Mann das Flugblatt entdeckt hatte, dann war er auch auf Lanzarote. „Wo sind Sie jetzt? Können wir uns treffen?"

„Ich bin im Hotel San Antonio. Mit wem spreche ich denn?"

„Ach so, bitte entschuldigen Sie. Mein Name ist Fernando Romero. Ich befinde mich im Moment im Restaurant El Rondó, unten am Hafen. Nehmen Sie sich ein Taxi, kommen Sie zum Puerto, da ist das El Rondó gut sichtbar."

„Ich komme", sagte der Anrufer, „und wenn der Christian da ist, dann kann er was erleben."

Fernando eilte zurück ins Lokal, wo ihm Ilona einen fragenden Blick zuwarf.

Er trat zu ihr und sagte: „Da ist einer, der behauptet diesen Sonderegger zu kennen."

„Oh!", entfuhr es Ilona. „Dann kommt endlich Bewegung in die Geschichte. Er weiß wo der Gesuchte ist?"

„Nein, das glaube ich nicht. Er scheint ihn ebenfalls zu suchen. Ist wohl ein Freund, aber gerade freundlich klang das nicht. – Er kommt hierher."

Die Frau lächelte spitzbübisch. „Lieber Comisario, da hast du wohl zu tun. Die Ermittlungen sind im Gange. Ich bin gespannt was herauskommt. Du kannst natürlich mein Büro benützen."

„Danke, meine Liebe", entgegnete Fernando charmant. „Ich werde mich kurz fassen."

Eine halbe Stunde später war er da. Fernando erkannte ihn sofort. Der Mann war nicht wie ein Tourist gekleidet. In dunkler Hose und langärmliger Jacke machte er eher den Eindruck eines eben angekommenen Gastes, und seine suchenden Blicke verrieten ihn genauso. Fernando beobachtete den Mann eine Weile. Er war nervös, sein bleiches Gesicht wirkte abweisend, seine Bewegungen fahrig. Eine Person, die in einem Verhör eher schwierig und wenig kooperativ sein würde, dachte Fernando, ging aber freundlich auf ihn zu.

„Señor Gasser?", begrüßte er ihn fragend. „Ich bin Fernando Romero. Wir haben telefoniert."

„Ja, haben wir. Guten Abend Herr Romero. Wo ist Christian?"

Fernando winkte ab. „Einen Moment, Herr Gasser. Wir sollten unser Gespräch besser im Büro weiterführen. Bitte folgen Sie mir."

„Ach, Sie sind der Geschäftsführer diese Lokals?", folgerte Danilo.

„Nein, bin ich nicht", antwortete Fernando und führte seinen Gast durch die Tür im Hintergrund. „Bitte setzen Sie sich!"

Danilo blickte sich im engen, fensterlosen Raum um. Regale, ein Schreibtisch und ein paar Ordner verrieten, dass es sich um das Büro eines einfachen Betriebes handelte. Zuhause sah das auch nicht viel anders aus. Dieser Mann, dieser Romero, war komisch. Vielleicht war's der Besitzer des Lokals. Er kannte die Gegebenheiten in diesem Land nicht. Spanisch? Man würde sehen.

„Señor Gasser", begann Fernando nun freundlich. „Sie sind nach Lanzarote gekommen, um Herrn Christian Sonderegger zu besuchen?"

„Ja klar, ich hab' da etwas mit ihm zu besprechen. Wo ist er denn?", kam prompt die Gegenfrage.

„Wir haben ihn leider noch nicht gefunden..."

„Wir?", fuhr Danilo dazwischen. „Wer ist Wir?" – Dann überschlugen sich seine Gedanken. „Polizei?"

„Nein! Natürlich nicht." Das Gespräch lief völlig in die falsche Richtung. Fernando musste die Führung übernehmen, wollte er erfahren, was diesen Herrn antrieb. „Herr Gasser, ich unterstütze lediglich Frau Vogt..."

Wieder unterbrach Danilo: „Ingrid, ja, natürlich, die müsste ja hier auf einer Finca sein. Sie helfen Ingrid?"

„So ist es", sagte Fernando. „Ich möchte deshalb wissen, in welcher Beziehung Sie zu den Beiden stehen."

„Nun, ich bin der Geschäftsführer ihres Antiquitäten-Ladens in der Schweiz", antwortete Danilo etwas großspurig.

„Wo in der Schweiz?"

„In Winterthur", sagte Danilo und holte eine Visitenkarte aus der Brieftasche. „Bitte, das ist die Adresse. Wir handeln mit Antiquitäten jeglicher Art."

Fernando studierte die Karte. „Also, Sie sind geschäftlich hier und wollten sich mit Herrn Sonderegger treffen?"

„Ja, warum denn sonst?"

Fernando lächelte. „Na ja, als Tourist vielleicht wegen dem milden Klima. – Aber nein, Sie wollten zu Herrn Sonderegger. Wussten Sie denn nicht, dass er verschwunden ist?"

„Nein, keine Ahnung", blaffte Danilo.

„Sie reisen, ohne vorher Kontakt aufzunehmen?"

„Na und? Ich weiß ja, dass die Beiden hier auf Lanzarote sind."

„Haben Sie denn eine Adresse?"

„Klar, eine Finca, irgendwo bei einem Ort namens Conil", versicherte Danilo. „Ich weiß nicht, was das hier alles soll."

„Herr Gasser", fuhr Fernando beschwichtigend fort. „Wir suchen Herrn Sonderegger und bitten Sie um ihre Hilfe. Frau Ingrid ist tatsächlich auf der Finca und wartet auf ihren Freund. Ich werde Sie morgen dorthin bringen."

„Gut", antwortete Danilo. „Sie wissen ja wo ich zu finden bin, Zimmer Nummer 308 im dritten Stock. – Sagen wir um zehn Uhr."

Danilo erhob sich und wandte sich zur Tür.

„Einen Moment bitte", sagte Fernando. „Ich hab' doch noch eine Frage: Was sind das für Angelegenheiten, die sie mit Herrn Sonderegger so dringend zu besprechen haben? Sie sagten, er könne dann was erleben. Ist das eine Drohung?"

Danilo hielt inne. „So ein Unsinn!", rief er. „Er hat mir da etwas aufgebrummt, das ich nicht verstehe. Aber nein, von einer Drohung kann keine Rede sein."

„Dann wünsche ich ihnen eine gute Nacht. Wir sehen uns morgens an der Rezeption des San Antonio."

Spät in der Nacht saß Fernando am Computer und suchte nach Informationen. Er hatte bei Google 'Antiquitäten und Winterthur' eingegeben. Prompt fand er drei Eintragungen, eine Schreinerei zur Restaurierung alter Möbel, einen Philatelisten und Numismatiker, und dann stieß er auf das Geschäft an der Steinberggasse. An- und Verkauf von Antiquitäten aller Art stand da geschrieben, und als Besitzer war ein Hermann Vogt aus Hamburg eingetragen. Geschäftsgang und Liquidität waren nicht erwähnt, und wer den Laden zurzeit führte blieb ebenfalls offen. Aber, das war er, der Gesuchte. Im Einwohnerregister fand Fernando den Eintrag von Danilo Gasser, wohnhaft an der Kasernenstraße 24, Berufsbezeichnung unbekannt, weitere Auskünfte verhinderte der Datenschutz. Fernando fluchte leise. Er hasste dieses ewige Getue über Privatsphäre und Personenschutz. Heutzutage versteckte sich bald jeder dahinter, wie wenn man ein gegnerischer Agent und Spion wäre. Die Polizeiorgane hatten es neuerdings nicht mehr leicht. Ebenso erfolglos war schon die Suche nach Christian Sonderegger gewesen. Dieser war nicht einmal im Einwohnerregister zu finden. Na klar, der konnte natürlich von irgendwoher sein. Also blieb ihm nichts anderes übrig, als sich nochmals diesen Danilo und auch Ingrid vorzunehmen.

Etwas frustriert stand Fernando deshalb am nächsten Tag um zehn Uhr in der Lobby des Hotels San Antonio. Er war pünktlich, wohl wissend, dass diese Schweizer sich, im Gegensatz zu spanischen Gepflogenheiten, an die genauen Zeiten klammerten. Tatsächlich tauchte sein Mann auch pünktlich auf und warf den Schlüssel ins Fach.

„Guten Morgen Señor Gasser", begrüßte Fernando seinen Gast höflich. „Ich hoffe, Sie haben gut geschlafen."

Ein unwirsches Brummen war die Antwort. „Fahren wir!"

Im Auto herrschte bleierne Stille. Der Mann schien ein Morgenmuffel zu sein, und Fernando konzentrierte sich auf die Fahrt.

Oben bei der Finca war das Tor zu. Pablo hatte also das Scharnier repariert und abgeschlossen. Etwas unterhalb stiegen einige Rauchsäulen auf, dort wo die Arbeiter die eben abgeschnittenen Rebstauden verbrannten. Die orange-roten Overalls der Sträflinge leuchteten wie bunte Farbtupfer in den Feldern.

Sie stiegen aus, und während Fernando das Tor öffnete, blickte Danilo in die bizarre Landschaft. Für einen Neuankömmling musste diese Szene geradezu archaisch anmuten. Die Vulkane und Krater, hier auch Feuerberge genannt, und die schwarzen Lapillifelder vermittelten den Eindruck, als wenn diese Insel erst vor kurzem aus dem Nichts geboren und die Lava erst unmittelbar erstarrt wäre. Die löcherige, pockennarbige Landschaft der Weinberge, mit ihren Trichtern, mutete an, wie wenn man auf einem fremden Planeten gelandet wäre. Das alles interessierte Danilo im Moment wenig, denn im Vorhof des Gutes stand ein großes Polizeiauto mit der unverständlichen Aufschrift „Centro Penitenciario".

„Verdammt noch mal!", rief er. „Also doch Polizei!" Dann zu Fernando: „Sie haben mich angelogen, Sie…"

„Beruhigen Sie sich!", herrschte Fernando. „Das ist keine Polizei, sondern der Mannschaftswagen der Sträflinge, die hier im Rebberg arbeiten."

Doch jetzt kam Pablo um die Ecke, und der Hund war auch wieder da.

„Ola, Papá!", rief er. „Ich wollte gerade zu den Arbeitern. Da soll ein Maurer dabei sein. Den könnte ich hier gebrauchen."

„Mein Sohn, darf ich dir Señor Gasser vorstellen. Er ist extra nach Lanzarote gekommen, um Sonderegger zu sprechen."

Pablo reichte ihm die Hand. „Freut mich! – Ach, sie kennen Herrn Sonderegger? Leider ist der seit Wochen verschwunden."

„Hab ich schon gehört, ja, aber guten Tag. Ich wusste nicht, dass Herrn Romeros Sohn auch hier ist. Wo ist Ingrid?"

„Kommen Sie erst einmal herein!", bat Pablo. „Ingrid ist zum Einkaufen. Sie wird bald zurück sein."

Drinnen war es halb dunkel und angenehm kühl. Pablo öffnete die Terrassentür, und eine leichte Brise wehte herein. Fernando dirigierte seinen Begleiter zum großen Tisch und bat ihn, sich zu setzen. Die steifen Holzstühle waren gerade richtig, der Mann sollte etwas unbequem sitzen. Vielleicht würde der unter Druck etwas gesprächiger werden. Ein richtiges Verhör konnte sich Fernando nicht erlauben, aber vielleicht konnte er überprüfen, wie weit dieser Danilo ehrlich war und zugleich Ingrids Geschichte überprüfen.

Das Gespräch ergab aber nichts Neues. Erst als Ingrid eintrat, bepackt mit großen Tüten, kam Bewegung auf.

Sie ließ den Einkauf fallen und rief: „Danilo! Was machst du denn hier?"

„Hallo Ingrid!", kam es zurück. „Schön, dich hier zu sehen. Ich wollte Christian besuchen, aber er ist angeblich verschwunden."

Die kühle Begrüßung erstaunte Fernando. Überschäumende Wiedersehensfreude sah anders aus. Das ist der Freund ihres Verlobten, erinnerte er sich. Vielleicht war Distanziertheit in der Schweiz normal.

„Sie kennen sich also von zu Hause?", fragte er deshalb nüchtern.

Ingrid antwortete: „Na klar, er ist ein Studienfreund von Christian und hat vorübergehend meinen Antiquitäten-Laden übernommen. – Solltest du eigentlich nicht dort hinter dem Tresen stehen?"

„Natürlich", bestätigte Danilo. „Aber da hat sich etwas ereignet, das ich unbedingt mit Christian besprechen muss."

Jetzt hakte Fernando ein. „Was für ein Ereignis war das?"

Danilo zögerte. „Na ja, da war Einer, der wollte mir etwas andrehen."

Nun horchte auch Ingrid auf. „Was, Danilo?"

„Das tut hier nichts zur Sache", wehrte sich Danilo.

„Und ob das etwas zur Sache tut!", schaltete sich Fernando ein. „Sie sind sich schon bewusst, Herr Gasser, dass wir hier einen Vermissten suchen und auf jeden Hinweis angewiesen sind. Was war das für ein Angebot?"

„Tut mir leid Herr... Das betrifft nur uns und unser Geschäft. Wer sind Sie überhaupt, dass sie hier solche Fragen stellen."

„Comisario José Fernando Romero", sagte Fernando eisern. „Ja, ich stelle hier Fragen, und zwar deshalb, weil ich Señora Ingrid helfen will. Die Antworten werde ich noch bekommen, das verspreche ich ihnen."

Dann wandte er sich an alle: „Guten Tag, ich habe in Puerto del Carmen noch zu tun."

Kapitel 8

Der Fall Sonderegger beschäftigte Fernando mehr als ihm lieb war. Am Dienstag hatte er frei, aber statt sich von seinen Gefühlen leiten zu lassen und sich um Ilona zu kümmern, machte er sich Sorgen um die Situation auf der Finca Magdalena. Selbst Tante Amara merkte wie nervös er war. Sie hatte extra einen kräftigen Eintopf gekocht, mit Ziegenfleisch, Möhren und viel Zwiebeln. Fernando stocherte aber abwesend darin herum und schien sein Lieblingsessen völlig zu ignorieren.

„Schmeckt dir mein Essen nicht?", fragte sie pikiert.

Aufgeschreckt antwortete Fernando schnell: „Doch, doch, liebe Tante. Es tut mir leid. Es schmeckt vorzüglich."

Amara seufzte. „Deine Gedanken sind aber nicht dabei, und ich weiß auch warum."

„Soo…", meinte Fernando gedehnt und probierte einen weiteren Löffel voll.

„Du bist dort oben bei der Finca… wie ist der Name doch gleich?"

„Magdalena", beendete er den Satz. – Ja, ja, die Tante wurde langsam vergesslich. Aber in ihrem Alter…? Ihr Geist war nach wie vor rege, manchmal sogar zu schnell.

„Magdalena, sagte ich doch. Die Drei dort oben werden sich in die Haare kriegen. Das sehe ich kommen."

71

„Unsinn", brummte Fernando. „Dieser Gasser, der wohnt im Hotel, unten an der Promenade. Ich glaube nicht, dass der auf einer Finca arbeiten möchte."

Amara zögerte. „Ich meinte ja nur, unser Pablo sollte sich in Acht nehmen, der Kerl wird sich an die Deutsche heranmachen, wenn er merkt, dass ihm sonst die Felle davon schwimmen."

„Da wird sich die Ingrid wohl doch selber wehren können. Außerdem was meinst du, der Pablo...?"

Amara grinste und sagte: „Ja, bist du blind? Der Pablo schuftet doch dort oben nicht ohne..."

Das Handy unterbrach sie. Fernando nahm unwillig ab und meldete sich.

„Dígame!"

„Hier Coronel Martinez, Guardia Civil, Puerto del Carmen. Spreche ich mit Comisario Romero?"

„Ja?"

„Ich muss Sie sprechen Fernando", sagte der Coronel. „Kommen Sie in mein Büro. Wir haben einen Toten gefunden."

Dass er ihn mit dem Vornamen ansprach, alarmierte Fernando. Die steife, förmliche Art des Coronels war bestens bekannt, und wenn er so vertraulich wurde, dann musste schon etwas Besonderes passiert sein.

„Gut, ich komme", versprach er deshalb bereitwillig. „Etwa in einer halben Stunde bin ich da. – Wer ist denn der Tote?"

„Das erkläre ich ihnen, wenn Sie hier sind. Also, bis dann."

Hoffentlich war es nicht das, was er vermutete, überlegte Fernando. Martinez wusste natürlich ob seiner Suche nach Sonderegger, aber er wollte keine voreiligen Schlüsse ziehen. Er hatte während seiner Laufbahn bei der Polizei oft erlebt, dass die Realität meist nicht den Erwartungen entsprach. In einer Stunde würde er mehr wissen.

„Tía, es tut mir leid, aber ich muss sofort weg", beschwichtigte er Amara. „Hebe den Eintopf für den Abend auf, er ist köstlich." Er hatte noch keine Ahnung, dass er dafür abends überhaupt keine Zeit mehr finden würde.

Die Fahrt zum Stützpunkt der Guardia Civil dauerte länger als gedacht, so dass Fernando erst gegen elf ins Büro des Einsatzleiters trat. Er begrüßte Martinez höflich und wunderte sich, dass noch zwei Beamte anwesend waren.

Ohne ihn zum Sitzen aufzufordern begann der Coronel: „Fernando, Sie sind spät." Dann stellte er vor: „Das sind Sargento Valerio und Dr. Drago von der Forensik."

„Und wofür dieser Aufmarsch?", brummte Fernando.

Martinez lehnte sich zurück und begann: „Ich sagte ja schon, wir haben einen Toten gefunden. Sargento Valerio war mit einer Patrouille unterwegs, als sie auf die Leiche stießen. Sie ist männlich, weiß und lag wohl schon einige Zeit dort am Ufer."

Fernando wartete die Pause ab und sagte dann: „Sie glauben es ist der Vermisste Christian Sonderegger. Wo ist die Leiche jetzt?"

Jetzt meldete sich der Sargento: „Er konnte noch nicht geborgen werden. Wir fanden ihn gestern Abend kurz vor der Dämmerung an einer schwer zugänglichen Stelle, und ein Helikopter-Einsatz war in der Nacht nicht möglich."

„Ja, und wo ist das jetzt genau?"

„An der südwestlichen Küste, nahe dem Barranco de los Dises."

„Und da kommt man nicht hin ohne Helikopter? – Mit einem Geländewagen oder einem Boot?", fragte Fernando weiter.

„Sie hörten ja gerade, unmöglich", bellte Martinez.

„Señor", erwiderte Fernando. „Man kann doch eine Leiche nicht einfach so liegen lassen."

„Fernando, das kann ja bei der Policía Nacional schon so sein", fuhr Martinez auf, „aber wir von der Guardia Civil haben die Aufgabe des Grenzschutzes prioritär zu beachten. Illegale Eindringlinge sind unser Problem, nicht, ja eh schon tote Leichen."

„Aber wenn die Flut nun den Leichnam wieder weggeschwemmt hat?"

„Hat sie nicht", blaffte Martinez. „Außerdem, was kümmert Sie das? Sie sind ja nicht mehr im Dienst."

Das saß. Fernando drehte sich weg, aber bevor er zur Tür gelangte, hielt ihn der dritte Mann auf. „Señor Fernando, bitte, wir haben Sie gerufen, weil Sie den Toten vermutlich kennen. Jemand sollte ihn identifizieren. Außerdem schätze ich ihre Beurteilungen sehr. Bitte kommen Sie mit."

Der Forensiker Dr. Drago war für Fernando kein Unbekannter. Sie hatten öfter mal zusammen gearbeitet, wenn auch Leichenfunde auf Lanzarote eher eine Seltenheit waren. Dr. Drago war kompetent, hilfsbereit und fast in seinem Alter.

„Doctor", sagte Fernando. „Es ist ja durchaus bekannt, dass ich bei der Suche nach Christian Sonderegger mitgeholfen habe, aber persönlich kenne ich ihn nicht. Zur Identifikation müssten Sie schon dessen Freundin bemühen. – Oder vielleicht besser dessen Freund, Danilo Gasser. Die Leiche ist sicher kein schöner Anblick für eine Dame."

Coronel Martinez wurde unruhig. „Dann holen Sie den Zeugen ab, und beeilen Sie sich! Der Helikopter startet um ein Uhr, da hinten auf dem freien Platz.

Durch ein paar Telefonanrufe erfuhr Fernando, dass sich Danilo Gasser tatsächlich auf der Finca Magdalena aufhielt. Dieser weigerte sich vorerst, am Flug teilzunehmen, lenkte dann aber ein, als ihm Fernando deutlich machte, dass es seine Pflicht wäre, und dass er es ansonsten mit der Guardia Civil zu tun bekäme. Der Ruf dieser spanischen Polizeieinheit war auch Danilo bekannt, und mit denen wollte er sich keineswegs anlegen.

Der alte Armee-Helikopter war nicht gerade Vertrauen einflößend. Als er abhob, ratterte er überlaut und vibrierte derart, dass man meinte, er würde gleich in alle Teile auseinander fallen. An Bord befanden sich außer Dr. Drago, Fernando und Danilo auch der Sargento Valerio und zwei Mann seiner Truppe. Eine Verständigung war wegen dem Lärm unmöglich. Sie gewannen rasch Höhe, und Puerto del Carmen verschwand unter ihnen. Fernando deutete auf die Bergkette vor ihnen, auf die Ajaches mit dem höchsten Gipfel, dem Atalaya de Femés. Links war eine herrliche Aussicht hinüber zur Insel Fuerteventura, mit den riesigen Sanddünen von Corralejo, zu sehen. Unter ihnen, für die Passagiere kaum sichtbar, erstreckten sich die rauen Abhänge der Berge, durchzogen von riesigen Tälern, sogenannten Barrancos, bis hin zum Meer.

Glücklicherweise war der Wind, welcher eigentlich auf Lanzarote fast immer weht, an diesem Tag eher mäßig. Der Pilot konnte es wagen, in der engen Mündung des Barrancos de los Dises, zu landen. Schwankend setzte er auf dem Kiesbett auf. Die Insassen, dem fürchterlichen Lärm entfliehend, sprangen hinaus und stolperten über das Geröll. Während die Beamten mit festen Stiefeln durch den Kies zum Strand stampften, folge Danilo unbeholfen schwankend. Dieser hatte natürlich nicht damit gerechnet, in solch unwegsames Gelände geführt zu werden. Seine leichten Straßenschuhe waren dafür absolut ungeeignet. Fernando dirigierte ihn aber erbarmungslos, dem Sargento folgend, rechts hinüber, dorthin, wo sich die Felswand nahe an das Wasser schob. Die letztere erhob sich senkrecht in den Himmel und ließ nur einen schmalen Streifen Geröll und Felsen, dem Meer entlang, frei. Die Gruppe arbeitete sich darauf vorwärts, bis sie zu einer Stelle gelangten, wo ein viereckiger schwarzer Klotz den Weg versperrte. Bei näherem Hinsehen entpuppte sich der Block als einen alten Bunker, fast unsichtbar, aus großen Steinblöcken an den Fels gebaut.

Fernando erinnerte sich, von der Existenz dieses versteckten Gemäuers, welches so abgelegen lag, dass kaum je ein Mensch herkam, gehört zu haben. Die Stelle war nur zu Fuß erreichbar, und selbst geübte Wanderer müssten einen stundenlangen mühsamen Marsch durch unwegsames, schroffes Gelände, mit steilen Felsen und tiefen Schluchten bewältigen, um hierher zu gelangen. Angeblich war der Bunker ein altes Überbleibsel der wirren spanischen Kriegszeiten, als Piraten, Freibeuter und Rebellen durch die Meeresenge zwischen Lanzarote und Fuerteventura segelten. Die schmalen Schießscharten zeigten zum Meer hinaus und entlang dem steinigen Ufer. Im Rücken war die rund fünfzig Meter hohe, senkrechte Felswand natürlicher Schutz genug.

Zwanzig Meter weiter, zwischen großen Felsbrocken, lag die Leiche. Dr. Drago hielt Danilo und Fernando zurück. „Bleibt hier!", befahl er. „Ein Toter, der schon einige Tage dort liegt, ist wahrscheinlich kein schöner Anblick. Besser, ich sehe in mir mal an. Sargento bringen Sie die Trage und meine Tasche."

Während Danilo unschlüssig wartete, folgte Fernando dem Doctor, trotz der Warnung. Er hatte schon einige Leichen gesehen, aber was sich hier zeigte, übertraf jegliche Vorstellung. Mit verrenkten Gliedern lag er da, Insekten und Ameisen hatten bereits von ihm Besitz ergriffen und Vögel, wahrscheinlich Möwen, hatten ihn total verunstaltet. Es stank fürchterlich, obwohl die leichte Brise den

Verwesungsgeruch etwas milderte. Fernando hielt das Taschentuch vor den Mund und beobachtete, wie der Forensiker sich Handschuhe überzog, eine Gesichtsmaske befestigte und sich über den Körper beugte. Als er versuchte den Toten umzudrehen, fiel der Kopf in eine schiefe Lage und entblößte einen völlig zertrümmerten Schädel. Drago arbeitete schweigend. Schlussendlich machte er etliche Fotos und wandte sich an den Comisario.

„Fernando, ich denke ich bin so weit."

Fernando blickte um sich und nickte. Stumm ragten die Felsen aus dem Wasser, und die runden Steine lagen poliert in der Sonne, wie wenn alles gehörig gereinigt worden wäre. Natürlich, das Meer, die Flut und das Wetter hatten gründliche Arbeit geleistet. Eine Suche nach Spuren erübrigte sich. Da war nichts, was den Hergang und die Todesursache erklären könnte.

Trotzdem fragte er: „Doctor, was denken Sie, wie ist er umgekommen, und wie lange liegt er schon hier?"

„Wie soll ich das wissen?", wehrte sich Drago. „Sicher ist, dass sein Schädel eingeschlagen ist und dass er das Genick gebrochen hat, beides könnte die Todesursache sein."

„Und wann ist das passiert? Könnte er vielleicht von den Klippen gestürzt sein?"

„Ich möchte mich nicht festlegen, aber ich denke es muss schon ein bis zwei Wochen her sein, so wie der aussieht."

„Aha!", meinte Fernando und beantwortete die zweite Frage, während er nach oben blickte, gleich selber: „Von den Felsen kann er kaum hierher gefallen sein. Die sind dort oben überhängend, und er wäre bei so einem Sturz wohl ins Wasser gefallen."

Dr. Drago bestätigte: „Richtig, der Leichnam lag aber trotzdem einige Zeit im Wasser und wurde dann hier angeschwemmt. Die Verletzungen deuten aber eher auf Gewaltanwendung hin."

Fernando zögerte, dann winkte er Danilo zu sich. „Bitte sehen Sie sich den Toten an. Kennen Sie ihn?"

Danilo stolperte über die Felsen. Beinahe wäre er hingefallen. Er fluchte, rappelte sich auf und blickte auf den Toten. Würgend wandte er sich ab und schimpfte in unverständlichen Worten über die Zumutung, welche ihm da aufgehalst wurde.

Fernando stützte den Mann und fragte: „Herr Gasser, ist das ihr Freund Christian Sonderegger?"

Danilo stolperte und rief: „Ja, zum Teufel, warum fragen Sie denn noch, wenn Sie es doch wissen."

„Beruhigen Sie sich", mahnte Fernando. „Es ist eine Formalität, die gemacht werden muss. Man hätte Sie natürlich auch in die forensische Abteilung beordern können. Den Besuch der Leichenhalle wollten wir ihnen aber ersparen."

Danilo wandte sich ab und kraxelte zurück zum Landeplatz. Unterdessen packten die Männer der Guardia Civil die Leiche in einen Sack und trugen sie auf der Bahre zum Helikopter.

„Nun soll ich auch noch mit der Leiche auf den Füssen mitfliegen!", krächzte Danilo entgeistert.

Fernando verlor die Geduld. „Nun seien Sie endlich ruhig und steigen Sie ein! – Wenn Sie nicht sofort einsteigen, können Sie gerne zu Fuß den Rückmarsch antreten. Dort hinauf geht's mindestens drei Stunden bis zum nächsten Ort."

Grinsend blickte er auf Danilos Schuhe. „Mit denen kommen sie keine halbe Stunde weit. – Los jetzt, einsteigen!"

Die Expedition war eine Stunde später beendet. Der Leichnam flog mit Dr. Drago zur Leichenhalle, Danilo war auf dem Weg zum Hotel und Fernando, zusammen mit dem Sargento, traf sich im Büro mit Coronel Martinez.

Der Sargento salutierte und berichtete: „Coronel, wir haben die gefundene Leiche geborgen. Sie wurde durch den Freund einwandfrei identifiziert. Es ist Christian Sonderegger, Schweizer Staatsbürger, er wurde seit Dezember vermisst."

Martinez lehnte sich zurück. „Sehr gut Sargento. Ihr Auftrag ist damit abgeschlossen, sie können gehen."

„Si Señor!", schnarrte der Sargento und verschwand durch die Tür.

„Ja, das war's dann wohl", sagte Martinez und nickte Fernando abschließend zu.

Der blieb aber stehen und sagte: „Coronel, die Angelegenheit muss jetzt wohl der Kriminalpolizei übergeben werden, denn es handelt sich mit größter Wahrscheinlichkeit um ein Tötungsdelikt.

Dr. Drago wird den Leichnam untersuchen, und dann wissen wir Genaueres."

„Nun, lassen Sie das nur meine Sorge sein", antwortete Martinez. „Wir werden alle notwendigen Schritte in die Wege leiten. Ich denke aber, dass es auf einen Unfall hinausläuft und weitere Untersuchungen nicht notwendig sein werden. Vielen Dank für ihre Mithilfe."

„Aber…"

„Danke Señor Romero. Ich habe in ein paar Minuten eine Besprechung. Wenn Sie mich jetzt entschuldigen würden."

Fernando verstand den Hinauswurf sehr wohl, drehte auf den Absätzen um und verließ das Gebäude der Guardia Civil kopfschüttelnd. Der Coronel war so etwas von einem sturen Hund. Sah der denn nicht, dass da viele Ungereimtheiten auf ein Verbrechen hindeuteten und eine Untersuchung eingeleitet werden musste. Außerdem waren doch die Angehörigen zu informieren, und da dachte er sofort an Ingrid. Die Freundin des Toten wartete dort oben auf der Finca immer noch nichtsahnend.

Es half nichts, er musste zur Finca und die traurige Nachricht überbringen. Es war schon spät am Nachmittag, als sich Fernando auf den Weg machte. Oben bei der Finca angekommen, beachtete er kaum, wie sich die Schatten in die zerklüftete Vulkanlandschaft einschlichen und die letzten Sonnenstrahlen verzagt ein blasses Licht auf die Gipfel warfen. Die Szenerie war atemberaubend, aber es dämmerte rasch. Fernandos Überlegungen waren aber ganz wo anders. Was würde es für Ingrid bedeuten, wenn sie erfuhr, dass ihr Freund so einen schrecklichen Tod gefunden hatte. Würde sie, unter der Last der Gewissheit, dass ihr Liebster nicht mehr war, zusammenbrechen? Würde sie im Schmerz versinken oder würde sie gegen die ungerechte Welt lautstark schreiend protestieren, und sich fragen wer ihr so etwas antun konnte?

Das Tor stand offen. Fernando nahm sich vor, Pablo auf die Nachlässigkeit anzusprechen. Hatte er nicht gesagt, dass es, aus Sicherheitsgründen, immer zu sein sollte? Er fuhr auf den Hof und stieg aus. Alles war still, selbst der sonst lästig kläffende Hund war nicht zu sehen. Der Transporter der Sträflinge war ebenfalls weg.

Nun gut, die hatten wohl längst Feierabend und waren zurück auf dem Weg in ihre Zellen. Wo aber blieben die übrigen Bewohner? Auf sein Klopfen reagierte niemand. Zum Teufel, auch die Tür war nicht abgeschossen. Fernando stieß sie auf und trat in den großen düsteren Saal.

„Ingrid", rief er. „Ich bin's, Fernando. – Ist jemand da?"

Verflucht, dachte er. Dieses Haus ist derart ungeschützt, jeder könnte einfach herein marschieren. Pablo, wo war der Dummkopf? Der müsste es doch besser wissen. Konnte man sich denn auf niemanden mehr verlassen?

Fernando durchquerte den großen Raum und blieb plötzlich stehen. Von hinten waren Geräusche zu hören. Da war jemand. Ein Seufzer, ein Stöhnen! Was war hier los? Wieder ein leiser Schrei.

Fernando war mit wenigen Schritten an der Tür und riss sie auf. Erschrocken blickte er auf das Bild, das sich ihm bot. Auf dem Bett zwei ineinander verschlungene Körper, welche jetzt entsetzt auseinender fuhren.

„Papá! – Was soll das? – Ich kann's erklären..."

Sein Sohn in den Armen von Ingrid, beide nackt, und die Situation war offensichtlich.

Wortlos drehte sich Fernando um, schlug die Tür zu und warf sich auf den nächsten Stuhl. – Ingrid und Pablo, das durfte nicht wahr sein. Waren die denn von allen guten Geistern verlassen? Pablo und diese Deutsche, die war doch verlobt. – Nicht mehr, korrigierte er sich sofort, dieser Christian war ja tot. Das konnten die Beiden aber noch nicht wissen, und trotzdem fielen die über einander her wie brünstige Tiere. Unfassbar!

Nicht lange danach kam Pablo durch die Tür. Er hatte seine Jeanshose an und knöpfte sich das Hemd zu. „Papá", begann er. „Es ist einfach passiert. Ich liebe Ingrid."

Fernando schnaubte. „Einfach so! Hast du vergessen, dass sie verlobt ist. Und außerdem ist sie eine Deutsche. – Ist das deine Art von Beschützen?"

„Natürlich werde ich alles tun, um Ingrid zu beschützen", beteuerte Pablo. „Außerdem ist sie eine starke Frau, die sehr wohl weiß was sie will."

„Da bin ich aber nicht so sicher", antwortete Fernando. „Sie weiß leider noch nicht alles, und wie es dann aussieht, das, mein lieber Sohn, wird sich erst zeigen. – Wo ist denn Ingrid jetzt?"

Wie wenn die Angesprochene die Frage gehört hätte, erschien Ingrid nun ebenfalls durch die Tür. Sie sah leicht verstört aus, mit wirrem Haar und zerknitterter Bluse. – Von wegen starker Frau, dachte Fernando.

Sie stellte sich scheu neben Pablo und sagte: „Herr Fernando, bitte verstehen Sie, Pablo und ich…"

„Ich verstehe", brummte Fernando. „Bitte Ingrid setzen Sie sich, ich habe Neuigkeiten."

Ingrid erbleichte. „Sie haben Christian gefunden?"

„Ja, wir haben ihn gefunden", wiederholte Fernando und begann seinen Bericht.

Ingrid und Pablo waren beide auf einen Sessel gesunken und hörten mit zunehmendem Entsetzen zu.

„Tot?", stammelte Ingrid.

„Ja, leider", bestätigte Fernando. „Ein Irrtum ist ausgeschlossen, sein Freund Danilo hat den Leichnam bereits identifiziert. Es ist Christian, und er wurde wahrscheinlich ermordet."

„Mein Gott, das ist ja schrecklich!", murmelte Pablo.

„Sie glauben also nicht an einen Unfall?", fragte Ingrid leise. „Es ist schrecklich. Wer könnte ihm denn so etwas antun?"

Fernando wunderte sich. Er hatte erwartet, die Freundin des Verstorbenen in Tränen aufgelöst und völlig unansprechbar zu erleben. Nun stellte sie aber völlig sachlich Fragen, und besonders auch diejenige, die ihm selber dauernd durch den Kopf ging. – Wer tat so etwas?

„Wir warten jetzt erst einmal die Autopsie ab", sagte Fernando. „Dr. Drago ist ein hervorragender Forensiker und kann uns sicher mehr über die Todesursache sagen."

„Hör' auf!", stöhnte Pablo. „Ist es nicht genug, dass ihr Freund tot ist? Musst du jetzt auch noch die Details…"

„Schon gut", brummte Fernando. „Bitte entschuldigen Sie Ingrid, es tut mir leid."

Die Angelegenheit schien Pablo mehr mitzunehmen, als Ingrid, die eigentlich Betroffene. – Na ja, den Herrn Sohn plagte wohl auch etwas ein schlechtes Gewissen. Es war ja schon keine Kleinigkeit, dem Freund die Geliebte auszuspannen, aber einem wehrlosen Toten, das war schon der Horror. Konnte er sich jetzt freuen, dass der Rivale endgültig aus dem Rennen war oder musste er sich Sorge um die Frau machen, die den Tod ihres Verlobten erst einmal verarbeiten musste?

Fernando wusste im Moment einfach nicht weiter. Er erhob sich und wollte sich verabschieden. Er musste in Ruhe überlegen. Vielleicht war es das Beste, allem einfach seinen Lauf zu lassen. Die Ermittlungen würden, wenn es nach Coronel Martinez ging, sowieso eingestellt werden, und die jungen Leute hier brauchten Zeit, um ihre Zukunft zu überdenken. Diese Finca war für die Beiden vielleicht eine sich lohnende Aufgabe.

An der Tür drehte er sich nochmals abrupt um. „Ach, doch noch etwas", sagte er. „Was ist denn eigentlich mit diesem Danilo? Was führte den nun wirklich hierher, nach Lanzarote?"

Ingrid, welche die ganze Zeit geistesabwesend dagesessen hatte, richtete sich auf. Ihre Augen schimmerten plötzlich feucht, wie wenn sie erst jetzt die ganze Tragweite der Ereignisse begriffen hätte. „Ich habe mich auch schon gefragt...", stammelte sie und klammerte sich an Pablo.

„Genau, Papá!", folgerte sein Sohn und sprang auf. „Was zum Teufel macht der hier. Der redete doch eigentlich nur über irgendwelche unerledigte Geschäfte, aber über nichts Konkretes. Was will der hier?"

Fernando nickte. „Genau, das sollten wir ihn fragen."

„Ich komme mit!", rief Pablo. „Gleich Morgen früh. Heute Nacht bleibe ich hier bei Ingrid, sie braucht mich jetzt."

„Gut, morgens um acht Uhr", bestimmte Fernando. „Wir treffen uns zu Hause und fahren zusammen. Sei pünktlich, der Mann könnte unter Umständen abreisen, doch zuvor wollen wir ihn beim Frühstück stören. – Und jetzt, schließt hinter mir ab, auch das Tor, und passt auf euch auf!"

Kapitel 9

Kaum bogen sie in die Hoteleinfahrt ein, da sahen sie ihn aus dem Eingang kommen und über die Straße eilen. Dort befand sich der Taxistand, wo die Fahrer gelangweilt auf Kundschaft warteten. Danilo eilte genau darauf zu.

„Fahr durch!", befahl Fernando. „Der nimmt ein Taxi. Hinter ihm her!"

Pablo zögerte nicht und nahm die gegenüberliegende Hotelausfahrt. Das Taxi fuhr in Richtung Arrecife, der Hauptstadt, oder vielleicht auch zum Flugplatz.

„Er haut ab", kommentierte Pablo und folgte in genügendem Abstand.

„Kaum", brummte Fernando. „Er hat kein Gepäck dabei. Der fährt nicht zum Flugplatz. Pass auf, fahr nicht zu dicht auf!"

Sie hatten keine Mühe dem Taxi zu folgen, und es war unwahrscheinlich, dass Danilo ihr Auto erkennen würde. Sie fuhren vorbei am Vorort Matagorda, und nur wenige Kilometer danach bogen sie auf die Autostraße zur Hauptstadt ein. Der Verkehr wurde dichter, aber das Taxi fuhr zügig, und die Verfolger, drei Wagen dahinter, folgten problemlos. Dann kamen die großen Kreisel und die ersten Ampeln. Jetzt wurde es schwieriger, aber das Taxi folgte der großen Avenida, schwenkte beim fünften Kreisverkehr nach rechts ab, in die Richtung des Hafens Puerto de Naos. Auf der richtungsgetrennten Allee war es einfach zu folgen. Dann aber, kurz bevor sie das Meer erreichten, schwenkte das Taxi rechts in eine kleine Seitenstraße hinein. Jetzt wurde es schwierig. Die schmale Einbahnstraße ließ kein Anhalten oder gar Überholen zu.

„Anhalten!", bellte Fernando.

Pablo schaffte es gerade noch, hinter einem Van mit greller Aufschrift den Wagen zum Stehen zu bringen. Zwei Männer luden sperrige Kisten ein und blickten vorwurfsvoll auf das Auto, welches ihr Tun störte. Das Taxi hielt weiter vorne. Sie sahen gerade noch, wie Danilo heraussprang und in einer Einfahrt verschwand.

Fernando war sofort aus dem Auto und rannte in die Richtung, wo das Taxi gerade davonfuhr. Er stolperte über die unebenen Platten eines Kanaldeckels und fluchte. Was zum Teufel wollte der Kerl hier in diesem Hinterhof? Beidseitig der engen Straße befanden sich verrammelte Tore zu irgendwelchen Lagern und Werkstätten. Die Nähe des Hafens offenbarte sich dadurch, dass es nach Brackwasser und Fisch stank.

Als er die Einfahrt erreichte, war Danilo verschwunden. Vorsichtig näherte er sich dem rostigen Tor. Ein Flügel war nur angelehnt und ließ sich problemlos aufstoßen. Fernando spähte durch den Spalt und entdeckte dahinter einen Innenhof, eine eiserne Treppe und daneben eine angelehnte Türe. Er schlüpfte hinein und sah sich um. Im Hof verstreut lagen alte Pneus, Plastikflaschen jeglicher Größe, rostige Eisenteile, Blech und vielen weiteren Unrat. Unkraut wucherte in allen Ecken. Es stank nach Abwasser und Altöl.

Fernando war sich bewusst, dass eine Entdeckung äußerst peinlich wäre, da Danilo ihn ja kannte. Was für eine Erklärung konnte er schon anbringen, was er hier zu suchen hatte. Aber die Neugier trieb ihn weiter. Notfalls konnte er sich unter der Treppe, wo Fässer und Kisten gestapelt waren, verstecken. Er kauerte sich dahinter und betete, dass er übersehen würde, käme Danilo unverhofft zurück.

Hinter der Tür ertönten plötzlich laute Stimmen. Fernando verstand erst kein Wort, eine fremde Sprache. Die Auseinandersetzung dauerte an, und Fernando erkannte die Sinnlosigkeit seiner Situation. Er musste zurück zum Auto. Dann aber plötzlich Bruchstücke in Englisch: „...nachts, zwei Uhr, ... nein um die zwanzig..." Darauf die andere Stimme, hysterisch: „…tot…nicht…ohne mich! …nicht mit mir…" Das war Danilo.

Die Tür schlug krachend auf, und Danilo stürzte durch den Hof. Er hatte keine Augen fürs Umfeld, stieß durch das Tor und verschwand. Fernando zwang sich zur Ruhe. Wer konnte wissen, ob nicht noch einer nachkam. Aber es blieb ruhig. Ein paar Minuten später erhob er sich und verdrückte sich zurück auf die Straße. Beinahe wäre er mit Pablo zusammengeprallt.

„Hast du den Fliehenden gesehen?", keuchte er.

„Klar, der ist ab wie eine Rakete, dort um die Ecke", antwortete Pablo erschrocken. „Ich fürchtete schon, dir wäre etwas passiert."

„Mir ist nichts passiert. Hat er dich erkannt?"

Pablo schüttelte den Kopf. „Nein, ich denke nicht, so wie der die Flucht ergriffen hat. Was war denn los?"

„Später", sagte Fernando. „Gehen wir zum Auto."

Es stand einsam in der engen Straße. Der Lieferwagen war verschwunden. Die Beiden ließen sich in die Polster fallen und starrten eine Weile durch die Scheibe.

„Es ist wohl sinnlos ihm zu folgen", sprach Fernando seine Gedanken aus. „Der ist über alle Berge, aber wir wissen ja, wo wir ihn finden."

Pablo schluckte. „Papá, so eine Aktion kann böse danebengehen. Du bist nicht mehr im Dienst. Du solltest das der Polizei überlassen. – Wen hat er denn getroffen? – Wie viele waren dort drin, außer diesem Danilo?"

„Ich glaube noch zwei. Einer sprach eine komische Sprache, der andere Englisch. Ein paar Worte konnte ich verstehen, es macht aber keinen Sinn", überlegte Fernando. „Da soll etwas nachts um zwei Uhr sein."

Ja, sein Sohn hatte recht, der Fall Sonderegger war doch eigentlich Sache der Polizei. – Aber dieser selbstgefällige Coronel Martinez verunmöglichte ja gerade diesen normalen Dienstweg. Zum Teufel, er, Comisario Fernando wollte wissen, was da dahinter steckte.

Fernando sagte deshalb entschieden: „Wir fahren jetzt zum Hotel San Antonio und warten dort auf unseren Ausreißer. Ich möchte wissen, was diesen Herrn so umtreibt. Komm schon, fahr los!"

Die Rückfahrt nach Puerto del Carmen verlief wortlos. Vater und Sohn waren mit eigenen Gedanken beschäftigt. Erst als das Hotel erreicht war, sprach Pablo aus, was ihn dauernd plagte.

„Papá, ich möchte zurück zur Finca. Ingrid ist dort allein, und die tragische Nachricht hat sie mehr mitgenommen als sie zugibt. Ich muss zu ihr."

„Schon gut mein Sohn", antwortete Fernando. „Fahr du nur zur Finca. Ich nehme von hier dann ein Taxi zur Arbeit."

Er war ein guter Junge und offensichtlich verliebt, wenn es Fernando auch immer noch schwer fiel, diese deutsche Frau mit Pablo in einem Gedanken unterzubringen. Ingrid und Pablo, das war eine Konstellation mit der er zuerst fertig werden musste. Er setzte sich also in die Halle des Hotels Antonio und wartete. Das gab ihm Zeit für einen längst fälligen Anruf an Dr. Drago.

„Ich habe ihren Anruf schon erwartet, Comisario", erklang es laut und deutlich. „Ich dachte Sie sollten es zuerst erfahren."

„Schießen Sie los Doctor!"

„Der Mann, dieser Sonderegger, wurde mit großer Wahrscheinlichkeit erschlagen", fuhr Drago fort. „Mit einem schweren runden Objekt. Seine Schädeldecke brach ein wie ein rohes Ei. – War dort draußen denn so etwas gefunden worden?"

„Sie spaßen Doctor", entgegnete Fernando. „Haben Sie nicht gesehen, dass dort tausende von großen runden Steinen am Ufer liegen. Sie können einen auswählen."

Dr. Drago schwieg und überlegte.

„Hallo, sind Sie noch dran?", fragte Fernando in den Hörer.

„Ja, ja!", kam die Stimme wieder. „Es wird also schwierig, die Mordwaffe zu identifizieren. Die Leiche lag nämlich schon zwei Wochen dort, und Wind und Wetter haben dafür gesorgt, dass keine Spuren mehr zu finden sind. – Ja, es könnte durchaus ein schwerer Stein oder etwas Ähnliches gewesen sein."

„Man müsste dort nochmals genauer nachsehen", sinnierte Fernando. Die Kerle der Guardia Civil waren da nicht besonders aufmerksam. – Noch etwas Doctor?"

„Na ja, von der Kleidung war nicht mehr viel zu untersuchen, aber die Schuhe passen irgendwie nicht ins Bild. Er trug so schwarze Gummilatschen, wie man sie eigentlich als leichte Stiefel benutzt. Die waren für einen Fußmarsch in diesem Gelände wohl weniger geeignet."

Fernando stutzte. „Gummilatschen? Ja könnte er mit einem Boot dorthin gekommen sein?"

„Schon möglich", bestätigte Drago. „Ich denke, dass man aus einem Boot noch etwas durchs Wasser waten müsste, um an Land zu gelangen. Die geeignete Stelle wäre wohl die Mündung des Barrancos."

„Das wäre nicht weit von der Fundstelle, und diese Latschen hätten das wohl ausgehalten", überlegte Fernando. „Oder er wurde dorthin getragen."

„Richtig! Die Schuhe sind nicht besonders beschädigt, anders als wenn er einen längeren Marsch damit gemacht hätte."

Nun stellten sich immer noch mehr Fragen. War der Tatort dort beim Bunker, oder war der Leichnam dorthin transportiert worden? Kam er von einem Boot oder irgendwie anders? Sicher war einzig, dieser Sonderegger war nicht selber stundenlang die rauen Küstenwege gelaufen oder von einem alten zerfallenen Fahrweg den Barranco hinunter gestiegen.

Die beiden Männer waren sich einig, dass eine weitere Besichtigung des Ortes notwendig war. Die Frage der Zuständigkeit blieb aber offen.

„Selbstverständlich werde ich meinen Bericht dem Coronel Martinez zustellen, aber ob der die richtigen Schlüsse zieht, ist mir unbekannt", sagte Dr. Drago.

„Werden Sie die Leiche freigeben?", kam Fernando zum Schluss.

„Ja, werde ich wohl", antwortete Drago. „Das kann aber dauern, denn die Eltern werden ihn nach Hause holen wollen. Da werden noch einige Formalitäten notwendig sein."

„Gut", beendete Fernando das Gespräch. „Ich danke ihnen Doctor."

In der Zwischenzeit müsste eigentlich auch Danilo im Hotel eingetroffen sein. Fernando überlegte, als dieser am Hafen von Arrecife abgehauen war, stand dort natürlich kein Taxi bereit. Er musste wohl bis zum Grand-Hotel laufen, um eines zu finden. Das war ein Fußmarsch von mindestens zwanzig Minuten, außer, er hatte Glück und konnte unterwegs eines anhalten. Das war aber eher unwahrscheinlich, und dann wäre er ja schon in der Halle aufgetaucht. Es war bereits Mittagszeit und die Gäste strömten herein und hinaus. Hoffentlich hatte er, abgelenkt vom Telefonat, den Gesuchten nicht übersehen. Die Halle war aber recht übersichtlich, und seine Position in den weichen Sesseln, erlaubte ihm den Eingang im Auge zu behalten.

Gerade als eine bunte und laute Schar Touristen aus einem doppelstöckigen Bus stiegen und in die Halle strömten, entdeckte er Danilo. Fernando drängte sich durch die Menge, und der Ankömmling rannte ihm, den Zimmerschlüssel in der Hand, buchstäblich in die Arme.

„Guten Tag Herr Gasser", begrüßte ihn Fernando. „Hätten Sie einen Moment Zeit? Ich muss mich mit ihnen kurz unterhalten."

„Herr Fernando", reagierte Danilo prompt. „Was hat denn die Polizei noch?"

„Nur ein paar Fragen. Wo können wir uns ungestört unterhalten?"

„Gut, wenn's nicht zu lange dauert", sagte Danilo. „Ich glaube, um diese Zeit ist dort hinten die Bar noch nicht in Betrieb. Dort könnten wir reden."

Vorbei an den Aufzügen, wo sich die Gäste drängten, und um die Ecke, gelangte man zu einer großen Bar mit weiten Sitzgruppen und einer riesigen Theke. Dort war noch alles geschlossen und verweist. Fernando dirigierte Danilo in einen der Sessel und nahm gegenüber Platz. Die Scheiben in Richtung Pool spendeten etwas Licht, aber ansonsten herrschte eine düstere Atmosphäre. Das dunkle Mobiliar trug ebenfalls dazu bei, dass man sich, obwohl es erst Mittag war, wie am späten Abend fühlte.

Danilo wartete nervös und spielte mit dem Schlüssel. Er hatte offensichtlich nicht damit gerechnet, nochmals über den Tod von Christian befragt zu werden.

Fernando ließ Minuten verstreichen, dann begann er: „Herr Gasser, der Tod ihres Freundes hat Sie sicher sehr erschüttert. Trotzdem habe ich ein paar Fragen."

„Bitte, fragen Sie", kam die knappe Aufforderung.

„Sie kennen... kannten Herrn Sonderegger. Wie lange denn schon?"

Danilo entspannte sich und antwortete: „Seit der Schule und während den Studienjahren."

„Kennen Sie auch Frau Ingrid Vogt so lange?"

„Nein, Christian hat sie mir erst letzten Herbst vorgestellt, als sie ihre Verlobung bekannt gaben."

„Ach, die Verlobung ist erst vor ein paar Monaten zustande gekommen?", bohrte Fernando weiter.

„Ja, so ist es", beteuerte Danilo. „Das ist die Zeit, wo auch der Plan mit der Finca entstand. Christian wollte dort die Leitung übernehmen."

„Wer ist denn der Besitzer der Finca Magdalena?"

„Die Eltern von Ingrid, sie leben in Hamburg. Aber warum wollen Sie das alles wissen? Ermittelt jetzt die Polizei?"

Fernando überlegte, wenn er jetzt seine eigene Rolle als Pensionär offenbarte, dann würde er wahrscheinlich keine Antworten mehr bekommen.

Entschlossen sagte er: „Ja, wir ermitteln im Mordfall Sonderegger. Sie haben natürlich das Recht, die Aussage zu verweigern." Sofort hakte er nach: „Seit wann sind Sie auf Lanzarote, und wo waren Sie Ende Dezember?"

„Unglaublich!", protestierte Danilo. „Sie verdächtigen mich?"

„Beantworten Sie einfach meine Frage!"

Danilo zögerte. „Ich war zu Hause, Weihnachten und Neujahr feierte ich mit Freunden."

„Das werden wir zu gegebener Zeit dann überprüfen. Im Moment reicht mir ihr Wort. – Waren Sie denn schon öfter auf Lanzarote?"

„Nein, das ist das erste Mal", kam die Antwort schnell.

„Sie kennen sich also auf der Insel kaum aus?"

„Ja, natürlich. Ich sagte ja schon, ich bin das erste Mal hier."

Fernando hielt inne. Der Mann log offensichtlich. Was aber hatte er zu verbergen? Er glaubte kaum, dass Danilo der Mörder war, aber warum log er denn?

„Herr Gasser, ich danke ihnen für ihre Offenheit. Wir haben zu einem späteren Zeitpunkt vielleicht noch mehr Fragen. Deshalb müssen wir Sie bitten, die Insel nicht zu verlassen. Dürfte ich Sie um ihren Pass bitten. Sie bekommen ihn natürlich zu gegebener Zeit wieder zurück."

Danilo maulte etwas, händigte aber das verlangte Dokument aus. „Und wer bezahlt jetzt dieses Hotelzimmer? Es ist sau teuer hier."

„Ein paar Tage wird Sie schon nicht ruinieren", meinte Fernando aufgeräumt. „Machen Sie ein paar Ausflüge oder verbringen Sie sonnige Stunden am Strand. Sie werden erleben, Lanzarote ist sehr schön, besonders für Gäste, die noch nie hier waren."

Damit stand Fernando auf und reichte Danilo die Hand. „Vielen Dank Herr Gasser und bis bald."

Kurze Zeit später, es war bereits gegen zwei Uhr, traf Fernando im El Rondó ein. Ilona wartete bereits auf ihn. Sie kam hinter der Theke hervor und zog ihn beiseite.

„Fernando", sagte sie. „Wo steckst du denn nur? In was bist du jetzt wieder geraten? Ich mache mir Sorgen."

Er aber nahm ihren Kopf in die Hände und küsste sie mitten auf den Mund. „So, damit sind deine Sorgen weg!", lachte er.

Sie fuhr zurück. „Fernando, die Leute! Was sollen die denken?"

„Ja was denn? Dass ich dich liebe natürlich!"

Ob dieser spontanen Liebeserklärung wurde Ilona total verlegen, aber das Leuchten ihrer dunklen Augen verriet ihre Antwort. Glücklich drückte sie seinen Arm und fragte neugierig, wie es nun weiter gehen soll.

Er erzählte ihr von der Finca, seinem Sohn und von der Ingrid. Er verriet ihr, dass der Tod von Christian Sonderegger mit großer Wahrscheinlichkeit ein Mord, begangen vor zwei Wochen, war. Dann berichtete er über diesen Danilo Gasser und seinem mysteriösen Abstecher nach Arrecife, bis hin zum außerordentlichen Verhör im Hotel San Antonio.

Seine Schlussfolgerung war: „Der Kerl lügt, und ich werde herausfinden warum."

Ilona bremste ihn: „Fernando, das alles ist doch eine Angelegenheit der Polizei. Du solltest dich heraushalten. Du könntest in Gefahr geraten."

„Du hast ja recht", sagte Fernando. „Da läuft aber ein Mörder frei herum, und wie es aussieht unternimmt die Guardia Civil nichts, um ihn zu finden. Ich helf' nur etwas nach, und wenn's offiziell wird, dann halte ich mich raus. Versprochen. – Außerdem hängt da ja auch mein Sohn mit drin."

Ilonas scharfer Verstand bemerkte sofort die etwas schwierige Sachlage. Sie sagte: „Mir kommt diese Ingrid irgendwie undurchsichtig vor. Die sitzt dort oben auf der Finca, und über ihre Motive weißt du herzlich wenig. – Außerdem denke ich, dass da noch eine Person im Spiel ist. Erinnere dich, was du dort am Hafen von Arrecife gehört hast."

„Richtig!", sagte Fernando. „Da sind noch einige Fragen offen. Aber jetzt mach ich mich besser erst einmal hier an die Arbeit."

„Dann mal los!", lächelte sie und küsste ihn keck.

Kapitel 10

Als Fernando zu Hause ankam, war es bereits gegen neun Uhr. Er war müde aber zufrieden. Er hatte tatsächlich den ganzen Tag nicht geraucht, es war ja auch kaum Gelegenheit dazu gewesen. Jetzt unterdrückte er den Drang nach der Zigarette und fühlte sich geradezu stolz über seine Stärke. Ja, es waren durchaus noch Änderungen in seinem Leben möglich; sogar auch ein Neuanfang.

Er stieg aus dem Auto und schlenderte, in Gedanken versunken, ein paar Schritte am Haus vorbei, dorthin, wo man freie Sicht hinunter bis zum Meer hatte. Ein Lichtermeer breitete sich dort unten aus und verriet das lebendige Treiben von Puerto del Carmen. Der Ort war früher einmal ein kleiner Hafen für die lokalen Fischer gewesen und hatte zum Hauptort weiter oben, zu Tías, gehört. Heute war das Gebiet entlang der Küste aber ein Mehrfaches grösser geworden und von Millionen von Touristen überflutet.

Hier oben war die Welt aber noch wie eh und je. Sein bescheidenes Haus war ein Ort der Ruhe – ja, wenn nicht gerade die Tía Amara herumschrie und die beiden Männer unter ihren Fittichen herum kommandierte. Sie war eine bemerkenswerte Frau, und sie liebten sie über alles.

Fernando stellte sich aber in letzter Zeit öfter mal die Frage, ob das so weiter gehen würde. Ja, könnte er sich vorstellen, nochmals eine Frau in dieses Haus zu bringen? Er dachte an Ilona. Könnte ein

93

Zusammenleben zweier so unterschiedlicher Frauen gut gehen. Aber, waren sie wirklich so verschieden? Auch Ilona hatte durchaus ein beachtliches Temperament. Auch sie war sich gewöhnt, in einem guten Haus zu leben und zu herrschen. War dieses Haus hier vielleicht doch zu eng, und sollte er nach etwas Größerem Ausschau halten. Seine Rente war bescheiden, aber ein paar Euros hatte er auf die Seite gelegt. Er könnte es sich durchaus leisten. Bei dem Gedanken zog sich ein enges Band um seine Brust. Würde er dadurch nicht seine vertraute Heimat verlieren? Niemand konnte ihm garantieren, dass er in einem neuen großen Haus dann glücklich würde. Außerdem, war er nicht auch so etwas wie verantwortlich für seine beiden Angehörigen. Ja, sein Sohn würde wohl über kurz oder lang ausziehen, die Geschichte mit dieser Ingrid machte das nur zu deutlich. Und Tante Amara? Auch da zeigte sich ein Ende ab, Alter, Gebrechen und Tod waren der Lauf jedes Lebens. In einigen Jahren würde Tía Amara nicht mehr sein und er allein im Haus, mit all seinen nicht erfüllten Wünschen...

Diese Gedanken trug er hinein ins Haus, er umarmte Tía Amara und hängte die Jacke auf. Amara, etwas überrumpelt, eilte in die Küche und werkte dort lautstark am Herd.

„Fernando!", rief sie über die Schulter. „Was ist geschehen? Hast du Hunger?"

„Hunger? – Ja natürlich", antwortete er. „Ich denke, Pablo ist oben auf der Finca geblieben. Ich hoffe, er weiß was er tut."

„Dein Sohn ist verliebt. – Aber eine Deutsche?"

„Tante, das ist doch heutzutage kein Problem mehr. Die Ingrid ist ein nettes Mädchen. Wir sollten uns da nicht einmischen."

Amara stellte die Pfanne auf den Tisch und begann in die Teller zu schöpfen. „Komm, iß jetzt! Die Suppe wird sonst kalt."

„Du hast ja Recht", sagte Fernando, wobei nicht ganz klar war, meinte er jetzt die Suppe oder die Angelegenheit mit Pablo.

Tante Amara begann erneut: „Was will denn diese Deutsche überhaupt hier auf der Insel. Die passt doch überhaupt nicht auf eine Finca."

„Na ja, etwas außergewöhnlich ist das schon, doch eigentlich sollte sie ja nicht allein dort sein. – Nur, der Mann ist jetzt tot."

„Weiß man denn schon, wie er ums Leben kam? Da draußen an der Küste, wie kam der überhaupt da hin?"

„Wenn wir das wüssten, dann wären wir ein gutes Stück weiter", sinnierte Fernando. „Er kam Mitte Dezember nach Lanzarote und wurde, laut Dr. Drago, kurz vor Neujahr getötet. Es ist eher unwahrscheinlich, dass er sich in der kurzen Zeit derart gut auf Lanzarote auskannte, um zu dieser Stelle zu gelangen. – Außer, er war schon früher hier."

„Und die Deutsche, wie lange ist die schon hier? – Auch der Andere, dieser…, wie…"

„Danilo Gasser", ergänzte Fernando. „Ja, auch von dem wissen wir einfach zu wenig, und dieser Martinez, der kümmert sich überhaupt nicht darum."

„Es ist aber auch nicht deine Angelegenheit", erinnerte ihn Amara.

„Schon, aber dieser Gasser, das ist ein fragwürdiger Typ. Den muss ich mir noch einmal vornehmen. Der hat schlicht und einfach gelogen."

„Wenn du meinst", sagte die Tante achselzuckend und räumte den Tisch ab. „Ich geh' dann nach oben. Gute Nacht!"

„Gute Nacht!", erwiderte Fernando. „Ich werde noch etwas lesen, und am Morgen fahr' ich nochmals zum Hotel San Antonio."

Als Fernando am nächsten Tag gegen neun Uhr an der Rezeption nach Danilo Gasser fragte, blickte der Angestellte zum Schlüsselfach und erklärte, Señor Gasser wäre bereits außer Haus und ob er vielleicht eine Nachricht hinterlassen möchte. Fernando bedankte sich, nein, er würde später wieder kommen. Er schlenderte unauffällig durch die Menge in der Halle, blickte in den Speisesaal, um sicher zu stellen, dass der Gesuchte nicht einfach beim Frühstück saß. Der hintere Lift war vom Empfang aus nicht einsehbar, und Überwachungskameras waren hier kaum zu befürchten.

Als er mit dem Lift in den dritten Stock fuhr, grinste Fernando vor sich hin. Unten hatte ihm der Hotelangestellte mit seiner Bewegung deutlich die Zimmernummer gezeigt. Die müssten da etwas vorsichtiger sein, dachte er. Dreihundertacht war sein Ziel. Der Flur war schwach beleuchtet und menschenleer. Um eine Ecke brummte irgendwo ein Staubsauger. Der Zimmerservice war bereits im Gange, und er musste aufpassen, dass er nicht von einer Putzkraft überrascht würde. Also galt es rasch zu handeln. Er klopfte zur Sicherheit zuerst leise an, nahm dann sein kleines Etui hervor und wählte das richtige Instrument. Zum Glück waren in diesem Hotel noch keine elektronischen Schließsysteme eingeführt, und das alte Schloss war überhaupt kein Problem. Innerhalb weniger Sekunden gab es nach, und Fernando schlüpfte ins Zimmer.

Lauschend und bewegungslos blieb er stehen. Nichts deutete darauf hin, dass der Bewohner des Zimmers noch anwesend war. Trotzdem spähte Fernando vorsichtig um die Ecke und ins Bad. Beruhigt atmete er auf, das Zimmer war leer, die schweren Vorhänge waren zugezogen, und die Luft im Raum war stickig. Das zerwühlte Bett ließ er unbeachtet. Auf dem kleinen Tischchen standen die üblichen Wassergläser und ein Halter mit Prospekten. Daneben lagen die Schreibmatte, darin Papier und Umschläge mit dem Hotellogo. Eine Getränkekarte ließ Fernando liegen. Die Schublade war leer. – Ja, was hatte er erwartet? Eine Agenda oder vielleicht sogar Gassers Handy mit aufschlussreichen Daten und Telefonnummern? So etwas trug der Mann natürlich auf sich und ließ es sicher nicht im Hotelzimmer liegen. Wenn, dann höchstens im Safe, welche seit längerem in den meisten Hotels üblich waren. Fernando schob die Schranktür auf, und tatsächlich, dort fand er das Gesuchte. – Nein, das Safe war nun wirklich, auch durch ihn, nicht zu knacken. Da musste er kapitulieren. Ärgerlich schob er die Bügel mit den paar Hemden, Hosen und Jacken hin und her und entdeckte im Kastenfuss einen Knäuel schmutziger Wäsche. Der Gast war wohl zu geizig, den Waschservice des Hotels zu bemühen. Verdrießlich schob er die Wäsche mit dem Fuß zur Seite und hielt inne. Etwas Hartes lag darunter. Er bückte sich und zog den Gegenstand hervor. In der Hand hatte er eine schwarze Maske.

Was zum Teufel wollte der Gasser mit dieser Maske? So etwas schleppte man doch nicht mit sich herum. Natürlich, im Zeitalter der offenen Grenzen, würde ihn niemand damit aufhalten, außer es war ein teurer antiker Kunstgegenstand. Aber war es das?

Fernando drehte die Maske in den Händen hin und her. Schwarzes Holz, geschnitzt zu einem schmalen Kopf mit schrägen Augen.

Wenn ihn nicht alles täuschte, wurden solche Gegenstände in Westafrika tonnenweise den Touristen angedreht. Also wohl doch kein teures Kunstwerk, dachte er. Aber trotzdem, warum schleppte der Mann so etwas mit sich? Er holte sein Handy hervor, legte die Maske auf das Bett und fotografierte sie von allen Seiten. Hinten war die Arbeit eher grob geschnitzt. Ein paar Kerben stammten wohl vom Hersteller, um die Herkunft zu markieren, so wie oft Künstler ihre Objekte mit einem eigenen, unverkennbaren Zeichen versahen. Er drehte das Ding ein paar Mal in den Händen herum, kam aber zu keinem Ergebnis, was es zu bedeuten hatte und warum der Gasser dieses mit sich herumschleppte. Es war das glatte Gesicht einer schwarzen Frau, mit langem Hals, betonten Lippen und hohen Augenbrauen über den schräg gestellten Augen. Nur die Nase entsprach nicht der negroiden Vorstellung, sondern war fein und schmal. Eigentlich eine schwarze Schönheit, dachte Fernando. Aber was verlor er sich da in solchen Betrachtungen? Er musste verschwinden, bevor ein Zimmermädchen erschien und ihn auf frischer Tat ertappte. Rasch schob er die Maske zurück an ihren Platz, ordnete die Schmutzwäsche darüber und schloss den Schrank. Schnell warf er noch einen Blick ins Bad, aber wie erwartet, lagen da einzig ein paar Toilettenartikel hinter der Waschschüssel. Ein Blick zurück bestätigte ihm, dass alles wieder so war, wie er es angetroffen hatte. Langsam öffnete er die Tür. Wenn er jetzt im Korridor auf eine Hotelangestellte treffen sollte, so musste er einfach so tun, wie wenn er der Gast des Zimmers dreihundertacht wäre.

Er erreichte die Halle aber ohne Zwischenfall und ging direkt zum Speisesaal. Die meisten Gäste hatten inzwischen ihr Frühstück beendet und waren auf dem Weg zum Strand, zu Ausflügen oder einfach zu einem Bummel entlang der Promenade. Fernando wählte ein Tischchen mit Blick zum Eingang, bestellte Kaffee und ein Croissant. Während er auf das Bestellte wartete, überlegte er angestrengt. Dieser Kerl hatte etwas zu verbergen. Wenn auch die Sache mit der Maske vielleicht keine große Bedeutung hatte und sie Danilo nur so aus purer Albernheit mitschleppte, der Mann warf Fragen auf. Was für Anliegen oder Ziele trieben ihn um, was für Beziehungen brachten ihn an den Hafen von Arrecife, und ja, wo war er zum

Zeitpunkt von Christian Sondereggers Tod? Diese letzte Frage musste unbedingt geklärt werden.

Während er etwas abwesend den Kaffee trank und das Croissant zerbröselte überlegte er andauernd, wie er es anstellen könnte, den jungen Mann zu Antworten zu bewegen. Er konnte ihn nicht einfach zum Verhör vorladen. Er hatte ja keine Polizeistelle mehr, wohin er ihn einfach beordern könnte. Es war ja schon ungewöhnlich, dass Danilo ihm seinen Pass so protestlos übergeben hatte. Das Dokument brannte förmlich in seiner Jackentasche, und Fernando war sich bewusst, dass er in Teufels Küche kommen würde, wenn das heraus käme. Also, was tun? – In die Höhle des Löwen bestellen, das war die Lösung, zur Guardia Civil an die Calle Manguia. Und das, mit der Versicherung, dass ihm dort der Pass wieder ausgehändigt würde. Das sollte für den Mann Motivation genug sein, zu erscheinen. Dort konnte er ihn abfangen und zu einem Ort bringen, wo sie ungestört sprechen konnten. Fernando ging zur Rezeption, verlangte Papier und Stift und schrieb eine kurze Mitteilung, dass man ihn, Herrn Gasser, leider verpasst habe, ihn aber dringend bitte, am nächsten Tag um zehn Uhr zur Dienststelle der Guardia Civil an der Calle Manguia 6 zu kommen, wo er auch seinen Pass wieder zurück erhalte.

Er war noch nicht fertig mit Schreiben, als plötzlich zwei Männer in die Halle traten. Im letzten Moment konnte sich Fernando abdrehen und hinter einer Topf-Palme verschwinden. Es war Danilo Gasser mit einem Unbekannten. Sie unterhielten sich angeregt und beachteten niemanden, verlangten den Zimmerschlüssel und verschwanden in Richtung Lift.

Fernando schnappte nach Luft. Du meine Güte, das war knapp. Er eilte zurück zu seinem Kaffee und trank die letzten kalten Schlucke. Verdammt, der Kerl wurde immer undurchsichtiger. Wer war der fremde Begleiter? Wenn er richtig gehört hatte, sprachen sie in einer unverständlichen fremden Sprache. Vermutlich war das ein Schweizer Dialekt. War der zweite also ebenfalls Schweizer? War das einer von denen, welche Danilo in Arrecife getroffen hatte? Fragen über Fragen. Es wurde Zeit, diese zu stellen.

Fernando zahlte. Bevor er ging, bat er an der Rezeption einen Angestellten, die Nachricht ins Fach von Zimmer dreihundertacht zu legen. Dann eilte er hinaus zum Auto. Dort saß er über eine halbe Stunde bewegungslos und dachte nach. Der Fall wurde immer verworrener und solche Aktionen, wie eben, das war nun wirklich nicht mehr sein Ding. Es war nicht auszumachen, was da noch alles auf ihn zukommen könnte. Ein Gefühl der Einsamkeit machte sich in ihm breit. Verdammt, früher hatte er eine ganze Gruppe Beamte hinter sich gehabt, aber jetzt stand er völlig allein da. Wie sehnte er sich doch nach einem Menschen, mit dem er alles besprechen könnte, der ihn verstehen und ihn unterstützen würde. – Ilona, dachte er. Sie würde begreifen und an ihn glauben, sie würde zu ihm stehen, auch wenn er scheiterte. Ja, das Versagen lag in nächster Nähe. Es brauchte nur der verfluchte Martinez von seinen Aktionen Wind zu bekommen, dann war es aus, und er konnte sich hinter dem letzten Krater von Lanzarote verkriechen. Ilona, er musste zu ihr, und wenn es nur war, um mit ihr zu reden.

Es war natürlich nicht nur der Wunsch zu reden, sondern er hatte ja auch noch eine Arbeit, dort im El Rondó. Da er an diesem Tag etwas zu früh war, gesellte er sich zu Ilona an die Theke und trank gierig ein Mineralwasser. Sie nahm sich Zeit, lehnte hinüber und griff nach seinen Händen.

„Ich würde dich gerne küssen", murmelte er und hielt sie fest.

„Untersteh' dich! Hier vor allen Gästen...", lächelte sie.

„Ilona, ich brauche jemanden zum reden. Ich brauche dich."

„Natürlich", antwortete sie schlicht und winkte ihre junge Gehilfin heran. „Ich bin eine halbe Stunde weg. Übernimm du so lange!"

Sie dirigierte Fernando zum kleinen Büro neben der Küche, schloss die Tür und stand einen Moment fragend da. Erneut überfiel ihn ein Taumel von Gefühlen. Die Frau war wunderschön, ihre dunklen Augen glänzten wie tiefe Teiche. Er könnte für immer darin versinken. Er könnte alles vergessen und nur für diesen Moment da sein.

Sie umarmten sich, nicht wie in jugendlich entflammter Lust, sondern in einem besonderen Gefühl der Geborgenheit und Sehnsucht. Ihr Kuss war innig, samt und weich, wie ein Hauch von Frühling, der mit Fliederduft und dem Geruch nach warmer Erde daherkommt. Lange hielten sie sich umschlungen, mehr erstaunt ob diesem Glück, als mit Verlangen nach der Erfüllung.

„Ilona", stammelte Fernando. „Ilona..."

„Querido, Liebster", flüsterte sie. „Ich bin eine törichte Frau, aber ich liebe dich."

„Du bist die Frau meiner Träume, du bist in meinen Gedanken, du bist in mein Herz eingedrungen, und eher reiße ich es mir aus dem Leib, als dass du da nicht bleiben könntest."

Sie umarmte ihn erneut und flüsterte: „Ja, dein Herz ist mit meinem zusammengewachsen, für immer und ewig. Wir sind beide nicht mehr ganz jung, aber diese Ewigkeit der Liebe ist himmlisch und unendlich."

„Ja, nichts kann uns trennen. Auch wenn es manchmal schwierig werden sollte, unsere Liebe wird bleiben."

„Fernando, ich weiß, du liebst mich, aber ich spüre auch, dass dich etwas beschäftigt. Ist etwas mit mir...?"

„Ilona, wo denkst du hin? Mit dir ist alles wie im Himmel, du bist ein Engel, von Gott für mich gesandt."

„Nun übertreib mal nicht so", lachte sie, wurde aber sofort wieder ernst. „Da ist aber etwas...?"

„Eigentlich sollte ich unsere Liebe nicht damit belasten, aber ja, da ist immer noch der Fall Sonderegger, der mich beschäftigt."

„Kann ich dir irgendwie helfen?"

Fernando zögerte. Warum sollte er sie mit seinen Sorgen belasten? Vermutlich hatte sie mit diesem Lokal schon genug zu tragen und brauchte nicht noch zusätzlich seinen Kram.

Trotzdem sagte er: „Ich hab' da für Morgen etwas angestiftet, wobei du mir vielleicht helfen könntest."

„Wir werden, was auch immer, alles gemeinsam durchstehen", beteuerte sie und blickte offen in seine Augen.

Dennoch tat er sich schwer. Er brauchte einen Ort, der ihm die Möglichkeit bot, ungestört mit dem verdächtigten Danilo zu sprechen. Einerseits sollte der Raum ungestört und für sich sein, andererseits aber auch sicher, so wie das auf einem Polizeiposten natürlich, mit verschiedenen Abteilungen und Kollegen nebenan, immer war. Diese Möglichkeit war ihm aber logischerweise verwehrt. Da bot sich dieses Büro geradezu an. Die Abgeschiedenheit dieses

Raumes, und die Sicherheit durch das gut frequentierte Lokal da vorne und die Küche nebenan, waren ideal.

„Dieses Büro...", begann er und erklärte seinen Plan. „Es ist dein Büro, und ich verstehe durchaus, wenn du nicht willst. Es ist nur so, dass ich einfach nicht weiß wohin..."

Sie lächelte. „Mein lieber Comisario", sagte sie schmunzelnd. „Bitte verfügen Sie über mein Haus, wie immer Sie wollen." Dann aber ernst: „Fernando, du bist der wichtigste Mensch meines Lebens geworden. Warum sollte ich dir etwas verwehren. Ich gebe dir alles, und vor allem und für immer gebe ich dir meine Liebe."

„Ilona, du..."

Sie stellte sich auf die Zehenspitzen, denn sie war ein halber Kopf kleiner als Fernando, und küsste ihn auf den Mund. Sie versanken in nicht endenden Liebkosungen, bis Ilona sich losriss und flüsterte: „Womit nur haben wir dieses Glück verdient, mein Liebster? Es ist ein himmlisches Geschenk."

Viel später ertappte sich Fernando, wie er auf die Uhr schielte. „Mein Gott, es ist bald drei und ich sollte arbeiten. Liebling, wir ruinieren dein Geschäft."

Leicht zerzaust, aber glücklich, kehrten die Beiden ins Lokal zurück und bedienten die Gäste mit einem Strahlen im Gesicht. Schwungvoll brachte Fernando große Teller mit köstlichem Fisch, Schalen mit leckeren Garnelen oder Platten mit verschiedenen Tapas zu den Tischen. Überschäumendes Bier oder edler Wein, alles schien an diesem Nachmittag noch besser zu munden. Es war, wie wenn der Funke des unerwarteten Glücks auch auf die Gäste übergesprungen wäre. Fast unmerklich sank die Sonne im Westen, über der Hafenanlage, hinter die dunkel werdenden Berge des Ajaches Gebirges und legte eine goldene Lichtflut in den Himmel.

Kapitel 11

Auf der Finca Magdalena herrschte träge Ruhe, so wie es sich auf Lanzarote zur nachmittäglichen Siesta gehört. Eine schläfrige Mittagshitze würde sich aber erst in zwei Monaten einstellen, denn jetzt, im Januar, bescherte die höhere Lage von Conil dem Ort eine angenehm frische Temperatur um die zwanzig Grad. Ingrid hatte deshalb darauf verzichtet, sich untätig hinzulegen und werkelte in der Küche, mit dem Plan, einen Kuchen zu backen.

Gerade wollte sie den Teig in eine entsprechende Form füllen, da hörte sie hinter sich an der Tür ein Geräusch. Erschrocken fuhr sie herum. Wie glühendes Eisen durchfuhr es sie. Sie war alleine! Die Sträflinge waren heute, aus welchem Grund auch immer, nicht erschienen, und Pablo war irgendwo draußen in den Weinbergen beschäftigt.

Sie ließ die Blechform fallen und floh instinktiv zur hinteren Terrassentür, doch zwei Männer versperrten ihr dort den Weg. Sie schrak zurück und brauchte einen Moment, um im Gegenlicht den einen als Danilo, Christians Freund, zu erkennen.

Aufatmend fiel sie dem Freund um den Hals. „Danilo, mein Gott bin ich erschrocken, aber nun ist ja alles gut."

Danilo hielt sie einen Augenblick fest, etwas länger als notwendig. Ingrid war eine attraktive Frau. Es kam nicht jeden Tag vor, dass er eine solche in den Armen hielt. Rasch drückte er ihr einen Kuss auf die Wange.

„Langsam, meine Liebe", murmelte er. „Ich bin's Danilo und kein Unhold."

Lachend befreite sich Ingrid und bat die Gäste ins Haus. Der zweite war etwas grösser als Danilo. Er war spindeldürr, mit der gebückten Haltung, welche für solch große Menschen typisch ist. Auf dem langen Hals thronte ein Kopf mit schütterem Haar. Die Farbe war schlecht auszumachen, blond, hellbraun oder grau, irgendwie eine Mischung von allem. Auch das Gesicht mit den grauen Augen wirkte undurchsichtig, für Ingrid eher unsympathisch. Sie mahnte sich aber, kein Vorurteil zu bilden und blickte fragend zu Danilo.

Dieser stellte seinen Begleiter sofort vor: „Das ist Edi, ein Freund von Zuhause."

„Freut mich", kam die zwangsläufige Antwort. „Es tut mir leid, aber ich bin erschrocken, als plötzlich jemand da draußen war. Ich habe auch kein Auto gehört."

„Ach so, das Taxi hielt vorne bei der Kirche. Als wir dein Auto sahen, haben wir es weggeschickt", beeilte sich Edi mit der Erklärung. Seine Stimme klang spröde und nach einem ostschweizer Dialekt.

„Bei der Ermita", korrigierte Ingrid automatisch.

„Egal", meinte Danilo. „Wir wollten einfach sehen, wie es dir so geht. Der Tod von Christian hat dich sicher sehr getroffen."

Ingrid schwieg, wischte die Teigreste von den Händen und hob das Kuchenblech auf. Wie sollte sie auch antworten, wenn sie selber nicht wusste, wie ihr geschah, was sie überhaupt hier auf dieser Finca noch verloren hatte. Sie hatte an diesem Morgen mit den Eltern telefoniert. Mutter war schockiert über den gewaltsamen Tod des Verlobten ihrer Tochter. Mein Mädchen, sagte sie, komm nach Hause, wir lieben dich. Der Vater wiederum meinte, sie solle ruhig bleiben, die Finca gehöre ja sowieso einmal ihr, und gerade jetzt sollte man vorerst nichts überstürzen. Wo doch, wie er höre, das Gut jetzt wieder zu altem Glanz erwache. Es wäre ja geradezu eine Sünde, dieses wieder dem Schicksal zu überlassen. – Wenn auch aus anderen Gründen, so redete ihr Vater natürlich genau nach ihrem Herzen, was sie auch veranlasste zuzustimmen.

„Ja, Christians Tod ist schrecklich", erklärte Ingrid deshalb ausweichend. „Ich brauche einfach etwas Zeit..."

„Klar, wenn wir irgendwie helfen können..." Damit war die Anteilnahme ihrer Eltern auch schon erschöpft und nach ein paar allgemeinen Floskeln das Telefonat beendet.

Ingrid besann sich auf ihre unerwartet eingetroffenen Gäste. „Ach, bitte setzt euch doch. Ich hole Getränke, Limonade vielleicht?"

„Bier wäre gut", meldete sich Edi.

„Ach, tut mir leid. Wir haben kein Bier im Haus. Pablo trinkt keines."

„Macht nichts", beschwichtigte Danilo. „Wir nehmen auch Limonade. – Wer ist denn der Bier verachtende Pablo?"

„Er... hilft mir mit dem Weingut", antwortete Ingrid zögernd.

„Aha!"

„Nichts aha!", tönte es vom Eingang her. Unbemerkt war Pablo hereingekommen und hatte offensichtlich die letzten Worte gehört. „Ich passe auf, dass Ingrid in Sicherheit ist. – Und jetzt möchte ich erfahren wer Sie sind?"

Danilo schoss vom Stuhl auf und bellte: „Wir passen schon auf die Dame auf. Dazu brauchen wir keinen Spanier."

„Señor, Sie sollten wissen, dass Sie als Gast in unserem Land willkommen sind, aber wir verlangen auch, dass unsere Gepflogenheiten respektiert werden. Ich frage Sie deshalb nochmals wer Sie sind und was Sie hier wollen."

„Das geht dich..."

„Bitte!", flehte Ingrid. „Wir wollen doch keinen Streit. – Das ist Danilo Gasser, der Freund meines verstorbenen Verlobten, und diesen Herrn hat er mitgebracht. Es ist Edi... den Nachnamen weiß ich leider nicht."

„Wiederkehr", sagte Edi widerwillig.

„Und was bringt die Herren hierher?", verlangte Pablo zu wissen.

„Wir sind natürlich hier um unserer Ingrid zu helfen", sagte Danilo rasch, bevor Edi sich einmischen konnte. „Liebe Ingrid, du erlaubst uns doch, dass wir hier bleiben und nach dem Rechten sehen."

Ingrid blickte bittend zu Pablo und erklärte zögernd: „Ich denke das geht schon in Ordnung. Wir kennen uns aus der Schweiz. Natürlich können sie bleiben."

„Dann wünsche ich einen guten Tag!", schnaubte Pablo, drehte um und stürmte aus der Tür.

„Den sind wir los", grinste Danilo. „Ein schönes Haus, das muss man lassen. Wo sind denn unsere Zimmer?"

„Ihr könnt das Gästezimmer haben, dort stehen zwei Betten", antwortete Ingrid schnell, dann stürmte sie Pablo hinterher. Auf dem Hof konnte sie aber nur noch dem davon preschenden Auto nachsehen.

Zurück im Haus erkundigte sich Ingrid vorsichtig nach den Absichten der beiden unverhofften Gäste. Wie lange gedachten sie zu bleiben und wo denn ihr Gepäck geblieben sei. Da Danilos Koffer aber noch im Hotel stand und Edi sowieso nichts dabei hatte, begnügten sie sich mit ein paar frischen Handtüchern und zwei geborgten Zahnbürsten. Lange würden sie sicher nicht hier auf dem trostlosen Land bleiben, erklärte Edi großspurig. Irgendwann kam heraus, dass dieser, sein kompletter Name war Eduard Wiederkehr, eigentlich schon lange in Arrecife wohnte.

Das ungleiche Paar war Ingrid nicht ganz geheuer, aber sie beruhigte sich mit dem Gedanken, dass es ja Schweizer, also beinahe Landsleute wären und außerdem Bekannte von Christian. Sie würde ihnen eine gute Gastgeberin sein und jetzt ein Abendbrot herrichten. Bei einer Flasche Wein würden sie vielleicht etwas umgänglicher werden und auch etwas von ihren Plänen preisgeben. Denn, so ganz konnte Ingrid nicht an ihr selbstloses Hilfsangebot glauben. Vielmehr musste sie vermuten, dass die Herren noch mehr im Schilde führten als sie offen zugaben, denn oft ertappte sie die beiden bei heimlich geflüsterten Wortwechseln. Auf jeden Fall würde sie morgens nach Puerto del Carmen hinunter fahren und mit Comisario Fernando sprechen. Dieser würde sicher wissen, wie sie sich verhalten sollte. Pablo war vermutlich eingeschnappt und würde keine große Hilfe sein, obwohl sie liebend gerne bei ihm Trost gesucht hätte.

Der Abend verlief genauso wir voraus geahnt. Da kein Bier vorhanden war, hielten sich die Beiden an den Wein. Sie hatten sich nach dem Essen großzügig eingeschenkt und wurden immer lauter. Ingrid verzog sich rechtzeitig in die Küche, schob den Kuchen in den Ofen, machte den Abwasch und trödelte sonst wie herum. Die Gesprächsfetzen aus dem Wohnzimmer waren laut und unverständlich. Es interessierte Ingrid auch nicht, was die beiden Betrunkenen da quasselten. Dennoch schnappte sie einiges auf. Mehrmals fiel das Wort 'Afrika', dann noch 'Felsen' und 'dunkel'. Aber alles machte keinen Sinn.

Irgendwann schwankte Danilo in die Küche, grinste anzüglich und fasste Ingrid um die Taille.

Sie fuhr zurück und sagte: „Lass das, du bist betrunken."

„Hab' dich nicht so…", lallte er. Dann plötzlich nüchtern: „Hast du vielleicht gelauscht?"

„Nein, natürlich nicht! Euer Gelaber interessiert mich auch nicht. – Oder doch, was wollt ihr denn in Afrika?"

„In Afrik...kaa", grölte Danilo nun. „Da sind die…die Weiber… mit dem schwarz… Aaaa… Da will ich hin!" Dann wieder klar: „Morgen bekomm' ich meinen Pass…nach Afrika."

„Wieso? Hast du den Pass verloren?"

Danilo grinste blöde. „Ne, der Bulle hat ihn mir gestern abgenommen, aber morgen bekomm ich ihn ja wieder. – Afrika, nein, vergiss den Scheiß, da will doch keiner hin."

Sie tranken noch eine ganze Weile. Edi war aber immer schweigsamer geworden und stierte mit glasigem Blick auf den Tisch. Danilo stammelte unentwegt Unverständliches vor sich hin. Nur mit viel Zureden waren die Beiden zu bewegen zu Bett zu gehen, und es war bereits weit nach Mitternacht, als im Haus Ruhe einkehrte und auch Ingrid sich zurückziehen konnte. Müde verriegelte sie ihre Zimmertür sorgfältig.

Am nächsten Morgen wehte ein steifer Wind. Graue Wolken segelten über das Weintal und verfingen sich in den Abhängen der Vulkane. Die Stimmung am Frühstückstisch glich dem Wetter, trübe und angespannt. Die beiden Männer kämpften mit den Folgen der gestrigen Sauferei. Bleich und missmutig schlürften sie den Kaffee.

Gegen zehn Uhr anerbot sich Ingrid, die Beiden zur Polizeistation zu fahren, wo Danilo seinen Pass abholen sollte. Dieser, froh eine bequeme Fahrgelegenheit zu bekommen, willigte sofort ein. Edi schüttelte den Kopf und brummte, dass er lieber bleiben wolle, um noch eine Mütze Schlaf zu bekommen. Ingrid, welche die leise Hoffnung gehegt hatte, die Beiden jetzt los zu werden, nickte ergeben. Viel Schaden konnte der Mann allein im Hause wohl kaum anrichten. Irgendwie musste auch der einsehen, dass er nicht bleiben konnte, besonders, da er ja in Arrecife sein eigenes Zuhause hatte.

Wie immer war beim Einkaufszentrum Biosfera ein reges Treiben und um den nahen Kreisel ein hektisches Verkehrsgedränge, aber die kurze Straße hinauf zur Guardia Civil kamen sie problemlos. Ein paar blauweiße Polizeiautos standen am Rand und auf dem Kiesplatz vor dem Eingang.

Im letzten Moment sah Ingrid den Comisario an der Einfahrt stehen. Als er sah, wer da vorfuhr, winkte er sie heran. Heute sah Fernando sehr offiziell aus, in dunklem Anzug und weißem Hemd.

„Señora Ingrid", grüßte er, als sie die Seitenscheibe herunterließ. „Ich hatte nicht erwartet, dass Sie mitkommen. Eigentlich ist es Herr Gasser, den ich sprechen möchte. Aber das trifft sich gut, Wir können zusammen zum El Rondó fahren, denn hier ist kein Besprechungszimmer frei."

„Sie können mir den Pass gleich hier geben", meldete sich Danilo.

„Ja natürlich, Herr Gasser, aber ich habe noch ein paar Fragen, es wird nicht lange dauern."

Damit stieg Fernando hinten ein und bedeutete Ingrid loszufahren. Er hoffte inständig, dass Ingrid dem Mann seinen Status als Pensionär nicht verraten hatte. Die fünf Minuten zum Hafen legten sie schweigend zurück, und als sie im El Rondó, welches zu dieser Zeit völlig verwaist war, eintraten, begrüßte sie Ilona.

„Buenos Dias Comisario! Ihr Raum ist wie immer bereit. Bitte folgen Sie mir."

„Danke!", entgegnete Fernando förmlich. „Sie kennen ja Frau Ingrid schon, sie wird einen Moment warten. Machen Sie uns bitte Kaffee! – Café Solo bitte! – Mögen Sie auch einen, Herr Gasser?"

„Ja, schon…"

„Dann kommen Sie bitte, Sie kennen das Büro ja bereits. Da sind wir ungestört."

Mit diesen Worten führte er Danilo in den Raum und schloss die Tür. Fernando dankte im Stillen den Heiligen und seiner Ilona. Das Schreibpult war leer und die Stühle so aufgestellt, dass der Eindruck eines neutralen Verhandlungsraumes entstand.

„Bitte, nehmen Sie Platz!", bot er seinem Gast den Stuhl gegenüber an. „Wie Sie sicher feststellen, haben wir auf Lanzarote nur bescheidene Ressourcen. Unsere Dienststelle ist völlig überlastet, so dass wir hierher ausweichen müssen."

„Ich möchte einfach nur meinen Pass."

„Natürlich, sofort. Doch gestatten Sie mir noch die Frage: Wie lange weilen Sie bereits auf Lanzarote."

Danilo rutschte unruhig auf dem Stuhl. „Das wissen Sie doch schon, seit ein paar Tagen."

„Genauer bitte?"

„Seit dem neunten Januar", bellte Danilo genervt. „Ich möchte jetzt meinen Pass."

„Geduld, Herr Gasser. – Sie waren also noch nie auf der Insel? Ich meine vorher, vielleicht letztes Jahr?"

„Nein!" Die Antwort kam zu schnell.

„Und Sie kennen sich hier überhaupt nicht aus?"

Nochmals: „Nein. Wie denn, nach den paar Tagen?"

Das war offensichtlich eine Lüge, denn wer sich am Hafen von Arrecife herumtrieb, der musste sich hier schon ein wenig auskennen. Fernando ließ es dabei.

„Etwas anderes, Herr Gasser. Haben Sie eine Idee, was Herr Sonderegger am Barranco de los Dises zu suchen hatte?"

„Kein Ahnung, wo sagten Sie?"

„Wir waren doch zusammen dort, wo wir die Leiche fanden. Haben Sie eine Ahnung, was Herr Sonderegger dort wollte?"

„Wie soll ich das wissen?"

„Sie wissen aber schon, dass Sonderegger nicht nur wegen der Finca Magdalena auf Lanzarote war."

Danilo schwieg und starrte an die Wand gegenüber.

Fernando überlegte und fuhr weiter: „Herr Gasser, wo waren Sie in den letzten Tagen des vorherigen Jahres?"

„Soll das jetzt ein Verhör werden?", begehrte Danilo auf. „Brauche ich jetzt ein Alibi? – Sie wissen doch, ich war in der Schweiz."

„Kann das jemand bestätigen?"

„Nein... doch, viele haben mich gesehen. Das ist ja absurd."

„Nun, wir suchen einen Mörder", sagte Fernando. „Da müssen wir alle Möglichkeiten berücksichtigen. – Sie kennen Herrn Wiederkehr?"

„Klar... Edi."

„Woher?"

„Aus der Schweiz natürlich, ein Landsmann."

Fernando legte eine Pause ein.

„Wir haben ermittelt, dass Herr Wiederkehr hier auf Lanzarote wohnt. Wissen Sie auch wo?"

„Keine Ahnung."

„Herr Gasser, das ist die Unwahrheit. Sie wurden beobachtet, wie sie dessen Wohnsitz an der Calle Puerto Naos 5 in Arrecife besuchten. Ich empfehle ihnen dringend, uns jetzt die Wahrheit zu sagen. Ein weiteres Verhör bei der Guardia Civil könnte für Sie sehr unangenehm werden. Also, bitte."

Danilo schwitzte. Was zum Teufel wussten die alles? Es war bekannt, dass, einmal in die Fänge der Guardia Civil gekommen, die Meisten sich wünschten, nie nach Spanien gekommen zu sein. Er rang mit sich.

„Also gut", brummte er. „Ich war da, er hatte mich eingeladen."

„Zu welchem Zweck?"

„Eine geschäftliche Besprechung. Es ging um den Handel mit Kunsthandwerk."

„Afrikanische Masken?"

„Nein, nein, einfach um so Zeug wie sie die Touristen doch massenhaft zusammenkaufen."

Fernando überlegte. „Ging dieser Handel schon längere Zeit?"

Jetzt befand sich Danilo wieder auf etwas sicherem Boden. Er erklärte: „Ein paar Monate schon. Sie wissen doch, dass ich in der Schweiz ein Antiquitäten Geschäft führe."

„Ja, ich weiß. – Noch eine letzte Frage: Was ist nachts um zwei Uhr geplant?"

Danilo zeigte seine Bestürzung. „Nichts, was sollte ich nachts um zwei Uhr?"

Eine weitere Befragung schien zwecklos. Fernando erhob sich und sagte: „Herr Gasser, ich danke ihnen, wenn ich auch ahne, dass da noch einiges zu klären wäre. Auf Wiedersehen!"

„Mein Pass?"

„Ach so, ihr Reisedokument. Bitte, aber Sie dürfen die Insel vorerst nicht verlassen. Wir haben im Fall Sonderegger vermutlich noch mehr Fragen."

Damit holte er den Pass aus der Jackentasche und legte ihn vor Danilo auf den Tisch. Der schnappte sich das Dokument und eilte zur Tür.

„Einen Moment noch!", rief Fernando. „Sie waren doch auf der Finca Magdalena. Was wollten Sie dort?"

Danilo drehte sich um und antwortete unwillig: „Ingrid ist die Freundin von Christian, deshalb. Ist das etwa verboten?"

Sagte es und stürmte, den Reisepass schwenkend, durch die Tür.

Im Lokal saßen die beiden Frauen flüsternd beieinander. Erschrocken blickten sie auf, als Danilo, ohne sie eines Blickes zu würdigen, hinaus lief und draußen ein Taxi herbeirief.

„Wau, was für ein Abgang", sagte Ilona, als sich Fernando zu ihnen gesellte. „Möchtest du noch einen Kaffee?"

„Gerne, der vorhin schmeckte schlecht", antwortete Fernando, korrigierte aber sofort: „Nicht dein Kaffee natürlich, dieser Gasser ist vielleicht eine undurchsichtige Nummer."

Dann wandte er sich an Ingrid, welche mit großen Augen das Geschehen beobachtete. „Ich werde hier gleich meine Schicht anfangen. Möchten Sie vielleicht etwas essen?"

„Nein danke", kam ihre Antwort. „Ich fahre besser wieder zur Finca. Vorher muss ich noch einiges einkaufen."

Kurz darauf erhob sich Ingrid und verabschiedete sich. Fernando blieb Ilona gegenüber sitzen und blickte der jungen Frau nach.

„Sie ist hübsch", neckte Ilona. „Aber du hast sie einfach so weggeschickt. – Etwa wegen mir?"

Fernando schüttelte den Kopf. „Nein, natürlich nicht… Ich meine ja, sie sollte nicht alles über den Stand der Dinge erfahren. Wir wissen noch nicht, wie sie in diesen Fall verwickelt ist."

„Du meinst, sie könnte nur so tun, dass ihr der Tod ihres Freundes nahe gehe und andere Pläne haben?"

„Hat sie ja schon", entfuhr es Fernando. „Mit Pablo!"

Ilona starrte ihn an. „Nein! Du meinst, er sitzt dort oben auf der Finca, und anstatt sie zu bewachen, fängt er etwas mit ihr an?"

„Genau das."

„Auaa, schade dass ich das nicht vorher wusste. Ein vertrauliches Gespräch unter Frauen wäre sehr interessant gewesen. Schade, aber dein Pablo weiß hoffentlich was er tut. Wie gesagt, sie ist eine schöne Frau."

„Na ja, umso undurchsichtiger ist dieser Danilo. Er lügt immer noch, wenn er heute auch einiges zugegeben hat, notgedrungen."

Er erzählte Ilona in groben Zügen, was er erfahren hatte. Eigentlich sehr wenig, gestand er sich ein. Er tappte immer noch im Dunkeln was den Mord betraf. Einige krumme Geschäfte schienen da zu laufen, aber wo liefen solche nicht. Wer aber den Sonderegger auf dem Gewissen hat, das war nach wie vor völlig rätselhaft.

„Sei nicht so niedergeschlagen", tröstete ihn Ilona. „Du hast es versucht und den Danilo auch gründlich in die Enge getrieben. Ich frage mich nur, ob der jetzt nicht einfach abhaut."

„Ich denke nicht. Der hat bestimmt seine Pläne, wie er nach dem Ausscheiden seines Freundes weiter machen kann. Irgendwie habe ich das Gefühl, es hat etwas mit dieser Maske zu tun. Danach konnte ich ihn allerdings nicht direkt fragen, denn sonst hätte er geahnt, dass ich in seinem Zimmer war."

„Du hast bei ihm eingebrochen!", rief Ilona entsetzt. „Was ist das für eine Maske? – Liebster, du begibst dich immer mehr in Gefahr. Was denkst du, wie der reagiert hätte, wenn er dich erwischt hätte?"

„Hat er aber nicht!"

„Fernando…"

„Du hast ja Recht. Ich verspreche, ich lass in Zukunft solchen Blödsinn, dir zuliebe."

Ja, wenn er zusammenfasste, dann war aus den ganzen, recht unorthodoxen Aktionen wenig herausgekommen, zu wenig. Er benützte einen Beamtenstatus, der ihm nicht mehr zustand. Er war ein Einbrecher, und er verhörte hier in diesem Hinterzimmer eine Person ohne die dazugehörigen Befugnisse. Da kam einiges zusammen und Ilona hatte Recht, er stand mit einem Fuß bereits im Gefängnis. Noch war es, außer dem bekannten Tötungsdelikt, zu keiner weiteren Gewaltanwendung gekommen, aber auch das konnte sich schnell ändern.

Ilona erzählte von ihrem Gespräch mit Ingrid. Wie fremd der Frau dieses Lanzarote erschien und wie so ein Weingut geführt wurde... Sie erzählte auch, dass gestern dieser Danilo und sein Freund oben auftauchten und ein Saufgelage veranstalteten...

Fernando, in seinen eigenen Gedanken gefangen, hörte nur mit halbem Ohr zu, als er plötzlich aufschreckte.

„Welcher Freund?", fuhr er auf.

„Edi, nennt der sich", antwortete Ilona erschrocken. „Ich dachte, du wüsstest schon von den Beiden. Sie sollen völlig betrunken gewesen sein und hätten am Morgen kaum..."

„Genug!", bellte Fernando. „Ich muss sofort dort hinauf."

„Bitte sei vorsichtig!", rief Ilona dem Davoneilenden nach. „Bitte Fernando!"

Kapitel 12

Pablo sprang in den schwarzen Trichter und schnitt wütend auf die Rebstauden ein. Der kräftige Wind schien seine schlechte Laune geradezu noch anzufeuern, und die grauen Wolken passten hervorragend zu seiner miesen Stimmung. Trotzdem arbeitete er seit dem frühen Morgen verbissen im unteren Teil des Weinberges. Er hatte eine schlechte Nacht im Geräteschuppen verbracht, hatte lange Zeit dem Lärm der besoffenen Deutschen gelauscht und gehofft, dass sich Ingrid nicht zu Unüberlegtheiten hinreißen lassen würde. Wie sollte er sie beschützen, wenn sie offensichtlich mit ihren Landsleuten ein Herz und eine Seele war? Mit einem lautlosen Fluch sprang er in die nächste Grube.

Das Picón, dieses Lavakies, rieselte immer wieder herunter, und es musste in harter Knochenarbeit erneut hochgeschaufelt werden. Die niedrige Mauer aus Lavasteinen rund um den Trichter, auch Zoco genannt, musste auch wiederhergestellt werden. Sie diente als zusätzlichen Schutz gegen die kalten, nordöstlichen Passatwinde.

Die Idee der schützenden Gruben war uralt und machte auf der windgebeutelten Insel durchaus Sinn. Die eigentliche Muttererde befand sich nämlich seit den letzten Eruptionen unter einer dicken Schicht, dieser schwarzen Lapilli. Die Letztere speicherte aber hilfreich die Nässe des Taus und des seltenen Regens. Leider waren die Pflege und der Unterhalt der Trichter harte Handarbeit, welche auch heute nicht maschinell bewerkstelligt werden konnte. Das war auch der Grund, warum einige der Bodegas dazu übergingen, rechteckige Trockensteinmauern zu errichten, womit hilfreiches Gerät den Weg zwischendurch fand. Das war aber nicht im Sinne des 'Museums of Modern Art'. welches die riesigen Trichterfelder von La Geria auf Lanzarote als Gesamtkunstwerk ausgezeichnet hatte.

Diese Geschichte kümmerte Pablo im Moment überhaupt nicht. Er war wütend über die beiden Eindringlinge und ganz besonders auf diesen Danilo, der sich wie der auserwählte Liebling von Ingrid aufspielte. Zum Teufel mit diesen Ausländern. Glaubten die denn, sie könnten einfach übernehmen, kaum waren sie angekommen? Die hatten doch keine Ahnung und spielten sich auf wie die Herrscher. Und Ingrid schien genauso zu ticken, sonst würde sie nicht so vertraulich mit dem Kerl umgehen. Man warf sich doch nicht gleich einem verfluchten Neuankömmling an den Hals, wenn man genau wusste, was die Nacht zuvor geschehen war. Aber vielleicht war das ja genau der Grund, und für Ingrid war diese Nacht nur ein amüsantes Vergnügen und eine nicht ernst zu nehmende Affäre gewesen. Ein Spanier, ja, das war einmal etwas anderes, etwas, das man einmal probieren sollte. Aber danach brauchte man den nicht, das hatte der Kerl laut und deutlich genug gesagt.

Missmutig warf er die abgeschnittenen Stauden aus dem Trichter und kletterte in den nächsten. Mehrere lange Reihen lagen noch nicht bearbeitet vor ihm, und er würde alleine noch Tage brauchen, diese Arbeiten zu erledigen. Wo waren denn die Sträflinge geblieben, fragte sich Pablo übel gelaunt wiederholt. Konnte man sich auf niemanden mehr verlassen?

Nach sechs Stunden mühsamer Plackerei hatte er genug. Er warf Schere und Schaufel hin und stieg zum Haus hinauf. Abweisend thronte es auf der Anhöhe, mit einer verwitterten Mauer darum herum. Eigentlich hatte er sich vorgenommen, den Verputz zu erneuern und mit weißer Farbe den Anblick zu verschönern. Das musste allerdings jetzt warten, denn die Weinberge hatten Vorrang. Sie mussten vor dem Austrieb der Reben in Ordnung sein.

Im Hof war das Auto verschwunden. Gut, die waren also weg. Rasch trat Pablo ein und rief nach Ingrid. Als keine Antwort kam, durchquerte er den Wohnraum und zögerte vor Ingrids Schlafzimmertür. Es war totenstille. Waren jetzt alle verschwunden, auch Ingrid? Erneut rief er nach ihr, da hörte er ein Geräusch. Es kam aus ihrem Zimmer. Warum zum Teufel antwortete sie nicht?

Da war doch jemand. Pablo stieß die Türe auf und trat in das Zimmer. Der Schlag traf ihn von der Seite. Er taumelte und erkannte gerade noch einen dunklen Schatten, bevor er das Bewusstsein verlor.

Eine Stunde später fand ihn Ingrid. Sie war vom Supermarkt, vollbepackt mit Lebensmitteln, Gemüse und Brot, sogar einen Packen Bier hatte sie dabei, angekommen. Sie wunderte sich kurz über die offen stehende Tür, räumte alles aus dem Auto und schlug die Klappe zu. Als sie mit der ersten Ladung eintrat, schrie sie auf, ließ alles fallen und sank neben Pablo auf die Knie.

„Pablo!", schrie sie erneut. „Pablo, bitte wach auf, ich bin's Ingrid."

Sie schüttelte den leblosen Körper und entdeckte die klaffende Wunde am Kopf. Er ist tot, durchfuhr es sie wie ein glühendes Eisen. „Pablo", flüsterte sie jetzt. „Bitte bleib bei mir…"

Aber er atmete, und die Lider zuckten, und die Lippen formten ein Wort: „Ingrid…"

„Liebster…", schluchzte sie. „Bleib ruhig, ich rufe einen Arzt. Halte durch!"

In Panik suchte sie ihr Handy und rief die Notnummer. Name, Ort und Notfall, alles stammelte sie für den zur Ruhe mahnenden Mann am Apparat, immer Pablo im Blick. „Kommen Sie schnell! Bitte!"

Fünfzehn Minuten später, für Ingrid eine halbe Ewigkeit, brausten die Autos vor. Sie hatte inzwischen den Comisario angerufen und sogar auf der Mailbox ihrer Eltern eine Nachricht hinterlassen. Aber die ganze Zeit kauerte sie neben Pablo und redete auf ihn ein, flüsterte Zärtlichkeiten und bat ihn durchzuhalten.

Ein Polizeiauto voraus, dahinter der Krankenwagen, hielten staubaufwirbelnd im Hof. Ein Sanitäter mit der Bereitschaftstasche stürmte herein und drängte Ingrid vom Patienten weg. Pablo war inzwischen bei Bewusstsein, aber stöhnte leise.

„Er ist verletzt!", stotterte Ingrid unnötigerweise. „Ich fand ihn hier und dachte er wäre tot."

„Calma Señora", beruhigte sie der Sanitäter. „Er hat eine Kopf-verletzung und war bewusstlos. – Wie lange denn?"

„Ich weiß es nicht", antwortete Ingrid. „Als ich ihn fand, ist er eben aufgewacht. Wann das passiert ist…"

Der Sanitäter beruhigte sie und untersuchte den Patienten sorg-fältig. Routinemäßig legte er Pablo eine Nackenmanschette an und rief nach der Trage.

Inzwischen war auch Fernando angekommen und sofort zu sei-nem Sohn geeilt. Der Letztere, schon wieder in besserer Verfas-sung, grinste dämlich und sagte: „Hallo Papá – ein schöner Bewa-cher – lässt sich überrumpeln."

Fernando schüttelte besorgt den Kopf. „Pablo, bleib du jetzt schön ruhig. Sie werden dich ins Krankenhaus fahren, dann sehen wir weiter."

Draußen unterhielt er sich mit dem Polizeibeamten. Erleichtert hatte er festgestellt, dass nicht wie befürchtet die Guardia Civil ge-kommen war, sondern die Policía Nacional, und der Beamte war sein früherer Untergebene, Inspector Sánchez.

„Javier, wie geht es dir?", begrüßte ihn Fernando. „Bist du schon befördert worden? Mein Platz ist doch da jetzt frei.

Sánchez lachte. „Wie denn? Du weißt doch, dass bei uns alles seine Zeit braucht. Dein Stuhl ist ja noch warm."

Jetzt lachte auch Fernando. „Auf was warten die denn noch? Wissen die nicht, dass eigentlich du meine Fälle gelöst hast?"

„Nun sei nicht so bescheiden. Du hast vorzügliche Arbeit ge-leistet, und wir alle vermissen dich."

„Ha, du Heuchler! – Aber lass mal hören, was du von dem hier hältst."

„Eigentlich eine klare Sache", meinte der Inspector. „Deinem Sohn wurde mit einem harten Gegenstand eins über den Schädel gehauen. Opfer überlebt, Täter unbekannt."

„Na ja, so ein Bericht kann sich sehen lassen. Muss von dem dann auch eine Kopie zur Guardia Civil? – Lässt sich das eventuell vermeiden?"

„Hmm, das ließe sich vielleicht einrichten. – Aber ich möchte dann schon wissen, was da noch dahinter steckt. Ich kenne dich doch Fernando, du hast da wieder etwas am Laufen."

„Klar", erwiderte der Comisario. „Du kannst mir sogar helfen. Ich möchte, dass du in Arrecife einen Eduard Wiederkehr abholst, so zu einer kleinen Plauderei."

„Ach, du weißt, wer das hier war?"

„Es sieht so aus. Mein Sohn hat sich sicherlich nicht selber auf den Kopf geschlagen. Der Mann muss es gewesen sein, außer es waren da noch andere auf der Finca. Was ich aber nicht glaube."

„Aha! Den holen wir ab und drehen ihn durch die Mangel."

„Vorsicht Javier, das ist ein Ausländer. Ich möchte dabei sein und dem sauberen Herrn ein paar Fragen stellen."

„Klar, das machen wir so. Und wie lautet die genaue Adresse?"

Fernando diktierte die Anschrift in Arrecife und verabredete sich auf den nächsten Tag bei der Dienststelle beim Rathaus von Tías.

Die Sirenen heulten auf, und Fernando folgte dem Krankenwagen zum General Hospital in Arrecife. Ingrid war mitgefahren, obwohl bald klar war, dass Pablo nicht in Lebensgefahr schwebte. Sie wollte einfach bei ihm sein.

Für Fernando schien die Angelegenheit aber nicht so einfach. Sie wurde immer verworrener und die Beteiligten immer undurchsichtiger. Eigentlich hatten alle die Möglichkeit zur Tat. Die Befragung im El Rondó hatte höchstens bis zum Mittag gedauert. Danilo war mit einem Taxi losgefahren und Ingrid kurz danach mit ihrem Auto, wobei sie noch vom Einkaufen redete, aber es war nicht festzustellen, ob sie das wirklich auch tat. Oder doch? Da lagen ein paar Einkaufstüten auf dem Boden. Sie hätte aber theoretisch zur Finca fahren und dort die Tat begehen können. Nur hatte Fernando geglaubt, dass zwischen den Beiden eine Beziehung entstanden war. War er sich da wirklich so sicher?

Bei Danilo wusste er überhaupt nichts. Das Taxi hätte ihn zur Finca bringen können. Dort hätte er Pablo überraschen und niederschlagen können. Selbst zu Fuß konnte er danach problemlos verschwinden.

Am wahrscheinlichsten kam dieser Edi als Täter in Frage. Der war oben geblieben. Er war derjenige, der fast mit Sicherheit zur Tatzeit dort war. Aber auch er konnte sich einfach davongemacht haben. Natürlich könnte er behaupten, er sei vorher weggegangen.

Das musste er aber zuerst noch beweisen. So oder so, der Mann war besonders verdächtig, und morgens würden sie schon die Wahrheit erfahren.

Zuerst aber musste er mit seinem Sohn reden. Der hatte vielleicht sogar mitbekommen, wer ihm aufgelauert hatte. Nach einem Kampf sah es nicht aus, aber dennoch, vielleicht hatte er den Täter erkannt, bevor er bewusstlos wurde. Dann, wenn der Täter das begriff, würde es für Pablo ungemütlich werden, und der Beschützer müsste bald selber beschützt werden. Dass Ingrid jetzt bei ihm war, beruhigte Fernando auch nicht. Die Rolle dieser Frau war nach wie vor unklar. Aber vorerst wäre Pablo im Krankenhaus wohl in guter Obhut und in Sicherheit.

Die größte aller Fragen war aber diejenige nach dem Motiv. Wieso schlug jemand brutal auf Pablo ein? Hatte sein Sohn etwas entdeckt, das niemand erfahren durfte? Hatte er jemanden überrascht, und dieser fand nur durch Gewalt einen Ausweg? Für diese Variante sprach, dass die Tat unter der Tür zu Ingrids Schlafzimmer geschah. Und nicht zuletzt, war da vielleicht Eifersucht im Spiel? Danilo schien der jungen Frau tatsächlich recht nahe zu stehen. Wie nahe? War da Pablo einfach im Wege? Fragen über Fragen. Ja, und zu aller Letzt, wo war der Zusammenhang mit dem grausamen Mord an Christian Sonderegger? Es musste irgendwo eine Verbindung geben, darüber war sich Fernando sicher. Irgendwo war da ein Detail, etwas, das er übersehen hatte, etwas das er einfach nicht zu fassen bekam. Was nur?

Im Krankenhaus stellte man eine Platzwunde am Kopf und eine leichte Gehirnerschütterung fest. Der Patient sollte mindestens zwei Tage zur Beobachtung bleiben, besser drei. Mit einem leuchtend weißen Verband um den Kopf sah Pablo wie ein verwundeter Kriegsheld aus, worüber er auch schon beschämt protestierte.

„Papá, die behandeln mich wie ein todgeweihtes Unfallopfer. Ich möchte nach Hause."

Fernando schüttelte den Kopf. „Langsam, mein Sohn, du bleibst schön wo du bist. Ich habe aber noch ein paar Fragen, die ich gerne mit dir alleine besprochen hätte."

Ingrid, die neben dem Bett saß, verstand die Andeutung und empfahl sich mit dem Angebot, Kaffee vom Automaten zu holen.

„Danke, gerne", antwortete Fernando. „Meiner schwarz mit Zucker bitte. Lassen Sie sich Zeit."

Als die Tür sich hinter Ingrid schloss, kam Fernando sofort zur Sache. „Wer war das, Pablo?"

„Ich bin mir nicht sicher. Es ging alles so schnell. Ich sah einen Schatten, ziemlich groß, aber dann wurde alles schwarz."

„Also, dann wohl eher dieser Edi", sinnierte Fernando. „Der ist eher groß."

„Ja, das könnte sein. – Aber was hatte der im Schlafzimmer von Ingrid zu suchen?"

„Der muss etwas gesucht haben. Dieses Dreigespann ist mir einfach rätselhaft..."

„Aber doch nicht Ingrid!", unterbrach ihn Pablo. „Sie hat doch mit der ganzen Geschichte nichts zu tun."

„Da bin ich mir aber nicht so sicher."

„Papá, sie ist eine Frau..."

„Und deshalb ist sie unverdächtig? Du bist blind und voreingenommen. Du kennst die Dame ja kaum."

„Doch, und ich spüre, dass sie ehrlich ist."

Fernando winkte ab. Mit einem Verliebten war nicht zu räsonieren. „Lassen wir das", sagte er deshalb. „Sprechen wir über die beiden Männer, diese Schweizer."

„Ha!", fuhr Pablo auf. „Diese Kerle sind echte Schurken. Die werde ich mir vornehmen. Besonders diesen Danilo, der macht sich doch tatsächlich an Ingrid heran. Dem hau' ich..."

„Pablo, beruhige dich! Überlass das der Polizei. Du bist in keiner Verfassung da etwas auszurichten."

„Wie das?", reklamierte der Sohn. „Die Polizei? Du bist doch da nicht mehr dabei. Hast du das vergessen?"

„Natürlich nicht", brummte Fernando, „aber Inspector Sánchez ist jetzt dran, und morgen werden wir uns diesen Edi vorknöpfen."

„Gut, ich möchte nämlich zu gerne wissen, was der Kerl in Ingrids Schlafzimmer zu suchen hatte."

Fernando nickte. „Wir auch. Das ist schon seltsam, aber du warst doch auch schon da. Ist dir dort etwas aufgefallen?"

„Ich?", zögerte Pablo verlegen. „Ich habe nichts gesehen."

Fernando grinste. „Klar, außer für die Frau hattest du da wahrscheinlich keine Augen."

„Es ist nicht so wie du denkst, Papá. Ingrid und ich…"

„Klar, ihr schwört auf die große Liebe, aber ich eher auf Fakten. Ja, da kommt sie ja schon."

Ingrid schupste die Tür mit dem Ellbogen zu und reichte Fernando einen Becher. „Vorsicht", sagte sie warnend. „Er ist heiß."

„Danke Señora", brummte Fernando und nippte vorsichtig am Getränk.

Ingrid stellte das Bett hoch und half Pablo mit dem Becher. Ihre Bemühungen waren liebevoll besorgt, und ein warmes Lächeln lag auf ihren Lippen. Da konnte man schon von echten Gefühlen ausgehen, dachte Fernando. Ja, er durfte keine Vorurteile hegen, schon seinem Sohn zuliebe. Es wurde immer wichtiger, dass er der Wahrheit auf die Schliche kam und der Fall Sonderegger endlich gelöst wurde.

„Ich warte draußen", verkündete Ingrid und verschwand leise durch die Tür.

Instinktiv hatte sie gemerkt, dass das Gespräch der Männer noch nicht beendet war. Erneut gestand sich Fernando ein, dass diese Frau überhaupt nicht den Eindruck vermittelte, an irgendwelchen Missetaten beteiligt zu sein. Eigentlich von allem Anfang an, als er sie das erste Mal im El Rondó sah, da erschien sie eher einsam, bescheiden und rechtschaffen aber keineswegs kriminell. Er war aber Polizist genug, um zu wissen, dass der Schein oft trügt und selbst hinter einem Madonnengesicht eine Teufelin verborgen sein konnte. Es galt, die Augen für alle Eventualitäten offen zu halten.

„Also, du Herzensbrecher", fuhr Fernando weiter. „Was hast du im Schlafzimmer der Frau gesehen? – Eine Maske vielleicht?"

„Was? Eine Maske? Spinnst du jetzt völlig? Es ist noch nicht Karneval. Was soll das?"

Fernando grinste. „Klar doch, ihr hattet ja weder Kleidung noch Masken an. – Nein, ich meine eine afrikanische Maske, so wie sie die Leute manchmal an die Wand hängen um zu demonstrieren, wie aufgeschlossen sie gegenüber den Schwarzen sind."

„Ach, so eine, aus dunklem Holz geschnitzt und furchterregend. Nein, so etwas hatte Ingrid ganz sicher nicht in ihrem Zimmer."

„Es gibt auch schöne Masken von glatten Frauengesichtern mit verführerischen Augen und vollen Lippen", erklärte Fernando seinem Sohn.

„Na ja, gefällt mir schon besser", antwortete Pablo. „Aber auch so etwas ist mir bei Ingrid nicht aufgefallen."

Fernando nickte: „Hätte ja sein können. Bleibt also nach wie vor die Frage, was der Kerl dort suchte."

„Und wenn es einfach nur ein gewöhnlicher Einbrecher war, auf Geld oder Wertsachen aus?"

„Möglich, dass per Zufall einer dort eingestiegen ist. Das Haus war ja zu dem Zeitpunkt tatsächlich leer, aber an Zufälle kann ich nicht so richtig glauben."

„Fehlt denn jetzt etwas", überlegte Pablo.

„Das muss noch geklärt werden. Die Einzige, die das feststellen kann, ist deine Ingrid."

Pablo lachte. „Wie sich das anhört, von dir: Deine Ingrid."

„Na ja, wir werden sehen", sagte Fernando etwas verlegen und schwieg.

Eine knappe Stunde später, Ingrid war wieder ins Zimmer gekommen, verabschiedeten sie sich. Fernando hatte der Freundin seines Sohnes angeboten, sie nach Hause zu fahren, wobei nicht ganz uneigennützig der Gedanke mitspielte, etwas mehr über diese Dame zu erfahren und vielleicht auf der Finca noch ein paar weitere Informationen zu ergattern.

Auf der halbstündigen Fahrt zur Finca war die Frau neben ihm aber wortkarg und lehnte sich mit geschlossenen Augen gegen die Seitenscheibe. Auf der Finca angekommen, bat sie Fernando zu warten. Sie wollte feststellen, ob vielleicht doch etwas fehle. Das war offensichtlich nicht der Fall, und der Comisario verabschiedete sich kurz darauf.

Kapitel 13

„Du Schwein!", brüllte Fernando. „Du schlägst nicht ungestraft meinen Sohn." Comisario Fernando Romero war derart wütend, dass er auf den Mann losging.

Edi wich zurück, und Inspector Sanchez hatte große Mühe, den erzürnten Freund zurückzuhalten.

Sánchez war noch am Vorabend mit zwei Polizeibeamten nach Arrecife gefahren und hatte den verdächtigten Eduard Wiederkehr festgenommen. Er berief sich dabei auf den Tatbestand von schwerer Körperverletzung und ließ den Mann in Handschellen abführen.

Die lauten Proteste des Häftlings ignorierten sie stoisch, schupsten ihn in den Polizeiwagen und brachten ihn nach Tías in eine Zelle. Die Nacht auf der harten Pritsche hatte Edi richtig zugesetzt, was durchaus beabsichtigt war. Als er gegen zehn Uhr endlich ins Besprechungszimmer geführt wurde, sah er bleich und mitgenommen aus.

Sobald Fernando und der Inspector eintraten, fuhr er auf und protestierte lautstark: „Das können Sie mit mir nicht machen. Sie halten mich hier fest, ohne jegliche Berechtigung. Was ist denn dieses, ein Bananenland, wo willkürlich unschuldige Leute in den Kerker geworfen werden. Sie müssen…"

„Wir müssen gar nicht, Señor", entgegnete Sánchez ruhig. „Setzen Sie sich!"

Edi zerrte an den Fesseln und brauste auf: „Lassen Sie mich sofort gehen, oder ich werde Sie verklagen. Ich habe Rechte..."

Das war der Moment als Fernando ausrastete. Er hätte dem Mann die Faust in die Fresse gedonnert, wenn ihn Sánchez nicht gehindert hätte.

„Wer ist denn der?", kreischte Edi. „Sind jetzt alle Bullen dieser Scheiß Polizei losgelassen. Ich will das Konsulat anrufen, jetzt sofort."

„Das deutsche Konsulat ist im Moment zu", konterte der Inspector.

„Ich bin Schweizer und kein verfluchter Deutscher. Ich verlange..."

„Aha, Schweizer, noch schlechter, ihr Konsulat befindet sich auf Gran Canaria", erklärte Sánchez. „Sie brauchen auch keinen konsularischen Beistand, denn dies hier ist einfach eine Befragung, und wenn sie kooperieren, sind Sie bald wieder frei."

Fernandes stand, mit immer noch hoch rotem Kopf, daneben und schnaubte: „Ja, und wenn du nicht spurst, wirst du erleben, was wir hier noch alles können."

„Ich werde nichts sagen", begehrte der Gefangene auf. „Gar nichts. Wollt ihr mich vielleicht zwingen oder gar foltern, ihr Schinder... Lumpenpack."

„Nun reißen Sie sich zusammen Herr Wiederkehr", sagte Sánchez kalt. „Wenn sie sich nicht sofort benehmen und die Aussage verweigern, bringen wir sie zurück in die Zelle und sperren Sie ein. Den Schlüssel haben wir dann für einige Zeit verlegt."

Edi sackte auf den Stuhl und stammelte: „Ich habe nichts getan, Sie können mich doch nicht einfach einsperren."

„Und ob wir das können, du mieser Lump", drohte Fernando. „Was hattest du gestern in Ingrids Zimmer zu suchen?"

„Wo?"

„Sei nicht so blöd! Du weißt schon, auf der Finca Magdalena um zirka ein Uhr. Was machtest du da?"

„Ich habe geschlafen."

„So ein Blödsinn! Um ein Uhr nachmittags", knurrte Fernando. „Der will uns verarschen. – Zurück in die Zelle!"

„Nein, warten Sie. Ich habe tatsächlich lange geschlafen. Wir hatten am Abend zuvor etwas viel getrunken."

„Das wissen wir schon. Und danach hast du im Haus herumgeschnüffelt. Es war ja niemand da."

„Nein, ich hab' doch nicht geschnüffelt. Wollte nur das tolle Haus ansehen."

„Ein Schöngeist, ha! Und dann?"

„Dann bin ich gegangen."

„Wie denn?"

„Zu Fuß."

Fernando fuhr auf. „Erzähl doch keinen Scheiß! Du warst davor in Ingrids Schlafzimmer und wurdest von Pablo überrascht."

„Wer ist Pablo?"

„Der Mann hält uns für dumm", sagte Sánchez. „Es ist bewiesen, dass er Pablo am Vorabend kennengelernt hat. „So geht das nicht, Señor. Wir reden morgens weiter."

„Ach so, Sie meinen den Spanier, der sich an Ingrid heranmachen wollte. Warum sagen Sie es nicht gleich?"

„Du bist noch blöder als erlaubt", knurrte Fernando. „Also, jetzt erzähl' endlich, was du in Ingrids Zimmer wolltest."

Edi wurde kleinlaut. „Wenn ihr doch schon alles wisst, ich wollte nur sehen, ob Ingrid den Schlüssel hat. Danilo wollte den unbedingt, und da die Gelegenheit war…"

„Also, es geht doch. – Was für einen Schlüssel, und hast du ihn gefunden?"

„Nein, hab' ich nicht, hatte ja keine Zeit, weil dieser…"

„Ja, wir wissen schon, bis du von Pablo gestört wurdest. Du gibst also zu, Pablo niedergeschlagen zu haben."

„Was hätte ich den tun sollen? Ich war erschrocken", flehte der Mann und sank auf dem Stuhl zusammen. „Ich wollte das nicht, es tut mir leid."

Inspector Sánchez ging um den Tisch und sagte: „Sie wissen schon, dass das eine schwere Straftat, ein Tötungsversuch war und dass darauf mehrere Jahre Gefängnis stehen. Ich kann ihnen verraten, dass spanische Gefängnisse nicht sehr komfortabel sind. Sie können ihre Situation nur noch verbessern, wenn Sie uns jetzt lückenlos die Wahrheit erzählen. Ein Gericht würde das wohlwollend berücksichtigen."

„Ich wollte doch eh schon lange aus dem Schlamassel raus", klagte Edi. „Die sind doch alle nicht ganz dicht und nur auf das große Geld aus."

„So, jetzt mal langsam", ermahnte Fernando. Er hatte sich inzwischen etwas beruhigt. „Alles der Reihe nach. Von was für einem Schlüssel redest du da?"

„Der war für Christian bestimmt. Ich glaube es war einer für ein Schließfach."

„Ein Schließfach, für eine Bank oder die Post?"

„Weiß ich nicht. Christian sollte dort seine weiteren Instruktionen erhalten. Aber da der ja tot ist, dachte ich, der Schlüssel wäre vielleicht bei Ingrid. Da war er aber nicht."

„Und da dachten Sie, sie könnten vielleicht zu Ende bringen, was dem Christian nicht gelang", sagte Inspector Sánchez. „Ist ihnen eigentlich bewusst, wie gefährlich dieses Spiel geworden ist? Der Mann ist tot, haben sie das vergessen?"

Nun schaltete sich Fernando ein: „Sie leben in Arrecife, an der Calle Puerto Naos?"

„Ja, das ist richtig."

„Wie lange schon?"

„Etwas mehr als vier Jahre."

„Woher kennt Danilo Gasser diese Adresse?"

„Er war schon öfter bei mir, wir sind befreundet", antwortete Edi verwundert.

„Was besprachen Sie mit ihm, Mittwoch vorige Woche, bei ihnen zu Hause?"

„Weiß ich nicht mehr."

„Sie sollten sich aber daran erinnern", warnte Fernando. „Was sollte da nachts um zwei Uhr stattfinden, so dass Sie im Streit auseinander gingen?"

„Bei mir? Nichts. – Ich weiß nicht was Sie meinen."

„Haben Sie vergessen was passiert, wenn sie weiter lügen?" Fernandos Zorn wallte wieder auf.

„Ich weiß es wirklich nicht mehr, die wollten irgendeine Tour machen. Ich habe keine Ahnung."

Plötzlich zuckte ein Gedanke durch Fernandos Kopf. Klar, das war's, da war doch noch einer und der sprach Englisch. Wie konnte er das nur vergessen.

„Sie sagten, die wollten eine Tour machen. Wer denn noch?"

„Na ja, Danilo und Sindy."

„Wer ist Sindy?"

„Der Schwarze, er ist Bootsführer für die Pescadores San Ginés. Wir sehen uns öfters."

„Wie heißt er noch, und wo finden wir ihn?"

„Nyasse, Sindy Nyasse. Er ist auf dem Kutter Catalina."

„Also eine Schiffstour", sinnierte Fernando.

„Weiß nicht, die sagten etwas von einem Bunker."

Fernando überlegte. „Sie sagten vorhin etwas über ein Schlamassel für viel Geld. Was meinten Sie damit?"

„Also, wenn Sie mich fragen, hatten die etwas Großes vor, denn umsonst reisen diese Herrschaften nicht von weit her nach Lanzarote."

„Sie behaupten also, sie trafen sich in ihrem Haus, ohne dass Sie selber wussten was da lief oder geplant wurde? – Das ist doch sehr unwahrscheinlich."

Inspector Sánchez schaltete sich ein: „Waren denn da noch mehr Beteiligte?"

„Nein!", sagte Edi und blieb dabei.

Es blieb ihnen später nichts anderes übrig, als den Mann laufen zu lassen. Sie warnten ihn aber, dass wenn herauskäme, dass er nicht die volle Wahrheit gesagt habe, das schwerwiegende Konsequenzen haben würde. Er hätte Glück gehabt, nicht der Guardia Civil in die Hände gefallen zu sein, denn deren Methoden und Gefängnisse wären bekanntlich sehr berüchtigt. Außerdem legten sie ihm nahe, vorsichtig zu sein und bei der geringsten Unstimmigkeit oder wenn er sich an etwas Vergessenes erinnere, sofort anzurufen. Mit der Karte in der Hand und einem schiefen Grinsen im Gesicht, machte sich Edi davon.

„Uiii…", stöhnte Sánchez. „Was für ein Ekel. Der hat noch Vieles verschwiegen und hat aalglatt gelogen, aber einen Mord traue ich dem eigentlich nicht zu."

„Da bin ich mit dir einig, Javier, aber ich denke auch, dass er uns nicht mehr weiter helfen kann. Fassen wir zusammen. Die drei Männer, Christian, Danilo und dieser Schwarze planen etwas, worin Edi nicht voll eingeweiht ist. Vielleicht benützen sie seine Adresse einfach als Stützpunkt und lassen den Bewohner im Dunkeln. Das wiederum ist nicht sicher, denn dieser könnte mehr wissen als er uns verrät. Dabei schnappte dieser Edi vielleicht einiges auf, und nachdem Christian tot war, dachte er, dass seine Gelegenheit gekommen sei. Er weiß von Ingrid, der Verlobten von Christian, und von einem Safe, wo er die notwendigen Hinweise erhofft. Die Vermutung liegt nahe, dass Christian den Schlüssel dort bei seiner Liebsten deponiert hatte. Aber Edi scheitert beim Versuch diesen zu finden. – Wir suchen also einen Safe und den Schlüssel dazu. Bei Ingrid auf der Finca Magdalena scheint er nicht zu sein. – Ja, wenn das stimmt. Edi hatte ja vermutlich für eine gründliche Suche nicht genug Zeit."

„Eine Suche nach der sprichwörtlichen Nadel im Heuhaufen", folgerte Sánchez.

„Einen Moment", sagte Fernando. „Da ist noch diese neue Spur. Ein Schwarzer mit dem Namen Sindy Nyasse, er ist Teil einer, von den Beteiligten geplanten Tour. Es ist naheliegend, dass das mit seinem Kutter stattfinden sollte. Wenn ich mich nicht täusche, ist der Bunker, wo Christian seinen Tod ereilte, vom Meer her erreichbar. Das könnte die besagte Tour sein, und ich habe das Gefühl, die hat noch nicht stattgefunden."

„Das ist aber reine Vermutung", warnte Sánchez.

„Richtig, aber überprüfbar", entgegnete Fernando. „Ich schlage vor, wir teilen die Aufgaben auf. Du überprüfst den Kutter Catalina, das Logbuch, den Kapitän und die Besatzung. Ich nehme nochmals einen Augenschein bei diesem Bunker, denn die Untersuchungen der Guardia Civil waren dort mehr als nur oberflächlich, eigentlich gar nicht. – Und zum Dritten, werde ich Pablo bitten, sich auf der Finca etwas genauer umzusehen."

„Ja ist denn dein Sohn schon wieder genesen?", staunte der Inspector. „Liegt er nicht noch im Krankenhaus? – Außerdem wird er kaum Freude bekunden, im Haus seiner Angebeteten zu spionieren."

„Pablo kann heute das Spital wieder verlassen. Ich werde ihn selber dort abholen und nach Hause fahren. Er ist ein bedachter Junge und wird seinen Teil schon beitragen."

„Noch etwas, mein lieber Fernando. Was ist mit Martinez? Der Mann schwebt völlig im Dunkeln. Irgendwann müssen wir auch die Guardia Civil einschalten."

„Javier, das lassen wir besser bleiben. In dieser Situation würden die mit großem Geschütz auffahren und alle Beteiligten durch die Mangel drehen. Das möchte ich Pablo, Ingrid, dir und mir ersparen."

Fernando wusste nur zu gut, was für ein Risiko er einging. Selbst Ilona und Tía Amara wären betroffen. Dann war da noch etwas was ihn störte. Danilo Gasser hätte er beinahe vergessen.

Kapitel 14

Von Yaiza in Richtung Playa Blanca führt eine schnurgerade Straße direkt gegen Süden. Danilo genoss freie Fahrt zwischen den schwarzen Lavafeldern und den Abhängen des Ajaches Gebirges. Sein Mietauto, ein kleiner Mercedes, war praktisch neu und schnurrte wie ein zufriedenes Kätzchen. Das Innere des Wagens war peinlich sauber und roch nach Lavendel, keine Kratzer, keine Flecken, einfach perfekt. Der Gegensatz zwischen Zuhause und dem Leben hier auf der Insel war erstaunlich und begeisterte ihn zunehmend. Es fühlte sich an, wie wenn er aus der Dürftigkeit einer Bruchbude in einer herrlichen Villa angekommen wäre. Na ja, sein Zuhause war nicht gerade ein dreckiger Schuppen, aber besonders im Antiquitäten-Laden fühlte er sich schon eingeengt zwischen den alten, verstaubten Sachen, und seine Bude dort bei der Kaserne war ein altes vergammeltes Zimmer ohne Glanz und Stil. Das war jetzt aber hinter ihm, und dort vorne, im gleißenden Licht des Südens, erwartete ihn ein neues glänzendes Leben.

Er hatte seine Zelte abgebrochen und war an diesem Vormittag aus dem Hotel San Antonio ausgezogen, mit der Absicht nie mehr dorthin zurück zu kehren. Seitdem er die schwarze Maske bekommen hatte, hatte er nur auf diesen Zeitpunkt gewartet. Jetzt war es soweit und dort vor ihm, auf einer luxuriösen Yacht, wartete sein Glück.

Die Maske war damals, Anfang Januar, unter kuriosen Bedingungen in seine Hände gelangt, aber nach dem ersten Schrecken hatte er schnell erkannt, dass die Botschaft wichtig war. Er fand den Schlüssel bald einmal, als er feststellte, dass die Maske aus zwei Hälften bestand. Christians überhastete Abreise und der Hinweis auf die Bank Santander brachten ihn schnell auf die Spur des Geheimnisses, weshalb er seinem Freund und seiner Verlobten unverzüglich nach Lanzarote folgte. Was er dann im Bankfach fand, übertraf alle seine Erwartungen und wies ihm heute den Weg nach dem südlichsten Ort der Insel. Der Tod seines Freundes verunsicherte ihn zuerst sehr, aber er musste sich eingestehen, dass Christian sich der Aufgabe gegenüber, wohl seines dusseligen Charakters wegen, ablehnend verhalten hatte und auch so dumm war, dies offen zu demonstrieren. Nachdem scheinbar auch Edi aufgeflogen war, blieb nur noch er selber übrig, und aus dieser Tatsache ließ sich viel machen. Seine Zukunft sah herrlich aus.

Am Ende der Straße angekommen, bog er links in die Avenida de Papagayo ein und fuhr bis zum Kreisel Marina Rubicón. Die Playa Blanca war in den letzten Jahren zu einer großen Touristenstadt angewachsen und hatte mittlerweile sogar zwei Hafenanlagen. Auf der anderen Seite lag die alte Mole mit dem Leuchtfeuer, wo die großen Fähren mit der Verbindung hinüber nach Fuerteventura anlegten. Danilos Ziel war aber der neue Yachthafen Rubicón. Er bog am Kreisel rechts ab und fuhr bis hinaus ans Ende des Kais. Er stellte das Auto auf dem markierten Parkplatz ab und ging die paar Schritte zum nahen Steg. Die gesuchte Yacht Princesa lag an dritter Stelle ruhig und elegant im Wasser. Ihre Aufbauten waren zwei Stockwerke hoch, und über allem thronten die Balken und Kuppeln des Radars.

Am Gangway hielt ihn ein Wachtmann in tadellosem weißen Anzug auf: „Señor, die Yacht ist privat, Sie können hier nicht durch."

Danilo stellte sich vor und erklärte, dass er erwartet werde.

„Ach, Herr Gasser, bitte entschuldigen Sie. Ja, sie wurden angekündigt. Einen Moment bitte."

Er zückte ein Telefon und sprach in schnellem Spanisch hinein, klappte es zu und nickte.

„Bitte gehen Sie zur Sailors Bar, dort drüben. Señor Vasquez erwartet Sie dort."

Etwas weiter vorne, hinter dem eckigen Gebäude des Yacht Clubs, lag die bezeichnete Bar, gleich neben dem kleinen Leuchtturm mit der roten Kuppe. Danilo konnte ungehindert eintreten und befand sich in einem modern eingerichteten Lokal mit weinroten Tischen und gemütlichen Sesseln. Die Sicht auf die Hafenanlage war atemberaubend. Etwas verloren stand Danilo in der vornehmen Umgebung und blickte sich um. Er bedauerte, dass er ohne Jackett gekommen war. Sein weißes Hemd war aber sauber, wenn auch etwas zerknittert.

Ein Herr in einem hellen Blaser sprang auf und winkte Danilo zu sich. Er war groß, mindestens ein Meter achtzig und schlank. Eine sportliche Figur und sonnengebräunte Haut verrieten den Freizeitkapitän. Er begrüßte Danilo in perfektem Englisch und einem strahlenden Lächeln. Dennoch verrieten die stahlblauen Augen den befehlsgewohnten Mann.

„Herr Gasser, da sind sie ja. Danke, dass Sie sich die Mühe machten. Ich bin José Vasquez. Bitte kommen Sie!"

Er führte Danilo zur Sitzgruppe, wo ihnen zwei junge Frauen in luftigen Kleidern interessiert entgegenblickten. Die beiden atemberaubenden Schönheiten lächelten liebenswürdig, als sie durch Vasquez vorstellt wurden. „Das sind Michelle und Carmen, meine Nichten. Sie begleiten mich auf dieser Reise."

Danilo versuchte sich mit besten Umgangsformen: „Es ist mir eine Freude, meine Damen."

Schon klar, dachte er im Stillen, seine Nichten, so konnte man sie auch nennen…

Man bestellte Drinks, Danilo bat um ein Bier, und die Mädchen nippten an bunten Cocktails. Der Kellner brachte unaufgefordert Whiskey für den Herrn und stellte Schälchen mit Nüssen dazu.

Nach einer geraumen Weile von Konversation und Plauderei, bat Vasquez die beiden Damen, ihn mit Herrn Gasser alleine zu lassen; sie hätten eine wichtige Besprechung. Die ziemlich unhöfliche Aufforderung befolgten die beiden unverzüglich und schwebten der Tür zu der Terrasse zu. Fetzen ihres Gekichers wehten herein, bis sie um die Ecke verschwunden waren.

Sobald die Damen weg waren, änderte sich der Gesichtsausdruck von Vasquez. Er blickte ungehalten auf seinen Besuch und erklärte: „Sie wissen schon, dass Sie hier nicht herkommen sollten. Der Minister hat ausdrücklich gesagt, dass keine direkte Kontaktaufnahme erwünscht ist."

„Es tut mir leid", antwortete Danilo. „Es war ursprünglich auch nicht meine Aufgabe, die Durchführung zu übernehmen, aber seit..."

„Ja, ja ich weiß schon. Das dumme Missgeschick mit ihrem Landsmann hätte nicht passieren dürfen. Sie sind jetzt aber der Einzige, der einspringen kann."

Danilo fühlte sich plötzlich überlegen. Sein Gegenüber war nicht der eigentliche Auftraggeber. Dieser hier war ein Stellvertreter und Übermittler für den großen Unbekannten. Einen Minister hatte er erwähnt, also einer, der in Madrid saß und dort die Fäden zog. Sollte ihm recht sein, was die immer für eine Politik betrieben, das wollte er gar nicht so genau wissen. Für ihn war die Bezahlung wichtig. Die Anzahlung im Safe der Bank war ein kleiner Vorschuss, jetzt aber ging es ums Ganze.

Vasquez fuhr unbeirrt fort: „Sie haben die Instruktionen gelesen und wissen was zu tun ist. Wir erwarten die Ankunft am Sonntag, seien Sie pünktlich vor Ort. Wir erlauben nicht nochmals ein Scheitern wegen dummer Unfähigkeit."

Die versteckte Drohung beeindruckte Danilo wenig. Er war eindeutig im Vorteil. Die Kerle hatten niemanden anders. Er ließ sich deshalb Zeit und trank gemächlich von seinem Bier.

„Sie können sich auf mich verlassen", versicherte er. „Ich werde alles zu ihrer Zufriedenheit tun. – Ich bitte Sie deshalb aber auch darum, dass Sie ihre Seite der Abmachung erfüllen."

Vasquez zog einen Umschlag aus der Tasche und sagte: „Sie erhalten heute zehn Prozent, den Rest nach Erledigung."

Wut stieg in Danilo hoch. „Nein! So geht das nicht!", protestierte er laut. „So war es nicht ausgemacht. Im Auftrag steht klar und deutlich, die Hälfte jetzt, die andere danach. Ich erwarte jetzt also eine halbe Million, – Euros wohlverstanden."

„Sie glauben doch nicht im Ernst, dass ich hier mit einer halben Million aufkreuze. Nehmen Sie diese Anzahlung jetzt!"

Danilo erhob sich und sagte: „Nein, danke, das war's dann wohl. Suchen Sie sich einen Dümmeren."

„Herr Gasser, setzen Sie sich! Ist ihnen bewusst, mit wem Sie sich hier anlegen? Sie wollen uns erpressen?"

„Nein keineswegs, Herr Vasquez, ich will nur was mir zusteht, nicht weniger, nicht mehr. Es ist in ihrem Interesse, und ich denke dabei vor allem an ihren Herrn Minister."

Vasquez wand sich, aber dann erschien ein gezwungenes Lächeln auf seinem glattrasierten Gesicht. Er steckte den Umschlag demonstrativ weg und sagte: „Also gut, Herr Gasser, Sie haben gewonnen. Kommen Sie heute Abend gegen sieben Uhr zum Hotel Volcán. Ich werde dort an der Rezeption ein Paket für Sie deponieren. Sie werden zufrieden sein."

An diesem Abend war Danilo tatsächlich sehr zufrieden. Vasquez hatte Wort gehalten, und das Paket hatte auch keine Bombe, Giftpulver, Zeitungspapier oder sonst irgendeinen Unsinn enthalten. Er schloss das Geld in das Safe seines Zimmers ein, erstaunt darüber, wie wenig so eine halbe Million eigentlich war. Er hatte sich in einem kleinen unbekannten Hotel eingemietet. Dieses wurde durch ein lokales Reisebüro angeboten und lag in einer der engen Gassen in der Nähe des Fährhafens. Hier würde ihn niemand finden. Sein auffälliges Auto hatte er beim riesigen Touristenhotel Playa Dorada einfach auf dem Parkplatz stehen lassen. Er musste es morgens unbedingt bei der Vermietung gegen ein anderes, einfacheres eintauschen. Dann war da noch das Problem mit Ingrid. Wie viel hatte sie von Christian erfahren oder vielleicht auch nur erahnt. Dieses Risiko konnte er nicht eingehen, denn die Drohung stand nach wie vor in der Luft, und so wie Christian wollte er mit Sicherheit nicht enden.

Nachdem Danilo sich beim Reisebüro auch noch über die Abfahrtszeiten der Fähre hinüber nach Corralejo erkundigt hatte, schlenderte er beruhigt entlang der Promenade und genoss die Abendstimmung. Die Lokale waren überfüllt mit Touristen aus aller Welt. Man dinierte hier bis spät in die Nacht hinein. Er fand eine einfache Bar und bestellte ein Bier. Genüsslich trank er durch den Schaum und war zufrieden mit sich und der Welt.

Kapitel 15

Im El Rondó war an diesem Mittag die Hölle los. Ein Kreuzfahrtschiff lag in Arrecife vor Anker, und die Urlauber hatten tatsächlich den Weg in dieses eigenartige Lokal gefunden. Die ange-
schlossene Pescadería versprach natürlich den Genuss von fangfri-
schem Fisch und Meeresfrüchten. Dorada, Cherne und Vieja, auch
Papageienfisch genannt, waren sehr beliebt, aber auch Garnelen an
Knoblauch oder einfach als Cocktail erfreuten sich regen Zu-
spruchs. Ganz Verwegene wagten sich auch an Miesmuscheln, La-
pas oder Puntillas de Calamar, diese kleinen frittierten Tintenfisch-
chen.

Fernando hatte alle Hände voll zu tun, und auch Ilona hinter der
Theke eilte hin und her. Sie nahm Bestellungen entgegen, stellte
Getränke bereit und bediente die Kasse. Drei weitere Kellner eilten
durch die Tischreihen, und der Lärmpegel nahm ständig zu. Die
Flügel beider Eingänge standen weit offen und ließen die leichte
Brise herein, zusammen mit dem unverkennbaren Geruch nach
Meer und Sonne. Die Stimmung der fröhlichen Gesellschaft lag
weit entfernt von einem trüben Alltag oder von regnerisch kalter
Witterung in England, Deutschland oder wo immer auch die Touris-
ten herkamen. Fernando stellte zufrieden fest, dass die Gäste vom
Kreuzfahrtschiff, auch wenn meist luftig gekleidet, doch ein gewis-
ses Niveau besaßen und nicht, was leider oft der Fall war, sich halb

nackt an den Tisch setzten. Die Art der Touristen, welche sich manchmal schon beinahe obszön entblößten, behagte ihm überhaupt nicht, obwohl er natürlich dazu angehalten war, auch diese freundlich zu bedienen. Die Stimmung der frohen bunten Schar übertrug sich deshalb auch auf die Angestellten, und Fernando eilte aufgeräumt durch die Reihen, servierte kühlen Malvasía Wein und köstlichen Fisch vom Grill. Er strahlte, wünschte guten Appetit und verschenkte da und dort auch einmal ein Kompliment. Die Damen erstrahlten vor Freude, und die Männer stießen zufrieden mit großen Humpen an, welche man hier 'Jarras' nannte.

Mitten in diese fröhliche Idylle platzte plötzlich eine dunkle Gestalt, welche im vorderen Eingang im Gegenlicht stehen blieb. Einen Moment erloschen die Gespräche, um dann langsam, zuerst leiser wieder an Fahrt zuzulegen. Der kurze Augenblick genügte für Fernando um aufzuschauen und seinen Sohn dort stehen zu sehen. Erschrocken lief er zu dem Ankömmling.

„Pablo, was ist? Was machst du hier?"

Der junge Mann stolperte über die Stufe und kam ihm entgegen. Sein Gesicht war bleich und verzerrt.

„Ingrid", murmelte er kraftlos.

„Großer Gott, was ist mit Ingrid?", entgegnete Fernando automatisch. „Was ist mit ihr?"

„Sie ist verschwunden!"

„Komm, wir gehen nach hinten! Hier ist so ein Lärm. – Sie wird schon irgendwo sein."

Er führte Pablo zwischen den Tischen, an der Theke vorbei, zum Büro. Ilona hatte die Szene genau beobachtet und nickte Fernando zustimmend zu. Hier war eine Notsituation und sie würden mit den Gästen schon klar kommen. Energisch trieb sie die gaffenden Kellner an und versicherte den Tafelnden mit einem herzlichen Lächeln, dass alles in Ordnung sei.

Hinten sank Pablo auf einen Stuhl, und Fernando lehnte abwartend am Schreibtisch. „So rede schon", brummte er und beobachtete, wie sein Sohn am ganzen Körper zitterte.

Endlich begann er: „Ich war letzte Nacht zu Hause, ich brauchte Zeit zum überlegen, und mein Kopf schmerzte immer noch. Heute bin ich wieder hinauf zur Finca und wollte mit ihr reden, aber sie war nicht da. Zuerst dachte ich, sie sei unterwegs, einkaufen. Doch ihr Wagen stand noch im Hof. Im Haus war niemand, alles leer und verlassen. Sie ist einfach verschwunden, und ich weiß nicht was ich tun soll…"

„Zuerst einmal gar nichts", sagte Fernando. „Beruhige dich, wir werden die Dame schon finden."

„Wo denn!" Das klang schon wieder hysterisch. „Ich denke, wir sollten die Polizei rufen."

„Die Polizei?", tönte es von hinten. Ilona war durch die Tür geschlüpft und hatte offensichtlich die letzten Worte aufgeschnappt.

„Schließ die Türe!", befahl Fernando. „Der Lärm ist ja unerträglich, bitte Ilona."

„Ja ja, ist ja gut", beeilte sie sich. „Aber wer will mir jetzt die Polizei ins Haus holen – und warum?"

Fernando winkte ab. „Nicht so schnell", sagte er, dann beantwortete er Ilonas Frage: „Ingrid ist verschwunden. – Wir fahren jetzt zuerst einmal zur Finca und sehen uns nochmals um. Wir nehmen mein Auto."

„Ich komme mit", sagte Ilona und legte den Arm um Pablos Schulter.

„Das wirst du nicht. Du wirst hier gebraucht, liebe Ilona", entgegnete Fernando. „Außerdem, wozu soll das gut sein?"

„Du hast keine Ahnung", wehrte sich Ilona. „Eine Frau verschwindet nicht einfach so. Sollte sie aus eigenem Entschluss gegangen sein, dann nahm sie sicher ein paar für eine Frau lebenswichtige Sachen mit. Ich werde mir ihr Zimmer und ihr Bad vornehmen."

Ob solcher Professionalität musste selbst der Ex-Polizist Fernando kapitulieren. „Also gut", gab er nach. „Aber kannst du hier überhaupt weg?"

„Klar, die Gäste sind schon wieder im Aufbruch. Die müssen zurück zum Schiff."

„Dann fahren wir, sofort!"

Obwohl er die Ruhe selbst vortäuschte, fuhr Fernando viel zu schnell. Sie erreichten die Finca in weniger als einer halben Stunde.

Das Tor stand offen, und Ingrids Auto wartete unbewegt im Hof. Die Drei betraten sofort das Haus und riefen laut nach der

Frau. Hohl klang es ihnen entgegen, niemand antwortete. Pablo rief den Namen Ingrid angstvoll und laut. Er eile von einem Raum zum nächsten. Die Leere war bedrückend. Ilona wendete sich sofort dem Schlafzimmer zu, und Fernando durchstöberte den Schreibtisch im Arbeitszimmer. Die ungewöhnliche Ordnung störte ihn. Es war nicht normal, dass die paar Rechnungen und Lieferscheine ordentlich gestapelt dalagen und nicht einfach in einem wirren Haufen. Sein eigener Schreibtisch sah definitiv anders aus. Hier war es, wie wenn jemand die Papiere durchsucht und danach alles sorgfältig wieder hingelegt hätte. Allerdings wusste man ja um die deutsche Gründlichkeit, Ingrid war eine Deutsche, so dass vielleicht doch alles seine Ordnung hatte. Spätestens aber, als er die aufgestemmte Lade entdeckte, war klar, hier hatte jemand etwas gesucht. Eine weitere Überprüfung ergab leider keinen Hinweis darauf, was der Eindringling wollte, ob er es gefunden und entwendet hatte.

Auch Ilona trat aus dem Schlafzimmer, und Fernando erkannte an ihrem verstörten Gesichtsausdruck sofort, dass auch dort gesucht worden war. Tatsächlich herrschte im Schlafraum eine totale Unordnung. Kleider und Wäschestücke lagen wirr umher, und sogar das Bett war durchwühlt worden. Von Ingrid jedoch fehlte jegliche Spur.

„Sie hat nichts liegen lassen", bestätigte Ilona. „Alles Wesentliche, Handtasche, Lippenstift, Kamm und Puderdose hat sie mitgenommen. Das lässt eine Frau normalerweise auch nicht zurück."

„Und ihr Handy?", wollte Fernando wissen.

„Nichts, ich habe keines gefunden."

Fernando holte sofort sein Telefon aus der Tasche, hielt aber inne, denn ohne Nummer...

Pablo, welcher bis anhin zusammengesunken auf dem Sofa saß, sprang auf und rief: „Zwecklos! Ich hab's schon hundert Mal probiert, da antwortet niemand. Der Schweinehund hat ihr das Handy abgenommen. Wir werden sie nie finden."

Ilona tastete beruhigend nach Pablos Arm und sagte: „Noch ist überhaupt nicht sicher, dass sie entführt wurde. Sie könnte irgendwo sein. Vielleicht hat sie einen Spaziergang gemacht, hat jemanden besucht oder möchte einfach eine Weile alleine sein."

„Schon möglich", bestätigte Fernando, „aber der Zustand der Räume spricht eine andere Sprache. Trotzdem, lasst uns zuerst die ganze Finca absuchen. Vielleicht ist sie irgendwo in den Weinbergen und hat die Zeit vergessen."

Er dachte auch an einen möglichen Unfall, wollte aber die Anderen nicht noch mehr beunruhigen. Wenn Ingrid irgendwo da war, dann würden sie sie finden. Er fuhr zusammen mit seinem Sohn hinunter zur Straße. Dort begannen sie sich durch den Weinberg hoch zu arbeiten, stiegen mühsam durch das Lapilli und riefen immer wieder laut nach der Vermissten. Es könnte ja sein, dass sie in einen der Trichter gefallen war und sich dabei verletzt hatte.

Ilona war oben geblieben und durchsuchte den Hof, die Geräteschuppen und die Garage. Sie hörte die Rufe der beiden Männer und dachte, dass es wohl immer unwahrscheinlicher wurde, die Frau zu finden. Sie lief hinüber zu den Gebäuden bei der Ermita, und betrat das alte Gotteshaus. Die einfachen Bänke und der steinerne Altar lagen düster und verwaist da. Sie klopfte an die Türen der anliegenden Häuser, aber die Bewohner schüttelten den Kopf und wussten nichts über den Verbleib der Deutschen. Man hatte wohl beobachtet, dass dort auf der Finca eine Fremde wohnte, aber Kontakt zu ihr hatte man kaum. Dieses Verschwinden war für alle so rätselhaft wie die anderen Ereignisse um diese Finca. Einer war tot, der Junge des Comisario wurde zusammengeschlagen, und jetzt verschwand auch noch die junge Frau. Wenn da nicht doch böse Geister im Spiel waren. Ilona glaubte aber nicht an solche obskure Geschichten der alten Frauen und kehrte zum Haus zurück. Die Männer stapften erschöpft aus dem Weinberg. Fernando schüttelte den Kopf und Pablo ging wortlos, bleich und abgekämpft, das stehen gebliebene Auto holen.

„Es wird Zeit die Polizei einzuschalten", überlegte Fernando. „Ich verständige jetzt Inspector Sánchez."

Eine halbe Stunde später durchstreiften die Beamten der Policía Nacional das Anwesen, stellten Fragen und versuchten die Anwesenden zu beruhigen. Sánchez schüttelte den Kopf ob all der Aufregung. Seiner Meinung nach war es viel zu früh, um überhaupt eine Vermisstenmeldung abzusetzen. Meist tauchten die gesuchten Personen nach einiger Zeit von selbst wieder auf und waren unangenehm überrascht über den Wirbel, den sie ohne Absicht verursacht hatten. Außerdem waren die aufregten Personen hier ja auch keine Familienangehörige. Was hatten die drei überhaupt auf der Finca zu suchen? Das Weingut gehörte ihnen nicht, und Gründe für ihre Anwesenheit hatten sie auch keine triftigen. Immerhin registrierte er, dass es die Tochter des ausländischen Besitzers war, welche angeblich vermisst wurde, und die jetzt Anwesenden gelegentliche Gäste des Hauses waren. Von einem Einbruch war man genau so wenig überzeugt, wie von einer Entführung. Diese Señora Ingrid konnte genauso gut überraschend abgereist sein, auch ohne vorher für Ordnung gesorgt zu haben. Einen Zusammenhang mit dem Mordfall Sonderegger war ebenfalls nicht auszumachen. Es bestanden deshalb keine Gründe für eine inselweite Fahndung. Ja, würde diese Frau Vogt nicht in den nächsten paar Tagen auftauchen, dann sollte man in Tías auf der Polizeistation vorstellig werden, um die weiteren Schritte einzuleiten. Im Moment konnte man nichts tun.

„Javier", schnaubte Fernandes wütend. „Du kennst mich jetzt lange genug, dass du wissen solltest, dass ich keinen unnötigen Wirbel veranstalte. Die Frau ist verschwunden, verstehst du das nicht?"

Sánchez schüttelte den Kopf. „Hombre, du weißt doch, auch als Polizist im Ruhestand, genauso gut wie ich, dass mir die Hände gebunden sind. Ich habe bereits genug am Hals mit diesem Kutter Catalina und dessen Skipper Nyasse. Die sind nämlich ebenfalls nicht auffindbar. Ich kann euch im Moment nicht helfen."

„Ja ja, ich habe verstanden", sagte Fernando bitter. „Im Ruhestand habe ich nichts mehr zu sagen."

Mit diesen Worten wandte er sich ab, winkte Ilona herbei, und gemeinsam betraten sie das Haus und ließen einen verunsicherten Inspector zurück.

„Komm Ilona", brummte er. „Wir müssen uns mit Pablo besprechen. Die Polizei kann uns nicht weiterhelfen."

Pablo saß zusammengesunken am Tisch. Während draußen die Beamten abzogen, die Wagentüren knallten und die blauen Autos verschwanden, ging Ilona in die Küche, füllte einen Krug mit Wasser, stellte Gläser auf ein Tablett und trug alles zum großen Tisch im Wohnraum.

Fernando saß neben seinem Sohn und starrte auf die Platte. Ilona schenkte ein und setzte sich dazu. „Wir sind also auf uns alleine gestellt", sagte sie mehr als Feststellung, denn als eine Frage.

Pablo hob den Kopf. „Was sollen wir jetzt nur...?"

„Wir werden sie finden", sagte Fernando. „Das verspreche ich euch, und wenn ich die ganze verdammte Insel umkehren muss. Ich werde sie finden."

Seine Gedanken arbeiteten fieberhaft. Es musste doch einen Hinweis geben, eine Spur, der sie folgen konnten. Was war da geschehen? – Genau da mussten sie beginnen.

„Ich fasse zusammen", sagte Fernando. „Die Finca Magdalena wird Ende letzten Jahres von den Eltern an die Tochter übergeben, welche sich kurz vorher mit Christian verlobt hatte. Die Beiden wollen auf Lanzarote eine neue Zukunft aufbauen und Winzer werden. Das Geschäft in der Schweiz übergibt Ingrid deshalb dem Freund Danilo. Christian verschwindet spurlos und wird drei Wochen später tot aufgefunden. Ingrid bleibt allein auf der Finca. Danilo, der erwiesenermaßen nicht das erste Mal auf Lanzarote ist, kennt einen Edi Wiederkehr, wohnhaft in Arrecife. Es ist offensichtlich, dass die Beiden etwas Krummes vorhaben. Edi schlägt Pablo auf den Kopf, als ihn dieser auf der Finca überrascht, und Danilo ist untergetaucht. Er ist nicht mehr im Hotel Antonio. Was sagt uns das alles?"

„Dieses Lumpenpaar Edi und Danilo, die sind's, die haben das alles auf dem Gewissen", knurrte Pablo und schlug die Faust auf den Tisch. „Wenn ich die erwische..."

„Ruhig mein Sohn", fiel ihm Fernando ins Wort. „Ganz so stimmt das nicht. Edi kann's nicht gewesen sein, denn er war bei uns. Wir hatten mit ihm zu reden. – Aber da ist noch ein Anderer, ein Schwarzer. Er heißt Sindy Nyasse, ein Kumpel von Edi. Den überprüft gerade Inspector Sánchez."

„Wo kommt jetzt der auf einmal her?", mischte sich Ilona ein. „Wer ist das?"

„Das wissen wir noch nicht. Sánchez hat ihn noch nicht gefunden. Er ist Bootsführer auf der Catalina. Ja, dem Kerl möchte ich wirklich ein paar Fragen stellen. Da ist doch etwas verdammt Mieses im Gange"

„Aha, dort in Arrecife am Puerto Naos", stellte Ilona fest. „Da kommt mir eine Idee. Was glaubt ihr, woher ich den Fisch für mein Lokal beziehe? Ich könnte mich da einmal umhören."

„Gute Idee!", sagte Fernando. „Aber sei vorsichtig! Wir haben keine Ahnung, was da alles gespielt wird."

„Also, wir haben zwei Verdächtige, von denen wir nicht wissen wo sie sich aufhalten, und über ihr Motiv haben wir sowieso keine Ahnung", warf Pablo ein.

Fernando nickte. „Genau das ist es, was auch mir zu schaffen macht. Wir haben einfach kein Motiv, weder für Christians Tod, Pablos Verletzung oder jetzt Ingrids Verschwinden. – Es muss etwas mit der Maske, der Finca, dem Schiff oder dem Bunker zu tun haben. Wir wissen es einfach nicht."

„Wir können nur raten", sagte Ilona. „Vielleicht mit einem Schmuggel von Kunstgegenständen? Ein Versteck für einen großen Raub? Eine Fehde wegen der Finca?"

„Das bringt uns nicht weiter, das sind alles nur Vermutungen", warnte Fernando. „Lasst uns jetzt erst einmal das Verschwinden von Ingrid unter all den erwähnten Aspekten betrachten. Sie muss eine Gefahr für das geplante Unternehmen geworden sein. Unsere beiden Verdächtigen, Danilo und Sindy, scheinen bis jetzt die Wahrscheinlichsten zu sein, die sie aus dem Weg haben wollen. Wir können aber beide nicht befragen, auch nicht darüber, wohin sie Ingrid gebracht haben könnten. Es ist also unsere vordringliche Aufgabe, ihren Aufenthaltsort herauszufinden."

„Sie haben sie umgebracht", stöhnte Pablo.

„Nein, das glaube ich nicht", fuhr Fernando weiter. „Danilo macht nicht den Eindruck des brutalen Killers. – Ja, über den Schwarzen kann ich nicht urteilen, aber ich hoffe, dass ich mich nicht täusche. Ich denke Ingrid ist am Leben, aber irgendwo versteckt. Beide Männer kennen die Insel gut und wissen sicher einen geeigneten Ort. – Und wir? Überlegt mal, wo würden wir jemanden verstecken?"

„In einer Höhle!", rief Ilona spontan, dämpfte aber den Gedanken sofort wieder ab. „Oh, es gibt tausende von Höhlen und Grotten auf Lanzarote, die richtige finden wir nie."

„Ein einsames Gebäude", überlegte Fernando.

„Genau!", stimmte Pablo zu. „Eine Ruine, davon gibt es einige, die derart abgelegen sind, dass sich niemand darum kümmert."

„Dazu gehört natürlich auch der Bunker am Los Dises", sagte Fernando.

„Genau!", rief sein Sohn. „Das ist das ideale Versteck!"

So schnell er diesen Gedanken verkündete, so schnell erschrak er darüber. Der Bunker, dort wo Christian zu Tode kam! Oh Gott, was war Ingrid geschehen? Hatte sie das gleiche Schicksal erlitten? Dieser schreckliche Ort, das durfte nicht sein.

„Ich muss dort hin!", beschloss er bleich. „Ich fahre jetzt, sofort!"

„Einen Moment!", bremste Fernando. „Du sollst nicht einfach überstürzt davonrennen. Überlege doch vorher, wie willst du zu diesem Bunker gelangen. Da führt keine Straße hin. Das heißt, es müsste auch für den Entführer sehr schwierig gewesen sein, jemanden mit Gewalt dorthin zu bringen."

„Er hat recht", bestätigte Ilona, überlegte dann aber nochmals und fügte hinzu: „Außer die Person ging freiwillig mit."

„Das ist es!", triumphierte Pablo. „Ingrid kannte die Kerle ja und ist nichtsahnend mitgegangen. Außerdem kommt man dort sehr wohl hin, mit einem SSV-Buggy, die gibt's hier doch bald an jeder Ecke zu mieten. Ich kenne die alte Fahrpiste durch die Ajaches, und mit etwas Geschicklichkeit kann man sogar den Barranco de los Dises hinunter bis zum Meer fahren."

„Na ja, einen Helikopter werden wir kaum bekommen, und du hast recht, wir sollten dem Bunker tatsächlich nochmals einen Besuch abstatten. Den haben wir viel zu lange aus den Augen gelassen. Umsonst ist doch der Christian nicht genau dort gestorben."

„Also los, auf was warten wir noch", drängte Pablo.

„Langsam mein Sohn. Wir haben bereits Nachmittag, es könnte spät werden, und in der Dunkelheit finden wir dort sowieso nichts. Wir sollten bis Morgen warten."

„Nein", beharrte Pablo, „ich werde jetzt gehen! Ich warte nicht. Wenn Ingrid dort draußen ist, braucht sie mich – jetzt. Im schlimmsten Fall bleibe ich über Nacht."

„Das wirst du schön bleiben lassen, das ist viel zu gefährlich. Wenn schon, dann komme ich mit."

Ilona betrachtete die Beiden mit großen Augen. „Seid ihr jetzt total übergeschnappt? Ihr könnt doch nicht im Alleingang so eine Aktion starten, ihr…"

„Lass gut sein, meine Liebe", unterbrach sie Fernando. „Ich weiß genau, dass wir das eigentlich der Polizei, ja sogar der Guardia Civil, überlassen sollten. Die haben so viele Möglichkeiten und einen ganzen Apparat von Experten an der Hand. Nur die werden wegen ein paar dämlichen Indizien keinen Finger rühren. Hast ja gesehen, wie selbst mein Freund Inspector Javier nicht helfen kann oder wollte. Wir müssen da selber hin."

„Genau", stimmte Pablo zu. „Ich weiß auch wie. Wir fahren zur Playa Blanca, mieten dort einen Buggy. Dann fahren wir in Richtung der Papagayo Strände und von dort auf die Piste nach Norden. Das ist die kürzere Strecke als über die Ajaches Berge. Gegen Abend werden wir den Barranco erreichen und sehen wie wir weiterkommen. – Wir brauchen Ausrüstung, etwas zum Essen und Trinken und warme Kleidung."

„Ilona, bitte kümmere dich darum", bat Fernando. „Wir fahren noch rasch zu Hause vorbei und holen Stiefel und Jacken."

Kurze Zeit später hatte Ilona einen Rucksack gefunden und diesen mit zusammengewürfelten Lebensmitteln und zwei großen Wasserflaschen gefüllt. Sie steckte verstohlen noch eine Tafel Schokolade dazu, dachte dabei aber, dass es nun wirklich nicht um einen fröhlichen Ausflug ging.

Als der Wagen mit knirschenden Reifen davonraste, stand sie bleich am Tor und wusste, dass sie die Beiden nicht vor dem nächsten Tag wiedersehen würde. – Dann hoffentlich unversehrt.

Kapitel 16

Am Puerto Naos von Arrecife lagen die Fischkutter Seite an Seite wie schlafende Robben, ruhig und faul. Ilona ging mit Manuel Arm in Arm dem Pier entlang, vorsichtig darauf bedacht, nicht über Trossen oder Planken zu stolpern. Eigentlich war der Zugang zur Hafenanlage für die Allgemeinheit gesperrt, aber Manuel Ortiz, den Kapitän des Kutters 'Marlin', den kannte nun einfach jeder. Deshalb hielt sie der Beamte am Eingang auch nicht auf, obwohl er durchaus sah, dass die Beiden etwas schwankten.

Eine Stunde zuvor, es war frühmorgens gegen sechs Uhr, hatte sie dem Fischhändler Manuel Ortiz einen Besuch abgestattet. Die große Halle der Fischerzunft Cofradia de Pescadores San Gines lag gleich gegenüber dem Pier auf der anderen Straßenseite. Es tagte, und wie jeden Morgen um diese Zeit kamen die Fischer mit ihrem Fang zurück, brachten die vollen Körbe herein und boten deren Inhalt unter lautem Rufen und Feilschen an. Ortiz hatte seine Geschäfte bereits abgeschlossen, ließ die anderen Händler gewähren und nahm sich Zeit für einen Schwatz mit der Besucherin in der angrenzenden Bar. Dort war reger Betrieb, und die Kaffeemaschine zischte gequält.

„Einen Café Solo", bat Ilona und hievte sich auf den wackeligen Hocker. Sie trug einen schwarzen Jupe und eine bunte Bluse. Wegen der morgendlichen Frische hatte sie sich eine einfache Jacke übergezogen. Diese warf sie jetzt aber auf den nächsten Platz und schlug die Beine übereinander. Die Letzteren konnten sich durchaus sehen lassen, und Ilona war sich bewusst, dass die Blicke der anwesenden Männer sehr wohl darauf verweilten. Sie war eine attraktive Frau, wenn auch nicht mehr ganz jung.

Manuel Ortiz bestellte das Gleiche und sah fragend zu seiner überraschenden Besucherin. „Was führt meine Ilona denn so früh am Tag zu mir?"

„Ich wollte dich besuchen und sehen, wie es dir geht", sagte Ilona kokett.

„Ha, die Señora sorgt sich um mich, um den alten Manuel! Wie du siehst, bin ich nicht untergegangen, noch haben mich die Haie gefressen. Ich bin viel zu zäh für die. Ilona, du bist doch nicht wegen des Gestanks der Fische hier.

„Doch, eigentlich schon", nahm Ilona die Witzelei grinsend auf. „Du stinkst gegen den Wind, und ich frage mich, ob mir dein Fisch auch in Zukunft noch schmeckt."

Manuel schlug lachend die Hand auf die Theke und brüllte: „Frischer geht's nicht mehr, meine verehrte Dame! Dein Laden läuft doch wie geschmiert."

„Beruhige dich, war doch nicht so gemeint."

„Hab's auch nicht so verstanden", grinste der Händler und klopfte Ilona kameradschaftlich auf die Schulter.

Sie tranken beide den kleinen heißen Kaffee und warteten stumm.

Endlich brummte der Mann: „Wo brennt's denn?"

„Du kennst doch den Kutter Catalina?"

„Klar, den kenn' ich, den alten Kahn, der liegt doch gleich dort drüben. Fährt nicht oft raus. Hat wohl Angst vor Sturm und Wetter. Kann vom Fischen nicht viel verstehen."

„Wieso?"

„Na ja, gestern war die Polizei da. Ging wohl um seine Lizenz. So unregelmäßig wie der hinausfährt, der fischt vielleicht illegal, wenn überhaupt."

„Du meinst, die Polizei hat ihn überprüft?"

„Ich denke schon, warum sollten die denn sonst hier aufkreuzen? – Ist da etwas mit dem? Warum fragst du überhaupt? – Suchst du vielleicht einen neuen Lieferanten?"

Ilona neigte sich mit einem Lächeln im Gesicht gegen den Mann und gurrte: „Manuel, du kennst mich doch. Sei nicht kindisch, ich bleibe bei dir für immer."

Ortiz strahlte. „Ilona, du bist meine große Liebe! Ich tue alles für dich! Ich klettere auf den höchsten Mast, ich springe ins Eismeer und fange den größten Wal für dich, was immer du verlangst."

„Übertreibe nicht", lachte Ilona. „Mir reichen die paar Fische für das El Rondó, aber du könntest noch etwas zu Trinken bestellen."

„José, eine Flasche von deinem guten Rum!", brüllte Ortiz zum Mann hinter der Bar. „Wir haben zu feiern!"

„Für mich eher ein Gläschen von dem Honig-Rum, bitte. Es ist noch früh, und ich muss einen klaren Kopf behalten."

Manuel Ortiz ließ sich nicht lumpen, ließ einschenken für alle und brüllte in die Runde: „Das ist die beste Freundin für einen alten Seemann wie mich! Salud!"

Ilona nippte an ihrem süßen Getränk und sagte: „Manuel, lass mal hören, was weißt du über die Catalina noch?"

Manuel gluckste und schwenkte sein Glas. „Die Catalina ist ein Geisterschiff. Sie läuft im Nebel aus und verschwindet, bis sie plötzlich bei finsterer Nacht wieder da ist. Ha, eben, ein Geist."

„Du meinst, sie läuft nicht regelmäßig zum Fischfang aus?"

„Bewahre, der Kapitän ist ein ganz komischer. Keiner von uns kennt ihn wirklich. Er kommt und verschwindet."

„Wie heißt er denn?"

Ortiz überlegte. „Warte mal, ich glaube sein Name ist Sindy Nyasse, ein Schwarzer. Der ist schwarz wie die Nacht, und manchmal schleichen da drüben noch ein paar mehr von der Sorte herum."

„Seine Crew besteht aus Schwarzen?"

„Ich denke schon, aber dagegen ist ja auch nichts einzuwenden. Nur scheinen die nicht lange bei ihm zu bleiben. Vielleicht ist er ein Schinder und Ausbeuter, der Kerl. – Aber ich will nichts gesagt haben. – José, schenk ein!"

„Wäre interessant, sein Logbuch zu sehen. Würde mich schon interessieren, was der so alles treibt", sinnierte Ilona.

„Da ist dir die Polizei wohl zuvorgekommen, aber wenn du möchtest, mache ich dich mit dem Schwarzen bekannt. – Aber nicht, dass du dann auf dumme Gedanken kommst. Viele Weiber meinen ja, so ein Schwarzer sei etwas Besonderes."

Ilona ließ sich zu einem zweiten Honig-Rum überreden. Der Alkohol stieg ihr langsam in den Kopf. Die Gesellschaft um die Bar wurde immer lauter, und eine Stunde später befand sich Ilona als einzige Frau inmitten einer Schar von Seeleuten, Matrosen und Fischern. Das nächste Gläschen rief das andere, und das Gefühl für Zeit entschwand zunehmend. Irgendwann schien der Grund dieses Besuches nicht mehr so wichtig.

Doch Manuel Ortiz war ein Mann von Verlass. Gegen Mittag packte er Ilona am Arm und raunte: „Komm, lass uns hier verschwinden, ich bring dich zur Catalina."

Ilona stolperte, aber folgte Manuel nach draußen. Aus dem Inneren verfolgte die Beiden das Gegröle der Männer, die mit lüsternen Bemerkungen ihren Abgang kommentierten. Sie überquerten die Straße, wichen knapp einem Auto aus und gelangten zum Pier. Die Schiffe schwankten, wie wenn sie in unruhigem Wasser liegen würden. Ilona zwang sich zur Ruhe und Konzentration. Sie verfluchte den unüberlegten Konsum von Alkohol, verdammt noch mal, sie brauchte jetzt alle ihre wachen Sinne.

Sie gingen dem langen Pier entlang, wo Netze, Reusen und Kisten überall gestapelt waren. Die Kutter lagen Seite an Seite und sahen aus wie große Spielzeugboote. Die Aufbauten wirkten wie kleine Gartenhäuschen mit winzigen Fenstern, und auf Deck lagen die Geräte, Haken, Winden, Anker und Seilrollen. Die Boote waren bunt bemalt, aber oft fehlte der Name, sie waren einfach mit der Nummer der Registrierung gekennzeichnet. Trotzdem spähte Ilona nach dem Namen Catalina.

Plötzlich hielt Manuel inne. „Verdammt!", fluchte er. „Sie ist weg. Einfach verschwunden."

Ilonas Kopf wurde mit einem Schlag klar. Sie konnte es nicht fassen, sie hatte, statt nach der Catalina zu suchen, sich mit Alkohol und anzüglichen Witzen amüsiert. Sie hatte unnützes, blödes Zeug gelabbert und dabei die wichtige Aufgabe einfach sausen lassen. „Wann ist sie ausgelaufen?", keuchte sie deshalb schwer atmend.

„Was weiß ich", grollte Ortiz. „Ich hätte schwören können, sie lag noch da."

„Wann?"

„Heute Morgen, in der Nacht, gestern…"

„Du weißt es also nicht. – Könnte der Kutter verlegt worden sein, vielleicht zu einem anderen Pier?"

Ortiz schwankte. „Könnte sein, aber eher unwahrscheinlich. Der Hafenmeister müsste das wissen."

„Na also", murmelte Ilona. Ihr war schlecht. Die verfluchte Sauferei, reiß dich zusammen, Fernando erwartet…

Fernando, durchfuhr es sie heiß. Was sollte er von ihr denken! Der besonnene, unglaublich anständige, liebevolle Mann hatte anderes verdient als eine haltlose unzuverlässige Tussi, die sich am hellen Vormittag mit den Fischern herumtrieb und vom Alkohol benebelt, nicht einmal die einfachste Aufgabe erfüllen konnte. Ja, sie war ein Ekel und seiner nicht wert, – aber sie wollte ihn nicht verlieren. Nicht schon wieder. Männer entglitten ihr einfach immer wieder. Nach der totalen Katastrophe mit Felix, den sie viel zu jung geheiratet hatte, waren die Kerle von ihr abgeprallt wie Motten am geschlossenen Fenster. Sie schaffte einfach keine normale Beziehung mehr – und jetzt? Zum ersten Mal dachte sie an einen Mann weiter, als nur bis ans Bett. Fernando war der Mann, den sie lieben könnte.

Ilona stiegen die Tränen in die Augen, aber standhaft kämpfte sie dagegen an. Sie sagte ruppiger als gewollt: „Also, dann mach' mal du Depp, der Hafenmeister, wo ist der?"

„Ich denke, der sitzt dort vorne beim Eingang."

„Er denkt, tatsächlich!", keifte sie und rannte voran. Der Nebel war verflogen, und außer dem leisen Pochen war der Kopf plötzlich hell und klar. „Komm schon!"

Nach wenigen Minuten stürmten sie in die Dienststelle des Beamten. Er saß am Schreibtisch und blickte überrascht auf. Dann erkannte er Ortiz und seine Miene hellte sich auf.

Manuel brummte einen Gruß, während Ilona direkt zum Angriff überging und zum Thema kam: „Wo ist die Catalina?"

„Buenos Dias, die Herrschaften", grüßte der Hafenmeister freundlich. Er bemerkte sehr wohl den leicht derangierten Zustand der beiden Angekommenen. „Was kann ich für Sie tun?"

„Die Catalina…", wiederholte Ilona.

„Ach ja, sie suchen den Kutter Catalina. Bitte setzen sie sich doch."

„Señor Rodriguez", versuchte Ortiz zu vermitteln. „Bitte verzeihen Sie diesen Überfall. Wir möchten eigentlich nur wissen, wann die Catalina ausgelaufen ist. Dann sind wir gleich wieder weg."

Der Hafenmeister lächelte vergnügt. Seine Aufgabe beschäftigte ihn seit geraumer Zeit hauptsächlich am Schreibtisch und am Telefon, denn seit alles computergesteuert ablief, kam er kaum noch aus dem Büro heraus. Seine Uniformhose war bereits viel zu eng, und die Knöpfe des blauen Hemdes waren in Gefahr abzuspringen. Er war also froh über jede Unterbrechung.

Rodriguez raffte sich auf, erhob sich und ging zum Tischchen mit dem Computer. Der Drehstuhl knarrte gequält unter seinem Gewicht, als er sich dem Bildschirm zuwandte. Mit steifen Fingern tippte er die Angaben des Schiffes ein.

„Aha!", rief er zufrieden. „Die Catalina ist gestern um 15:28 Uhr ausgelaufen. Angegebenes Ziel: Fischen auf hoher See."

„So ein Blödsinn!", fuhr Ortiz auf. „Wer fährt am Nachmittag zum Fischen! Das ist doch die Siesta Zeit."

„Aber so steht es hier doch", rechtfertigte sich der Hafenmeister und drehte den Bildschirm in Richtung seiner Gäste „Bitte seht selbst!"

Nun schaltete sich Ilona ein. „Gibt es irgendwelche Indizien oder Vermutungen, was der vorhatte. Und wann wird der Kutter zurück erwartet?"

„Moment mal", bedeutete Rodriguez und tippte auf die Tasten ein. „Aha, da, er hat vollgetankt. Das heißt, er könnte mehrere Tage draußen bleiben. Auch das Wetter sollte das zulassen."

Ortiz schüttelte den Kopf. „Ilona, das hilft dir wohl wenig."
Dann an den Hafenmeister: „Dieser Schwarze, Nyasse, was wissen
wir denn über den?"

„Sindy Nyasse", las Rodriguez vom Bildschirm. „Er ist der
Bootsführer. Die Eigentümerin der Catalina ist eine Reederei in
Barcelona. Weiter kann ich euch leider auch nicht helfen. – Aber
warum wollt ihr das alles wissen?"

„Ilona wollte mit ihm reden", sagte Ortiz schnell. „Sie sucht
immer die günstigsten Lieferanten für ihr Lokal."

„Na gut, dann wünsche ich viel Glück. Ob dieser Schwarze der
Richtige ist, kann ich nicht entscheiden."

„Señor, trotzdem vielen Dank für ihre Hilfe", sagte Ilona.

Draußen hieb sie ihrem Freund in die Seite. „Zum Teufel, du
bist ja ein gerissener Lügner. Was sollte das mit dem neuen Lieferanten, du weißt genau, dass das nicht stimmt."

Ortiz grinste. „Wie wohl hättest du denn die ganze Fragerei ge-
rechtfertigt? Mir kannst du ja erzählen was du willst, aber der Rodriguez hätte da sicher einiges zusammengereimt. Der weiß ganz
genau, dass die Catalina kaum der großen Fischerei nachgeht, und
dann gestern noch die Polizeikontrolle. Davon wusste er ganz bestimmt. Also habe ich dir mit meiner Lüge ganz einfach deinen
hübschen Hintern gerettet. So und jetzt, ab mit dir, lass deinen Wagen stehen und nimm' dir ein Taxi. Du solltest nicht noch mehr mit
der Polizei zu tun bekommen."

Zurück auf der Straße drehte sich Ilona zu Manuel und gab ihm
einen Kuss auf die Wange. „Ich danke dir!", wisperte sie. „Du bist
ein echter Freund. – Adiós!"

Im Fond des Taxis überkam sie ein Gefühl des Versagens, dadurch verstärkt, dass ihre Sinne nach wie vor vom Alkohol umne-
belt waren und ihr Magen in Aufruhr war. Sie wollte Fernando helfen und hatte es nicht einmal geschafft, die Catalina zu sehen, ganz
zu schweigen davon, diesen schwarzen Kapitän zu sprechen.

Sie hatte dem Fahrer ihre Adresse an der Calle Reina Sofía an-
gegeben und hoffte auf ein paar Stunden Ruhe, bevor sie wieder
zum El Rondó zu Arbeit musste.

Doch als sie endlich auf dem Bett lag, fand der müde Geist den
ersehnten Schlaf nicht. Sie warf sich auf der Matratze hin und her,

während sie nicht wusste, ob die beiden Männer, Vater und Sohn, heil von ihrem verrückten Abenteuer zurück gekommen waren. Was, wenn sie die Nacht dort draußen an der wilden Küste verbringen mussten, ohne zu ahnen in welcher Gefahr sie schwebten. Alles Mögliche konnte passiert sein. Der Ort war verflucht und hatte bereits ein Menschenleben gefordert. Fernando, wenn ihm etwas passiert war, das würde sie nicht überleben. Sie liebte ihn...

Kapitel 17

Am Anfang glaubte sie halbwegs immer noch an einen Scherz oder ein Missverständnis. Danilo demonstrierte aber seine Entschlossenheit und spätestens, als er sie aus dem Auto zerrte, die Pistole zog und eine Kugel knapp an ihrem Bein vorbei in den Boden jagte, war Ingrid klar, wie ernst es ihm war. Dann, als sie gezwungen wurde über eine Leiter in dieses Loch zu steigen, erkannte sie schlagartig ihre missliche Lage.

Der kurze Moment bevor sich der Deckel schloss, erlaubte ihr zu erkennen, wie tief und kahl dieses Verlies war. Da war kein Entkommen. Der viereckige Raum war riesig, die Wände kahl, glatt und fest. Der Boden lag schätzungsweise sechs Meter unter der Erdoberfläche und die Betondecke, wohl neuerem Datums, erschien schwer und bedrohlich. Es handelte sich um eine alte Aljibe, eine Zisterne, welche zum Speichern des Regenwassers gedacht war. Bei vielen Fincas auf Lanzarote war es üblich, eine große leicht geneigte Fläche hinter oder neben dem Haus mit Kalkmörtel zu verfestigen. Mit diesen Alcogías konnte das Regenwasser aufgefangen und in die Zisterne geleitet werden. Diese Flächen sind zum Teil riesig, da das Regenaufkommen auf der Insel sehr bescheiden ist. Die Tatsache, dass diese Zisterne, jetzt ihr Gefängnis, leer war, verdankte man dem fehlenden Regen, wie vermutlich auch der altersbedingten Undichtheit. Diese Anlage schien aber doch einigermaßen intakt zu sein. Sie befand sich bei einer verlassenen Ruine unterhalb des Ortes Tías. Die Finca war wohl, wie viele andere, wegen mangelnder Rentabilität vor langer Zeit aufgegeben worden.

Alle diese Überlegungen nützten Ingrid aber nichts, denn aus der Tiefe dieses Kerkers würde sie niemand hören. Sie hatte keine Chance sich selbst zu befreien und wehe, wenn Regen einsetzen würde. Zu Beginn hatte sie gebettelt, gedroht, getobt und geschrien, bis sie heiser und erschöpft zusammenbrach. Ihr Peiniger war längst weggefahren und hatte sie ihrem Schicksal überlassen.

Dass Danilo zu solch abscheulichem Handeln fähig war, hätte Ingrid vorher nie gedacht. Ja, er war immer ein etwas komischer Freund von Christian gewesen, aber das!

Er war am frühen Vormittag bei der Finca vorgefahren und hatte sie beim Frühstück überrascht.

„Ein neues Auto?", stellte Ingrid fest und bot ihm Kaffee an.

„Schwarz bitte", antwortete er, „aber du kennst meine Vorlieben ja schon."

Sie schenkte ein und wartete. Irgendwie kam ihr Danilo verändert vor, aber das konnte einfach an der frühen Stunde liegen. Die Sonne war eben über die Montaña Tersa gestiegen und verbreitete ein weiches Licht auf der Terrasse. Die Platten waren noch feucht vom nächtlichen Tau, aber die Wärme trocknete schnell und breitete sich wohltuend aus. Ingrid streckte die Beine behaglich aus und genoss die morgendliche Ruhe.

„Du bist schön", stellte Danilo fest und beugte sich vor.

„Danke", antwortete sie höflich, etwas erstaunt.

„Ja, ich meine was ich sage. Du bist eine attraktive Frau, und ein Mann könnte mit dir durchaus glückliche werden."

„Ach Danilo, hör' doch auf", wehrte sich Ingrid. „Im Moment stehen meine Sinne nicht danach. Christian ist tot…"

„Eben deshalb, er ist tot, und du brauchst auch nicht weiter zu trauern. Die Verlobung war sowieso etwas übereilt, das wissen wir doch beide, aber ich bin jetzt immer für dich da."

„Ich weiß, du bist mir immer ein guter Freund…"

„Ich könnte auch mehr sein", sagte er und griff nach ihrer Hand.

„Danilo!"

Sofort entzog sie ihm ihre Hand und blickte erstaunt auf. War das wirklich sein Ernst? Natürlich hatte er recht, wenn er behauptete, die Verlobung mit Christian wäre zu schnell geschehen. Sie selber hatte oft mit Zweifeln darüber gekämpft und hätte sich gewünscht, dass ihr mehr Zeit für so eine wichtige Entscheidung gegeben worden wäre. Doch dann war Vater mit der Finca gekommen und hatte sie beide als das ideale Paar bestimmt, welches sein Landgut auf Lanzarote übernehmen könnte. Das war jetzt aufgeflogen, und sie überlegte schon die ganze Zeit, ob sie nicht einfach nach Hause fahren und diese ganze Geschichte hier hinter sich lassen sollte. Aber dann dachte sie an Pablo.

„Danilo", sagte sie sanft. „Es ist nicht so, dass ich dich nicht mag, aber mehr geht nicht. Ich liebe dich nicht."

„Gib mir wenigstens eine Chance", flehte er und erhob sich.

Großer Gott, dachte Ingrid, gleich fällt er vor dir auf die Knie. Sie erhob sich ebenfalls, ergriff das Tablett und eilte ins Haus zur Küche. Verwirrt merkte sie, dass er ihr folgte. Hatte er denn nicht verstanden?

Er stand direkt vor ihr. Die Abstellfläche der Küche verhinderte ein Ausweichen. „Danilo, bitte verstehe…"

Er starrte sie an. „Ingrid, ich will doch nur, dass wir es zusammen versuchen. Die Finca können wir beide zusammen betreiben, und wenn dann mehr daraus wird, ist alles gut."

„Nein", sagte Ingrid. „Ich will nicht. Lass mich los!"

Sein Gesicht verfinsterte sich. „Hast du dich auch so geziert bei dem Spanier?"

Sie holte für eine Ohrfeige aus, aber Danilo hielt ihre Arme eisern fest. Er presste sie an sich, zerrte an der Bluse und versuchte sie zu küssen. Verzweifelt stieß sie mit dem Knie gegen seinen Unterleib. Das verschaffte ihr einen Moment Luft, um sich aus der Umklammerung zu befreien.

„Hör' sofort auf!", schrie sie und tastete nach einem Messer. „Hör' auf, du bist von Sinnen."

Danilo krümmte sich schwer atmend, der Hieb hatte gesessen. Dann aber griff er hinter sich in den Gürtel und zog eine Pistole hervor. Ingrid erbleichte und ließ das Messer fallen.

„Lass den Unsinn! Danilo, ich bin's, Ingrid. So sei doch vernünftig. Lass uns reden."

Er richtete die Pistole auf sie und knurrte: „Also gut, wir reden. Du wirst tun, was ich dir sage. Es hätte problemlos gehen können, aber du mit deinem Dickschädel weißt es ja immer besser."

„Ich wollte dir doch nur klar machen, dass ich nichts für dich empfinde, was du erhoffst ist nicht möglich. Steck das Ding weg, bevor noch etwas Schlimmes passiert."

„Gut", sagte er und ließ die Pistole sinken. „Ich wollte dir nie etwas antun und hoffte sogar, wir könnten das hier zusammen durchziehen. Aber Christian war ja immer der Supermann und ich der Zweite. Dabei war dir gar nicht bewusst, dass dein Christian von allem Anfang an ein doppeltes Spiel trieb. Er war nicht der saubere Typ, wie du glaubtest."

„Danilo, bitte beschmutze jetzt nicht das Ansehen eines Toten. Ich habe ihm vertraut, das soll dir genügen."

„Und jetzt ist wohl der Spanier dran", höhnte er. „Aber jetzt machst du einmal im Leben, was ich will. Komm mit und mach keine Fehler."

Er schob die Waffe zurück unter das Hemd und drohte nochmals: „Dies ist kein Spaß. Du steigst jetzt ins Auto und verhältst dich ruhig. Los, komm jetzt!"

Er dirigierte Ingrid zum Auto, schupste sie auf den Beifahrersitz, schlug die Tür zu, umrundete den Wagen und setzte sich hinter das Steuer.

„Wohin willst du denn?", fragte Ingrid hoffnungsvoll. „Soll das eine Spritztour werden? Ich wäre auch ohne Pistole mitgekommen, hättest nur fragen müssen."

Jetzt grinste Danilo. „Du wirst schon sehen. Entspanne dich, wir fahren nicht weit."

Er nahm die Straße hinunter nach Conil und Tías. Wenn sein Ziel das Hotel in Puerto del Carmen war, dann wollte er sie vielleicht auf sein Zimmer schleppen und dort weiterfahren, wo er vorhin gescheitert war, überlegte Ingrid fieberhaft. Durch die Halle des Hotels Antonio wäre aber für Daniel kein guter Weg, denn dort wimmelte es von Menschen, und dass er dort mit der Pistole fuchteln würde, das konnte sie sich kaum vorstellen. Sie wäre dort also annähernd in Sicherheit. – Um Himmels willen, was bezweckte der Mann überhaupt? Hatte er wirklich die verrückte Idee, dass sie nach Christians Tod ihn sofort ins Bett holen und mit ihm die Finca übernehmen würde. Das konnte er doch nicht im Ernst glauben.

Irgendwann waren ihr Christians Pläne schon auch komisch erschienen. Die schnelle Entscheidung für Lanzarote war ungewöhnlich. Man hätte doch ohne Weiteres einige Monate, vielleicht ein Jahr, verstreichen lassen können. Man hätte sich näher kennengelernt und hätte vielleicht sogar zuerst geheiratet, um dann in aller Ruhe zusammen dieses neue Abenteuer in Angriff zu nehmen. Auf Christians Drängen hatte sie eingewilligt, ihr Antiquitätengeschäft an Danilo abzutreten. Niemand hatte überlegt, ob er überhaupt dafür geeignet war. Tatsache war, jetzt hing er hier herum und niemand wusste, was zu Hause mit dem Geschäft lief. Da aber selbst ihre Eltern keine Einwände hatten, war sie voller Zuversicht nach Lanzarote gereist. Christian wollte ein paar Tage darauf folgen, wobei die Gründe, dass er nicht mit ihr fliegen wollte, auch nicht klar waren. Er brachte irgendwelche geschäftliche Angelegenheiten an, aber Genaueres ließ er offen. Er erwähnte einmal, man erwarte noch eine wichtige Sendung, aber um was es sich handelte, darüber schwieg er sich aus. Sie war naiv und blauäugig in Etwas hineingeschlittert, ohne zu verstehen, richtig zu überlegen oder nachzufragen. Sie waren jung und hatten einfach geglaubt, das Leben und die Welt stünde ihnen weit offen.

Ingrid schalt sich für ihre Torheit und wünschte, sie hätte diese verdammte Insel nie gesehen. – Nein, so war es auch wieder nicht, dann hätte sie Pablo nie getroffen. Wie Feuer durchzuckte sie der Gedanke an ihn. War er in Sicherheit? Schon einmal war er angegriffen worden, und jetzt sah es so aus, wie wenn das alles irgendwie einen Zusammenhang hätte. Christian blieb ein Rätsel, und Danilo entpuppte sich als gewalttätig. Der einzige ruhige, sichere Pol war Comisario Fernando. Sie musste unbedingt mit ihm sprechen.

Während die Gedanken wie Blitze durch ihren Kopf schossen, bemerkte Ingrid, dass sie nicht wie gedacht die Hauptstraße hinunter zum Meer nahmen, sondern mitten durch Tías ostwärts fuhren. Am Ortsende bog Danilo links ab und folgte einer Nebenstraße, welche bald einmal in eine nicht asphaltierte Piste mündete.

„Wohin fahren wir?", fragte sie.

„Wirst du schon sehen", brummte Danilo. „Wir sind gleich da."

„Was soll das, hier draußen in der Öde?"

Die Landschaft vor ihnen war eine Wüste von Steinen, Geröll und verdorrtem Gestrüpp. Die karge Erde war offensichtlich wenig für eine landwirtschaftliche Nutzung geeignet. Trotzdem gab es, von rauen Trockensteinmauern umrandete Felder, von Steinen gesäubert und mit schwarzen Lapilli bedeckt. Normalerweise war im Januar das Saatgut noch immer unter der wasserspeichernden Schicht versteckt, und die Felder sahen leer und öde aus.

Bei einer massiven Ruine, es musste einmal ein Bauernhaus gewesen sein, fuhr Danilo von der Straße und schwenkte, eine große Staubwolke hinter sich lassend, in den Hof ein. Hinter dem Gemäuer, neben einem großen hellen Platz, hielt er an.

„So, da wären wir", knurrte Danilo. „Aussteigen!"

„Hier! Was wollen wir hier?"

„Raus jetzt!"

Ingrid stieg aus und blickte verwirrt um sich. Sie befanden sich hinter der Ruine, und die Gegend war so einsam, dass selbst Schreien nichts bewirken würde. Wollte er sie jetzt hier einfach vergewaltigen oder gar erschießen? Sie ließ sich doch nicht einfach umbringen.

Danilo war ebenfalls aus dem Wagen geklettert und inspizierte ein viereckiges Loch. Den Moment der Unaufmerksamkeit nutzte Ingrid, sprang auf den Fahrersitz und startete den Motor. Danilo sprang auf und riss die Pistole hervor.

„Noch eine Bewegung und du bist tot!", schrie er.

Während Ingrid den Motor aufheulen ließ, starrten sie sich durch die Seitenscheibe sekundenlang an. Dann gab Ingrid auf. Er war nicht viel mehr als einen Meter entfernt und würde sie, selbst durch die Scheibe, nicht verfehlen. Die Chance war vertan. Danilo riss die Tür auf und zerrte sie brutal aus dem Wagen. Mit zitternden Knien stand sie da.

„Danilo, was tust du da? Ich habe dir doch nichts getan." Sie war den Tränen nah. „Bitte, lass mich gehen."

„Das hast du dir selber zuzuschreiben", fuhr er sie an. „Los komm, steig da hinunter und keine Mätzchen mehr!"

„Mach ich nicht!", schrie sie jetzt. „Was glaubst du eigentlich!"
Der Schuss klang laut und trocken. Danilo hatte knapp an ihr vorbei in den Boden geschossen und zielte jetzt genau auf sie.

„Ich zähl jetzt auf drei, und wenn du dann nicht auf der Leiter bist, werde ich dich tot hinunter werfen. Also, los..."

„Danilo, bitte..." Ingrid trat zu der Öffnung und starrte in die Tiefe. Eine wackelige Leiter lehnte dort.

„Eins... zwei..."

Mit aller Macht zwang sie sich zur Ruhe. Ihr war klar, er würde schießen. Er hatte keine andere Wahl mehr. Sie stieg auf die Leiter, balancierte einen Moment unsicher, aber kletterte dann hinunter in die Gruft.

„Du Schwein!", schrie sie hinauf. „Du elender Schurke, du sollst verdammt sein. Der Teufel soll dich holen..."

„Schrei so lang du willst!", rief er ihr mit einem hämischen Lachen nach. „Niemand wird dich hören."

Er zog die Leiter hoch, und kurz darauf hörte sie, wie der Deckel mit einem grässlichem Kratzgeräusch auf die Öffnung geschoben wurde.

„Danilo, hol' mich hier wieder heraus. Ich halte das nicht aus", bettelte sie in Panik. „Danilo, bitte..."

Dann rastete der Deckel ein, und Finsternis breitete sich schwer wie Blei in der kalten Kammer aus. Sie brach zusammen, sank in die Knie, von Schluchzen geschüttelt, nur von einem Gedanken gefangen, dass sie hier drin elendiglich krepieren sollte. Dieser Dreckskerl hatte sie doch tatsächlich bei lebendigem Leib begraben. Erneut schrie sie auf, kreischte und fluchte, bis sie wimmernd zusammenbrach. Sie registrierte auch nicht, dass Danilo oben seelenruhig in sein Auto stieg und davonfuhr.

Lange Zeit später kämpfte sich Ingrid langsam aus ihrer Benommenheit heraus. Sie fror, und ihre leichte Sommerkleidung war klamm und feucht. Irgendwo in der Dunkelheit plätscherte es leise. Großer Gott, wenn jetzt noch Wasser einbrach, würde sie jämmerlich ertrinken. Irgendwo hatte sie gelesen, dass diese unterirdischen Zisternen als Wasserspeicher benützt wurden. In Panik versuchte sie sich erneut mit Hilfeschreien bemerkbar zu machen, begriff aber bald, dass es sinnlos war. Dieses verdammte Loch war derart abgelegen, dass wahrscheinlich tage- ja, sogar wochenlang niemand vorbei kam. Natürlich konnte sie hoffen, dass ihr Verschwinden bemerkt wurde. Fernando und vielleicht auch die Polizei würden nach ihr suchen, aber wer sollte sie hier finden. Es gab keinen Hinweis auf dieses Verlies, und Danilo hatte sicher dafür gesorgt, dass keine verräterischen Spuren zurückgeblieben waren. Sie würden sie nie rechtzeitig finden.

Wie lange konnte ein Mensch so überleben? Wasser. Ja, wenn sie Glück hatte, sammelte sich irgendwo hier in einer Ecke etwas Wasser an, so dass sie nicht gleich verdursten musste. Hunger, was wusste sie wie lange man ohne Essen auskam, wie es sich anfühlen würde, wenn der Magen rebellierte und die Därme sich verkrampften. Es würde ein grauenvoller Tod werden, und sie hatte nicht einmal die Möglichkeit die Qual abzukürzen. Sie würde schlussendlich einfach elendiglich verrecken.

Die Stunden verrannen zäh, wie erkaltende Lava. Verzweiflung, Wut und Vorwürfe gegen sich selbst wechselten sich ab in immer längeren Abschnitten. Noch war sie stark und noch lange nicht tot. Halte durch, befahl sie sich, um gleich wieder an die schwere Decke, welche in der Dunkelheit über ihr schwebte, zu denken. Jegliche Hoffnung erstickte sofort im Keime. Sie tastete die Wände ab, nur um festzustellen, dass der erste Eindruck, kurz bevor der Deckel einrastete und ein letztes schwaches Licht in den Raum fiel, nicht getäuscht hatte, dass da kein hochkommen war. Der Boden war glitschig, nass und schmutzig. Sie stolperte über einigen Bauschutt und trat in eine Pfütze. Der Gedanke an Ratten ließ sie erschauern. Erschöpft taumelte sie gegen die Wand und versank in einen Zustand der Hoffnungslosigkeit.

Wie nur hatte es so weit kommen können? Sie war doch Zeit ihres Lebens immer ehrlich und aufrichtig gewesen, hatte sich nichts zu Schulden kommen lassen und war zu allen gleichermaßen freundlich und gut gewesen. Ja, sie hatte immer an das Gute der Menschen geglaubt, und selbst an der Liebe zu Christian hatte sie nicht gezweifelt. Allerding musste sie jetzt erfahren, dass sie sich dabei etwas vorgemacht hatte. Die Menschen waren nicht alle lieb und gut, und bei Christian war sie wohl etwas gar naiv gewesen. Er hatte ihr den Himmel auf Erden versprochen und nicht diese Hölle auf Lanzarote. Was verband diese beiden Männer nur für ein teuflisches Vorhaben, dass sie vor Mord und Totschlag nicht zurückschreckten? Hätte sie nicht schon früher dahinter kommen sollen, dass da etwas nicht stimmte? Alles begann eigentlich in dem Moment, als Christian mit der Begründung, er erwarte etwas Wichtiges, in der Schweiz zurück blieb und sie alleine nach Lanzarote reisen ließ. Dieses Wichtige sollte aus Afrika eintreffen, das hatte sie noch mitbekommen, aber was, das war schleierhaft. War es das, was sie für Danilo so gefährlich machte, dass er sie hier einsperrte? Afrika, sie hatte vermutet, dass es sich um eine Antiquität handelte, was aber ja eigentlich ihre Sparte und ihr Geschäft war, bevor Danilo übernahm. Auch wenn es sich um irgendeinen illegalen Kauf gehandelt hätte, dann wäre das noch lange kein Grund für all die dramatischen Vorfälle hier. Sie musste da auf etwas Entscheidendes gestoßen sein. Aber was?

Die Zeit verrann, und Ingrid versank in einen Zustand der Erschöpfung, der beinahe einer Bewusstlosigkeit gleich kam. Kurze Momente von Wachsein wechselten sich ab mit bodenlosem Abgrund. Halluzinationen gebaren schwebende Bilder, Wirre Träume versprachen Glück oder Tod.

Kapitel 18

Ein Buggy ist ein geländegängiges niedriges Fahrzeug ohne Karosserie, aber mit massiven Eisenrohren verstärkt, ausgestattet mit dicken Pneus mit grobem Profil. Auf Lanzarote werden sie an Touristen vermietet, die dann damit durch die Gegend brettern und wütende Wanderer in dicke Staubwolken hüllen.

Vater und Sohn saßen eingeengt in den roten Schalensitzen, wobei Pablo das Steuer übernommen hatte. Er kannte diese Vehikel, denn auch er war schon aus lauter unsinnigem Vergnügen über Hügel und durch Barrancos geknattert. Vater Fernando klammerte sich am Gestänge fest, denn ein solches Ungeheuer hatte er noch nie bestiegen. Noch war die Fahrt aber kaum schwierig, wenn man von der Rüttelei absah, der man in so einem schlecht gefederten Gerät ausgesetzt war.

Von der Touristenmetropole Playa Blanca aus führen mehrere Straßen hinaus zu den Papagayo Stränden. Diese breiten unbefestigten Pisten werden viel befahren, obwohl die Autovermieter das den Touristen strikt untersagen. Ihr Buggy schaffte die Strecke aber problemlos. Etwa drei Kilometer vor dem bekannten Strand zweigt ein einfacher Fahrweg links ab. Es handelt sich dabei um eine uralte Verbindung über das Ajaches Gebirge bis hinauf nach Femés. An der Abzweigung schaltete Pablo hinunter und lenkte den Buggy den Hang hinauf. Es folgte nun eine Fahrt über einen, seit langem nicht mehr unterhaltenen Weg, hinein in das Gebirge. Sie fuhren zuerst in nordöstlicher Richtung oberhalb der Küste. Die kurvenreiche Strecke verlangte einiges an Fahrkönnen. Sie durchquerten mehrere kleinere Barrancos und kamen problemlos bis zu einem alten Steinbruch, wo früher Sandstein abgebaut wurde. Wenn der Weg bis dahin noch einigermaßen befahrbar war, änderte sich das jetzt, und manch ausgewaschene Stelle oder abgebrochener Felsen machten ein Durchkommen zur Glückssache. Pablo meisterte das, oft nur im Schritttempo, mit Bravour. Sie überquerten mehrere kleinere Schluchten und dann die beiden großen Barrancos, Perdomo und Negro, bis sie zur Punta Gorda, einer weithin sichtbaren steilen Landzunge, kamen. Zwei Stunden waren sie bereits unterwegs.

Bevor sie die Straße Richtung Süden gerast waren, hatten sie in Tías, zu Hause bei Tante Amara, angehalten. Auch sie zeterte lautstark über das hirnverbrannte Unternehmen aber richtete dann doch noch eine Tasche mit Pullover, Decken und einer Thermosflasche.

„Ihr wollt eine Nacht dort draußen verbringen", jammerte sie verzweifelt. „Ihr müsst verrückt sein, das ist gefährlich."

„Nun mach doch keinen Aufstand!", erwiderte Pablo. „Uns wird schon nichts geschehen. Es gibt weder Schlangen noch wilde Tiere auf Lanzarote. Es ist fast Vollmond, und das Wetter sollte gut sein. Es wird sein wie ein vergnügliches Camping."

„Aber das ist so eine wilde Gegend dort draußen, niemand mit klarem Verstand will dort hin…"

„Tía, lass gut sein. Du siehst zu viele schlechte Filme am Fernseher. Es gibt keine Biester, Vampire oder gar Dinosaurier. Das einzige was uns plagen könnte sind ein paar harte Steine anstelle eines weichen Kopfkissens."

Sie schlüpften in solide Wanderschuhe und vergaßen auch eine Mütze nicht. Niemand bemerkte, dass Fernando verstohlen seine Waffe in die Tasche steckte. Auch zwei Taschenlampen und ein Fernglas nahm er mit. So ausgestattet verabschiedeten sie sich von der Tante.

„Du weißt, wo wir hinwollen", schärfte ihr Fernando ein. „Wir werden nicht vor Morgen mittags zurück sein. Ich habe mein Handy mit, bin aber nicht sicher ob dort draußen auch Empfang ist. Im Falle, dass wir bis am Abend nicht wieder da sind, ruf' bitte Ilona an. Ich habe vergessen ihr zu sagen, dass wir dort draußen wahrscheinlich nicht erreichbar sind. Sie wird wissen, was dann zu tun ist."

„Gut, das werde ich", versprach Amara. „Aber vergiss nicht, im Notfall werde ich die ganze Polizei und Armee aufbieten. – Ich habe Angst."

Fernando nahm sie zum Abschied kurz in die Arme. „Schon gut liebe Tante. Wir werden vorsichtig sein."

Pablo nickte zustimmend und wandte sich zum Gehen. „Adiós Tante!"

Inzwischen war es später Nachmittag geworden. Die Sonne stand weit hinter ihnen über den Bergen. Noch eine Stunde, dann würde sie dahinter untergehen, und die Schatten würden unaufhaltsam die Täler hochkriechen und alles in Dunkelheit hüllen. Wenn sie Glück hatten, würde ihnen der aufgehende Mond etwas Licht spenden. Eine weitere tiefe Schlucht lag vor ihnen, der Barranco Parrado. Unbezwingbar. Die Piste führte jetzt nach Norden, weg von der Küste und überquerte das schroffe Tal viel weiter oben. Dort mussten sie sich entscheiden, sollten sie nun auf dem erreichten Rücken bis zum Meer hinunter fahren, wo sie aber auf der Klippe gute hundert Meter über dem Wasser enden würden, oder war es möglich, etwas weiter vorne, in den Barranco de los Dises hinein zu fahren und auf dessen Talsohle bis zur Mündung vorzudringen. Im ersten Fall wären sie dort auf der Klippe direkt über dem Bunker, aber es würde eine anstrengende, gefährliche Kletterei benötigen, um hinunter zu gelangen. Sie entschieden sich für die zweite Variante. Das riesige Tal de los Dises wand sich fast zwei Kilometer dem Meer entgegen. Die Sohle schien erstaunlich eben, meist bedeckt mit Kies und Sand. Trotzdem war es ein gewagtes Abenteuer, denn es gab auch steinige und enge Abschnitte. Dass sie es trotzdem wagten, war eigentlich nur dem Umstand zuzuschreiben, dass bei einbrechender Dunkelheit eine Kletterpartie von der Klippe viel zu riskant wäre.

Ohne Verzögerung lenkte Pablo das Gefährt vorsichtig den Abhang hinunter auf den Grund des Tales.

„Wir haben Glück", brummte er. „Die Trockenheit hat ideale Bedingungen geschaffen."

169

Fernando schwieg. Sein Sohn hatte alle Hände voll zu tun und kurbelte wild am Steuerrad, um einen Weg durch die Felsen und Steine zu finden. Der Buggy schwankte und bockte wie ein störrisches Maultier. Fernando klammerte sich an die Streben und betete, dass sie heil weiter kämen. Für Gespräche war keine Zeit. Jede Biegung, jede Felskante, jeder Stein verlangte volle Konzentration. Die Dämmerung setzte ein, und zwischen den hohen Felswänden wurden die Schatten schnell dunkler. Was, wenn sie es nicht schafften, wenn sie in der Dunkelheit den Weg nicht mehr finden würden. Verbissen steuerte Pablo das bockige Gefährt weiter.

Da, auf einmal öffnete sich das Tal, es wurde heller, und das Meer kam in Sicht.

„Wir sind da!", jubelte Pablo. „Geschafft, jetzt nur noch zum Bunker."

Er stellte den Buggy mitten in die Mündung und wollte losrennen. Aber Fernando hielt ihn zurück.

„Warte! Fahr doch dort drüben in den Schutz der Felswand! Wir wollen uns nicht gleich wie auf dem Präsentierteller aufstellen."

Pablo ließ sich zurückfallen und tat wie geheißen. Sie kletterten heraus, und Fernando holte Pistole, Taschenlampe und Fernglas aus der Tasche. Erneut bremste er seinen Sohn.

„Langsam Pablo, wir gehen vorsichtig der Felswand entlang. Es sind nur etwa zweihundert Meter. Bleib hinter mir."

Eigentlich wusste Fernando auch nicht was er zu finden hoffte. Dass Ingrid hier war, schien ihm immer unwahrscheinlicher. Sie hatten sich in etwas verrannt, aber wenn sie nun schon hier waren, würde er die Stelle und den Bunker genauer unter die Lupe nehmen. Nur, es wurde zunehmend dunkel. Die gegenüberliegende Insel Fuerteventura lag bereits im Schatten. Also los!

Das Geröll und die runden Steine ließen sowieso kein Laufen zu, so stolperten sie entlang dem Wasser, überstiegen schroffe Felsen und gelangten endlich zum Bunker. Dieser lag schwarz und unheimlich da. Außer dem regelmäßigen Brausen der Brandung war nichts zu hören. Entgegen dem Eindruck des Besuches vor ein paar Tagen, war aber jetzt alles ganz anders. Damals war durch den Lärm des Helikopters und die Hektik der Mannschaft alles so normal und professionell gewesen. Wo hatte die Leiche damals gelegen? Fernando meinte den Ort noch zu erkennen. Jetzt erfasste aber auch ihn die bedrohliche Stimmung der anbrechenden Dunkelheit. Die Waffe in der Hand, umrundete er den abweisenden Bau. Nichts regte sich. Rechts hinten an der Felswand war der Eingang. Wäre dort drinnen jemand, hätte man sie längst durch die Schießscharten entdeckt. Er machte sich nichts vor, sie waren gegen, das im letzten Licht glänzende Meer, hervorragende Zielscheiben. Er drängte sich gebückt durch die Öffnung und schaltete die Taschenlampe ein. Nichts als ein modriger Geruch empfing ihn. Der Bunker war leer. Er ließ die Waffe sinken und steckte sie in den Gürtel. Der Raum war, wegen den dicken Mauern, eng, kaum drei auf drei Meter. In der Mitte konnte man stehen, aber vor den Schießscharten lag der Boden höher, vermutlich um eine bessere Sicht- und Schiesspositi- on zu haben.

„Komm herein!", rief er hinaus. „Da ist niemand."

Pablo steckte den Kopf durch den Eingang und zog sich sofort wieder zurück. Er schüttelte den Kopf und murmelte vor sich hin.

„Wo ist sie? Wo ist Ingrid…?"

Unterdessen leuchtete Fernando in jede Ecke. Da war nichts, außer viel Schmutz und verstreute Steine, keine Spuren und nichts, was auf ein Eindringen von Menschen hingedeutet hätte. Fernando stellte sich vor, dass vielleicht einmal ein einsamer Wanderer neu- gierig hineinspähen würde, aber hier bleiben, das wollte sicher nie- mand. Er verließ den Bunker und blickte auf das Meer. Es war schier unvorstellbar, dass hier vor vielen Jahrzehnten eine Besat- zung ausgeharrt haben sollte, um den Durchgang zwischen den In- seln zu überwachen. Trotz der Schießscharten konnte man sich auch kaum vorstellen, dass sie von dieser Stellung aus viel gegen Piraten oder andere Feinde ausrichten konnten. Ein einziger gezielter Ka- nonenschuss hätte wohl genügt, um das Gemäuer gnadenlos von der Felswand wegzufegen.

Auch ihr Unternehmen war wohl ziemlich sinnlos. Pablo klet- terte ein Stück weiter drüben ziellos über Steine und Felsen. Er war in der einsetzenden Dunkelheit kaum mehr zu erkennen.

Fernando rief nach ihm: „Pablo, komm zurück, wir müssen ei- nen Platz für die Nacht suchen."

171

Pablo reagierte nicht, denn irgendetwas schien ihn zu beschäftigen. Er bückte sich und schwenkte etwas in der Hand. Fernando konnte im schwindenden Licht nicht mehr ausmachen, was es war. Etwas Rötliches?

„Pablo!", rief er nochmals. „Komm endlich!"

Als er dann seinem Vater entgegen stolperte, erkannte dieser eine orange Schwimmweste.

„Hab' ich da drüben gefunden", meinte Pablo überflüssigerweise und folgte seinem Vater zurück zum Buggy.

Sie manövrierten ihr Gefährt noch näher in den Schutz der Felsen und richteten sich für die Nacht ein. Die Schwimmweste lag unbeachtet im Sand. Die Stimmung war gedrückt, hatten sie doch im Grunde genommen überhaupt nichts erreicht. Ja, was hatten sie eigentlich erwartet?

Sie saßen an den Felsen gelehnt und verzehrten wortlos das mitgebrachte Sandwich und tranken vom noch heißen Tee aus der Thermosflasche. Mittlerweile war es so dunkel geworden, dass sie einander nur noch als schwarze Silhouette erkennen konnten. Draußen, gegen das Meer, war es aber immer noch etwas hell, dort am Horizont, wo der letzte Schimmer nochmals aufleuchtete, bevor auch die große endlose Wasserwüste schwarz und bleiern in der Nacht versank.

Schlafen war wohl ein Wunschtraum, und Pablo durchbrach das Schweigen mit der nicht zu verdrängenden Frage: „Wo ist Ingrid, was ist ihr geschehen?"

Fernando, der sich auf dem harten Untergrund immer wieder in eine bessere Position zu bringen suchte, antwortete bedrückt: „Mein Sohn, wir wissen es nicht. Vielleicht erfahren wir mehr, wenn wir wieder zurück sind."

„Wir haben hier keinen Empfang", sagte Pablo. „Ich habe mehrmals versucht, es geht nicht. Vielleicht, wenn ich da irgendwo hoch könnte..."

„Das wirst du schön bleiben lassen!", mahnte Fernando. Das ist selbst bei Tageslicht viel zu gefährlich. Das Einzige, was wir machen können, ist warten bis es hell wird, um dann so schnell wie möglich zurück zu fahren."

„Mein Gott, Ingrid, wo bist du? Ich werde mir nie verzeihen, dass ich nicht auf dich aufgepasst habe…"

„Wir werden sie finden", erklärte der Vater, auch wenn er überhaupt nicht wusste wie und wann. „Du liebst die Frau…"

Das war eher eine Feststellung als eine Frage. Natürlich liebte Pablo diese Deutsche, das war doch offensichtlich. Die Nacht, die Einsamkeit und Stille lösten ganz automatisch die Hemmungen, ließen Gefühle hochkommen und Herzen öffnen, wo sie sonst eher verborgen blieben. Sein Sohn war das Wichtigste in seinem Leben, und ihn jetzt in dieser fürchterlichen Not zu wissen erschütterte ihn, mehr als er gedacht hätte. Das Schlimmste aber war, er konnte ihm nicht helfen. Wie auch?

„Mein Sohn", sagte er deshalb leise. „Ich verstehe deinen Kummer, und ich will alles tun um dir zu helfen. Glaube nicht, dass ich keine Gefühle habe und deine Liebe nicht achte. Auch ich habe eine Frau kennengelernt, die mir viel bedeutet. Sie zu verlieren wäre für mich wie ein schrecklicher Tod."

„Ich weiß, du meinst Ilona. Glaube nicht, dass wir das nicht bemerkt haben. Selbst Tía Amara hat das mitbekommen. Wir wünschen euch alles Gute."

„Danke."

„Deine Ilona würde doch ganz gut in unser Haus passen. Ich glaube, die Tante und sie kämen gut miteinander zurecht."

„Meine Ilona", erwiderte Fernando, „sie ist nicht mein Besitz. Sie ist mir sehr wichtig, aber sie hat dazu auch ein Wörtchen mit zu reden. Ich denke, das ist für jede Beziehung, auch für deine, sehr wichtig."

„Du hast ja recht, Papá. Wenn Ingrid wieder auftaucht, werde ich nicht zögern sie zu fragen, ob sie meine Frau werden will. Sie wird entscheiden, und das ist gut so."

„Du sprichst von Heirat, von einem Zusammensein, das ganze Leben lang?"

„Ja, natürlich. Warum nicht?"

Das Gespräch zwischen den beiden Männern plätscherte noch eine Weile dahin. In der Dunkelheit, wenn man die Reaktion des Anderen nicht sah, vielleicht nur erahnte, schien es viel einfacher über seine Gefühle zu sprechen. Vater und Sohn waren sich nie so nahe gekommen, wie hier an diesem einsamen steinigen Ort, an der Küste unterhalb des Ajaches Gebirges.

Mitten in der Nacht, Fernando hatte nur so dahin geträumt, bemerkte er ein einsames Licht, draußen auf dem Meer. Der blasse Mond, zwischen ein paar jagenden Wolken, ließ die Silhouette eines Schiffes erkennen. Es war Wind aufgekommen, und die Wellen dort draußen ließen den Schatten wieder verschwinden, so schnell wie er aufgetaucht war. Ein Boot, dachte Fernando müde. Vielleicht ein Fischkutter, der zu früher Stunde auf Fang aus war. Dann plötzlich kam ihm die Schwimmweste in den Sinn. Sie lag unbeachtet hier neben ihnen irgendwo im Sand. War diese möglicherweise ein Hinweis auf ein Schiff? Und waren sie fälschlicherweise immer davon ausgegangen, dass dieser Ort nur vom Land aus erreichbar sei. Mit einem Beiboot wäre es durchaus möglich, hier an diesen Kiesstrand zu gelangen. Kam diese Schwimmweste in diesem Zusammenhang hierher?

Fernando wollte seinen Sohn nicht aufschrecken. Dieser schien unweit neben ihm zu schlafen. Morgen wäre immer noch Zeit, diese Weste genauer unter die Lupe zu nehmen. Vielleicht fand sich da sogar ein Hinweis, wem sie gehörte.

Die Nacht dauerte ewig. Gleich bei dem ersten Schimmer von Licht am östlichen Horizont, rappelte sich Fernando auf und stolperte unsicher über den Kiesstrand. Er beobachtete, wie die Sonne wenig später aus dem Meer stieg und die ersten zaghaften Strahlen gegen die Felsen warf. Auch Pablo erhob sich stöhnend, schimpfte über die verfluchten Steine, die ihn die ganze Nacht quälten. Als er seinen Vater am Strand sah, kam er zu ihm, stellte sich schweigend neben ihn und bewunderte, noch schlaftrunken, das herrliche Schauspiel. Es war wie wenn der Tag, ja die Schöpfung neu geboren würde. Das Licht der aufgehenden Sonne tanzte über die Wellen und spielte mit der Brandung wie heran treibendes Silber. Die Flut drängte gegen den Strand und ließ die Kieselsteine aufeinander stoßen, so dass es tönte wie klappernde Kastagnetten, in sich wiederholendem Rhythmus. In den Bergen, weit über ihnen, flammten die Gipfel auf und begrüßten den neuen Tag.

Überwältigt von der Schönheit des Sonnenaufganges, standen sie eine ganze Weile schweigend da.

„Papá, guten Morgen", begann Pablo irgendwann. „Was hast du denn da?"

Fernando hatte die Schwimmweste aufgehoben und unbewusst mitgenommen. Sie hing schlapp an seiner Hand.

„Ach das", erwiderte er. „Das hast du gestern Abend doch gerettet. Wo genau hast du sie gefunden?"

„Auf der anderen Seite des Bunkers", antwortete Pablo. „Sie lag dort zwischen den Steinen. Wurde wohl angeschwemmt."

„Dort auf der anderen Seite geht's doch hinüber zum nächsten Barranco, dem Parrado. Da kommt man doch bei Ebbe leicht hinüber."

„Ich glaube schon", erwiderte Pablo. Er war inzwischen hellwach. „Du glaubst, die wurde dort verloren und nicht angeschwemmt?"

„Ja, ich denke schon. Sie ist wie neu und sieht nicht so aus, wie wenn sie länger im Wasser gelegen hätte, und schau' mal, da auf dem Riemen stehen sogar die Kennzeichen. Hier, 3a-GK-2-656, die gehört doch auf ein Schiff."

Fernando erzählte aber nichts von dem Schiff, welches er mitten in der Nacht gesehen hatte. Er wollte keine unwahrscheinliche Verbindung herstellen. Er wusste ja nicht einmal mehr genau, wann das war und ob nicht alles nur eine Einbildung gewesen war.

„Es müsste doch eigentlich festzustellen sein, zu welchem Kahn diese Weste gehört", überlegte Pablo.

Fernando nickte. „Klar, ich denke, das müsste möglich sein. Aber jetzt sollten wir machen, dass wir hier wegkommen."

„Wollen wir nicht nochmals zum Bunker?"

„Nein, das bringt nichts. Wir sollten so schnell wie möglich zurück und Ingrid suchen."

Das brauchte er nicht zweimal zu sagen. Der Gedanke an die verschwundene Frau stand plötzlich wieder völlig im Mittelpunkt. In aller Eile banden sie ihr Gepäck auf den Buggy und knatterten los. Die Fahrt den Barranco hoch war weit mühsamer als hinunter. Mehrmals mussten sie absteigen und Steine aus dem Weg räumen. Als sie endlich den Fahrweg erreichten, waren sie bereits erschöpft, verschwitzt und staubig. Jetzt galt es, so rasch wie möglich nach Playa Blanca zu kommen.

Mit dem Handy war immer noch kein Kontakt möglich. Erst als sie sich der Touristenhochburg näherten, da piepste es auf einmal fordernd. Ilona war am Apparat.

„Fernando, endlich!", sagte sie atemlos. „Habt ihr sie gefunden?"

„Leider nein. Das Ganze war ein Narrengang, und wir hätten uns die Mühe sparen können. Der Bunker ist seit Ewigkeiten leer. Wir sind auf dem Rückweg. – Und was hast du zu melden?"

„Eigentlich auch nichts Besonderes", antwortete Ilona. „Ich war am Hafen in Arrecife, aber die Catalina, du weißt schon, der Fischkutter von Sindy, der ist weg. Keiner kennt diesen Schwarzen richtig. Er scheint ein undurchsichtiger Einzelgänger zu sein."

„Ilona, wo bist du jetzt?"

„Im El Rondó natürlich, du erinnerst dich, ich habe auch noch ein Lokal zu führen."

„Gut, wir werden im Laufe des Nachmittags dort eintreffen. Ich habe aber noch eine Aufgabe für dich. Wir haben eine Schwimmweste gefunden. Darauf steht vermutlich die Zulassungsnummer eines Schiffes. Könntest du feststellen, wie dieses heißt?"

Er gab ihr die Nummer, und Ilona versprach, gleich den Hafenmeister nochmals zu bemühen. Der müsste eigentlich Einblick in das Zulassungsregister haben. Sie versprach zurück zu rufen, sobald sie den Namen des Schiffes hätte. Dann legte sie auf.

Fernando schüttelte resigniert den Kopf. Von Ingrids Aufenthaltsort schien niemand etwas zu wissen. Kein Hinweis, einfach nichts. Wo nur sollten sie suchen? Er verschwieg Pablo die frustrierende Folgerung. Der Junge hatte mit der wilden Fahrt alle Hände voll zu tun. Es war besser, ihn nicht noch zusätzlich zu quälen.

Sie gaben den Buggy dem Verleih zurück und fuhren mit dem eigenen Auto nach Puerto del Carmen.

Ilona empfing sie mit ernstem Gesicht. Immer noch nichts von Ingrid", stellte sie bedrückt fest. „Aber ich weiß jetzt welches Schiff diese Nummer hat. Es ist tatsächlich diese Catalina."

Kapitel 19

Die Gruppe folgte dem Kiesbett, bis der linke Abhang nicht mehr so steil war. Der darauf folgende Aufstieg war, besonders in der Dunkelheit, schwierig, aber gegen den etwas helleren Himmel waren die Konturen des Hanges einigermaßen zu sehen. Sie erreichten den Fahrweg oben nach einer knappen Stunde. Erschöpft ließen sie sich am Rande auf groben Felsen zu Boden fallen. Nach der beschwerlichen Überfahrt waren alle froh, wieder festen Grund unter den Füssen zu haben, hatten aber nicht mit dieser Plackerei gerechnet. Die Füße schmerzten, und die Kehle war völlig ausgetrocknet. Die Gruppe, es waren dreiundzwanzig Männer im Alter um die zwanzig Jahre, war an der Mündung des Parrado an Land gegangen. Das Schlauchboot hatte fürchterlich geschwankt. Sie mussten etliche Meter vom Strand weg ins erstaunlich kalte Wasser springen und an Land waten. Keiner, der sich nicht irgendwo an einem der rauen Felsen verletzt hätte. Sie torkelten auf die Kiesbank und sanken zusammen. Einer hatte es nicht geschafft. In der Dunkelheit war nicht auszumachen wer oder wie. Vielleicht war er draußen vom Boot gefallen, oder die Brandungswelle hatte ihn in die Tiefe gerissen. Es fehlte einfach einer.

Ironie des Schicksals war, dass dieses Drama nur ein paar Hundert Meter von dem Ort entfernt geschah, wo Fernando und Pablo die Nacht verbracht hatten. Der Wellengang und die Brandung hatten aber jegliches Geräusch erstickt, und um die Felsenkante war auch keine direkte Sicht. Dunkle Wolken verdeckten den Mond, so dass eine gespenstische Stimmung herrschte. Der einzige Weiße, der voranging, trieb die Männer zur Eile an. Nur er wusste, wie weit dieser Marsch noch sein würde. In dem Tempo würden sie mindestens drei Stunden brauchen, um das Gebirge zu überqueren.

Die Männer, alles Schwarze, vorwiegend aus dem Kongo, waren eigentlich große drahtige Kerle, aber sie waren bereits von der Überfahrt derart geschwächt, dass sie nur noch apathisch gehorchten und weiter gingen. Keiner hatte Gepäck bei sich, ihre Kleider waren nass und verschmutzt. Nachdem sie tagelang an der einsamen Küste, des von Marokko und der Westsahara umstrittenen Gebietes, in der Nähe von Port Tarfaya, ausgeharrt hatten, wurden sie endlich zum Schiff gebracht. Egal was für ein Kahn, Hauptsache, sie schafften es endlich nach den Kanaren. Man versprach ihnen in Spanien Arbeit, einen guten Lohn und Unterkunft, alles, was sie sich seit Monaten erhofft hatten.

Danilo führte die Gruppe nach kurzer Rast auf der Fahrpiste gegen Norden in die Berge. Er wusste natürlich, dass hier eine illegale Immigration stattfand, aber das war nicht sein Problem. Ganz Europa wurde ja von denen überschwemmt, da kam es auf ein paar Dutzend Schwarze auch nicht mehr an. Sie hatten das Boot sicher und unentdeckt an Land dirigiert. Dies war das letzte Mal, dann hatte er ausgesorgt. Allerdings verabscheute er den mühseligen Weg durch die Berge, aber er hatte vorgesorgt. Er war mit einem Jeep den Weg erkundet, und dabei festgestellt, dass es sehr wohl möglich war bis weit in die Berge hinein zu fahren. Erst dort wo sich die Piste steil dem Meer zuneigte, getraute er sich nicht mehr weiter. Also war es jetzt nicht allzu weit, bis er auf das abgestellte Fahrzeug treffen würde. Von dort an würde er auch heute wieder fahren. Die Männer konnten ruhig laufen, niemand würde sich verirren, denn außer dieser Piste führte kein Weg am höchsten Gipfel des Ajaches Gebirges vorbei, hinüber ins Tal bei Maciot.

Seine Aufgabe war, die Männer abzuholen und später einem Vertreter des Instituto Minería zu übergeben. Was danach geschah, interessierte ihn nicht. Zwar hatte er gehört, dass die Flüchtlinge später zum Festland weiterreisen sollten und dann an einem Ort mit dem Namen El Cabril Arbeit finden würden. Aber weshalb diese Schwarzen aus dem tiefsten Afrika dorthin sollten, wo sich das einzige Endlager für atomaren Müll befand, war unklar. Diese hohen Beamten mussten wissen was sie machten. Er würde den Rest seines Geldes abholen und dann so schnell wie möglich von der Insel verschwinden.

Schon als sie an Land gingen war der Mond immer wieder hinter schwarzen Wolken verschwunden, aber dazwischen lagen hellere Phasen, und zusammen mit den wenigen Taschenlampen, die Danilo verteilt hatte, machten sie den Weg problemlos aus. Trotzdem war immer wieder ein leiser Fluch oder ein Stöhnen zu hören, wenn einer stolperte oder den Fuß gegen einen vorspringenden Stein anstieß. Ihre Schuhe oder Sandalen waren für so eine Wanderung auch kaum geeignet. Aber man biss auf die Zähne und machte weiter. Hin und wieder ging auch ein zaghaftes Gemurmel in einer unverständlichen Sprache durch die Gruppe, wenn sie sich gegenseitig Mut machten oder anspornten. Als sie die Höhe erreichten und der Weg weniger steil wurde, kamen sie gut voran. Danilo fuhr mit dem Jeep voraus. Links ragte der riesige Berg Hacha Grande in die Höhe. Im fahlen Mondlicht sah er bedrohlich aus, wie ein Mahnmal eines fremden Sternes.

Als sie endlich ein verfallenes Steingebäude erreichten, führte die Piste, es war mittlerweile eigentlich schon eine Straße geworden, in engen Kehren einen steilen Abhang hinunter. Unten, nahe der Autostraße, lenkte Danilo seinen Jeep auf einen kleinen Parkplatz. Dort stand ein Lastwagen. Er sprach kurz mit dem Fahrer und begann die Ankommenden zu zählen.

Es dauerte eine Weile, bis er begriff. „Verdammt, es fehlen drei!", fluchte er laut.

Eine erneute Kontrolle bestätigte den Umstand, nur zwanzig. Danilo spähte den Weg zurück und knurrte: „Die faulen Hunde, wo bleiben sie!"

Als nach längerer Zeit keine Nachhut auftauchte, wendete er den Jeep zornig und fuhr mit laut aufheulendem Motor zurück, die Straße hoch. Mit hell aufleuchtenden Scheinwerfern nahm er die Kehren, bis hinauf zu den Ruinen. Niemand kam ihm entgegen, und Danilo befürchtete, dass die Scheinwerfer die Aufmerksamkeit eines späten Heimkehrers, unten im Tal, erwecken könnte. Er fuhr noch ein Stück weiter, wendete und kehrte ohne Licht zurück.

Es gab eigentlich nur zwei Möglichkeiten, entweder die Kerle waren irgendwo auf der Strecke zurückgeblieben und hatten sich versteckt, oder sie hatten bei der Ruine den schmalen Bergweg in Richtung Femés genommen. Diesem steilen Steig konnte er aber mit dem Jeep nicht folgen, und zu Fuß, bei Nacht, war eine solche Suche völlig sinnlos und auch sehr gefährlich. Dort lauerten Stellen, die auch bei Tageslicht Schwindelfreiheit erforderten.

Es blieb Danilo also nichts anderes übrig, als wieder zur Straße hinunter zu fahren, um wenigstens den Rest der Gruppe nach Arrecife zu befördern.

Während die Männer auf die Ladefläche kletterten, überlegte Danilo, wie er das Fehlen der Drei nun erklären sollte. Er musste dem Verbindungsmann in Playa Blanca, diesem Vasquez, über die erfolgreiche Durchführung der Operation berichten, damit er sein Geld bekam. Nicht auszudenken wie Vasquez reagieren würde, wenn er meldete, dass drei, nein sogar vier der Schwarzen verloren gegangen waren. Es gab nur die Möglichkeit zu behaupten, alle vier seien bei der Ausschiffung ertrunken und dann zu hoffen, der Rest der Gruppe würde schweigen.

Die vorher so einfach erschienene Operation wurde immer mehr zu einer Katastrophe, und auch das Versagen von Christian immer deutlicher. Der Blödmann hatte wohl nicht erkannt, mit was für Leuten er sich da eingelassen und mit seiner Gutmensch-Duselei, wohl die falsche Reaktion ausgelöst hatte. Danilo schwor sich, nicht so einfältig zu agieren, und die Sache mit Erfolg zu beenden. Er fasste einen Entschluss. Er verwarf den vorgesehenen Plan, den Lastwagen allein nach Arrecife fahren zu lassen und selber gleich zur Playa Blanca zurückzukehren. Er musste vielmehr sofort voraus fahren, zu Edi und Sindy. Wenn die bestätigten, dass mehrere Bootsinsassen ins Wasser gefallen waren, würde man ihnen das glauben, egal, was ein paar Schwarze behaupteten. – Hoffentlich war die Catalina auch schon zurück.

Es war längst Tag geworden, als sie am Hafen Puerto Naos ankamen. Der Lastwagen fuhr aber nicht zum Pier, sondern hielt unweit davon in einer engen Gasse, der Calle Foque, vor einem massiven Gittertor. Dort, im Inneren eines großen Lagerraums, wurden die Ankömmlinge verpflegt, bekamen zu Trinken und wurden notdürftig medizinisch versorgt.

Danilo ließ seinen Jeep stehen. In der Wohnung von Edi, gleich um die Ecke, war niemand. Sie waren vermutlich noch immer auf dem Schiff.

Er überquerte die Straße. Am Tor zur Hafenanlage bemerkte er, dass der Beamte sich hinter der Scheibe mit jemandem intensiv unterhielt und die Einfahrt unbeachtet ließ. Er passierte ohne aufgehalten zu werden und entdeckte den Kutter Catalina sofort.

Die lange Fahrt, zur afrikanischen Küste und zurück, war dem Kutter anzusehen. Sie hatte fast zwei Tage gedauert. Die Planken auf Deck waren nass und schmutzig und die Scheiben des Aufbaus blind vom Salzwasser.

Danilo rief: „Edi, Sindy, seid ihr da?"

„Komm herüber!", kam die Antwort prompt.

Danilo wagte den Sprung und landete auf dem schwankenden Deck.

Edi hockte an der Wand des Steuerhauses und paffte eifrig an einem schwarzen Stummel. „Komm setz dich, Sindy ist beim Hafenmeister."

„Das stinkt ja fürchterlich", spottete Danilo und deutete auf die Zigarre. Wird dir von diesem Kraut nicht übel?"

„Nein nein, der Rauch hilft etwas gegen den Fischgestank, der hier überall in den Planken steckt. – Und, ist alles gut gegangen?"

Danilo ließ sich auf einer großen Seilrolle nieder und schüttelte den Kopf. „Kann man nicht behaupten", brummte er. „Da sind tatsächlich einige abgehauen."

Edi fuhr auf. „Was sagst du da? Erzähl doch keinen Scheiß! Die gingen doch alle wohlbehalten von Bord."

„Schön wär's, einer ist wohl gleich ersoffen, und drei sind unterwegs einfach verschwunden. Ich konnte sie in der Dunkelheit nicht mehr finden."

„Du bist total verrückt!", schrie Edi. „Weißt du was das heißt? Die werden uns in die Mangel nehmen. Hast du Christian vergessen? Verdammt nochmal!"

„Nun mach doch nicht gleich in die Hose! Ich hab' mir schon etwas überlegt, aber ihr müsst mitmachen und vor allem die Schnauze halten."

Er erklärte Edi den Plan. „Du sagst einfach, da wären vier ins Wasser gefallen und bei dem starken Seegang mit Sicherheit ertrunken. Wenn wir zusammenhalten, werden sie uns glauben und nicht ein paar verstörten Schwarzen."

Edi schwieg verstört, dann fuhr er auf: „Das funktioniert doch nicht. Wenn alle das Gegenteil behaupten oder wenn sogar einer der Verlorengegangenen irgendwo wieder auftaucht, dann sind wir geliefert. Wieso konntest du nicht besser aufpassen?"

„Du hast gut reden", wehrte sich Danilo. „Du sitzt bequem auf deinem Hintern und rauchst deinen stinkenden Tabak. Ich musste bei stockfinsterer Nacht mit zwei Dutzend Wilden durch die Berge marschieren. Drei Stunden mühseliger Kletterei auf gefährlichem Terrain."

„Ha, du denkst wohl auf so einem Kahn ist es eine Spazierfahrt. Das ist kein Vergnügen, kalt, nass und blödsinnig lange. Was denkst du was passiert wäre, wenn uns die verfluchte Küstenwache erwischt hätte. Ein spanisches oder marokkanisches Gefängnis, beides wäre absolut die Hölle."

„Ach was…!"

Edi sprang auf und schüttelte die Faust. „Da mache ich nicht mit, und da ist noch etwas, was ist mit Sindy?"

„Warum? Was sollte mit Sindy sein? Er ist doch mit uns im Boot, oder etwa nicht?"

„Du sagst es, das Boot. Der wird doch nicht seinen Kutter aufs Spiel setzen, nur um uns zu helfen. Bis anhin war es für ihn nur eine unrechtmäßige Überfahrt, vielleicht Hilfe zur illegalen Immigration, welche notabene von vielen sogenannten Gutmenschen noch verherrlicht wird. Alles andere wird der aber nicht mitmachen."

„Zum Teufel, es ist deine Aufgabe den Mann bei der Stange zu halten. Der darf jetzt nicht kneifen, sonst habe ich schon noch eine Lösung…"

Kapitel 20

Die Dämonen lauerten in der Dunkelheit wie gierige Tiere. Noch wehrte sie sich dagegen, aber die Phasen von Durchhaltewillen, Trotz und Wut wurden immer kürzer, und Resignation, Erschöpfung und Orientierungslosigkeit breiteten sich aus wie tausend gierige Spinnenbeine. Sie, die Zeit ihres Lebens vor jeder noch so kleinen Spinne floh, sah sich riesigen Gliederfüßlern wehrlos ausgesetzt. Pechschwarze Taranteln krochen heran und strichen mit haarigen Beinen über ihre Arme, bis sie aufschrie und aus ihrer Lethargie hochfuhr und immer weiterschrie, bis die Stimme versagte und nur noch ein Krächzen hervorbrach.

Erschöpft sank Ingrid zu Boden. Die Halluzinationen nahmen zu. Noch erkannte sie diese als solche und wehrte sich dagegen, aber sie wusste, ihre Kraft schwand, und irgendwann würde sie im Wahnsinn versinken. So fühlte es sich also an, wenn man lebendig begraben wurde und um einen schnellen Tod betete. Er kam aber in schleichenden Schritten, und bevor sie gnädig das Bewusstsein verlieren würde, lag ein langer Weg der Qual vor ihr. Noch lebte sie.

Zum wievielten Mal tastete sie den Wänden entlang, jede Ritze aufs Neue erforschend, nur um endgültig zu erkennen, dass es kein Entrinnen gab. Einzig die Hoffnung, dass man draußen ihr Verschwinden bemerkt hatte und nach ihr suchen würde, hielt sie noch wach. Wo würden sie suchen, wie lange dauerte es bis es zu spät war? Fernando, Ilona und Pablo, was machten sie? Selbst wenn sie die ganze Armee aufbieten würden, wo sollten sie suchen? Danilo, der war wohl längst über alle Berge. – Wie konnte man sich derart in einem Menschen täuschen?

Ingrid hatte Zeit ihres Lebens an das Gute im Menschen geglaubt. Selbst die Geschichten ihrer Eltern hatte sie mit Skepsis gehört. Waren denn die Menschen im Osten Deutschlands wirklich anders? Sie glaubte es nicht. Man konnte die äußeren Umstände damals als mies oder die Verwaltung sogar als verbrecherisch bezeichnen, aber der Mensch der dort lebte, vielleicht dort auch leben musste, der war doch aus dem gleichen Holz geschnitzt, wie alle anderen dieser Welt. Ihre Eltern waren nach der vielbejubelten Wende nach Hamburg gezogen. Vater hatte über die ehemalige Grenze gute Immobiliengeschäfte gemacht. Ja, war er nun ein guter oder schlechter Mensch? Sie vertraute ihm, genauso wie sie ihrer Mutter vertraute, die sich um die Aufnahme in die Hamburger Gesellschaft bemühte. Mama, ihre Mutter hasste diese Bezeichnung. Sie wollte einfach mit Vornamen genannt werden, mehr Freundinnen, als Mutter und Tochter. Sie besuchte Theater und Konzerte, war bald einmal Vorsitzende eines Wohltätigkeitsvereins und begleitete ihren Mann zu Geschäftsessen jeglicher Art.

Die Tochter, ihr einziges Kind, wuchs heran, hatte beste Noten in der Schule und studierte in Berlin. Zuerst wusste sie nicht so recht welche Richtung, aber dann entschied sie sich doch für Archäologie mit den Fächern Geschichte, Geografie und Kunst. Sprachen waren genau so wichtig, und sie entschied sich neben Latein auch für Spanisch. Nach dem Abschluss und einigen Einsätzen im Ausland, fand ihr Vater, dass die Zukunft seiner Tochter auch einen wirtschaftlichen Teil haben sollte. Er erwarb deshalb für sie das Geschäft in der Schweiz. Antiquitäten, dachte sie, das war nicht gerade das Erstreben einer eifrigen Wissenschaftlerin, die über alten Ausgrabungen und Schätzen brütete. Dennoch gefiel ihr die neue Aufgabe und ließ sie staunen, was neben altem Plunder manchmal auch für außergewöhnliche Stücke auftauchten. Sie war selbständig, verdiente ihr eigenes Geld und machte in der Schweiz neue Freunde.

Die Eltern blieben in Deutschland, lebten ihr eigenes Leben, ohne viel Aufheben, dass ihre einzige Tochter nun im Ausland lebte. Manchmal hatte Ingrid den leisen Verdacht, dass die Beiden froh waren, die Bürde eines Kindes hinter sich zu wissen, und dass sie den gewonnenen Freiraum sehr genossen. Die anfangs wöchentlichen Fahrten nach Hamburg wurden immer weniger und die Telefonate immer kürzer. Beide, die Eltern wie auch die Tochter wussten, dass auf beiden Seiten ja alles zum Besten stand.

Fehlte aber nicht doch etwas, fragte sich Ingrid immer öfter. Ihr Band zu den Angehörigen war irgendwie verkümmert. Sie war wie eine einzelne Blüte, die eigentlich zu einem duftenden Blumenstrauß gehörten sollte. Die Sehnsucht nach Liebe und Geborgenheit quälte sie immer öfter, auch wenn sie diese Gefühle mit ein paar Affären zu stillen versuchte. Die Industriestadt Winterthur war auch nicht gerade der Ort von rauschendem Charme und Glamour. Schweizer waren von Natur aus eher trocken und wenig leidenschaftlich. War's das nun, was das Leben zu bieten hatte?

Nein, schrie die Seele in ihr. Diese Gruft und diese Dämonen, die waren nicht das Ende. Sie würde ausharren, denn das Leben hatte noch so viel für sie zu bieten. Auch sie selber wollte geben, Zuneigung und Liebe schenken, denn ohne dieses wäre der Mensch doch nur ein sinnloses Lebewesen. Das Gute musste siegen, sonst wäre diese Welt ein Tummelplatz für das Grauen, für Satan und die Hölle. Diese Hölle hier musste sie überwinden, koste es was es wolle. Sie würde heraussteigen und nur noch Liebe leben.

Pablo! Der geliebte Name fuhr wie ein glühender Schmerz durch sie. Pablo war das, was sie seit langem gesucht hatte. Er verkörperte das Gute im Menschen.

Eine heiße Welle durchflutete sie. Wut stieg auf und ließ ihr Blut kochen. Was bildeten sich Leute wie Danilo ein, hier Schicksal zu spielen und über andere zu bestimmen. Sie würde ihn umbringen, töten, so wahr ihr Gott helfe. Wie Georg, der Drachentöter, würde sie ihm den Speer in den Rachen rammen und mit Freude zusehen, wie er sich wand und erstickte. Eine Kreatur wie Danilo war wie ein teuflischer Dämon und musste sterben.

Ein Schütteln erfasste sie. Die Kälte und das Grauen krochen in ihren Leib wie unbarmherzige Schlangen. Sie lag auf dem nassen

Boden und bebte. Geht weg ihr kriechenden Monster, ich kann nichts sehen, kann weder essen noch trinken. Ich bin eine leere Hülle, lasst mich, ich kann nicht mehr...

Ingrids Situation wurde von Stunde zu Stunde schlimmer. Sie hatte die Kontrolle über sich nur noch bruchstückweise. Trinken war das erste und letzte, was der Verstand ihr noch mitteilte. In einer Ecke musste Wasser sein. Sie vernahm schon lange kein Plätschern mehr, aber dennoch kroch sie mühsam umher und tastete nach der Nässe, leckte die Tropfen von den Fingern und presste die Lippen an den Boden. Wie oft würde sie das noch schaffen? Den Gestank ihrer eigenen Notdurft bemerkte sie nicht mehr. Sie hatte gekämpft und verloren. Von Schluchzen geschüttelt hatte sie sich gehen lassen. Nun wusste sie nicht mehr wie ihr geschah.

Wie tief konnte ein Mensch, eine Kreatur, sinken? War es noch nicht genug? Wann kam endlich die erlösende Bewusstlosigkeit? Nein, sie musste durchhalten! Es musste Rettung unterwegs sein. Wofür denn? Hatte das Leben überhaupt noch einen Sinn? Viele vertrauten auf eine Bibel und glaubten an einen Gott. Wo war er? Welcher Gott denn? Die Menschen brauchten keinen Gott mehr. Sie hatten alles im Griff. Selbst ihren Tod hatten sie in ihrer eigenen Hand. Aber es wäre schön, an einem hellen Ort zu sterben, wo die Sonne wärmte, Gras wie Tee duftete und das Wasser kühl und frisch über Steine plätscherte. Sie wollte mit ihrem Liebsten über die Wiese laufen, singen und jubeln, wie schön war das Dasein. Sie rannte und rannte immer schneller dem Himmel entgegen, der blau und leuchtend über allem schwebte. Sie konnte fliegen, sich in die Lüfte schwingen wie ein Adler und über die ganze Welt sehen.

Aber der Abgrund kam rücksichtslos und unausweichbar näher. Pablo! Halte mich! Der Sturz war ungebremst. Der Fallwind zerrte an den Kleidern. Es konnte nur noch Sekunden dauern, und doch fiel sie eine Ewigkeit. So kurz war das Staunen über die Liebe. Pablo fiel mit ihr, und das war schön.

Als Ingrid das nächste Mal erwachte, hatte sie jegliche Orientierung verloren. Sie atmete flach und war sich ihres Körpers kaum mehr bewusst, aber wofür sollte sie sich bewegen? Ihr Geist signalisierte, bleibe einfach liegen, deine Glieder sollen ruhen. Ich, dein Bewusstsein, ich bleibe bei dir. Denk an die schönen Stunden die du erleben durftest. Was waren das für herrliche Tage, dort auf der Finca. Erinnere dich an das Bett, die weichen Daunen und wie du aus dem Schlaf erwachtest und Pablo dein Haar liebkoste und dich küsste. Momente des Glücks, wie sie das Leben nur dem Privilegierten schenkt. Sie war für dieses Glück geboren worden. Ein Lächeln umspielte, in der Dunkelheit ungesehen, ihre Lippen, und einen Augenblick sah sie das Paradies.

Wieder ein plötzliches Aufbäumen des Geistes. Ingrid erwachte und fuhr hoch, erstarrte wie eine aufgeschreckte Echse, bereit zur Flucht. Was war das? Nein, es waren nur Phantasien, was denn sonst. Trugbilder und wirre Illusionen, aber da war es wieder. Da war es, nein, keine Fantasien, ein Rumpeln wie ein Beben. Sie wollte schreien, brachte aber kaum ein Krächzen zustande. Hier bin ich, holt mich heraus!

Weit aufgerissene Augen starrten in die Dunkelheit über ihr. Würde endlich der Deckel weichen und Tageslicht herein fluten. Ach, wie sollte sie wissen, ob Tag oder Nacht. Egal. Ja, Nacht wäre besser, denn ihre Augen könnten nach dieser Dunkelheit Tageslicht wohl kaum ertragen. Unwichtig. Vermutlich musste sie in dem Zustand wie sie war, hier hinausgehoben werden. Ein Krankenwagen mit Blaulicht würde bereit stehen, und herrlich warme Decken würden über sie gebreitet werden. Sie sah das Lächeln der Ärztin, die ihr erklären würde, dass jetzt alles gut werde.

Es wird alles gut, signalisierte der Geist und war doch im Irrtum. Angespannt wartete Ingrid auf die Rettung, die doch nicht kam. Vermutlich war irgendein Gefährt vorbeigefahren und hatte bei der Ruine nicht einmal angehalten. Als sie nach geraumer Zeit begriff, dass der Deckel bleiben würde und der Vorbeifahrende längst verschwunden war, bäumte sie sich in einem letzten verzweifelten Versuch auf und schrie sich die Seele aus dem Leib. Sie verfluchte Gott, die Welt und die Menschen. So grausam konnten sie alle doch nicht sein.

Stunden später schreckte Ingrid erneut auf. Das Plätschern schwoll zu einem Rauschen an. Wasser, frohlockte der verwirrte Geist. Wasser! Die Zisterne füllte sich mit Wasser? Lag sie nicht schon im Wasser? Erneut griff die Verzweiflung mit kalten Klauen nach ihr. Der Tod würde noch viel grausamer mit ihr spielen. Er würde das Verließ langsam aber stetig fluten, so lange, bis sie die Kraft verlor, nach den letzten Luftresten unter der Decke zu kämpfen. Ja, war sie überhaupt noch im Stande zu kämpfen? Sie würde mit dem letzten Atemzug das tödliche Element, welches groteskerweise ja eigentlich die Grundlage jeglichen Lebens war, in sich hineinziehen und daran ersticken. – Tod, warum quälst du mich immer noch?

Kapitel 21

Es regnete in Strömen. Pablo starrte versteinert aus dem Fenster und ignorierte Tante Amaras wiederholte Aufforderung zum Frühstück völlig. Seine Gedanken rotierten andauernd wie ein Karussell, bei dem nach jeder Drehung immer wieder das gleiche hölzerne Pferdchen vorbeiholperte. Grinsende Fratzen tauchten im wiederkehrenden Rhythmus auf und verhöhnten ihn für seine bodenlose Ratlosigkeit. Er würde unweigerlich dem Wahnsinn verfallen, wenn er nicht endlich etwas unternehmen könnte. Er musste Ingrid finden, koste es was es wolle.

„Ich fahr' nochmals zur Finca", murmelte er und eilte zur Tür.

„Dein Kaffee!", rief Tía Amara. „Pablo, du solltest zuerst etwas essen."

Ohne eine Entgegnung stürmte Pablo aus dem Haus, rannte durch den Regen, warf sich ins Auto und brauste davon.

„Was soll das?", rief Amara und drehte sich zu Fernando. „Sag doch auch etwas! Der Junge ist ja völlig durcheinander."

„Verständlich", knurrte der Comisario. „Er hat Angst um seine Geliebte. – Hoffen wir, dass er nichts Unüberlegtes anstellt, dort oben."

„Was denn? – Mindestens sucht er sie. Das wäre ja schon mal etwas, statt einfach hier zu sitzen."

„Was will er denn dort oben?", brummte Fernando. „Seine In-grid ist weg, und auf der Finca findet er sie sicher nicht."

„Wer tut denn so etwas? Was steckt da dahinter?", nörgelte Amara ungehalten. „Vielleicht ein Einbrecher, den sie überrascht hatte. Es ist ja auch wirklich verflucht einsam dort oben."

„Ja, schon", grübelte Fernando vor sich hin. „Aber wegrennen und fluchen helfen uns da nicht weiter. – Außerdem, dort im Haus fehlt nichts. Ein Einbruch kann also ausgeschlossen werden. Auch ein Sexualdelikt ist eher unwahrscheinlich, denn kaum jemand wusste von der Deutschen dort oben. – Allerdings, wenn man be-dachte, die Sträflinge hätten durchaus ein solches Risiko sein kön-nen. Aber auf meine Nachfrage beim Verantwortlichen der Strafan-stalt wurde mir versichert, alle Männer des Arbeitstrupps seien ges-tern Abend pünktlich zurückgekommen, und es hätte keine Auffäl-ligkeiten gegeben. Der Coronel wollte umgehend alle nochmals überprüfen. Da erwarte ich aber keine entsprechende Hinweise."

„Ja ja", maulte die Tante. „Und inzwischen liegt das arme Kind irgendwo im Gebüsch und verblutet. Tu doch endlich etwas! Ruf die Polizei, das Militär, ja die ganze verfluchte Bevölkerung müsste auf dieser Insel doch…"

„Was denn!", unterbrach sie Fernando unwirsch. „Die Polizei unternimmt in so einem Fall vorerst rein gar nichts, denn die meis-ten Vermissten tauchen nach ein paar Tagen von selber wieder auf. – Also, lass mich endlich überlegen. – Das Verschwinden der Deutschen muss mit den undurchsichtigen Machenschaften dieser Ausländer zusammenhangen. Einer ist tot, der Andere, dieser Edi aus Arrecife, schlägt Pablo bewusstlos, und Danilo treibt irgendein doppeltes Spiel. Der war schon länger auf Lanzarote als er behaup-tet, und der Tod seines Kumpels scheint ihn auch nicht besonders mitzunehmen. – Ja, wo ist der Kerl überhaupt?"

Wenig später fuhr Fernando vorsichtig die Straße nach Puerto del Carmen hinunter. Die Fahrbahn glänzte glitschig, und die Scheibenwischer ratterten über das Glas. Sie mussten unbedingt ersetzt werden. Leider drängte sich der Ersatz wegen den paar Re-genschauern pro Jahr kaum auf und war meist sofort wieder verges-sen. Als er das Hotel erreichte, blies der Wind nur noch ein paar letzte Tropfen über den Vorplatz, so dass er das Foyer erreichte ohne wirklich nass zu werden.

Scharen von Touristen bewegten sich durch die Halle, was Fernando gerade recht kam. Unbemerkt spähte er zu den Schlüsselfächern und entdeckte, dass derjenige von 308 dort lag. Das hieß, der Gast war außer Haus oder vielleicht im Frühstücksraum. Unschuldig erkundigte sich Fernando bei der Dame am Empfang nach dem Gast Daniel Gasser, bekam aber die Antwort, der Gesuchte sei bereits gestern abgereist.

Der Versuch war also gescheitert. Wo war der Kerl? War er bereits außer Landes? – Kaum, der hatte hier noch einiges am Laufen, und die Finca war ja auch noch da. Wo war die Verbindung? Vielleicht dort am Hafen von Arrecife? Dieser Edi? Es konnte nichts schaden, dem Mann einen weiteren Besuch abzustatten. Immer mehr verdichtete sich das Gefühl, dass Danilo die Antworten zu seinen Fragen hatte, und dass der wusste was mit Ingrid geschehen war. Er musste ihn finden und das schnellstens.

Die Gasse lag verlassen da. Der Regen hatte endgültig aufgehört, und eine träge Feuchtigkeit stieg zwischen den Mauern des Hafenquartiers hoch, ähnlich wie nasse Wäsche darauf wartete, endlich in der Sonne zu trocknen. Fernando wich einer letzten Pfütze aus und näherte sich dem Tor, welches er schon vor einigen Tagen entdeckt hatte. Mittlerweile wusste er, dass dahinter die Wohnung von Edi lag. Das Hafenquartier von Arrecife schien an diesem Vormittag in einer Stille versunken, die eigentlich überhaupt nicht zu einem bedeutenden Handel- und Umschlagsplatz passte. Es war, wie wenn alle müßig auf die nächsten Ereignisse warten würden. Fernando spürte förmlich wie seine Anspannung stieg. Würde er Edi und Danilo dort drinnen antreffen, und wie würden diese reagieren. Vielleicht war es unverantwortlich alleine dort einzudringen. Wer konnte wissen, wie die Gesuchten reagieren würden. Er befingerte sein Handy in der Tasche. Jetzt wäre noch Zeit, Verstärkung zu rufen, vielleicht Inspector Sánchez von Tías, aber ob der einer Aktion in Arrecife zustimmen würde, war fraglich. Pablo war auch keine Hilfe, wer wusste schon, was der jetzt oben auf der Finca trieb. – Er hatte keine Wahl, er musste da jetzt hinein.

Er stieß das Tor auf und trat in den Vorhof. Alles schien wie bei seinem letzten Besuch. Da öffnete sich plötzlich die innere Türe, und Edi erschien. Er mühte sich mit mehreren Tragtaschen ab und stieß die Türe mit einem Fußtritt weit auf. Fluchend stellte er die Taschen auf den Boden. Die schwerste war offensichtlich mit etlichen Getränkeflaschen gefüllt und drohte umzukippen.

„Verdammte…", knurrte er. In dem Moment entdeckte er Fernando. „Was zum Teufel wollen Sie schon wieder?"

Fernando trat näher. „Kann ich helfen?", fragte er automatisch.

„Geht schon", brummte Edi. Dann etwas unwirsch: „Was wollen Sie? Ich habe zu tun."

„Darf ich hereinkommen?", bat Fernando. „Ich habe nur ein paar Fragen."

Edi wand sich. „Kommen Sie schon", entschied er schließlich. „Ich habe nicht alle Zeit. Was wollen Sie eigentlich noch?"

Edi stellte die Taschen neben den Eingang und ging voran. Fernando erhaschte einen flüchtigen Blick auf den Inhalt der Tüten. Neben den Getränkeflaschen lagen Packungen, wahrscheinlich mit Sandwiches, Bocadillos oder Snacks, darin. – Nun, was interessierte ihn das. Er wollte wissen wo Ingrid steckte.

Innen empfing ihn ein einfacher Raum mit Kochnische und einem Esstisch. Wohn- und Schlafraum vermutete Fernando hinter einer weiteren Tür. Ausgenommen einiger Teller und Tassen in der Spüle, war der Raum sauber und aufgeräumt. Nichts deutete auf einen weiteren Besucher hin.

„Eigentlich suche ich Herrn Daniel Gasser", begann Fernando. „Können wir uns vielleicht setzen?"

„Bitte!", antwortete Edi spitz und ließ sich seinerseits langsam auf einen Stuhl sinken. „Danilo ist nicht hier, das sehen Sie doch."

„Ja, natürlich", sagte Fernando zögernd und blickte in Richtung Hintertür.

„Da hinten ist niemand. Wollen Sie vielleicht nachsehen?"

„Nein nein, das ist nicht notwendig. Ich dachte, Danilo, ich meine Herr Gasser, könnte etwas über den Aufenthalt von Ingrid Vogt wissen."

„Warum? Was ist mit der Ingrid? Die ist doch dort oben auf ihrer Finca."

„Sollte sie, ja, aber ist sie nicht." Fernando überlegte fieberhaft, wie weiter? Sollte er wie beim letzten Mal unbarmherzig die Daumenschrauben anziehen, mit Gefängnis und der Guardia Civil drohen, oder sollte er dem Mann etwas mehr Vertrauen schenken und hoffen, dass er sich kooperativ verhalten würde. Er entschied sich für das Letztere.

„Señor Eduardo, ich brauche Ihre Hilfe. Sie waren doch zusammen mit Herrn Gasser oben auf der Finca Magdalena."

Edi wand sich. „Klar, das wissen Sie doch alles. Soll das jetzt ein weiteres Verhör werden?"

„Beruhigen Sie sich", winkte Fernando ab. „Vergessen wir erst einmal diese unschöne Geschichte von voriger Woche. Vielleicht können Sie uns helfen. Ingrid ist spurlos verschwunden. Haben Sie irgendetwas gehört, was uns bei der Suche helfen könnte?"

„Ich habe diese Frau seit jener Nacht nicht mehr gesehen und habe auch nichts gehört. Ich war ja auch ziemlich betrunken und durcheinander, weil der blöde Spanier mir in die Quere kam. Das sagte ich doch alles schon."

„Natürlich", erwiderte Fernando. „Der blöde Spanier ist mein Sohn, wie Sie mittlerweile doch wissen müssten."

„Entschuldigung, es tut mir ja leid."

„Schon gut, ich dachte nur, dass sie damals sicherlich über Ingrid gesprochen haben und über das, was es sich mit diesem Schlüssel auf sich hatte. So ohne Anlass haben Sie doch ihr Zimmer nicht durchsucht."

„Na ja, Danilo hat lange über die Deutsche gelabert. Er war scharf auf sie. Sie habe diesen blöden Schlüssel von Christian und wisse mehr als notwendig. Er würde sie aber schon noch in sein Bett bekommen, die Bahn sei jetzt ja frei, wenn nicht, dann wüsste er da immer noch ein A…Abchile, weiß der Teufel was das sein soll, ein Ausweg vermutlich. – Solches Zeug eben."

Fernando horchte auf und fragte: „Was sagten Sie, Aljibe?"

„Irgend so etwas, ich hab's nicht richtig verstanden."

„Wissen Sie was eine Aljibe ist?"

„Keine Ahnung, mein Spanisch ist nicht besonders. Bin auch nicht sicher, ob ich richtig gehört habe, wir waren ja beide nicht mehr nüchtern. Was soll das denn sein?"

„Das ist nicht Spanisch. Es ist bei den alten Eingeborenen von Lanzarote, den Guanchen, das Wort für eine Zisterne zur Bewässerung der Felder."

„Was zum Teufel meinte Danilo damit? Gibt es denn auf der Finca so etwas?" Woher hat er denn das? Wo ist der Kerl jetzt überhaupt?"

„Ja, wenn wir das wüssten. Hier ist er ja offensichtlich nicht. Oder?

Fernando fischte das Handy aus der Tasche. „Schon gut, einen Moment bitte, ich muss telefonieren."

Mit zitternden Händen tippte er die Nummer ein. Pablo antwortete sofort. Nein, die Gesuchte sei nicht wieder aufgetaucht, berichtete sein Sohn verzweifelt.

„Pass auf!", sagte Fernando. „Ich habe einen Hinweis auf eine Aljibe. Du weißt schon, so eine Zisterne der Bauern. Vielleicht hat er Ingrid in so eine eingeschlossen. – Ich weiß, es ist die vage Aussage eines Betrunkenen, aber immerhin eine Spur. Danilo selber scheint abgetaucht zu sein."

„Eine Spur", stammelte Pablo. „Das ist verrückt, solche Aljibes gibt es auf Lanzarote überall. Wir finden sie nie…"

„Doch", versicherte Fernando. „Wir werden Ingrid finden."

Er war von der eigenen Zuversicht wenig überzeugt, ließ sich aber nichts anmerken und versicherte seinem Sohn, dass er sofort zur Finca kommen werde. Dann verabschiedete er sich mit der Warnung: „Pablo, sei vorsichtig, dieser Danilo ist gefährlich."

Einen Moment herrschte Stille im Raum. Edi war bleich und starrte auf den Tisch. Es blieb Fernando nichts anderes übrig, er musste dem Mann vertrauen. Dieser hatte sich in eine Geschichte verstrickt, aus der er einen Ausweg suchte. Vielleicht konnte er ihm tatsächlich helfen.

„Señor Edi", begann er deshalb. „Wir suchen Ingrid mit allen Mitteln. Hoffen wir, dass wir nicht zu spät kommen. Darum müssen wir jetzt auch diesen Danilo finden. Er könnte uns wahrscheinlich zu der deutschen Frau führen. Haben Sie eine Ahnung wo er sein könnte?"

Leise sagte Edi: „Ja, ich habe viel Scheiße gebaut, aber mit Entführung oder Mord will ich nichts zu tun haben. Danilo hat etwas

Krummes laufen, zusammen mit Sindy, dem Kapitän der Catalina, vielleicht noch mit Anderen, die ich nicht kenne. Er war gestern Vormittag kurz hier und brachte die ganze Bande her, ist dann aber sofort wieder weg."

„Was für eine Bande?"

„Alles Schwarze, große Kerle. Ich dachte vielleicht Bootflüchtlinge. Die haben wir ja öfters hier."

„Danilo hilft Flüchtlingen?"

„Ich weiß es wirklich nicht, der sagt mir ja nichts. Aber versorgen darf ich die Kerle dann schon."

Fernando fuhr auf. „Du weißt wo die sind! Ist Danilo auch da?"

Edi schnaubte. „Gestern kam er noch auf die Catalina und maulte etwas von ein paar verlorenen Flüchtlingen. Die armen Kerle tun mir ja leid, aber Danilo war wütend und stürmte gleich wieder los. Zum Teufel, nein, der Kerl kommt mir nicht mehr ins Haus. – Sie glauben mir doch?"

„Edi, sag schon, wo sind sie?" In der Aufregung nannte er ihn beim Vornamen.

Edi stand auf und sagte: „Die Schwarzen sind nicht weit von hier, aber wo Danilo steckt, das weiß ich wirklich nicht. Kommen Sie einfach mit."

Fernando sprang auf und folgte Edi hinaus in den Hof. Die Tüten voll Proviant warteten dort, Edi griff danach, und Fernando schnappte sich ebenfalls zwei. So beladen verließen sie das Gebäude, überquerten die Straße und bogen um die Ecke in die Calle Foque. Das Gitter war verschlossen und machte den Eindruck eines Gefängnisses. Edi schloss auf. Sie traten in einen kahlen Vorraum. Hinter ihnen schlug das Gitter laut zu.

Es herrschte Totenstille. Eine einzige Tür führte weiter hinein. Edi ging voraus, auf und Fernando blickte in eine große Lagerhalle. Dort lagen oder saßen die Männer und starrten ihnen entgegen. Zum Teil blickten sie ängstlich und verstört, aber auch feindliche helle Augenpaare aus schwarzen, versteinerten Gesichtern starrten sie böse an. Es grenzte an ein Wunder, dass die Männer nicht rebellierten, dachte Fernando. Sie zwei hätten keine Chance gegen die geballte schwarze Macht. Es mussten an die zwei Dutzend kräftige Männer sein.

Auch Edi erkannte die Spannung. „Wir bringen Essen und auch zu Trinken", sagte er rasch und schob den Menschen die Tüten zu. Zögernd erhoben sich die Ersten und kamen näher. Drahtige junge Kerle, schätzte Fernando. Für seinen Begriff sahen Flüchtlinge anders aus, aber wer konnte das wissen…

„Spricht einer von euch unsere Sprache?", wandte er sich an den Ersten. – Keine Antwort.

„Englisch?"

Ein unverständliches Gemurmel ging durch die Gruppe. Inzwischen waren alle auf den Beinen und näherten sich zögernd den Proviant-Tüten. Einer griff nach einer Wasserflasche, öffnete diese umständlich und trank gierig. Weitere folgten seinem Beispiel, und bald fielen sie über die Esswaren und Getränke her, wie wenn sie seit langem nichts mehr bekommen hätten.

„Na also, lasst es euch schmecken!", sagte Edi erleichtert.

Einer der Schwarzen kauerte etwas abseits an der Wand und beobachtete Fernando, während er hastig das Sandwich verdrückte. Fernando ging auf ihn zu.

„Ich denke, Sie haben mich verstanden", begann er. „Wie heißen Sie?"

Es dauerte eine ganze Weile, bis der Mann reagierte. „Akono", sagte er. „Englisch ok!"

„Woher kommen Sie alle?"

„Afrika!", kam die Antwort.

Fernando kauerte sich neben den Mann an die Wand. Der Raum war riesig und wirkte eigentlich nicht wie ein Gefängnis. Über ihnen erhob sich ein Scheddach aus Stahl und Glas, getragen von einer Reihe massiven Eisensäulen. Der Boden war mit Betonplatten befestigt. Alles sah wie eine Fabrikhalle oder eine große Werkstatt aus. Hinten war neben einem Büroverschlag sogar ein Wasch- und Toilettenabteil auszumachen. Wahrscheinlich gab es hier in dieser Gegend nicht wenige solcher leeren Hallen, denn die Wichtigkeit des Güterumschlages dieses Hafens von Arrecife, hatte in den letzten Jahren kontinuierlich abgenommen. Jetzt waren Tourismus und riesige Kreuzfahrtschiffe vorherrschend. Sie verdrängten die traditionelle Rolle des Hafens zunehmend.

„Also, Herr Akono aus Afrika. Wie um alles in der Welt sind Sie hierhergekommen? – Oder anders gefragt, wer hat Sie hergebracht? – Verstehen Sie mich?"

„Ja, verstehen", antwortete der Angesprochene zögernd in gebrochenem Englisch. „Der Mann hat versprochen, Arbeit in Spanien."

„Ihr wollt also immigrieren? – Alle?" Dumme Frage, schalt sich Fernando sofort. Natürlich erhofften alle eine vielversprechende Zukunft in Europa.

„Immigrier…, was ist Immig…?"

„Einwanderung", sagte Fernando. „Na ja, ihr seid also Asylsuchende. Wir werden euch der Polizei und den Behörden übergeben müssen, die werden über das weitere Vorgehen entscheiden."

„Polizei! Nein nein, der Mann hat versprochen, keine Polizei, nach Spanien zu Arbeit." Der Mann sprach schnell und murmelte etwas in einer fremden Sprache.

Fernando schüttelte den Kopf. „So läuft das aber nicht. Wer ist denn dieser Mann, der das verspricht?"

Misstrauische Augen richteten sich auf den Comisario. „Der Mann zu Hause in Kongo, auch der vom Schiff. Ich Name nicht wissen. – Der da ihn kennen." Akono zeigte auf Edi.

Edi reagierte sofort. „Klar, der meint Danilo. Ich weiß nicht, was der den Leuten alles versprochen hat. Tatsache ist, der Lump ist abgehauen, und ich habe die Kerle jetzt am Hals."

Fernando wandte sich erneut an Akono: „Wissen Sie vielleicht wo der Mann jetzt steckt?"

„Nein, ich nicht…", er brach ab. „Englisch nicht gut…", worauf ein Schwall fremder Worte erfolgte.

Die Gruppe wurde zunehmend unruhiger, und Fernando erkannte, dass eine weitere Befragung sinnlos war. Er erhob sich. Außerdem würde er Danilo so nicht finden. Wo denn noch? – Der Kutter Catalina und sein Kapitän, überlegte er sich. Eigentlich auch nicht wahrscheinlich, dass Danilo dort auftauchen würde. Der hatte längst gemerkt, dass er besser von der Bildfläche verschwunden bleiben sollte. Dennoch, der Kerl musste ihm viele Fragen beantworten, ehe er sich verabschieden durfte. Aber im Moment war es höchste Priorität, Ingrid zu finden. Hier konnte er nichts mehr ausrichten, – aber durfte er das Feld einfach diesem Edi überlassen?

„Edi", wandte er sich an seinen Begleiter. „Ich vertraue darauf, dass Sie die Gruppe hier zusammenhalten. Ich werde die Behörden informieren. Die Männer werden wahrscheinlich in ein Lager kommen, und der normale Ablauf der Asylverfahren wird beginnen. Wir wollen nicht vergessen, dass diese Menschen vermutlich Opfer einer Schlepperbande sind."

Edi nickte und sagte: „Also gut, Sie können sich auf mich verlassen."

„Ich muss jetzt los", bestätigte Fernando und verließ den Raum eilig. Hinter sich hörte er noch ein vielstimmiges Gemurmel und die befehlende Stimme von Edi.

Im Auto kamen ihm Zweifel. Während er durch die engen Straßen von Arrecife den Weg zur Schnellstraße Richtung Tías suchte, überlegte er das weitere Vorgehen. Es blieb keine andere Wahl, die Flüchtlinge mussten gemeldet werden. Zuständig dafür war natürlich die Guardia Civil. Coronel Martinez, der Kerl würde toben. Noch zögerte er, aber dann fuhr er an den Straßenrand und wählte die Nummer. Ein Wachhabender meldete sich und erklärte, Coronel Martinez sei außer Haus, ob er vielleicht behilflich sein könnte. Klar, Fernando war erleichtert. Er nannte seinen Namen und meldete eine Gruppe von Flüchtlingen, welche in Arrecife angekommen seien. Er gab die Adresse an und dass es sich um zwanzig schwarze Männer handle. Der Mann am anderen Ende der Leitung war überaus höflich und beeilte sich dem Herrn Comisario zu versichern, man würde sich der Angelegenheit sofort annehmen, und Coronel Martinez würde umgehend mit ihm Kontakt aufnehmen. Fernando konnte förmlich spüren wie der Wachhabende dienstfertig das Formular ausfüllte und sich die weiteren Schritte des Dienstweges überlegte. Fernando bedankte sich und fuhr sofort weiter.

Leise Bedenken, ob er richtig gehandelt habe, beschäftigten ihn während der Fahrt. Konnte er Edi wirklich vertrauen, oder würde der sofort eine Kehrtwende machen, Danilo alarmieren und die Flüchtlinge wegbringen. Sein Instinkt sagte ihm, dass das nicht zutreffen würde, aber war darauf wirklich Verlass?

Anderseits musste er jetzt sofort zur Finca und zu Pablo. Ingrid war immer noch verschollen, und da musste man das Schlimmste befürchten. Wurde sie gefangen gehalten, oder war sie vielleicht schon tot? Pablo musste wie von Sinnen sein, denn das Ganze war eine hoffnungslose Suche und ein Wettrennen mit der Zeit. Angenommen, sie steckte wirklich in so einer Zisterne, dann war sie vermutlich bereits zwei Tage ohne Wasser und Nahrung. Wasser! Verflucht, noch schlimmer, wenn der heutige Regen die Aljibe füllte, dann war sie verloren.

Kapitel 22

Als Fernando auf den Hof einbog, lag die Finca Magdalena still und verlassen da. Nach dem Regen war die Sicht zu den Feuerbergen glasklar, und über den Weintrichtern lag eine Frische, wie wenn die Reben einen prickelnden Tropfen schon zum Voraus verkünden wollten.

Scheinbar war die Arbeitskolonne der Strafanstalt ausgeblieben, und sogar der sonst immer heranstürmende, bellende Hund fehlte. Klar, dass die Häftlinge keine Lust auf diesen Einsatz mehr hatten, nachdem sie auch noch in Verdacht gerieten, in die wirren Ereignissen hier verwickelt zu sein. Pablos Auto stand einsam da. War er im Hause oder irrte er etwa auf der Suche nach Ingrid irgendwo planlos auf dem Gelände umher?

Fernandos Blick schweifte prüfend über die Anlagen der Finca. Nein, dieses Gut besaß keine Zisterne oder ein anderes geeignetes Versteck für ein Entführungsopfer. Selbst die Kellerräume kamen kaum in Frage, denn sie waren leicht zugänglich und wohl die ersten, die man kontrollieren würde. Hier in unmittelbarer Nähe war Ingrid sicher nicht.

Im Haus, im großen Aufenthaltsraum, war niemand, aber von hinten hörte Fernando ein klapperndes Geräusch. Tatsächlich fand er Pablo dort geistesabwesend über einen Laptop gebeugt und auf den Bildschirm starrend.

„Pablo!", schreckte er seinen Sohn auf. „Was zum Teufel treibst du hier?"

„Aljibes", murmelte Pablo abwesend. „Ich suche die Aljibe."

„Ach, am Computer?" Fernando blickte über die Schulter seines Sprösslings und entdeckte eine Karte. „Google-Maps", sagte er zögernd. Dann erfasste er die Idee. „Ja glaubst du, die Zisterne da auf der Karte zu finden?", meinte er zögernd.

Pablo nickte. „Klar, zu den Aljibes gehört im Allgemeinen eine Alcogía, diese große befestigte Fläche, zum Auffangen des Regenwassers. Diese sind auf der Karte hier deutlich sichtbar. Leider sind die Aufnahmen schon ein paar Jahre alt, aber das sollte eigentlich kein Nachteil sein, denn diese Wassersysteme sind weit älter. Es könnte allerding sein, dass das eine oder andere inzwischen zerstört wurde und verschwunden ist. Das wird man erst an Ort und Stelle feststellen können."

„Genial!", rief Fernando. „Dass ich nicht früher darauf gekommen bin."

„Hat dieser Edi denn keine weiteren Angaben gemacht? Wir suchen hier die sprichwörtliche Stecknadel im Heuhaufen, auch wenn ich die Flächen meist deutlich sehen kann, so sind es doch unendlich viele. Wo sollen wir anfangen?"

Fernando schüttelte den Kopf. „Leider war nichts Genaueres aus ihm herauszuholen. Er war sich nicht einmal sicher, ob er das Wort auch richtig verstanden hat. Es könnte genauso gut eine falsche Spur sein – aber wir haben keine andere."

Entmutigt rückte Pablo vom Bildschirm weg und ließ die Arme in einer Geste der Hilflosigkeit hängen. „Das hat doch alles keinen Sinn. Wir vergeuden unsere Zeit, und Ingrid ist vermutlich sowieso schon tot."

„So geht das nicht, mein Sohn", sagte Fernando tadelnd. „Bedenke, während unseren unzähligen polizeilichen Ermittlungen waren wir oft an diesem Punkt angelangt, wo alles hoffnungslos erschien. Und trotzdem machten wir weiter. Es war unsere Pflicht als Polizisten, nicht aufzugeben. Wie viel mehr gilt das doch, wenn es um unsere eigenen Angehörigen und Liebsten geht. Nein, wir geben nicht auf."

Machte er sich selber Mut und belog sich damit, wie auch seinen Sohn. Dieses Plädoyer war doch einfach eine leere Phrase. In Tat und Wahrheit wusste er auch nicht mehr weiter. Das war doch auch der Grund, warum er sich an diese verfluchte Aljibe klammerte. Was sonst konnte er tun?

„Pablo", begann er zögernd. „Wir müssen noch einmal ganz von vorne anfangen. – Da wo diese Ausländer, jeder mit seinen eigenen Plänen, nach Lanzarote gekommen sind. Für Ingrid war diese Finca höchst wahrscheinlich der Grund, weshalb sie auf die Insel kam. Aber war das der einzige? Hatte sie vielleicht mit Christian ein Wissen geteilt, von dem wir nichts ahnen? – Dann zu diesem, ihrem Verlobten. Ja, die Finca gehört Ingrids Eltern, aber war Christian wirklich daran gelegen, eine Finca zu bewirtschaften, eine Aufgabe, von der er übrigens überhaupt nichts verstand? Es ist offensichtlich, dass Christian Sonderegger mit fragwürdigen Plänen, was für welche auch immer, nach Lanzarote kam. Diese gingen dann aber gewaltig daneben."

„Du unterstellst Ingrid, sie wäre in kriminelle Aktivitäten verwickelt. Das kann ich einfach nicht glauben", fuhr Pablo auf.

„Es ist keine Frage, was du glaubst", unterbrach ihn sein Vater. „Tatsache ist, Ingrid hatte oder wusste etwas, was die Pläne der anderen durcheinander brachte. – Damit kommen wir zum nächsten Ankömmling, zu Danilo Gasser. Er scheint mit allen Wassern gewaschen und hat uns nachweislich belogen. Er war schon früher auf Lanzarote, hatte Verbindung zu seinem Landsmann Edi Wiederkehr und zu Sindy Nyasse, dem Skipper des Kutters Catalina. Er scheint irgendwie der Drahtzieher der Machenschaften zu sein. Er ist vermutlich auch für das Verschwinden von Ingrid verantwortlich."

„Wenn ich den Kerl in die Finger kriege…"

„Du wirst nichts Unüberlegtes tun!", schnaubte Fernando. „Such weiter, das ist eine gute Idee mit den Google Karten, fahr hin und sieh nach, organisiere Helfer, du hast doch viele Freunde."

„Die sind schon unterwegs, aber bis jetzt erfolglos. Wir weiten das Gebiet aus, beschränken uns aber vor allem auf die landwirtschaftlich genutzten Gebiete in der Region Tías. Eine Aljibe in Stein- und Lavawüsten gibt es wohl kaum, und macht auch keinen Sinn."

Damit wandte sich Pablo wieder dem Bildschirm und dem Handy zu, rief an und dirigierte seine unbekannten Helfer zur nächsten Zisterne. Er hatte eine große Karte an die Wand geheftet und markierte die bereits überprüften Orte mit roten Stecknadeln, immer in der Hoffnung, dass Ingrid endlich gefunden werde.

Fernando beobachtete das verzweifelte, hilflose Suchen seines Sohnes. Was konnte er nur tun, ihm zu helfen? Müsste er nicht endlich die Polizei einschalten und den ganzen Fahndungsapparat seine Arbeit machen lassen? Ein Gedanke ließ ihn aber nicht los. Danilo, dieser Daniel Gasser, der musste gefunden werden. Der wusste was für Machenschaften hier abliefen und wo sich Ingrid befand. Danilo, den Kerl musste er in die Finger kriegen. Belustigt und verunsichert bemerkte er, dass er ja den von ihm getadelten Ausspruch seines Sohnes wiederholte.

Wortlos verließ er das Haus und warf sich unentschlossen auf den Führersitz seines Autos. Dort blieb er minutenlang sitzen und überlegte. Sie waren in einer Sackgasse. Pablo würde die Deutsche wohl kaum finden, Edi wusste wohl nichts mehr über den Aufenthaltsort von Danilo, und nachdem jetzt die Guardia Civil die Flüchtlinge aufgegriffen hatte, war der Mann mit Sicherheit nicht mehr so kooperativ. Vielleicht hatten die Beamten den Mann sogar gleich eingesperrt.

Langsam fuhr er hinunter nach Puerto del Carmen. Sollte er einfach im El Rondó wieder seiner Arbeit nachgehen und allem anderen seinen Lauf lassen? Schließlich war er im Ruhestand, und die Kellnerei kam eher einem Zeitvertreib gleich und mit Ilona außerdem noch einem sehr angenehmen.

Ilona empfing ihn aufgeregt. „Fernando, wo bleibst du denn? Die Guardia Civil war hier und sucht dich."

„Beruhige dich, meine Liebe", antwortete Fernando. „Das war zu erwarten. „Ich werde mich wohl bei dem Coronel Martinez melden müssen. Eine Gruppe illegaler Flüchtlinge, das ist natürlich sein Metier, und ich hab' die ja gemeldet."

„Querido, sei vorsichtig, mit der Guardia Civil ist nicht zu spaßen, aber das weißt du ja schon."

„Ich fahre besser gleich da hin", entgegnete Fernando und fügte neckisch bei: „Das heißt, wenn mich die Chefin gehen lässt."

„Sei nicht albern, ich habe Angst. Du verstrickst dich da in eine Geschichte mit unvorhersehbarem Ausgang." Sie lehnte sich über die Theke, und der glänzende Blick ihrer dunklen Augen verriet ihre liebende Sorge.

Fernando verließ das El Rondó mit dem Gedanken, was für eine wundervolle Frau sie war, und dass er tatsächlich recht rücksichtslos eine Sache verfolgte, die ihn nichts anging. Er war kein Polizist mehr, und die Angelegenheiten dieser Deutschen sollten ihn eigentlich nicht kümmern. – Oder doch? Sein Sohn liebte diese Ingrid offensichtlich. Er suchte die Frau verzweifelt, und deshalb war es seine Pflicht, ihm zu helfen. Er musste einfach weitermachen, und Ilona würde das auch verstehen.

Die Zeit der Siesta war längst vorbei, als Fernando zum Büro des Coronels geführt wurde. Martinez saß hinter seinem wuchtigen Schreibtisch und winkte den Ankommenden unwirsch zu dem Besucherstuhl.

Es dauerte geraume Zeit, bis er die Akte weglegte und aufblickte. „Aha, Señor Romero, gut dass Sie hier sind. Ich habe mit ihnen zu reden."

„Buenas tardes, Coronel", antwortete Fernando. "Ich bin natürlich sofort gekommen, nachdem ich die Flüchtlinge ja gemeldet habe."

„Danke", antwortete Martinez förmlich. „Wir haben die zwanzig Personen bereits abgeholt. Sie sind in Sicherheit. – Aber ein paar Fragen stellen sich doch noch."

Klar, dachte Fernando. Die stecken jetzt in einem Gefängnis und warten auf ihre Rückschaffung. Laut sagte er: „Bitte Coronel, fragen Sie."

„Wie haben Sie die Leute überhaupt gefunden?"

Fernando holte aus: „Wie Sie bereits wissen, haben wir den inzwischen verstorbenen Christian Sonderegger gesucht, und in diesem Zusammenhang dessen Landsmann Eduard Wiederkehr kennengelernt. Dieser hat mich dann zu den Flüchtlingen geführt."

Martinez überlegte. „Diesen Herrn Wiederkehr, einen Schweizer, den haben wir aber nicht gefunden. Wissen Sie über seinen Aufenthalt Bescheid?"

„Soviel ich weiß, wohnt er an der Calle Puerto Naos 5."

„Da ist er aber nicht."

Fernando war auf der Hut. Dieser Edi war mit Bestimmtheit abgetaucht, denn der hätte sehr unangenehme Fragen beantworten müssen. Steckte er vielleicht irgendwo mit Danilo zusammen? Er war sich aber ziemlich sicher, dass Edi nicht wusste, wo sein Freund sich aufhielt.

Er antwortete deshalb: „Da ist noch ein Schiff mit dem Namen 'Catalina'. Dessen Skipper kennt den Edi. Vielleicht ist er sogar auf diesem Boot."

Martinez knurrte: „Auch da ist er nicht. Wir haben den Kutter Catalina bereits beschlagnahmt und durchsucht. Der Bootsführer Sindy Nyasse ist in Haft. Er wird dringend verdächtigt, die illegale Einwanderung der Flüchtlinge durchgeführt zu haben."

Fernandos Gehirn arbeitete auf Hochtouren. Der Immigranten-Schmuggel war also aufgeflogen. Da blieben aber immer noch der unaufgeklärte Mord an Christian Sonderegger und das Verschwinden von Ingrid Vogt. Was sollte er tun? Die Frau musste gefunden werden und das so schnell wie möglich. Wenn er nun die Guardia Civil einweihte und um Hilfe bat, würde er wahrscheinlich eine riesige Suchmaschinerie in Gang setzen, welche die ganze Insel auf den Kopf stellen würde. Ob Ingrid damit gefunden würde, war nicht sicher, aber dass sie damit in große Gefahr geriet, kurzerhand ermordet zu werden, das war sehr wahrscheinlich. Ja, wenn sie noch am Leben war. Wenn aber nicht, dann brauchten sie auch die Guardia Civil nicht mehr.

Er entschied sich also dagegen und sagte: „Coronel, Sie haben die Flüchtlinge und den Schlepper mit seinem Kutter, ein schöner Erfolg gegen die illegale Einwanderung. Ob da noch ausländische Mithelfer dabei waren, ist schwer zu ermitteln und eine Strafverfolgung auch kaum möglich. – Was geschieht jetzt mit den Flüchtlingen?"

„Die werden umgehend abgeschoben. Was denn sonst?", sagte Martinez steif.

Kapitel 23

Die kalte Nässe weckte sie auf. Wo war sie? Was geschah mit ihr? Alles war nass und klamm.

„Wasser", krächzte sie mit verdorrter Kehle. „Wasser!"

Zitternd und mit letzter Kraft richtete sich Ingrid auf und kroch orientierungslos über den Boden. Das kalte Nass durchdrang ihre Glieder wie Eis, aber Wasser... Wasser... trinken...

Sie schaffte es und sog das lebensspendende Element gierig in sich hinein, um gleich darauf zu würgen und nach Luft zu ringen. Aber sie trank, vertrieb damit die lauernden tödlichen Dämonen und holte ihren eigenen Lebenswillen zurück.

Dann kamen die Erinnerungen und damit auch das Grauen zurück. Sie lag immer noch in diesem scheußlichen, dunkeln Verließ, ohne Möglichkeit zu entfliehen oder gerettet zu werden. Wer schon würde dieses abgelegene Loch finden. Pablo, Fernando? Oder würde Danilo doch noch zurückkommen und sie befreien. War er so ein schlechter Mensch, dass er sie hier unten einfach krepieren ließ. Konnte man sich wirklich derart täuschen? Damals in Winterthur war er doch ganz nett und hatte das Geschäft auch bereitwillig übernommen. Sie war erleichtert gewesen, und ihre Zukunft mit Christian erschien ihr wie ein Traum. Ja, war sie derart naiv auf alles eingegangen, was ihr die beiden Männer versprachen? Christians Antrag war wirklich aus heiterem Himmel gekommen, aber er war Balsam für ihre Seele. Seit sie von zu Hause weg war, hatte sie so etwas wie eine Heimatlosigkeit ergriffen. Winterthur war nun wirklich kein Ort wo man sich aufgenommen und geborgen fühlte. Eine Heimat war ihr die Stadt deshalb auch nie geworden. Es war nur verständlich, dass sie sich für Lanzarote begeisterte und einen neuen Anfang auf dieser kanarischen Insel erhoffte – aber war es auch Liebe zu Christian gewesen?

Hier in dieser Gruft wurde ihr richtig bewusst, dass sie einem Scheinglück nachgejagt war und es nie und nimmer Liebe war. Es wurde auch klar, dass ihrem Verlobten und seinem Freund nicht ihr Wohlergehen wichtig war, sondern dass sie ganz andere Ziele vor Augen hatten. Welche, das wusste sie bis heute nicht, aber da gab es Anzeichen. Die überstürzte Abreise, und dann das Zurückbleiben von Christian mit der zweifelhaften Erklärung er müsse noch auf eine wichtige Sendung warten, das hätte sie aufhorchen lassen müssen. Auch als er ihr dann am Airport, kurz vor dem Abflug, den Umschlag mit dem Schlüssel in die Hand drückte, hatte sie an nichts Böses gedacht. Ein Schlüssel, das war keine Sache. Es war kein Schmuggel- oder Gefahrengut, einfach ein Schlüssel zu einer Tür oder einem Schrank. Sie hatte ihn eingesteckt und nicht weiter darüber nachgedacht. Erst viel später merkte sie, dass es sich dabei um einen Schlüssel für ein Bankfach handelte, und es war auf der kleinen Insel auch nicht besonders schwierig, die entsprechende Bank zu finden. Was für eine Närrin war sie doch gewesen, dass sie dem Polizisten Fernando nichts davon erzählt hatte. Nur, solange Christian noch vermisst war, klammerte sie sich immer noch an eine Loyalität gegenüber ihrem Verlobten und hoffte, dass sich alles ganz normal aufklären würde.

Hier unten in diesem Loch wurde Ingrid bewusst, wie gutgläubig sie gehandelt hatte. Sollte sie nun dafür hier kläglich verrecken? Nein, es galt auszuharren und durchzuhalten. Das eindringende Wasser hatte sie vorerst gerettet, aber es konnte auch ihr unausweichlicher Tod sein. Sie vermutete, dass es eindringendes Regenwasser war, und wenn sich die Zisterne füllte, dann war es um sie geschehen. Noch konnte sie kein weiteres Ansteigen des Wassers feststellen, aber ihre Sinne konnten sie auch täuschen, und die Gefahr bestand weiter. Dann war da auch noch die Möglichkeit, dass das Wasser versiegte und die Zisterne wieder austrocknete. Das galt es zu verhindern, aber wie? Sie musste nachdenken! Ein solches Sammelbecken machte doch nur Sinn, wenn das Wasser auch gebraucht werden konnte. Es musste deshalb irgendwo ein Abflussrohr sein. Hatte sie ein solches gesehen? Sie konnte sich nicht erinnern. Die Wände waren doch alle glatt verputzt. Wo war das Loch? Hatte sie noch die Kraft danach zu suchen?

Obwohl ihr alle Sinne rieten einfach liegen zu bleiben, raffte sich Ingrid auf und kroch die Wand entlang. Sie tastete die Ecken ab und kroch weiter. Immer mühsamer wurde die Suche. Sie sank zusammen, trank vom Wasser, welches den Boden nur noch ein paar Zentimeter bedeckte. Sie raffte sich erneut auf und kroch mühsam weiter.

Ingrid hatte keine Ahnung wie lange sie schon suchte. Ihre Kräfte verließen sie, und die Pausen wurden immer mehr und länger. Dann plötzlich fand sie die Stelle in der Ecke. Sie tastete das Loch ab und stellte fest, dass das Wasser hier tatsächlich gurgelnd ablief. Sie versuchte verzweifelt das Loch mit der Hand zu verschließen. Unmöglich! Sie brauchte etwas um es zu stopfen, irgendeinen Pfropfen. Ihre Jeanshose! Es dauerte eine Ewigkeit, bis sie sich des Kleidungsstückes entledigt hatte, aber es funktionierte. Das Gurgeln versiegte. Nun saß sie im Slip an der Wand und brach hysterisch in ein gleichzeitiges Lachen und Schluchzen aus. Erneut brach die Dunkelheit wie ein Dämon über sie herein und ließ sie zusammenbrechen. Die verzweifelte Aktion würde sie kaum retten, höchstens das Ende hinauszögern. Suchte sie den keiner? Ja, vermisste sie überhaupt jemand? – Pablo, wo bist du?

Ingrid hatte jegliches Zeitgefühl verloren. Sie saß an eine harte Steinwand gelehnt und fror erbärmlich. Sie hatte keine Ahnung wie lange sie schon hier drin ausharrte. Jede Sekunde wurde zur Minute, jede Minute zur Stunde. Wie lange dauerte eine Minute überhaupt, wie lange eine Stunde… ein ganzer Tag? Es herrschte pechschwarze Finsternis und Ungewissheit.

Was war denn so falsch gelaufen, dass sie in solch eine Situation geraten konnte? Warum gerade sie? Ihre Gedanken drehten sich im Kreise, ohne Sinn und ohne anzuhalten. Wo war ihr Leben aus den Fugen geraten? Sie war unfähig den Wirbel anzuhalten, noch zu entwirren. Alles drehte sich im Moment um ihr Überleben. Wie kam sie hier wieder hinaus, wer konnte ihr helfen, wer würde sie finden? Man musste sie finden! Mit dem Wasser hatte sie eine gewisse Chance noch etwas weiter durchzuhalten, aber wie lange! Ohne Nahrung gewiss auch nicht sehr lange. Vielleicht ein paar Tage, eine Woche? Würde das reichen, und würde man überhaupt so lange nach ihr suchen? – Gewiss, Pablo würde nicht aufgeben, würde sie nicht im Stich lassen. Hoffnung keimte kurz auf, um dann wieder in Verzweiflung zu verkümmern, wie ein Pflänzchen ohne Wasser. – Das Wasser, immer noch saß sie in dieser ekligen kalten Nässe und fror bedenklich. Es war genauso lebensnotwendig, sich vor der schleichenden Kälte zu schützen. Ihre Sinne gaukelten ihr einen trockenen warmen Ort vor, aber wo konnte in diesem Verließ ein Flecken trocken sein? Eine Bodenerhöhung war die Antwort. Dieser Bau war mit Sicherheit wenig professionell erstellt worden, so dass der Boden kaum wirklich waagrecht sein dürfte. 'Suche die hohe Stelle!', befahl ihr der gemarterte Geist.

Wieder kroch sie durch die Dunkelheit, stieß gegen eine Wand und tastete umher. Ja tatsächlich, da war eine Stelle. Sie war zwar nicht trocken, aber doch nicht überflutet. Ingrid lehnte sich erschöpft gegen die Wand, zog die Knie hoch und umfasste mit den Armen die Beine. So zusammengekauert versuchte sie der Kälte und ihrem Zittern Herr zu werden. – Wie lange konnte ein Körper so eine Tortur aushalten…?

Irgendwann driftete ihr Geist davon, und sie nickte ein. Scheußliche Traumbilder wechselten sich mit fröhlichen Szenen ab. Als kleines Mädchen schwebte sie über die Häuser. Eine Schaukel im Garten, Girlanden und Kerzen auf einem Kuchen. Sie hatte Geburtstag, der Kuchen gehörte ihr. Nur ihr! Aber er quoll auf, die Schokolade platzte auf, und riesige Würmer krochen heraus, nein, es waren die Kerzen, sie kippten und erloschen zischend wie Fackeln im See. Der Kuchen zerfiel in riesige Stücke, gigantisch, zu groß zum Verschlingen. Sie würgte und schluckte verzweifelt. Der Hunger quälte sie wie eine Würgeschlange, aber die Brocken waren einfach zu groß. Magen und Darm rebellierten schmerzhaft ob solcher Tortur. Ingrid schreckte hoch, kauerte sich noch enger zusammen und stöhnte. Der Hunger quälte sie. Sie schöpfte eine Handvoll

Wasser zum Munde und trank würgend. Das Nass stank wie eine Kloake, verschmutzt von Erde und Kot. Dann hörte sie wieder das Rauschen und Gurgeln. Vermutlich regnete es erneut, und die Zisterne füllte sich langsam. Der Wasserspiegel schien zu steigen. Sie war zu schwach, um erneut zum Ablauf zu kriechen und den Überschuss an Wasser abzulassen. Es war ja auch egal. Vielleicht wäre es einfach, sich ins Wasser zu legen und zu ertrinken. Sie hatte keine Ahnung wie das wäre. Kämpfte man da nicht um den letzten Atemzug? Und wie wäre es dann, wenn sich die Lungen mit Wasser füllten, erfasste einem dann die gnädige Bewusstlosigkeit oder war es ein elender, erbarmungsloser Kampf, bis der Geist wirklich aufgab und dem Tod die Türe öffnete.

In völliger Teilnahmslosigkeit kauerte sie da und wartete auf das Ende. Viele behaupteten, beten würde helfen. Jetzt betete sie zu einem Gott, den sie nie kennengelernt hatte, ja eigentlich auch nie kennenlernen wollte. Durfte sie auf seine Hilfe hoffen? – Großer Gott, vergib mir meine Sünden und erlöse mich von dem Bösen! Ohne zu wissen, betete sie so wie die Christen es seit Ewigkeiten tun. Mit diesen Worten versank sie erneut in einen Zustand zwischen Schlaf und Bewusstlosigkeit.

In der kargen Einöde, welche sich von Tías bis hinunter nach Puerto del Carmen erstreckt, steht ein Gebilde aus Lavablöcken, Brettern und Wellblech. José Manuel Gomez, der Bewohner dieser Hütte, hatte rund um sein Grundstück einen Hag aus alten Paletten und Harassen errichtet und die Einfahrt mit einer schweren Kette gesichert. In seiner Abgeschiedenheit zwischen großen Felsbrocken, wuchernden Agaven und wilden Kakteen, zog er in einem Lapilli-Feld Bohnen, Zwiebeln und Pfefferschotten. Zwei struppige Hunde lagen schläfrig auf dem ausgeebneten Vorhof und blinzelten in die Sonne. Wie oft auf Lanzarote, herrschte nach dem kurzen Regenguss ein grelles Sonnenlicht und überzog die Landschaft mit einem glänzenden Schleier. José saß auf seinem alten Korbsessel und blinzelte in die Helle. Er war mit einer kurzen Hose und einem alten, einmal weißen, ärmellosen Shirt bekleidet. Seine ausgebleichten langen Haare hatte er zu einem Knoten zusammengebunden, und auf seinem Gesicht lag eine Zufriedenheit, die an jemanden erinner-

211

te, der sich von all dem Stress der Menschheit verabschiedet hatte und hier in der Einsamkeit seinen Frieden gefunden hatte. Tatsächlich lebte er, zusammen mit seinen Hunden, seit einigen Jahren hier auf seinem Grundstück und war zufrieden mit sich und der Welt. Das Land war natürlich in keinem Katasteramt auf seinen Namen registriert, aber das störte niemanden. Es gehörte eigentlich zu der großen Finca weiter oben, welche vor vielen Jahren aufgegeben worden und jetzt am verfallen war. Tatsache war, dass sich in dieser kargen Gegend die Landwirtschaft nicht mehr lohnte. Nur ein paar Unentwegte bearbeiteten drüben, auf der anderen Seite der staubigen Piste, noch ein paar Felder und betrieben viel Aufwand mit der Bewässerung. José hatte Glück, er benutzte die alte Leitung der ehemaligen Finca, so dass seine Pflanzen recht gut gediehen.

Um diese Jahreszeit, im Winter, regnete es manchmal, und die Aljibe dort oben füllte sich mit Wasser. Er erhob sich und schlenderte zu seinem Kunststoff-Tank, den er oben bei der Einfahrt platziert hatte. Seine Hunde folgten ihm aufgeregt ob der unerwarteten Abwechslung. Sie umkreisten ihn und bellten freudig.

„Vasco, Chico, ruhig!", schalt er seine Gefährten und gab ihnen einen freundschaftlichen Klaps. „Ja ja, ich weiß, ihr wollt etwas zu fressen. Nun wartet schon!"

Er hob den Deckel der Tonne und hielt inne. Komisch, da kam kein Wasser. Es hatte vor einer Stunde doch kräftig geregnet, und hier lief kein Tropfen? Er rüttelte am Rohr. Die Leitung musste verstopft oder gar gebrochen sein. Nur das nicht! Er hatte kein Geld für Reparaturen. Eigentlich konnte das warten, die Tonne war ja noch halb voll. Er schmiss den Deckel wieder zu und wandte sich brummend ab. „Mierda, Scheiß Leitung! Musste das jetzt sein?"

Zurück in der Hütte füllte er die Näpfe der Hunde mit Futter und beobachtete eine Weile, wie sie sich darüber hermachten. Ja, das Futter kostete, auch wenn er das billigste besorgte, aber seine Beiden sollten nicht hungern. Sein eigenes Mittagessen bestand aus einer faden Suppe, aus Bohnen und Möhren. Unlustig löffelte er sie und dachte unentwegt an die ausgefallene Wasserversorgung. Er erinnerte sich gut an die Situation vor drei Jahren, als der Regen ausblieb und seine ganzen Felder vertrockneten. War es wieder einmal soweit? Es ließ ihm keine Ruhe, er musste herausfinden wo das Problem war. Vielleicht war dort oben etwas ins Rohr geraten und verstopfte dieses. Was wusste man denn, was da alles in dieser Grube lag.

Ingrids Sinne schwebten lautlos durch Zeit und Raum und drehten sich wie eine ferne Galaxie in der Unendlichkeit des Alls. Es war ein schönes, befreiendes Gefühl. Vor Stunden war sie in diese Dämmerwelt abgedriftet, nachdem sie sich lange dagegen gewehrt hatte, sehr wohl ahnend, dass dieses Loslassen auch das Ende bedeutete. Aber irgendwann war der Wille besiegt, und sie driftete davon. Sie wurde wie auf Flügeln in eine herrliche Unendlichkeit hineingeleitet und schwebte glücklich dahin. Dann aber wurde dieser Friede gestört. Grollender Donner krachte durch die Ewigkeit, und ein strahlender Blitz fuhr durch die Dunkelheit. Wie das Jüngste Gericht durchfuhr es sie, die Augen aufreißend. Das blendende Licht schoss ihr in die Augen, und die Lider wehrten sich sofort reflexartig. Was war das? Warum wurde sie derart brutal aus dem Frieden ihrer Reise durch die Ewigkeit herausgerissen.

Langsam erwachte sie aus der bleiernen Besinnungslosigkeit und erkannte hoch über ihr die gleißende Öffnung. Etwas fuhr ratternd herunter, und ein schwarzer Schatten kam näher. Ihr hilfloses Krächzen ging im Gepolter und Aufspritzen unter, als die Erscheinung von der letzten Sprosse sprang. Erschrocken blickte José um sich, als er die zusammengekauerte Gestalt entdeckte.

„Santa Maria!", entfuhr es ihm. „Was zum Teufel machen Sie denn hier?"

Er bückte sich über die Frau und erfasste langsam ihre bedrohliche Situation. Sie schien mehr tot als lebendig und lag hilflos in der kalten Brühe, in der auch er stand.

„Pablo...", murmelte sie schwach.

„Nein, ich bin José", antwortete er. „Ich hole dich da raus. Halte durch."

Hilflos und verwirrt schaute er sich um, bevor er erkannte, dass er alleine die Frau kaum aus der Grube bergen könnte. Er brauchte Hilfe. Wie kam die überhaupt da hinein? Egal, er musste Helfer hohlen.

„Ich geh' jetzt und hole Hilfe!" Er schrie vor Aufregung. „Bleibe ruhig, wir sind sofort bei dir."

Schon beim Hochklettern verfluchte sich José, dass er kein Handy besaß. Wofür auch, er brauchte keines, aber jetzt... Er musste zu Fuß hinauf zum Ort. Ohne Zögern rannte er los. Verdammt, das war doch nicht möglich! Die Frau lag im Wasser der verschlossenen Zisterne! Die hatte sich doch da nicht selber eingelocht. Das war eine Sache für die Polizei. Hoffentlich kam er damit nicht auch noch in Schwierigkeiten...

Die erste Person, die er antraf, war ein junger Mann. Er rempelte ihn unsanft an: „Dein Handy! Komm schon gib' her, wir brauchen die Polizei!"

Es dauerte aber noch über einer halben Stunde, bis die Rettung endlich anlief und Ingrid auf dem Wege zum Krankenhaus war. Inspector Javier Sánchez, der kurz nach der Ambulanz auftauchte, war äußerst verständnisvoll und lobte den nervösen José für seine raschen und richtigen Maßnahmen. Er telefonierte umgehend seinem Freund Fernando, dass die Vermisste endlich gefunden sei.

Kapitel 24

Das Krankenhaus 'Hospiten Lanzarote' liegt etwas oberhalb von Puerto del Carmen. Dorthin wurde Ingrid nach einer kurzen Fahrt gebracht, und es dauerte nicht lange, da erschienen Pablo und Fernando und erkundigten sich nach dem Befinden der Patientin.

„Sie wird gerade untersucht", bekamen sie die logische Antwort und die Beiden wurden gebeten zu warten.

„Ich muss aber zu ihr!", beharrte Pablo und drängte an der Schwester vorbei.

Fernando hielt seinen Sohn auf und sagte: „Pablo, bitte, sie ist in Sicherheit. Wir müssen warten."

Pablo warf sich widerstrebend auf einen Stuhl an der Wand und barg sein Gesicht in den Händen. Sein Körper bebte. „Wie kann jemand nur so etwas tun. Sie muss Qualen gelitten haben..."

„Beruhige dich", sagte Fernando. „Sie ist gerettet und wird die Sache überstehen. Sie ist jung und stark, und in ein paar Tagen ist sie wieder hergestellt."

„Hör' mit den Prophezeiungen auf! Sie war viel zu lange dort drin, in diesem Loch, und wir wissen nicht wie sich das..."

Fernando unterbrach ihn: „Aber du warst auf dem richtigen Weg. Die Idee mit den Aljibes war genial, und du hättest sie früher oder später gefunden."

„Wohl eher zu spät und tot", murmelte Pablo. „Wenn nicht dieser Mann... Wie hieß er gleich? Wenn der nicht zufällig nach seinem Reservoir geschaut hätte, dann..."

„Der Mann heißt José Gomez, ein Aussteiger in der Pampa, aber mit gutem Verstand und Herzen. Kannst ihm später ja einmal danken."

Ärzte und Schwestern eilten vorbei, und die Zeit verging für die Wartenden zäh wie erkaltende Lava. Mehrmals wollte Pablo aufspringen, aber sein Vater hielt ihn zurück. Er verstand den Jungen nur allzu gut. Wie würde er wohl reagieren, wenn Ilona dort drinnen liegen würde? Er wäre wohl zu allem bereit. Es war einfach erstaunlich, wie Gefühle einen Menschen antreiben konnten. Manchmal fragte sich Fernando, ob die Emotionen die nachfolgenden Taten oft einfach nicht mehr kontrollierbar machten. Während seiner Zeit als Polizist hatte er oft erlebt, dass Verbrechen begangen wurden, welche im Nachhinein völlig unrealistisch, ja übertrieben, erschienen, einfach weil der Täter sich nicht mehr unter Kontrolle hatte. Gefühle wie Liebe, Freundschaft, Treue, Verbundenheit und Zuneigung waren doch das, was das Leben lebenswert machte. Daraus entstandene Untaten waren nicht zu entschuldigen, aber irgendwie doch verständlich. Ganz anders war es bei Absicht, Berechnung und Hass. Dort war das Böse im Spiel, und dafür kannte er keine Gnade.

Seine Gedanken wurden unterbrochen, als Inspector Sánchez eilig den Korridor entlang kam. Er steuerte direkt auf die beiden Wartenden zu.

„Hola!", begrüßte er sie und fragte gleich weiter: „Wie geht es ihr, was sagen die Ärzte?"

„Das wissen wir auch noch nicht so genau", antwortete Fernando. „Es scheint aber nicht so schlimm wie es aussah. Ingrid war bei der Ankunft hier bei Bewusstsein, aber schwach."

„Na ja, so etwas geht nicht spurlos vorbei. Ist sie ansprechbar?"

„Das wollten wir auch wissen, aber noch durften wir nicht zu ihr. Pablo wartet dringend darauf."

„Verstehe", sagte der Inspector. „Ich möchte die Frau natürlich ebenfalls sprechen, sobald möglich. Sie kennt vermutlich den Täter, und den möchten wir befragen."

„Das ist doch völlig klar!", rief Pablo. „Es ist dieser Danilo, der Hund wollte sie ermorden."

„Pablo, mach keine voreiligen Anschuldigungen!", warnte Fernando.

Sánchez brummte: „Richtig, natürlich deuten die Indizien auf den Ausländer hin, aber beweisen können wir bis jetzt nichts. Der geschlossene Deckel der Zisterne deutet klar auf eine Straftat hin. Sie kann ja unmöglich selber die Luke von innen geschlossen haben. Die Spurensicherung hofft auf entsprechende Hinweise. Die sind noch an der Arbeit. Mittlerweile fragen wir uns schon, wo dieser Danilo eigentlich steckt."

„Habt ihr bereits eine Fahndung laufen?", wollte Fernando wissen, wurde aber unterbrochen durch einen Arzt im weißen Kittel, der sich ihnen zuwandte.

„Sind sie die Angehörigen von Señora Vogt?"

„Kann ich zu ihr?", rief Pablo und sprang auf. „Ich bin ihr Freund."

„Ihr Verlobter?", zweifelte der Arzt.

„Nein, aber…"

„Inspector Javier Sánchez, Policía National", mischte sich der Inspector ein und präsentierte seinen Ausweis. „Wir müssen Frau Ingrid Vogt in einer Ermittlung sprechen. Bitte bringen Sie uns zu ihr."

„Gut", lenkte der Arzt ein. „Sie ist aber noch sehr schwach und braucht dringend Ruhe. – Bitte folgen Sie mir."

Sie betraten den Lift, fuhren ein Stockwerk hoch und durchquerten einen langen Gang zu einem hellen Einzelzimmer.

Der Arzt hielt sie auf und sagte: „Bitte nicht länger als zehn Minuten. Wie ich schon sagte, die Patientin braucht Ruhe. Sie ist geschwächt, dehydriert und unterkühlt, aber die Aussichten für eine Genesung sind gut. Es sind kaum bleibende Schäden zu befürchten. Nochmals, sie braucht jetzt Ruhe."

„Vielen Dank Herr Doktor", sagte Fernando. Wir bleiben nicht lange. Nochmals Danke."

Pablo drängte zum Bett. Zwischen den schneeweißen Laken lag die Frau, welche er bedingungslos liebte und die er nie mehr allein lassen würde. Sie erschien so klein, fast wie ein Kind, mit bleichem

Gesicht und spitzer Nase. Ihre blonden Haare lagen wirr auf dem Kissen, und die Augen, umrandet von dunklen Ringen, hatte sie geschlossen. Sie schien die Ankömmlinge nicht zu bemerken, atmete aber ruhig und regelmäßig.

„Querida, Ingrid, ich bin's Pablo. Ich bleibe bei dir, jetzt wird alles gut…"

Ingrid öffnete die Augen, und ein scheues Lächeln umspielte ihren Mund. „Pablo". Und in diesem Wort lag all ihre Liebe.

Auch Fernando drängte nun näher. Seine Stimme krächzte verlegen: „Hallo! – Wie geht's?"

Ein leichtes Nicken war ihre Antwort.

„Das ist Inspector Sánchez. Sie kennen ihn ja bereits, er hat ein paar Fragen. Fühlen Sie sich stark genug für ein paar Antworten?"

Wieder ein schwaches Nicken. „Bitte!"

Sánchez trat näher. „Señora, erinnern Sie sich wer Sie entführt hat, und wo waren Sie da?"

„Zu Hause", flüsterte sie. „Danilo…"

„Also doch!", rief Pablo. „Dieser Schweinehund!"

„Pablo, bitte beruhige dich!", mahnte Fernando.

Sánchez fragte weiter: „Wie kamen Sie zu dieser Zisterne?"

„Auto."

„Wurden Sie gezwungen einzusteigen?"

„Nein, erst später…"

„Können Sie sich erinnern was für ein Auto das war? Die Marke, das Kennzeichen."

Ingrid überlegte. „Mit Autos kenne ich mich nicht aus", brachte sie mühsam an.

Fernando griff ein. „Javier, ich denke, es ist genug für heute. Wir sollten Ingrid jetzt in Ruhe lassen."

„Nur noch eine Frage", bat der Inspector. „Mit was hat Danilo Sie bedroht? Hatte er eine Waffe?"

Ingrid war erschöpft, und die Antwort war kaum hörbar: „Pistole, er hatte eine…"

„Genug!", befahl Fernando. „Wir werden jetzt gehen. Vielen Dank Ingrid und gute Genesung."

Sie hatte die Augen bereits geschlossen und schien eingeschlafen zu sein. Leise entfernten sich die Männer. Draußen blieb Pablo stehen und sagte: „Ich bleibe bei ihr."

„Das wird nicht notwendig sein", versicherte der Inspector. „Wir werden zur Sicherheit eine Wache vor der Tür platzieren, aber ich denke, dieser Danilo wird hier kaum mehr auftauchen. Es scheint eher wahrscheinlich, dass er sich so schnell wie möglich ins Ausland absetzt, sobald er von der Rettung seines Opfers erfährt."

Inspector Sánchez verabschiedete sich mit der Entschuldigung, er müsse zurück zum Büro, die Fahndung nach dem Täter einleiten und die notwendigen Berichte schreiben. Er wünschte einen guten Abend.

Pablo wollte zurück ins Krankenzimmer, aber Fernando hielt ihn zurück. „Lass gut sein Pablo. Sie braucht jetzt ihren Schlaf und darf nicht gestört werden. – Außerdem, wir haben zu tun."

„Was gibt es denn jetzt Wichtigeres als Ingrid? Sie braucht mich jetzt dringend."

„Natürlich mein Sohn, aber gib ihr erst einmal etwas Ruhe. Du kannst morgen wieder herkommen."

Widerwillig ließ sich Pablo nach draußen dirigieren. Als sie im Auto saßen, herrschte für einen Moment eiserne Ruhe. Fernando hatte sich etwas zurechtgelegt und versuchte nun seinen Sohn zu überzeugen.

„Im Moment scheint die Sache ausgestanden, und Ingrid ist in Sicherheit. Aber die Sache stinkt gewaltig. Wir wissen immer noch nichts über das Motiv für all die Vorkommnisse. Irgendetwas ist so brisant, dass sich die Akteure zu solchen Taten hinreißen lassen. Der Einzige, der Licht ins Dunkel bringen kann, ist dieser Danilo, und deshalb müssen wir den finden."

„Das tut doch dieser Sánchez schon, mit seiner Fahndung", maulte Pablo genervt.

„Sicher, aber ob mit Erfolg?", entgegnete Fernando. „Sie werden den Flughafen und die Fähren überwachen, ein paar Streifen losschicken, und das war's dann auch schon. Ich kenne deren Ressourcen und weiß wie bescheiden die sind."

Pablo schüttelte den Kopf. „Und jetzt, was schlägst du vor?"

„Das Auto! Da müssen wir anfangen. Vielleicht hat es jemand gesehen. Du weißt ja, unsere lieben Landsleute spähen gerne durch ihre kleinen Fensterchen und beobachten die Straße. – Also fangen wir gleich morgen früh oben bei der Finca an."

Die Idee war nicht schlecht. Gleich als sie bei den alten Häusern in der Nähe der Ermita Magdalena nachfragten, erinnerte sich ein Mütterchen an das Auto des Fremden vor ein paar Tagen. Sie erinnerte sich, dass es weiß war und auf der Seite ein grünes Logo aufwies. Ein Mietauto also, aber Marke und Kennzeichen, das war dann doch zu viel verlangt.

„Na also!", triumphierte Fernando. „Es kann nur ein Auto der Firma 'PlusCar' sein."

„Von denen gibt's aber hunderte auf Lanzarote", wandte der Sohn ein. „Allerdings, auch die haben bereits EDV, und ihre Mieter sind mit Sicherheit in einer Datei registriert. Es müsste ein leichtes sein, einen Schweizer Mieter ab vorige Woche zu finden. Vermutlich haben die sogar ein Positions-System installiert, mit dem sie die Wagen jederzeit orten können."

Fernando grinste. „Na also, aus dir würde sogar ein ganz passabler Polizist werden. Klemm' dich dahinter und finde das Auto und den Fahrer."

„Mach ich Papá! Aber zuerst sehe ich nach Ingrid, und wenn ich dann den Kerl erwische…"

„Du machst gar nichts!", rief Fernando alert. „Du hast ja erlebt, was mit solchen geschieht, die sich einmischen. Melde dich einfach, wenn du ihn findest. Ich muss wieder einmal meiner Arbeit im El Rondó nachgehen. Du weißt also, wo ich zu finden bin."

„Ja ja, ich weiß, bei deiner Ilona", konnte sich der Sohn nicht verkneifen.

Kapitel 25

Gegen sieben Uhr bricht auf Lanzarote die Dunkelheit innert weniger Minuten herein. Der Himmel leuchtete ein letztes Mal gleißend auf, und die Sonne färbte die kleinen Wolkenfetzen über dem westlichen Horizont in warmes Orange und feuriges Rot. Der Wind, ein ständiger Begleiter auf der Insel, legte sich, wie wenn es Zeit währe um sich zur Ruhe zu begeben.

Irgendwie schien sich auch das Lokal unten am Hafen diesem Rhythmus anzupassen, und es herrschte an diesem Tag, um diese Zeit, kaum mehr Betrieb im El Rondó. Das kam Fernando gerade gelegen. In den letzten paar Tagen hatte er kaum Zeit für ein paar Worte mit Ilona. Die Touristen strömten in Massen auf die Insel und stürmten das Lokal. Sie tranken Bier, schlürften am Kaffee und probierten die vielen köstlichen Tapas. Die Kellner hatten alle Hände voll zu tun, der Lärmpegel stieg, und fröhliches Gelächter widerhallte in dem großen Raum, so dass eine vernünftige Unterhaltung unmöglich wurde.

Heute, nach sieben Uhr, war nun endlich Ruhe und Fernando lehnte etwas erschöpft an der Theke. Ilona schob ihm verstohlen ein Glas Bier hin und lächelte zufrieden.

„Danke, meine Liebe", raunte Fernando, nahm einen kräftigen Schluck und wischte sich den Schaum vom kurzen Schnurrbart. „War ein hektischer Tag, heute."

„Si claro, ich bin zufrieden", antwortete Ilona. „Aber auch du hast es geschafft. Die Geschichte mit deiner deutschen Freundin ist jetzt wohl abgeschlossen."

Fernando wand sich. „Erstens ist es nicht meine Freundin", entgegnete er, „und zweitens bin ich nicht so sicher, dass der Fall gelöst ist."

„Was denn noch?", kam es etwas vorwurfsvoll über die Theke. „Kommt jetzt noch die Hochzeit?"

Grinsend entgegnete Fernando: „Da liegst du vielleicht nicht so falsch. Diese Deutsche und mein Pablo…"

„Na klar, die Jugend… Aber jetzt im Ernst, was meinst du damit, der Fall sei noch nicht gelöst."

„Da sind noch viele offene Enden", sagte Fernando. „Der Tod von diesem Christian ist nicht geklärt, die Absichten von Danilo sind alles andere als vertrauenerweckend, und die Angelegenheit mit den Flüchtlingen am Puerto Naos ist auch nicht sauber."

„Aber das sind doch Angelegenheiten welche die Polizei erledigen sollte."

„Genau, du sagst es, sie sollten." Fernando beugte sich vor. „Christians Tod behandeln sie als einen Unfall, die Flüchtlinge sind aufgebracht und werden schnellstens abgeschoben. Und der Danilo ist vermutlich bereits außer Landes. Damit ist die Arbeit der Beamten erledigt."

„Und was willst du jetzt noch erreichen? – Das Schicksal der Deutschen und das von Pablo sollten uns eine Lehre sein. Es ist zu riskant, da noch weiter zu wühlen."

Fernando nickte. „Genau das ist es, bevor alles aufgeklärt ist, bleibt die Gefahr. Wir müssen einfach vermehrt aufpassen."

„Du sprichst wie ein Polizist! Bist du aber nicht mehr, denk' daran! Ich habe Angst…"

„Brauchst du aber nicht. Ich werde vorsichtig sein, und wir gehen die Sache gemeinsam an."

Ilona horchte auf. „Was in Gottes Namen hast du nun wieder ausgeheckt?"

Fernando blickte sich um, aber es war niemand da, der etwas hören könnte. „Pass auf, Pablo ist auf der Spur des Autos von Danilo, ein Mietwagen, der eigentlich leicht zu finden sein sollte. – Wir werden uns nochmals am Hafen von Arrecife umhören. Der Kutter Catalina und die Flüchtlinge scheinen irgendwie mit der Sache verknüpft zu sein. Ich möchte zu gerne wisse wie."

„Du meinst, wir sollten nochmals mit dem Hafenmeister sprechen, vielleicht auch mit dem Skipper der Catalina?"

„Genau", bestätigte Fernando. „Du kennst dich am Puerto Naos aus, und vielleicht nehmen wir uns diesen Edi auch nochmals vor. Wie wär's, gleich morgen früh?"

„Gut, ich komme mit. Aber um zehn Uhr muss ich wieder zurück sein. Das Lokal hier läuft nicht von alleine."

Bei Sonnenaufgang waren die Beiden bereits in Arrecife. Sie stellten das Auto auf der Avenida de Naos ab und gingen zu Fuß zum Eingang der Hafenanlage.

Juan Rodriguez, der Mann im Torhaus, fuhr hoch, als sie an die Scheibe der Eingangstür klopften. „Sie schon wieder!", brummte er, als er Ilona entdeckte. „Was wollen Sie denn jetzt in aller Früh wieder?"

Ilona grüßte und stellte Fernando vor: „Das ist Comisario Romero. Wir möchten gerne nochmals einen Blick auf die Catalina werfen, wenn Sie gestatten."

„Ja, warum nicht", sagte der gestörte Beamte. „Die waren ja schon mit einem Großaufgebot hier und haben den Skipper gleich mitgenommen. – Bitte, sie kennen ja den Weg."

Während sie dem Pier folgten, schüttelte Fernando den Kopf und sagte vorwurfsvoll: „Ilona, bitte lass das mit dem Comisario. Wir sind nicht die Polizei."

„Ach was, das hat uns doch einige Schwierigkeiten erspart", grinste die Frau. „Außerdem machen wir doch eigentlich deren Arbeit. – Oder etwa nicht?"

Niemand beachtete die Beiden, als sie an Bord kletterten und in der Kajüte verschwanden.

„Was suchen wir denn eigentlich?", fragte Ilona etwas verunsichert.

Fernando überlegte. „Dieser Kutter wurde offensichtlich für den Flüchtlings-Schmuggel gebraucht. Die letzte Fahrt bestätigt das, aber wo ist denn die Verbindung mit diesen Deutschen?"

„Schweizer", korrigierte Ilona. „Nur Ingrid ist Deutsche, Danilo, Edi und der verstorbene Christian sind alles Schweizer. – Ja, genau, was haben die eigentlich mit afrikanischen Flüchtlingen zu tun?"

„Richtig, wenn wir das wissen, verstehen wir vielleicht auch die Motive für die kriminellen Taten." Fernando blickte sich suchend um. „Es wäre nicht schlecht, einen Blick in das Logbuch zu werfen. Das könnte uns vielleicht weiterhelfen."

„Aber das hat die Guardia Civil sicher schon überprüft und vielleicht sogar mitgenommen.", zweifelte Ilona.

„Ich glaube kaum, dass…" Fernando schnappte sich ein zerflederetes Buch von der Ablage neben dem Steuerrad und rief: „Da ist es ja!"

Er blätterte darin und nickte. „Ein Skipper kann sich's nicht leisten, keine Eintragungen zu machen, und das Buch muss immer an Bord bleiben. Position, Route und Ziel müssen aufgezeigt werden, sowie die Personen an Bord. – Da haben wir's, Mittwoch, 29. Januar, ausgelaufen 15:30 Uhr, Fischfang vor Port Tarfaya. Rückkehr 30.01.2020, an Bord Skipper, ein Matrose und 24 Personen."

Ilona überlegte: „Der Skipper ist klar, dieser Sindy Nyasse, aber wer ist der Matrose? – Na ja, die vierundzwanzig, das sind wohl die Flüchtlinge."

„Moment mal! Da waren doch nur zwanzig. Ja, genau, Coronel Martinez hat das sogar bestätigt. – Wo sind dann die restlichen vier geblieben? – Oder hat sich der Skipper einfach geirrt?"

Ilona hatte darauf auch keine Antwort und blickte suchend um sich. Hinter dem eigentlichen Steuerhaus war eine enge Kajüte angebaut, welche geradezu spartanisch eingerichtet war. Ein kleiner Tisch, ein Stuhl und eine schmale Koje. So ein Kutter war kaum für längere Seereisen gedacht, und diese Aufbaute gab gerade mal etwas Schutz für höchstens zwei Personen. Für die zwei Dutzend Flüchtlinge hatte es auf dieser Fahrt notgedrungen nur Platz auf dem offenen Deck. Der Atlantik war um diese Jahreszeit fast immer alles andere als ein glatter Teich, und besonders nachts musste diese Überfahrt ein Höllenritt gewesen sein. Es war wirklich höchste Zeit, dass diesen Schleppern das Handwerk gelegt wurde.

Unterdessen hatte sich Fernando genauer im Steuerhaus umgesehen. Ein außergewöhnliches Gerät war ihm schon vorher aufgefallen. Es gehörte offensichtlich nicht zu der normalen Standardausrüstung eines Fischkutters und war deshalb auch mit einem einfachen Riemen an der Konsole angebracht. Es musste eines dieser teuren Funkgeräte sein, welche normalerweise auf einer Yacht zu finden sind und Verbindungen über GPS Satellit und über größere Distanzen ermöglichten. Nun ja, für diese Überfahrten von der afrikanischen Küste nach den Kanaren, konnte so ein Gerät tatsächlich nützlich sein. Fernando verstand aber zu wenig davon, als dass er erkennen konnte ob es einsatzfähig war, benützt wurde oder sogar Aufzeichnungen enthielt. Er nahm sich vor, diese Feststellung einem Fachmann zu überlassen.

Ilona stöberte unterdessen aus einer Ecke einen Karton mit leeren PET-Flaschen hervor. „Schau Fernando", sagte sie. „Die haben den armen Kerlen wenigstens etwas zu Trinken mitgenommen."

„Ja ja, aber eine Luxus-Kreuzfahrt war das trotzdem nicht, und das alles nur, um danach gleich wieder abgeschoben zu werden. – Komm, lass uns verschwinden. Hier finden wir kaum weitere Hinweise. Hilfreich wäre, wenn man mit den Flüchtlingen nochmals reden könnte."

„Ja, aber wo sind die denn jetzt?"

„Gute Frage. – Der Martinez schweigt sich aus, aber vielleicht weiß dieser Edi mehr", überlegte Fernando.

„Ja, warum fragen wir ihn nicht einfach?"

Fernando nickte. „Gut, dann komm!"

Sie winkten dem Mann am Hafenausgang dankend zu und überquerten eilig die Avenida de Naos. Fünfzig Meter weiter erreichten sie die kleine Gasse Calle Foque, und Fernando zeigte Ilona den vergitterten Eingang, wo er die Flüchtlinge gefunden hatte. Es war alles verriegelt und offensichtlich niemand mehr da. Gleich um die Ecke gelangten sie zu der Adresse des Schweizers Edi Wiederkehr und stießen das Tor vorsichtig auf.

Der Innenhof lag einsam und verlassen da. Eine graue Katze lag schläfrig blinzelnd neben einem alten Reifen. Sie ließ sich nicht stören, als die beiden Eindringlinge sich vorbei stahlen und vor der Tür Halt machten. Es herrschte Stille, nur ein leises Brummen von der nahen Hauptstraße war zu vernehmen. Fernando horchte ange-strengt an der eisernen Tür und klopfte dann laut dagegen. Das scheppernde Geräusch scheuchte die Katze auf. Sie drehte sich, sank dann aber erneut in ihre vorherige Lage. Fernando wartete, aber nichts geschah. Nachdem er erneut gegen die Tür hämmerte und sich nichts regte, stieß er kräftig dagegen. Sie sprang auf und knallte gegen die dahinter liegende Wand. Da immer noch niemand auftauchte war klar, niemand war zu Hause.

„Hallo!", rief Fernando, erwartete aber keine Antwort mehr. „Warum schließt der denn nicht ab?", maulte er unnötigerweise.

„Du kannst da nicht rein!", protestierte Ilona. „Das ist Einbruch. Das solltest gerade du doch wissen."

„Ach was", winkte Fernando ab.

Schon standen sie in einer geräumigen Wohnküche. Tisch und drei Stühle standen in der Mitte. Die Küchenzeile war aufgeräumt und peinlich sauber gewischt. Spüle und Kühlschrank glänzten, nichts, keine schmutzigen Tassen oder Gläser standen vergessen herum. Alles machte mehr den Eindruck eines Haushaltes einer vorbildlich reinlichen Frau, als den einer schmuddeligen Männer-wirtschaft. Ein einziges Fenster schaute auf einen kleinen Hof hin-aus. Da hingen sogar richtige Gardinen. Ein bequem aussehendes Sofa stand an der Wand, und gegenüber befand sich natürlich der Flachbild-Fernseher. Durch die offenstehende Tür erkannten sie ein breites Doppelbett, und gleich nebenan lag das Badezimmer. Ilona inspizierte das Letztere zuerst. Rasierer, Zahnbürsten und Kämme, alles befand sich ordentlich auf der Ablage, neben diversen Töpf-chen und Fläschchen.

„Ich möchte wetten, da lebt, mindestens manchmal, auch eine Frau", stellte Ilona fest. „Da ist doch alles viel zu ordentlich."

„Hmm...", brummte Fernando. „Kann sein, aber muss nicht. Es gibt tatsächlich auch ordentliche Männer. – Aber du hast Recht, ich denke, auch ein Schweizer lebt nicht unbedingt jahrelang ohne Frau, außer er ist vielleicht schwul. Ich glaube auch, dass dieser Edi hier nicht alleine lebt, und es wäre sehr interessant mit dieser unbe-kannten Person zu sprechen."

Während Ilona sich weiter im Schlafzimmer umsah, machte sich Fernando am kleinen Schreibtisch zu schaffen. Die paar Papiere war er schnell durch. Es handelte sich um Alltägliches, Rechnungen, Angebote und Werbung. Den Laptop ließ er unangetastet, denn der war sicher durch ein Passwort geschützt. Außerdem ging das nun alles tatsächlich zu weit.

„Ilona, komm, lass uns verschwinden. Nicht auszudenken, der Mann käme zurück und würde uns ertappen. Los komm schon!"

Draußen auf der Straße atmeten sie erleichtert auf. Die Aktion hatte nichts eingebracht und war ein unnötiges Risiko gewesen. So kamen sie nicht weiter. In diesem Moment steuerte eine Person direkt auf sie zu. Es blieb keine Zeit sich zu verdrücken, weshalb sie einfach stehen blieben und abwarteten. Die Frau warf einen kurzen Blick auf die Beiden, trat dann aber zielsicher in den Innenhof.

Fernando zögerte nur einen Moment, dann aber folgte er ihr und sprach sie an: „Entschuldigen Sie Señora, wir wollten nicht stören, aber wir suchen Herrn Wiederkehr. Ist er da? Wir haben geklopft, aber da war keine Antwort."

Erstaunt drehte sich die Frau um und antwortete: „Oh, dann ist er wohl nicht da. – Sie kennen Edi?"

„Bitte entschuldigen Sie", wiederholte Fernando. „Mein Name ist Fernando Romero, und das ist Ilona Santander. Wir müssten Herrn Wiederkehr in einer dringenden Angelegenheit sprechen. Es betrifft die Catalina."

Erst jetzt fiel Fernando auf, wie schön die junge Frau war. Sie hatte einen leicht braunen Teint und große schwarze Augen. Karibik, dachte er unwillkürlich, eine attraktive Frau mit einem anmutigen schlanken Körper, und es war jetzt offensichtlich welche Gender-Vorlieben dieser Schweizer hatte.

„Die Catalina", sagte sie. „Ja, auf dem Schiff könnte er sich aufhalten…" Ihre Aussprache bestätigte seine Vermutung. Die weichen schnellen Worte deuteten auf Kuba hin.

„Nein", unterbrach sie Fernando, „da ist er nicht. Wir waren eben dort am Hafen. – Dürfen wir einen Moment mit hereinkommen?"

„Polizei?"

„Nein… ja doch, es handelt sich um eine polizeiliche Ermittlung", schaltete sich Ilona ein, in der Hoffnung, die Frau würde nicht gleich nach Ausweisen fragen. „Wir hätten nur ein paar Fragen, wenn Sie gestatten..."

„Gut, wenn es nicht zu lange dauert, ich muss nachher zur Arbeit. Kommen Sie bitte."

Drinnen legte sie die mitgebrachte Tüte auf die Küchenzeile und drehte sich um. „Na gut, ich bin Carmen Lopez, und dürfte ich Sie um ihren Ausweis bitten."

Da war sie nun, die gefürchtete Frage, aber Fernando ließ sich nicht aus der Ruhe bringen. Er fischte seinen alten Ausweis hervor und hoffte, die Frau würde nicht gleich erkennen, dass dieser nicht mehr gültig war.

Sie warf einen kurzen Blick darauf und sagte: „Ach, Comisario Romero... Was möchten Sie denn wissen?"

„Señora Lopez, Sie wohnen hier mit Herrn Wiederkehr?"

Ein Lächeln huschte über ihr Gesicht. „Ja, ich bin seine Freundin."

„Schon lange?", mischte sich Ilona ein.

„Na ja, was heißt lange, etwa ein Jahr. Aber ist das wichtig?"

„Nein, natürlich nicht", wehrte Fernando ab. „Es geht ja auch nicht um ihre Person. Ich möchte wissen, was Herr Wiederkehr macht und wo er in letzter Zeit war."

Die Frau setzte sich aufs Sofa und zögerte mit der Antwort. „Hat Edi denn etwas Unrechtes getan? – Das kann doch nicht sein."

Fernando dachte an Pablo und dass dieser Edi sehr wohl nicht ganz sauber war, aber er antwortete: „Wir haben nichts gegen Herrn Wiederkehr vorzubringen, aber er könnte uns bei den Ermittlungen helfen. Wo war er denn in letzter Zeit, und was macht er im Allgemeinen?"

„Nun, Edi arbeitet Teilzeit in einem Elektronik-Geschäft an der Calle Triana. Er fährt aber auch öfters mal mit der Catalina hinaus. Da war er auch letzte Woche."

„Das wissen wir", sagte Fernando. „Und jetzt, haben Sie eine Ahnung, wo er sich aufhalten könnte?"

„Ich weiß auch nicht. Am besten fragen Sie im Geschäft, es heißt Comfix an der Calle Triana. Die Nummer ist mir leider nicht bekannt. – Er sagte gestern, er müsse etwas abholen, aber ob das geschäftlich gemeint war, das weiß ich wirklich nicht."

Fernando nickte. „Gut, wir werden nachfragen. Sie haben uns sehr geholfen, vielen Dank."

Während Fernando sich abwandte, blieb Ilona nachdenklich stehen. Die Frau schien sich Sorgen um ihren Freund zu machen. Deshalb fragte sie nach: „Carmen, ihr Freund Edi hält sich schon eine ganze Weile auf Lanzarote auf. Was plant er für die Zukunft, oder besser gesagt, was erhoffen Sie sich für die nächsten Jahre?"

Das verlegene Lächeln sprach Bände. „Ja, was erhoffen wir uns alle in unserem Leben? – Edi ist ein sehr lieber Mensch, und ich kann mir nicht vorstellen, dass er in etwas Schlechtes verwickelt ist. Natürlich, er ist ein Ausländer, ein Schweizer, aber sind wir nicht alle irgendwie Fremde auf dieser Welt. Ich selber bin ja aus Kuba. – Wir erhoffen uns eine gemeinsame Zukunft. – Ist es das, was sie meinen?"

Ilona beobachtete die Frau, wie sie sich betreten abwandte. Ja, es war eine bemerkenswerte Person, diese Carmen, und Ilona glaubte ihr aufs Wort. Sie passte genau in diese Situation, bescheiden, offen und ehrlich. Das war eine Frau, die einen Mann faszinieren musste. Sie war nicht nur bildhübsch und sexy, sondern auch einfach, bescheiden und ordentlich. Davon sprach diese Wohnung Bände, und dieser Edi war ein Glückspilz.

Ilona trat zu ihr, legte die Hand auf ihren Arm und sagte: „Liebe Carmen, seien Sie unbesorgt, wir werden ihn finden, und ich bin überzeugt, dass sich alles aufklären wird. Bei seinem Freund Danilo müsste Edi aber etwas vorsichtiger sein, denn der ist nicht so unschuldig."

Carmen wurde wachsam. „Danilo, was ist denn mit dem? Den verstehe ich nicht ganz. Der hängt öfter mal hier herum. Was will der von Edi?"

„Ja, wenn wir das wüssten, wären wir alle schlauer. Der scheint in eine undurchsichtige Sache verwickelt. – Wann war er denn das letzte Mal hier?"

„Ich glaube, das war letzten Freitag. Ja richtig, es war um die Mittagszeit, die Beiden hatten eine Auseinandersetzung. Ich konnte aber nicht verstehen um was es sich handelte, denn sie redeten in ihrer verrückten Sprache. Edi sagte danach aber, es sei nichts Wichtiges, und Danilo würde nach Playa Blanca fahren."

Nun horchte auch Fernando auf und fragte: „Zu wem wollte er dort?"

„Das erwähnte Edi nicht. Aber ich war froh, dass der Mann endlich weg war. Ich traue dem Kerl nicht."

„Was für ein Auto fuhr Danilo an jenem Tag?", fragte Fernando direkt.

„Ich denke, das war ein Mietwagen der Firma PlusCar, die mit dem grünen Logo. Der fährt auch immer wie ein Verrückter."

„Vielen Dank Frau Lopez", bedankte sich Fernando förmlich. „Wenn ihnen noch weiteres über den Verbleib der Männer einfällt, bitte rufen Sie mich an. Hier meine Karte, die Nummer steht auf der Rückseite."

Draußen vor dem Eingang atmete Fernando tief durch. „Ilona, du bist ein Genie", sagte er. „Die Spur führt tatsächlich zur Playa Blanca, und ich bin gespannt, was mein Sohn dort über den Auto-Verleih erfahren konnte."

„Ha! Du Schlaumeier, deine Polizisten-Nummer ist aufgeflogen", schalt Ilona. „Du glaubst doch nicht im Ernst, dass sie nicht merkt, dass die Nummer auf deiner Karte eine private ist."

„Und wenn schon", wehrte er sich. „Jetzt fahren wir zum Elektronik-Geschäft und fragen dort weiter."

„Ja, du mach' das! Ich muss zu meinem Lokal. Es ist ja bereits viel zu spät. Bitte fahr' mich zur Bushaltestelle Intercambio de Guaguas."

Kapitel 26

Er hatte das Elektronik-Geschäft schnell gefunden, aber die anwesende Dame konnte ihm über den Verbleib von Edi auch nicht viel weiterhelfen. Ja, er arbeite hier als Techniker, sei kompetent, zuverlässig und äußerst beliebt.

„Aber heute ist er außer Haus", sagte die Frau. „Er will ein Gerät abholen, welches er vor einigen Tagen ausgeliehen hat. Er sagte, er würde morgens pünktlich wieder da sein."

Fernando nickte dankend und sah sich im Laden um. Er betrachtete die gestapelten elektronischen Geräte. Er erkannte Radios, Fernseher, Laptops, Tabletts und reihenweise moderne Smartphones. Weitere Geräte konnte er aber nicht einordnen. Na ja, nicht verwunderlich, diese Industrie brachte immer wieder Neues hervor.

Die Frau beobachtete ihn aufmerksam, kam näher und sagte schließlich: „Das sind Funkgeräte, hauptsächlich für den maritimen Einsatz."

„Tatsächlich!", meinte Fernando, dann erstarrte er. Konnte es sein, dass... „Was für ein Gerät hatte sich denn Herr Wiederkehr ausgeliehen? Vielleicht so etwas?

„Ja, soviel ich weiß so ein IC-M, aber sicher bin ich mir nicht. Warum wollen Sie das überhaupt wissen?"

Erneut machte sich Fernando die Tatsache zu nutzen, dass die meisten Leute die Ausweise nicht genauer betrachteten. „Wir ermitteln in einem aktuellen Fall, worüber ich ihnen leider keine Auskünfte geben darf. – Aber wir müssen wissen, wo Herr Eduard Wiederkehr im Moment steckt."

„Leider kann ich ihnen nicht weiter helfen", erklärte die Dame verunsichert und zog sich wieder hinter ihren Schreibtisch zurück. „Ich kann mir nicht vorstellen, dass Edi in etwas Ungesetzliches verwickelt ist. Der tut so etwas nicht."

Fernando schüttelte den Kopf. „Seien Sie unbesorgt, ich glaube nicht, dass er etwas Schlimmes verbrochen hat, aber wir müssen mit ihm reden. Bitte verständigen Sie mich, sobald er hier wieder auftaucht."

Die Frau nickte, sagte aber nichts weiter. Rasch verabschiedete sich Fernando, verließ das Geschäft und eilte zu seinem Wagen. Dort ließ er sich ins Polster fallen und brütete über die eben entstandenen Gedanken. So ein Gerät, oder ähnliches, hatte er doch auf der Catalina gesehen – und natürlich, zu einem Sender gehörte auch immer ein Empfänger. Also war die Überlegung naheliegend, dass es sich dabei um dasjenige handelte, welches Edi sich hier ausgeborgt hatte. Weiter überlegte er, es wurde vermutlich für diesen Flüchtlingstransport gebraucht, einerseits auf dem Kutter und anderseits – ja, wo denn? Natürlich, wohl am ehesten dort, wo die an Land gebracht und abgeholt wurden. Ja, hatten die Kerle das Funkgerät vielleicht dort, an der unzugänglichen Küste, einfach vergessen und zurückgelassen. Möglich wär's, denn es war damals bei der Landung stockfinstere Nacht, und vielleicht hatten sie das Gerät einfach in einem sicheren Versteck deponiert. – Ha, natürlich, in dem dort in der Nähe liegenden Bunker. Was für Blödmänner waren sie doch, sie hatten bei ihrer Exkursion dem Bunker zu wenig Beachtung geschenkt. Sie hätten ihn gründlich durchsuchen müssen.

Fernando hieb mit der Faust auf das Lenkrad. Verflucht, dieses offensichtliche Beweismittel ging ihnen nun durch die Lappen. Edi war vermutlich auf dem Weg dorthin. Sollten sie jetzt hintennach jagen und versuchen ihm zuvorzukommen. Sein Vorsprung war wohl viel zu groß. Mit diesem Gedanken sprang er aus dem Wagen und eilte zurück zum Laden.

Er riss die Türe auf und rief: „Wann ist er weg von hier? Ja, war er überhaupt hier, heute Morgen?"

Erschrocken sprang die Frau auf. „Edi?"

„Ja, natürlich!", bellte Fernando. „Wer denn sonst? Wann war er hier?"

„Heute früh", antwortete sie verwirrt. „So gegen zehn Uhr. Ich hatte gerade geöffnet."

Fernando wusste genau, dass die meisten Geschäfte erst um diese Zeit öffneten. Von früh konnte eigentlich keine Rede sein. Das war seine Chance.

„Hatte er ein Auto dabei?"

„Nein, Edi kam immer mit dem Rad. Er meinte das wäre sowieso schneller und auch billiger." Jetzt lächelte die Frau wieder und meinte: „Unser Edi ist sparsam und auch umweltbewusst."

„Dann ist er wohl jetzt mit dem Bus unterwegs?", erkundigte sich Fernando.

„Ja, ich denke schon. Er sagte etwas über den 161er, das ist der Bus zur Playa Blanca."

Fernando war schon wieder bei der Tür. „Vielen Dank Señora, sie haben uns sehr geholfen. Nochmals Muchas Gracias!"

Kaum war er draußen zerrte er sein Handy aus der Tasche und tippte Pablos Nummer ein. Sie mussten den Höllenritt zur südlichen Küste nochmals machen. – Das Klingelzeichen ertönte, aber niemand antwortete. Wo steckte der? Sie durften keine Zeit verlieren. Die Chance war gut, dass sie den Ort vor Edi erreichten, aber…

Er warf sich in sein Auto und brauste los. Während er den Weg durch die engen Gassen zur Schnellstraße suchte, versuchte er erneut seinen Sohn zu erreichen. Vergeblich, warum nahm der Kerl denn nicht ab? Es blieb ihm nichts anderes übrig als zu Hause nachzusehen und zu hoffen, dass Pablo wirklich da war und nur vergessen hatte sein Handy einzuschalten. Er erreichte sein Haus in Tías in kurzer Zeit, aber keiner war da. Keine Spur von Pablo, und Tante Amara war auch nicht im Hause. Fernando schnappte sich den Rucksack, füllte eine Flasche mit Wasser und belegte zwei Toastscheiben mit Käse. Er rechnete nicht damit, dass er erneut eine Nacht dort draußen verbringen müsste, aber sicher war sicher. Außer den festen Schuhen brauchte er noch eine starke Taschenlampe und seine Pistole. Es könnte durchaus möglich sein, dass er dort nicht nur Edi, sondern auch dessen Kumpel Danilo antraf. Irgendwo musste der Letztere ja schlussendlich stecken. Und dann würde es schwierig werden. Verdammt, wo war nur Pablo!

Es dauerte eine gute halbe Stunde, bis Fernando endlich die Playa Blanca erreichte. Der Buggy-Verleih befand sich ganz in der Nähe des alten Hafens. Die Gefährte waren Fernando nicht ganz geheuer, aber er hatte keine Wahl. Vorsorglich erkundigte er sich beim Vermieter, ob denn in den letzten Stunden jemand bereits eines der Vehikel gemietet habe und losgefahren sei. Die verneinende Antwort beruhigte ihn etwas. Er hatte also einen Vorsprung, und dass Edi irgendwie anders durch das Gebirge fahren würde, war eher unwahrscheinlich. Mit einem normalen Personenwagen war es nicht zu schaffen, aber vielleicht mit einem Motorrad. Es half nichts, er setzte den Helm auf und knatterte los.

Während er entlang den Straßen der Playa Blanca fuhr, fühlte sich Fernando wie ein völliger Idiot, der sich in eine hirnverbrannte Idee verrannt hatte. Was um Himmels Willen wollte er dort draußen erreichen? Bestenfalls fand er das Funkgerät und hatte ein Beweismittel sichergestellt. Es konnte aber genauso gut sein, dass er auf die beiden Verdächtigen stieß, und dann war er ganz auf sich alleine gestellt. Erneut versuchte er Pablo zu erreichen, aber erfolglos.

Als Fernando dann aber auf die holprige Piste gelangte, erforderte die Fahrt seine volle Aufmerksamkeit. Das letzte Mal saß Pablo am Steuer, und er selber musste sich damals einfach genügend festhalten. Jetzt verlangte es seine volle Konzentration, um den Steinen und Löchern auszuweichen. Mehrmals war er drauf und dran aufzugeben, umzukehren und sich seine Dummheit einzugestehen. Er tat hier etwas, was er während seiner Laufbahn allen angehenden Polizisten vehement eingebläut und verboten hatte, sich in einem solchen Alleingang in eine unbekannte Situation, ja vielleicht in Gefahr, zu begeben.

Mehr als eine Stunde später befand er sich an der Stelle, wo er entscheiden musste, ob er die Fahrt hinunter in den Barranco wagen sollte oder auf der Klippe bis zu deren Abbruch in die Tiefe, ins Meer, bleiben sollte. Er entschied sich für das Letztere und holperte über die Kuppe dem Meer zu. Der Abstieg in den Barranco Parrado würde zwar steil und gefährlich werden, aber es war immer noch besser, als wenn er mit dem Buggy dort unten in diesem Canyon irgendwo stecken blieb oder sogar verunfallte.

Ein kräftiger Wind wehte ihm vom Meer entgegen, und die weit unter ihm liegende Brandung sah, mit weißen Gischtfahnen, stürmisch aus. Es war Flut, und jetzt erinnerte sich Fernando, dass Pablo gesagt hatte, der Zugang zum Bunker sei bei Flut und hohem Wellengang vom Barranco de los Dises, entlang den Felsen, nicht mehr möglich. Er hatte also instinktive die richtige Entscheidung getroffen. Er stellte den Buggy im Schutze einer Mulde ab und näherte sich dem Abgrund.

Der Abstieg war einfacher als er gedacht hatte. Er wählte eine Stelle etwas weiter oben im Tal und landete rund dreihundert Meter vom Strand entfernt auf der Sohle des Barrancos. Er näherte sich vorsichtig dem Ufer, immer darauf vorbereitet, hinter einem Felsvorsprung zu verschwinden. Über Lärm brauchte er sich keine Gedanken zu machen, denn die Brandung erstickte jeglichen Laut. Ungehindert erreichte er den Strand, stolperte über die Felsen und fand den Bunker. Mittlerweile hatte die Gischt seine Kleidung durchnässt, aber er achtete nicht darauf. Das viereckige Ungetüm schien unveränderlich an der Felswand zu kleben und auf das Meer hinaus zu starren. Fernando warf seinen Rucksack in den schwarzen Sand neben einem Felsbrocken und näherte sich dem Eingang vorsichtig. Da war kein Zeichen eines weiteren Besuchers. Trotzdem zog er seine Pistole aus der Tasche und leuchtete mit der Taschenlampe in die Dunkelheit des Inneren. Der enge Raum war leer, so wie er ihn in Erinnerung hatte. Er steckte die Waffe weg und betrat den Bunker. Der Strahl der Lampe huschte über die glatten Wände, über den Boden und die Erhöhungen vor den Schießscharten. Dort könnte man sich am ehesten ein Versteck vorstellen, unter einer der Platten, die den Tritt ausmachten. Überall lagen Schmutz und Unrat, und dass hier ein Gerät versteckt sein sollte, war immer unwahrscheinlicher. Fernando fluchte und schimpfte sich einen Esel. Wie war er überhaupt auf diese Schnapsidee gekommen? – Also, raus aus diesem Loch und zurück wo er herkam.

Draußen vor dem Bunker starrte Fernando minutenlang in die tosende Brandung und hinaus auf das graue Meer. War er wirklich zu alt geworden, um noch logisch zu denken und die Indizien richtig einzuschätzen? Na ja, pensioniert und unbrauchbar, so musste er seine Situation endlich akzeptieren. Wackelig stolpernd begann er den Rückweg. Da hörte er den Schrei, vielmehr glaubte er, durch das Brausen der Brandung einen seltsamen Laut zu vernehmen. Was war das? Hinter ihm türmten sich die Felsen aus dem Wasser, und aus dieser Richtung ertönte erneut ein verzweifelter Ruf. Fernando stolperte los, wurde aber von der weiß schäumenden anrollenden Woge zurückgehalten. Klar, auf dieser Seite war kein Durchkommen. Und doch, da war jemand. Die Gestalt klammerte sich an einen der schroff herausragenden Felsen und war in Gefahr, von der zurückschwappenden Strömung mitgerissen zu werden.

„Halten Sie fest!", schrie Fernando. „Ich komme!"

Er balancierte über die Felsen, rutschte aus und landete im kalten Wasser. Er arbeitete sich heran, ohne darauf zu achten, dass die schroffen Lavasteine Hände und Beine aufschürften. Er kämpfte sich weiter, immer mit der Angst, dass die nächste Welle herangebraust käme und sie beide in die Tiefe hinaus reißen würde. Er erreichte den Ertrinkenden mit letzter Kraft.

Dann kam die Welle donnernd. Sie klammerten sich zusammen an den rauen Felsen, und Fernando schrie erneut: „Festhalten! Ich hab' Sie!"

Sobald die reißende Strömung nachließ, brüllte er: „Loslassen! Wir müssen zurück!" Er zerrte den Mann mit sich, brüllte, fluchte und schluchzte. Zerschunden, keuchend und am Ende aller Kräfte, sanken sie auf die Steine nahe dem Bunker. Die Brecher der wilden See tobten ob der entgangenen Beute, aber die Menschen waren dem wütenden Meer entkommen.

Es dauerte eine ganze Weile, bis Fernando begriff, wen er da aus der Brandung gezogen hatte. Er kämpfte gegen eine Übelkeit an, wie wenn er mit dem Wasser den ganzen glitschigen Seetang geschluckt hätte, welchen die Flut auf die Felsen geworfen hatte. Er hatte unter Einsatz des eigenen Lebens diesen Gauner gerettet. Er hatte sich die Knöchel und Arme aufgeschunden, Wasser geschluckt und vermutlich die Rippen gebrochen, für den, den er eigentlich hier nicht sehen wollte. Edi lag da wie tot. Das Wasser umspülte seine, kraftlos auf den schwarzen Steinen liegenden Beine.

Fernando beugte sich über ihn und stellte fest, der Mann lebte. Er hatte eine blutende Wunde am Kopf, aber er war bei Bewusstsein. „Edi!", rief Fernando. Dann lauter: „Edi, reiß dich zusammen, wir müssen höher hinauf, ins Trockene."

Mühsam und stöhnend schafften es die Beiden und lehnten sich wenig später gegen die raue Felswand. Wegen dem kräftigen Wind froren sie erbärmlich, aber genau der und die Sonne trockneten etwas später ihre Kleider, so dass sie sich bald besser fühlten.

„Danke", murmelte Edi. „Danke, du hast mir das Leben gerettet. Ich hatte die Hoffnung schon…"

„Sei ruhig!", knurrte Fernando unfreundlicher als er wollte. „Du Idiot, wusstest du denn nicht, dass da bei Flut kein Durchkommen ist?"

„Ich dachte…"

„Nichts dachtest du, gar nichts! – Hast du Schmerzen?"

Edi schwieg, wie wenn er sich selber zuerst über seinen Zustand klar werden wollte. Alles schmerzte, hauptsächlich der Kopf.

„Mein Kopf…", stammelte er.

„Wird wohl eine Gehirnerschütterung sein", mutmaßte Fernando.

Die Wunde hatte zu bluten aufgehört und sah nicht besonders schlimm aus. Verbandszeug hatte er sowieso keines bei sich. Er stolperte zu seinem Rucksack und holte die Wasserflasche hervor. Sie tranken beide gierig.

„Genug!", rief Fernando. „Nicht alles! – Wir müssen hier irgendwie weg, bevor es dunkel wird. – Mein Buggy steht dort oben, direkt über uns. – Glaubst du, du schaffst den Aufstieg? Der ist sehr steil."

„Gib' mir etwas Zeit", sagte Edi. „Wieso sind Sie überhaupt hier? – Sind Sie mir gefolgt?"

Fernando registrierte die wieder aufkommende Höflichkeitsform und beurteilte den Zustand des Geretteten weit besser als anfänglich angenommen. Er schnaubte: „Ja, warum wohl? – Du wolltest doch das Funkgerät abholen, nicht wahr."

„Woher wissen Sie…?"

„Ich weiß es eben. Und wo steckt es jetzt? Hier im Bunker?"

Edi verzog sein Gesicht vor Schmerzen, aber auch vor Ausweglosigkeit. Es half alles nichts, der Moment war gekommen für eine schonungslose Beichte. „Ja", sagte er leise. „Es ist hier, aber nicht im Bunker, sondern dahinter. Haben Sie es denn nicht gefunden?"

„Nein, habe ich nicht. Aber das kann warten. Ich möchte jetzt einfach die ganze Geschichte hören. Was ist hier im Gange?"

Kapitel 27

„Das Ganze begann eigentlich ganz harmlos und durchaus menschlich", sagte Edi. „Jeder hat doch schon von all den Flüchtlingen gehört, welche die Fahrt übers Meer mit den erbärmlichsten Mitteln wagen, und auch von den vielen Opfern, die dabei hilflos ertrinken. Wir konnten helfen, denn der Kutter Catalina war bereit, diese Bedauernswerten sicher über das Meer zu bringen. Christian hatte Kontakte mit einer Schweizer Organisation, welche den Menschen bei der Ausreise aus West-Afrika hilft. Grundsätzlich finde ich, dass man ihnen eigentlich zum Leben in ihrem Land helfen müsste und nicht zur Flucht ins Ungewisse. Trotzdem habe ich gerne zugesagt, als Christian und Danilo mich baten, solche Überfahrten zu begleiten. Es war mir auch durchaus bewusst, dass wir damit gegen die Spanischen Einwanderungs-Vorschriften verstießen.

Die paar Überfahrten verliefen soweit problemlos, bis dann plötzlich Danilo hier auftauchte und die Zügel in die Hand nahm. Er sagte, dass die Ankunft besser organisiert werden müsse, weil sonst der spanische Grenzschutz unsere Aktionen entdecken könnte, und wir auf keinen Fall uns mit der Guardia Civil anlegen sollten. Na ja, das klang ja ganz logisch. So verlegten wir die Anlaufstelle an diesen geheimen, unzugänglichen Ort hier und verständigten uns mittels Funk über die Ankunft der Flüchtlinge."

„Aha", unterbrach ihn Fernando. „Deshalb also die beiden Funkgeräte."

„Genau, und das Gute daran war, wir verständigten uns in einer Sprache die praktisch weltweit niemand verstand, auch die Guardia Civil nicht, nämlich in unserem einzigartigen Schweizer-Dialekt. Christian war begeistert, außerdem war er verliebt. Er schwärmte von einer Zukunft auf Lanzarote, zusammen mit seiner Freundin Ingrid, deren Eltern eine Finca oben in Conil besitzen.

Dann, vor etwa drei Wochen, überschlugen sich die Ereignisse. Christian war für einmal auf dem Schiff mitgefahren, und ich empfing die Flüchtlinge. Daraufhin war er spurlos verschwunden. Wir beide, Sindy von der Catalina und ich, waren ratlos. Wir hatten uns die Aufgaben aufgeteilt, aber jetzt fehlte einer. Wie sollte es weitergehen? – Dann wurde Christian tot aufgefunden, und Danilo sprang ein. Ich war wieder wie gewohnt auf dem Boot, wunderte mich aber, dass diesmal nur große junge Männer an Bord kamen. Normalerweise war es ein Gemisch von Allem, auch Frauen und sogar Kinder.

Man brauchte nicht lange, um zu verstehen, das waren keine normalen Flüchtlinge, diese zwei Dutzend Schwarzen. Danilo sagte etwas über einen Auftraggeber an der Playa Blanca. Er nannte keine Namen, aber mir war schon klar, dass da Ungewöhnliches im Gange war, und der Tod von Christian deutete auf etwas besonders Fragwürdiges, ja Gefährliches hin. Damit wollte ich nichts zu schaffen haben. Danilo schien das zu verstehen, bat mich aber das Funkgerät zurück zu holen. Deshalb bin ich auch hier. Schließlich gehört dieses ja auch der Firma."

Fernando schmerzte der Rücken und er fror bedenklich. Er sagte ungehalten: „Das ist eine kümmerliche Geschichte. Wir sollten machen, dass wir hier wegkommen. – Aber eine Frage habe ich doch noch: „Was geschah danach mit den Flüchtlingen, und wo sind die Vermissten jetzt?"

„Die wurden doch abgeholt", jammerte Edi erschöpft. „Und über den Verbleib der vier anderen habe ich keine Ahnung."

„Gut, lassen wir es dabei", sagte Fernando und erhob sich ächzend. „Wir müssen los! – Kannst du überhaupt da hochklettern?"

„Ich weiß nicht", krächzte der Mann. „Vielleicht sollten wir auf die Ebbe warten. Dann kommen wir bestimmt sicher hinüber."

„Das geht zu lange. Der Abend naht, und was sollen wir denn drüben im Barranco de los Dises? Ich sagte doch schon, mein Buggy steht hier oben über dem Parrado."

„Dort drüben steht aber mein Motorrad", sagte Edi verunsichert.

„Und wie stellst du dir das vor? Soll dein Töff uns beide dort aus dem Barranco hinausfliegen?" Fernando schüttelte den Kopf. „Ich weiß wie es dort aussieht, und du bist überhaupt nicht fähig so eine verrückte Fahrt zu machen. – Und ich? Soll ich vielleicht hintennach rennen? Nein nein, wir müssen irgendwie auf dieser Seite hoch."

„Verstehe", brummte Edi. „Was ist mit dem Funkgerät?"

Beinahe hätte Fernando das blöde Ding vergessen. Er schüttelte den Kopf und sagte: „Lassen wir das. – Ja wo ist es denn überhaupt?"

„Es liegt hinter dem Bunker", antwortete Edi. „Es ist auch nicht schwer, man könnte es problemlos in den Rucksack stecken."

Du meine Güte, durchfuhr es Fernando. Vor lauter Gelaber hatte er ganz vergessen, dass im Rucksack noch sein Käsebrot lag. Er fischte es heraus und gab es Edi. „Hier, iss! Du brauchst alle Kraft."

„Danke!", stotterte der Mann. „Wir sollten teilen…"

„Iss, ich komm schon klar", blaffte Fernando. „Wo genau liegt denn dieses Gerät?"

„Gleich neben dem Eingang ist eine Lücke im Fels. Zieh einfach den Stein heraus. In der kleinen Höhlung dahinter liegt es."

So einfach war's. Fernando konnte es nicht fassen, wir blöd und unaufmerksam er sein konnte. Aber eben, dasjenige genau vor der Nase, sieht man immer zuletzt. Problemlos holte er das kleine Gerät aus dem Versteck und packte es in seinen Rucksack.

Inzwischen hatte sich auch Edi aufgerappelt und schwankend ein paar Schritte versucht.

„Also los, versuchen wir es", sagte Fernando, stützte Edi und führte ihn langsam über das Geröll.

„Aber… mein Motorrad?", stöhnte der Mann.

„Vergiss es!", knurrte Fernando. „Das läuft nicht weg. Wir holen es später."

Sie arbeiteten sich mühsam in die Schlucht hinein, und Fernando spähte nach der besten Stelle am rechten Hang aus. „Da müssen wir hoch", sagte er.

Verbissen kämpften sie sich hinauf, manchmal auf allen Vieren, ohne Rücksicht auf Hände und Knie. Es ging einfacher als angenommen, besser als der vorherige Abstieg es vermuten ließ. Trotzdem brauchten sie beinahe eine Stunde, bis sie endlich oben auf der Kuppe schwer atmend zusammenbrachen.

„Geschafft!", keuchte Fernando und stieß seinem Begleiter freundschaftlich in die Seite. „Komm, der Buggy steht gleich da drüben in der Mulde."

„Danke!", stammelte Edi und mühte sich mit Fernandos Hilfe hoch. „Ich danke Ihnen…"

„Lass doch diese Förmlichkeit", brummte Fernando. „Du hast dich gut geschlagen. Der Rest ist eine Kleinigkeit."

Als sie kurze Zeit darauf in den Sitzen des Buggys saßen und der Motor dröhnend aufheulte, atmete Fernando auf. Erstaunt stellte er fest, dass er diesen Kerl an seiner Seite eigentlich ganz gut mochte. Es war wohl die durchgestandene Gefahr und verzweifelte Mühsal, welche zwei Menschen zusammenschweißte. Fernando war sich durchaus bewusst, dieser Mann hatte vor Kurzem seinen Sohn zusammengeschlagen, aber irgendwie war das jetzt nicht mehr so wichtig, und er erkannte eine durchaus ehrliche, wenn auch schwache Seele in diesem Mann.

Während er das Gefährt über den steinigen Ausläufer des Gebirges zurück zur bekannten Piste führte, schrie er durch den Lärm: „Ich freue mich jetzt schon auf ein großes Bier! – Und du?"

Grinsend stöhnte Edy: „Ich verdurste!"

Beide brachen in keuchendes Gelächter aus, wie wenn der übermüdete Geist sich ein erleichterndes Ventil verschaffen wollte und sich dabei nicht anders zu helfen wusste. Fernando drückte übermütig aufs Gas, und der Buggy jagte in wilder Fahrt durch die Hindernisse der schlechten Piste. Die lange holprige Fahrt verlangte aber ihren Preis, und als sie endlich in die Straßen von Playa Blanca einbogen, saßen beide völlig erschöpft in ihrem Gefährt.

Das Ziel, die Geschäftsstelle des Buggy-Verleihs, war klar und bald erreicht, aber wie ging es jetzt weiter? Die Dämmerung war rasch hereingebrochen, und beide Männer sehnten sich eigentlich nach nichts anderem, als nach Hause zu kommen und in ein weiches Bett zu fallen. In Fernando nagte aber der Gedanke, dass er dicht daran war, die losen Enden dieses Falles zu finden, und dass sich Danilo mit größter Wahrscheinlichkeit hier im Süden der Insel aufhielt. Auch die vier fehlenden Flüchtlinge mussten doch noch irgendwo hier in dieser Gegend sein.

Vor dem Büro des Verleihs stehend, probierte Fernando erneut die Nummer von Pablo, aber wieder bekam er keine Antwort. Er versuchte es zu Hause, und endlich, nach langem Läuten, vernahm er die Stimme von Tante Amara.

„Dígame!"

„Tia Amara, endlich!", rief er aus. „Wo steckt ihr denn alle?"

„Schrei nicht so! ich bin nicht taub", rief Tante Amara genau so laut in die Leitung. Dann kam es etwas gemäßigter: „Pablo ist, soviel ich weiß, oben auf der Finca."

Also doch, fuhr es durch Fernandos Kopf. Der Kerl trieb sich dort oben mit seiner heiß geliebten Deutschen herum. Kaum war diese Dame gerettet, lagen sie schon wieder zusammen im Bett. Der konnte etwas erwarten, sollte er doch nach dem Auto von Danilo Ausschau halten.

„Sag' ihm bitte, er soll mich umgehend anrufen. Wir bleiben heute Nacht in Playa Blanca."

„Was willst du denn dort unten?", murrte Tante Amara. „Und mit wem überhaupt?"

„Unwichtig", entgegnete Fernando. „Ich muss wissen wo dieser Danilo steckt, oder wenigstens wo sein Auto gemietet wurde. Sag das meinem Sohn, wenn er endlich wieder auftaucht."

„Ja ja, sag' ich schon", grummelte Tante Amara und legte auf.

Die Bezeichnung „Playa Blanca", weißer Strand, passt eigentlich überhaupt nicht zu diesem Touristenort, denn er hat, unterhalb einer engen Promenade, gerade mal eine kleine Badebucht, die den Namen Strand kaum verdient. Nachdem sie den Buggy am Verleih zurückgegeben hatten, fuhr Fernando sein Auto auf den großen Parkplatz am Hafen. Sie hatten beschlossen, Edis Motorrad am nächsten Tag abholen zu lassen und eine Nacht am Ort zu bleiben. Sie bezogen in der erst besten Pension ein Zimmer und sanken todmüde auf die Betten. Da aber der Raum genau über der Promenade lag, hatten sie keine Ruhe, denn unten herrschte um diese Zeit ein lautes fröhliches Treiben. Außerdem quälte Fernando noch immer dieselbe Frage: Wo war Danilo geblieben, und was führte dieser weiterhin im Schilde? Edi war ebenso wenig in der Lage, den Verbleib seines Landsmannes zu erklären und hatte nur erwähnt, dass dieser vermutlich hier in Playa Blanca sein könnte. Er hätte einmal etwas von einer Yacht an der Marina Rubicón erzählt. Der Mann war offensichtlich bereit zu helfen und hatte wohl eingesehen, dass er da in etwas hineingezogen worden war, was er nicht gut heißen konnte. Fernando glaubte ihm deshalb auch, dass er tatsächlich nichts Weiteres wusste.

Er erhob sich leise, packte seine Kleider und verschwand im Bad draußen im Flur. Dort duschte er ausgiebig und reinigte die verschmutzte Kleidung notdürftig. Nach einem Blick zurück ins Zimmer, Edi schlief lang ausgestreckt auf dem Bett, stieg Fernando die Treppe hinunter und verließ die Pension. Draußen suchte er sich eine ruhige Ecke und zog sein Handy aus der Tasche.

Nach dreimaligem Klingeln nahm Pablo ab und meldete sich.

„Pablo, endlich! Seit Stunden versuche ich dich zu erreichen. Wo steckst du denn?"

„Papá, beruhige dich", antwortete sein Sohn. „Ich war beschäftigt und hatte vergessen das Handy aufzuladen."

Jaja, beschäftigt, ging es durch Fernandos Kopf, wohl mit einer jungen Dame. Laut sagte er: „Was ist jetzt mit diesem Mietwagen von Danilo, hast du erfahren, wo der herkommt?"

„Klar", antwortete Pablo. „Wie vermutet vom Verleih PlusCar an der Playa Blanca, Avenida de Papagayo 21. Die nette Dame hier meint, er hätte das Auto vor drei Tagen abgeholt und sei vermutlich hier in der Gegend unterwegs."

„Du bist dort?", rief Fernando erstaunt.

„Ja, klar. Du sagtest doch…"

„Bleib wo du bist!", bellte Fernando. „Ich bin in ein paar Minuten bei dir."

„Du bist…?" Aber sein Vater hatte schon aufgelegt.

Fernando drängte sich durch die Touristen, bog um die Ecke, und nach knapp dreihundert Metern war er da. Vater und Sohn blickten einen Moment fassungslos auf ihr Gegenüber, begrüßten sich dann aber mit einer kurzen Umarmung.

Die Dame für Autovermietung blickte den Beiden fragend entgegen. Das kleine Täfelchen auf dem Schreibtisch verriet ihren Namen: Maria Mercedes Alvarez. „Kann ich noch etwas für Sie tun, meine Herren?", fragte sie geschäftig, als sie Pablo wieder erkannte.

Sofort übernahm Fernando und sagte: „Buenas Tardes Señora, wir müssen wissen, wo Herr Danilo Gasser mit seinem Wagen steckt."

Erstaunt blickte sie auf. „Das kann ich ihnen nicht sagen."

Fernando zückte seinen Ausweis und hielt ihn der Dame hin. Sie nahm ihn, betrachtete ihn und drehte ihn ungläubig um. „Der ist doch nicht mehr gültig", stellte sie fest. „Außerdem können wir den Aufenthalt unseres Kunden sowieso nicht feststellen."

Nun war Fernando entwaffnet. Er hatte fest darauf vertraut, dass sein abgelaufener Ausweis nicht entdeckt würde. Normalerweise funktionierte das auch ganz gut, aber diese junge Dame schien sehr aufmerksam zu sein. Nun war Überzeugungskunst gefragt.

„Meine Liebe, Sie haben ganz richtig festgestellt, dass ich Comisario José Fernando Romero außer Dienst bin. Meinen Sohn Pablo haben Sie ja bereits kennengelernt. Wir sind in einem Fall von größter Wichtigkeit und Geheimhaltung unterwegs, auf der Suche nach Danilo Gasser. Dieser Herr könnte uns einen großen Schritt weiterhelfen, aber dazu brauchen wir ihre Hilfe. – Pablo, bitte erläutere dieser bezaubernden Dame deine Bitte genauer."

„Ja, natürlich Papá", sagte Pablo und lächelte. „Es ist so wie mein Vater schon sagte, für meine Laufbahn ist die Lösung dieses Falles enorm wichtig. Leider darf ich ihnen die Einzelheiten nicht nennen, so gerne ich das auch täte. Es ist ja auch nur eine Kleinigkeit, und ich glaube, Sie sind eine äußerst hilfreiche und verantwortungsvolle Person. Deshalb bitte ich Sie ganz persönlich darum, mir zu helfen, Señorita."

Ein unsicheres Lächeln erschien auf ihrem Gesicht, als sie antwortete: „Ja gut, ich will ihnen helfen, soweit ich das kann."

Pablos Lächeln wurde breiter, als er sich verschwörerisch zu der Frau hin beugte und sagte: „Ich dachte schon, dass so eine bezaubernde junge Dame mich nicht im Stich lassen würde. Vielen herzlichen Dank, Maria."

„Sie müssen mir aber versprechen, dass niemand davon erfährt, denn das Tracking-System ist ein Geheimnis", erwiderte die Frau aufgeregt errötend.

Und illegal, dachte Fernando. Er schwieg aber und ließ seinen Sohn gewähren.

„Aber wo denken Sie hin, meine Liebe. Ihr Geheimnis ist tief in meinem Herzen verschlossen", flüsterte Pablo verschwörerisch.

Maria wandte sich zögernd dem Computer zu und sagte nach einer Weile: „Herr Gasser ist mit einem Seat Leon mit der Nummer 8695-DLK unterwegs, die Tracking-Nummer ist 78. Jedes unserer Autos hat ein kleines Gerät eingebaut, das uns die Position über eine App und GPS ermittelt. – Einen Moment bitte. – Ja, da ist es. Der Wagen befindet sich auf dem Parkplatz der Marina Rubicón."

Sie notierte alles auf einen Zettel und gab diesen Pablo mit einem strahlenden Lächeln.

„Wir haben ihn!", frohlockte Pablo. „Sie sind wirklich ein Engel, Maria!"

Fernando war etwas zurückgetreten und schielte auf den Bildschirm. Der Punkt bewegte sich nicht und ließ die Vermutung zu, dass der Wagen dort abgestellt worden war. Was, wenn Danilo einstieg und weiterfuhr?

„Pablo, du bleibst hier!", befahl er. „Ich hol' mein Auto und fahr da hin. Du rufst sofort an, sollte sich sein Standort ändern. Wir dürfen ihn nicht wieder verlieren."

Er nahm den Zettel und verließ das Büro eilig, einen überraschten Sohn zurücklassend. Er grinste verstohlen vor sich hin. Na ja, sein Sprössling schlug sich nicht schlecht. Hoffentlich vergaß er dabei seine Ingrid nicht.

Inzwischen war es Nacht geworden, aber das fröhliche Treiben der Feriengäste ging im grellen Licht der Lokale und Reklamen entlang der Promenade weiter. Fernando fand sein Auto etwas verlassen am Hafen. Es war nicht weit zum zweiten Port, der Marina Rubicón. Gleich nach dem großen Kreisel rechts war der Parkplatz. Das gesuchte Auto stand verlassen in der mittleren Reihe. Fernando parkte gegenüber, stieg aus und umrundete das Fahrzeug. Alles war völlig normal und ruhig. Drüben, von der anderen Seite der Marina, waren leise Musik und Gelächter der Gäste zu hören. Entlang den Piers dümpelten die Boote und Yachten im dunklen Wasser. Könnte es sein, das Danilo auf einem der Boote war? Das war durchaus denkbar, denn unter die fröhlichen Besucher der Lokale würde er sich wohl kaum mischen. – Jetzt hatten sie das Auto, aber vom Fahrer keine Spur. Es blieb nichts anderes übrig als zu warten, zu beobachten und zu hoffen, dass der Mann irgendwann auftauchte und in sein Auto stieg.

Fernando telefonierte mit seinem Sohn. „Das Auto ist da", sagte er. „Ich werde ein Auge darauf haben, aber da ist noch ein anderes Problem. Ich war ja nicht alleine in Playa Blanca. In der Pension Domingo an der Calle Limones 49 schläft oder wartet inzwischen verunsichert Edi."

„Wer?", rief Pablo entgeistert. „Du meinst den Edi? – Der kann mich mal!"

„Nun beruhige dich doch!", brummte Fernando. „Der Mann hat mir geholfen und ist nicht so schlecht wie es scheint. Bitte geh da hin und sag ihm er solle dort warten. – Oder besser, er soll gleich mitkommen. Ich erklär dir dann die ganze Geschichte später."

Pablo schwieg einen Moment, dann sagte er: „Das ist ja ganz in der Nähe. Und du meinst, ich soll wirklich da hin?"

„Ja, bitte."

„Gut, wenn du meinst. – Aber ich werde mich vorsehen. Der Kerl ist mir schon einmal…"

„Mach nichts Unüberlegtes!", warnte Fernando. „Edi ist harmlos, glaube mir."

„Jaja, harmlos! Es war ja nicht dein Kopf…"

„Nun mach schon, kommt einfach her. Der Mann kann uns helfen", bellte Fernando ungeduldig.

„Du glaubst doch nicht im Ernst, dass der uns erzählt, dass sein Freund die Ingrid verschleppt habe, was da mit den Flüchtlingen abgeht und wer diesen Christian umgebracht hat. Dass ich nicht lache!"

„Pablo, bitte vertrau mir. Hol' ihn dort in der Pension ab und kommt sofort her! – Wo steht denn dein Auto?"

Pablo knurrte unwirsch: „Bin mit dem Bus hergekommen, mein Wagen steht immer noch dort oben bei der Finca."

„Macht nichts", sagte Fernando. „Nehmt einfach ein Taxi!"

Endlich, eine halbe Stunde später, beobachtete Fernando ein Fahrzeug, welches zur Marina abbog. Das Taxi hielt aber etwas weiter vorne an der Tankstelle. Zwei Männer stiegen aus. Na also, dachte Fernando, sein Sohn hatte verstanden und vermied geistesgegenwärtig ein auffälliges Treffen auf dem Parkplatz. Er stieg deshalb aus und überquerte die Einfahrt. Außerhalb der grellen Beleuchtung trafen sich die Drei unauffällig.

„Sehr gut", lobte Fernando die beiden Ankömmlinge, immer den Parkplatz im Blick. „Er ist noch nicht aufgetaucht, aber das kann sich schnell ändern."

Dann wandte er sich an Edi, der etwas verlegen daneben stand: „Edi, hast du eine Ahnung was der Danilo hier treibt?"

„Der wird doch seinen Kumpel nicht verpfeifen", mischte sich Pablo ein.

Betreten schüttelte Edi den Kopf. „Ich weiß doch auch nicht, was Danilo hier will. – Es kann sich eigentlich nur um die Flüchtlinge handeln, aber die sind ja in Arrecife…"

„Erwartet ihr denn noch mehr?", fragte Fernando.

„Vielleicht, ich weiß es nicht. Die Anweisungen lagen ja in diesem Schließfach. Danilo hatte sie, und ich habe sie nie gesehen."

„Egal, wir können nichts anderes als…"

Pablo unterbrach ihn und zischte: „Leise! Dort schau, das ist er doch!"

Tatsächlich ging die Gestalt aber nicht zum Parkplatz, sondern daran vorbei und steuerte zielbewusst das gegenüberliegende Pier an. Im Scheine einer Laterne erkannten sie den Mann. Es war der Gesuchte.

Fernando reagierte blitzschnell. Er drückte Pablo seine Schlüssel in die Hand und befahl: „Ihr setzt euch jetzt in mein Auto, und wenn er abhauen will, folgt ihr ihm. Ich schau mal, wohin er jetzt will. Ihr folgt ihm, wenn notwendig, auch ohne mich!"

Er folgte der Gestalt dem Kai entlang, wo ihm Büsche und Palmen etwas Deckung gaben. Aber dann wurde es schwierig. Danilo blickte kurz zurück und betrat einen Steg, der hinunter zu den Anlegestellen der Boote führte. Fernando war sich nicht sicher, ob er entdeckt war, ging aber weiter, bis er hinter einem dort stehenden Elektrokasten Deckung fand. Er spähte entlang dem Bootssteg. Glücklicherweise musste der Verfolgte nicht weit hinaus. Er hielt vor einer stattlichen Yacht. Fernando ging weiter dem Kai entlang, etwas oberhalb des Steges, und beobachtete, gut getarnt von einem riesigen, dort zur Dekoration platzierten Felsen, wie Danilo empfangen und an Bord gebeten wurde. Den Namen der Yacht konnte er in der Dunkelheit nicht ausmachen, aber er merkte sich die Position, und außerdem war diese Luxus-Yacht nicht zu übersehen.

Unverständliche Wortfetzen drangen zu ihm herauf, aber verstehen konnte er nichts. Kurz darauf erschien Danilo erneut und sprang zurück auf den Steg. Die Worte 'Komm nie mehr her' tönten hinter ihm her, als er fluchtartig den Steg verließ und in Richtung Parkplatz eilte. Fernando konnte nur hoffen, dass seine beiden Männer richtig reagierten, wenn Danilo wegfuhr. Sie durften ihn jetzt nicht mehr verlieren.

Kapitel 28

Es war bitterkalt, dort oben auf der Kuppe oberhalb von Femés, denn es wehte fast immer ein eisiger Wind aus Nordosten. Sie froren in ihren dürftigen Kleidern, und der Hunger nagte an ihnen wie ein wildes Tier. Es war die dritte Nacht in der die drei Männer sich in dem alten Ziegenstall versteckten.

Zahir war in den frühen Morgenstunden vor die Hütte getreten und blickte hinunter. Er spähte suchend um sich, immer mit der Angst, entdeckt zu werden. Aber das kleine Dorf, etwa hundert Meter unterhalb, lag in völliger Stille vor ihm. Darüber thronte ein massiver Berg mit wirr angelegten Antennenmasten auf dem Gipfel. Auf der anderen Seite fiel das Gelände steil ab, hinunter in einen riesigen, langgezogenen Canyon. Er führte bis zum Meer, etwa dorthin, wo sie vor drei Tagen an Land gekommen waren. Dieser Barranco del Higueral war ein völlig abgeschiedenes, einsames Gebiet, aber sie konnten sich nicht weiter in einer steinigen Einöde verstecken, denn sie brauchten Nahrung, Wasser und Medikamente. Ousainou, der kleinste der Flüchtlinge, hatte sich bei ihrer nächtlichen Kletterei das Knie aufgeschlagen, und ohne Behandlung riskierte er eine Blutvergiftung.

Sie hatten diesen Stall, es war eher eine Ruine, in jener Nacht völlig erschöpft erreicht, nachdem sie stundenlang auf einem abschüssigen Felsenpfad den Weg gesucht hatten. Zahir hatte sich

immer wieder verflucht, dass er sich hatte hinreißen lassen abzuhauen und seine beiden Freunde damit in diese schwierige Lage
gebracht zu haben. Als dann sein Neffe Ousainou ausrutschte und
beinahe abstürzte, war er bereit umzukehren und dem Schicksal
seinen Lauf zu lassen. Doch der dritte im Bunde, Jabari Madaki
hatte protestiert und wollte eher alleine weiter, als sich erneut in die
Hände dieser Schinder zu begeben. Und wenn es seinen Tod bedeutete, so war ihm das auch recht.

Natürlich verstand er dieses Verhalten sehr gut, und sie waren
dann auch weiter gegangen, um schlussendlich hier in diesem Loch
zu landen. Schon bevor sie, vor Tagen, das Schiff bestiegen und die
Fahrt über das Meer gewagt hatten, war eigentlich schon klar geworden, dass die schönen Versprechungen nur leeres Gerede waren.
Tagelang saßen sie an der afrikanischen Küste fest. Die beiden
Agenten hatten ihnen das Geld abgenommen und waren verschwunden. Als sie dann endlich abgeholt wurden und in einem
kleinen Beiboot zum Schiff gebracht wurden, waren die Meisten
von ihnen bereits erschöpft und apathisch. Das Schiff war ein kleiner Kutter, der kaum Platz für die Besatzung hatte, ganz zu schweigen für zwei Dutzend erwachsene Männer. Zusammengepfercht
saßen sie auf Deck, und das verteilte Stück Brot stillte den Hunger
auch nicht. Irgendwie erinnerte die ganze Situation an einen Skla-
ventransport, wie man das aus der Geschichte der vorigen Jahrhun-
derte gehört hatte.

Bei der Ankunft war einer in der Dunkelheit lautlos ins Wasser
gefallen, aber niemand kümmerte sich darum. Der Mann war einfach verschwunden. Und dann dieser Marsch über die Berge. Es
fehlten nur noch die Ketten an den Fußgelenken, und der Sklaven-
treck wäre komplett gewesen. Wo waren die Versprechungen geblieben, dass sie sicher nach Spanien gelangen würden und sie dort
ein gutes Leben erwarten würde. Sie waren auf den Kanaren gelandet und wurden wie Vieh durch die Berge getrieben.

Es war Jabari, der Ältere, der unterwegs mit der Idee kam, es
wäre besser einfach abzuhauen und selber seinen Weg zu finden.
Wer wusste schon, was diese Weißen noch alles mit ihnen vorhat-
ten. Gutes war da nicht mehr zu erwarten.

Sie waren etwas zurückgeblieben, und als dann die Verzweigung kam, überlegten sie nicht lange und schlichen sich in der Dunkelheit einfach davon. Zahir bezweifelte jetzt, ob sie richtig gehandelt hatten, denn sie saßen nun hier fest und waren beinahe am verhungern. Sie mussten etwas unternehmen. – Er musste etwas tun. – Jabari war so geschwächt, dass er sich kaum auf den Beinen halten konnte, und Ousainou fieberte bereits mit seiner Kniewunde.

Kurz entschlossen ging er zurück in den Ziegenstall und verkündete: „Ich geh' jetzt hinunter ins Dorf. Wir brauchen etwas zu essen. Ihr bleibt hier und wartet. Ich bin bald wieder zurück."

Zahir ordnete seine Kleidung, so gut es ging, und machte sich an den Abstieg. Die steile Kiespiste endete bei der Hauptstraße, wo etwas schräg gegenüber eine kleine Kirche stand. Er überquerte den Platz und probierte unentdeckt das Tor des Gotteshauses. Es war verriegelt, und keine Menschenseele war weit und breit zu sehen. Er umrundete den Platz und entdeckte ein einfaches Restaurant, dort wo die Straße auf der anderen Seite in die Ebene hinunterführte. Auch dieser Eingang war noch geschlossen, aber gleich daneben war eine Tür nur angelehnt, und ein Klappern tönte heraus. Die Küche, durchfuhr es Zahir, als er einen leichten Geruch nach Fett und Suppe erhaschte. Zögernd stieß er die Tür auf und blickte in den, mit Neonlicht spärlich erleuchteten, Raum. Ein Mann stand dort mit dem Rücken zur Tür und arbeitete. Gestört durch ein Geräusch drehte er sich um und entdeckte den Eindringling.

„Was zum Teufel machst du hier?", entfuhr es ihm in schnellem Spanisch. „Es ist noch geschlossen, und in der Küche hast du nichts zu schaffen."

Zahir, der kein Wort verstand, antwortete in gebrochenem Englisch: „Bitte entschuldigen Sie, Sir, wir sind hungrig…"

Der Mann grinste. „Na ja, ich auch. Aber die Küche ist noch nicht so weit." – Er musterte den Eindringling und fuhr fort: „Woher kommst du denn?"

Zahir stand zitternd wie ein Gespenst in der Türöffnung und schwankte, riss sich aber zusammen und sagte: „Wir haben uns verlaufen und brauchen etwas zu essen."

Der Spanier beobachtete den Schwarzen misstrauisch, entschied dann aber, dass keine Gefahr drohte. Er wies zu einer Blechschale in der diverse Brotresten lagen und brummte: „Da, bedien' dich, sonst klappst du mir noch zusammen. – Bist wohl ein Flüchtling ohne Arbeit."

„Danke, vielen Dank!", stammelte Zahir und griff nach dem Brot. Mit gierigen Augen stopfte er seinen Mund voll und verschlang mehrere Stücke. Er würgte und brachte die Worte hervor: „Gott segne Sie für…"

„Lass gut sein mein Freund", brummte der Mann. „Nimm hier noch ein Stück Ziegenkäse. Du scheinst wirklich fast am verhungern."

„Nochmals vielen Dank, Herr, wenn Sie erlauben, möchte ich ein paar Stücke für meine Freunde mitnehmen."

„Moment mal! Wir sind doch nicht für die Verpflegung von ganz Afrika zuständig", sagte der Mann ironisch, während er sich mit der Reinigung eines großen Kessels beschäftigte.

Zahir fasste Mut und sagte: „Ja Sir, wir kommen aus Afrika, aber jetzt brauchen wir Hilfe. Meinen beiden Freunden geht es schlecht. Bitte helfen sie mir, bitte, wenigstens ein paar Brote."

„Hilfe, Hilfe… Und hör' endlich mit dem Sir auf. Ich heiße Antonio. Ich verstehe ganz gut, was ihr braucht ist Arbeit, denn ohne Mühe und Fleiß gibt's auch nichts zu Beißen. – Aber wo stecken denn deine Kumpane?"

„Oben, bei den Ställen", sagte Zahir kleinlaut. „Einer ist verletzt."

„Warum sagst du das nicht gleich?" knurrte Antonio. „Muss der ins Krankenhaus?"

„Ich glaube nicht, aber er muss verbunden werden. Sein linkes Knie…"

Antonio dachte an seine Vergangenheit in Kuba und wie sein Start in dieser neuen Welt für ihn ausgesehen hatte. Er kannte die Vorurteile gegenüber den Einwanderern, er hatte es am eigenen Leibe erfahren. Wie immer diese drei Kerle hier gelandet waren war unwichtig, aber ihnen musste geholfen werden. – Und wie sie dort hinauf zu den alten Ziegenställen gekommen waren, das konnte er sich nun überhaupt nicht erklären.

„Pass auf mein Freund", sagte er. „In ein paar Minuten bin ich hier fertig und muss dann zur Playa Blanca hinunter, um Besorgungen für das Lokal abzuholen. Wir öffnen hier erst um zehn Uhr. Also, wir fahren zuerst hoch und holen deine Freunde, und wenn ihr wollt, könnt ihr mit hinunter fahren."

Zahir zitterte vor Aufregung, aber auch vor Schwäche und Scham. Ihnen wurde geholfen, was er kaum zu hoffen gewagt hatte. Dieser Mann war ihre Rettung. Man sollte auf die Knie fallen vor so viel Menschlichkeit.

Aber Zahir stotterte nur: „Darf ich etwas..."

Antonio verstand. „Klar, nimm von dem Brot, und von dem Käse ist auch noch ein Stück übrig. – Hier, füll diese Tüte! – Wir fahren gleich los."

Gleich gegenüber der Straße, neben einem Schuppen, stand ein alter Pickup mit breiter Ladefläche. Antonio hieß Zahir einsteigen, kletterte selber auf den Fahrersitz und warf den Motor an. Die Gänge krachten laut, als er losfuhr und die steile Piste ansteuerte.

„Vierrad-Antrieb!" brüllte er gegen den Lärm an. „Keine Angst, da kommen wir problemlos hoch."

Minuten später waren sie oben. Der Ziegenstall sah wie eh und je verlassen und verlottert aus, aber als sie durch den Eingang drängten, fanden sie die beiden Flüchtlinge in erbärmlichem Zustand auf dem lehmigen Boden liegend.

Antonio kniete nieder und gab ihnen vom mitgebrachten Wasser und reichte Brot und Käse. „Langsam!", bremste er die schwachen Gestalten. „Wir haben noch mehr. Würgt das nicht einfach runter. Kaut!"

Es dauerte eine ganze Weile, bis sie soweit waren, dass sie sich erheben konnten. „Matondo...", stammelten sie, weiterer Worte unfähig. „Danke!"

„Wir müssen los", drängte Antonio. „Es ist nicht weit. Ich bring euch zu meiner Frau. Sie wird wissen, was weiter zu tun ist."

Sie folgten ihm, ohne richtig zu verstehen und kletterten mühsam auf den Pickup. Dann kamen die ersten kläglichen Worte in einer fremdländischen Sprache.

Antonio schwang sich auf den Führersitz und fragte Zahir kopfschüttelnd: „Was ist los, was reden die denn? Ich versteh' überhaupt nichts."

Zahir antwortete in seinerseits gebrochenem Englisch: „Die Beiden sprechen leider kein Spanisch, auch kein Englisch. Das ist Kituba, sie kommen aus dem Kongo. Wir bedanken uns sehr für ihre Hilfe und möchten natürlich wissen wohin wir gehen."

„Na ja, ich sagte schon, wir fahren jetzt zu meinem Haus, unten in Playa Blanca. Dann sehen wir weiter. Hauptsache, ihr kommt jetzt zuerst einmal wieder auf die Beine", sagte Antonio und rammte den Gang ein.

Die schüttelnde Fahrt führte hinunter auf die Hauptstraße, welche dann aber in einer abschüssigen abenteuerlichen Kurvenfahrt in die Ebene führt. Nach kurzer Zeit erreichten sie die ersten Häuser von Playa Blanca. Antonio bog in eine breite Allee ein und fuhr in westlicher Richtung weiter. Rechterhand thronte ein rötlich schimmernder Vulkan, und an dessen Fuß lagen diverse Wohnquartiere, etwas abseits von dem Touristenzentrum. Sie durchfuhren einige Seitenstraßen, wo sich Reihen von Einheitsbauten dicht an dicht aneinander drängten. Viele der Häuser waren noch im Rohbau, und das Ganze hatte den Eindruck eines unüberlegten Spekulationsprojekts, welches bereits vor Vollendung bankrottging. Weiter hinten erreichten sie dann die einfacheren Häuser von El Pueblito. Auch dieses Quartier war ursprünglich eigentlich als Ferien-Residence gedacht, war aber mangels Interesse bald zur Heimat der lokalen Bevölkerung, welche in der Tourismus-Branche arbeitete, geworden. Auch Antonios Familie lebte seit ein paar Jahren hier.

Die Ankunft der unerwarteten Gäste setzte das ganze Haus in Aufregung. Antonios Frau Maria jagte die ganze Kinderbande kurzerhand aus dem Haus, hieß ihre Schwester das hintere Zimmer herzurichten und setzte ihrerseits Wasser für Tee auf.

Die drei Flüchtlinge fühlten sich in einer völlig anderen Welt. Wo waren sie hier nur hingekommen? War das schlussendlich das Resultat ihrer monatelangen Mühen, in ein besseres Leben zu immigrieren? Wie Bettler waren sie auf Hilfe angewiesen, waren aber offensichtlich auch nicht willkommen. Das unverständliche Geschrei zwischen den Frauen und dem Hausherrn war Zeichen genug, dass sie hier nichts zu suchen hatten. Geflohen von den Sklaventreibern, nach ihrer Ankunft, waren sie jetzt auf die Gutmütigkeit dieser Menschen, welche sie offensichtlich auch nicht wollten, angewiesen. Was für eine unwürdige Situation.

Antonio lamentierte kurz weiter und befahl seiner Frau, sich endlich um die Drei zu kümmern. Sie sollten erst einmal essen und dann ein paar Stunden ruhen. Die armen Kerle wären doch völlig am Ende, und das Knie des Einen musste unbedingt behandelt und verbunden werden. Er selber müsse jetzt sofort wieder los, zum Super-Dino-Markt und dann wieder hinauf nach Femés. Verdammt, er würde sowieso zu spät kommen. Das Lokal müsste längst geöffnet werden. Laut fluchend verließ er das Haus und brauste los.

Die beiden Frauen machten sich murrend an die Arbeit. Die Schwester nahm sich des Knies an, desinfizierte und verband, während Maria den Eintopf von gestern auf den Herd stellte. In ihrem Kopf breitete sich plötzlich eine Idee aus. Vielleicht war die Ankunft dieser Männer doch nicht so schlimm. Ihr Schwager betrieb doch diesen Souvenir-Laden an der Avenida Maritima, mit all diesem Kram für die Touristen. Der konnte gut Hilfe gebrauchen.

Kapitel 29

Fernando stand unschlüssig auf dem Kai und überlegte. Was zum Teufel hatte dieser Danilo auf so einer Yacht zu suchen? Wem gehörte diese überhaupt?

Da er weder den Namen, noch eine Nummer, von seiner Position aus erkennen konnte, betrat Fernando unauffällig den Steg und näherte sich der Yacht. Immer darauf gefasst entdeckt zu werden, ging er weiter, so dass es aussah wie wenn er zu einem der Boote weiter draußen wollte. Endlich hatte er eine Stelle erreicht wo er den Namen am Bug entziffern konnte. 'Princesa' war deutlich zu lesen, und das Kennzeichen stand knapp darunter. Schleunigst machte er kehrt, denn auf dem Deck waren zwei Männer aufgetaucht, die ihm misstrauisch nachschauten.

Beim Parkplatz sah er mit Genugtuung, dass beide Autos verschwunden waren. Sie hatten also die Verfolgung aufgenommen. Er selber war damit aber ohne Fahrzeug zurückgeblieben. Um diese Zeit war hier draußen natürlich weit und breit kein Taxi in Sicht, und eines zu rufen würde eine Ewigkeit dauern. Es blieb ihm nichts anderes übrig, als sich zu Fuß auf den Rückweg zu machen. Entlang dem Küstenweg würde das mindestens eine halbe Stunde dauern. Die frische Luft und die nächtliche Stille würden ihm aber gut tun, und außerdem hatte er Zeit zum Nachdenken.

Als erstes versuchte er mit dem Handy Inspector Sánchez zu erreichen. Er war sich bewusst, dass dieser längst gemütlich zu Hause weilte und wohl kaum Freude am späten Anruf haben würde.

„Dígame!", kam es deshalb auch wenig freundlich herüber.

„Javier, mein Freund", antwortete Fernando, wie wenn er quer über die Insel rufen müsste. „Gut, dass ich dich noch erreiche."

„Du brauchst nicht so zu brüllen", knurrte Sánchez. „Ich bin zu Hause und hätte gerne meine Ruhe."

„Bitte entschuldige die späte Störung", beeilte sich Fernando die Wogen zu glätten. „Ich brauche deine Hilfe."

Der Angerufene lachte. „Die brauchst du immer, wenn du mich anrufst. Also, wo brennt's?"

Fernando, in der Zwischenzeit von der Lauferei etwas außer Atem, sagte: „Ich versprech's dir, das nächste Mal gebe ich ein Bier aus – auf unsere Freundschaft. – Ich spendier auch eine Flasche Wein."

„Jaja, schon gut. Was ist los? Du keuchst ja wie ein Nilpferd. Wo bist du überhaupt?"

An der Playa Blanca", erklärte Fernando. „Ich komme eben von der Marina Rubicón. Ich muss wissen, wem die Yacht 'Princesa' gehört."

„Was zum Teufel treibst du dort im Süden? – Und die ehrenwerte Princesa, die kenn ich auch nicht."

„Aber du hast doch Zugang zu den Registern der Schifffahrtsbehörde. Ich hab' sogar die Nummer. Das sollte doch kein Problem sein."

Fernando gab seinem Freund die Kennzeichnung und bat ihn um sofortige Antwort.

„Du bist gut!", rief Sánchez. „Die sind doch erst morgens um zehn dort in ihrem Büro. Vorher bekommen wir keine Auskunft."

„Aber das ist doch alles in einer Datenbank", reklamierte Fernando. „Kommst du denn da nicht dran?"

„Nein, wie auch?"

„Mensch, Javier, ihr habt doch einen Computer auf dem Revier. Es wird Zeit, dass ihr den nicht nur als Schreibmaschine benützt. Hast du noch nie von so etwas wie einem Internet gehört?"

Sánchez brummte: „Mein lieber Freund, es ist spät abends und ich bin zu Hause..."

Fernando dämmerte langsam, dass der Mann zu Hause keinen Computer hatte, weshalb er einlenkte: „Na gut, aber morgen früh brauche ich die Auskunft. Hoffen wir, dass die Yacht nicht vorher abhaut."

„Mach ich gleich als erstes", versprach Sánchez. „Aber was willst du eigentlich mit dieser Yacht?"

Das wusste natürlich auch Fernando nicht so richtig. Nachdem er die Verbindung unterbrochen hatte, marschierte er zügig die Promenade entlang und erreichte eine Viertelstunde später die Pension. Es blieb ihm nichts anderes übrig, als den morgigen Tag abzuwarten. Sein Sohn und Edi waren nicht da und wohl immer noch hinter diesem Danilo her. Fernando hatte also das Zimmer für sich allein, aber er fand trotzdem keine Ruhe. Was hatte das alles zu bedeuten? Was trieb diesen Danilo derart um, dass er nicht vor einem Tötungsversuch an Ingrid zurückschreckte, und der Kontakt mit einer Luxus-Yacht an der Marina Rubicón war doch äußerst seltsam? Außerdem war immer noch nicht geklärt, was es mit dem Tod seines Kumpels Christian für eine Bewandtnis hatte. Das alles schien mit den Flüchtlingen in Zusammenhang zu stehen, aber so eine illegale Immigration war doch kein Grund für Mord und Totschlag. Illegale Einwanderung war doch heutzutage bald etwas Alltägliches. Fernando war sich aber bewusst, dass das Motiv für ein Verbrechen sehr oft etwas Banales war. Er durfte sich deshalb nicht nur auf das Flüchtlingsproblem konzentrieren. Aber was sonst konnte der Grund für all die Ereignisse der letzten Tage sein? Die Antworten auf all diese Fragen waren vielleicht auf dieser Yacht zu finden. Die Letztere passte überhaupt nicht ins Bild der beiden Schweizer, von denen einer eine Finca übernehmen wollte. Auch für Edi schien das alles eine Nummer zu groß zu sein. Man müsste diese Yacht gründlich unter die Lupe nehmen. Mit diesen Gedanken fiel Fernando endlich in einen unruhigen Schlaf.

Das Brummen des Handys weckte ihn auf. Völlig erschlagen drehte sich Fernando in Richtung der Störung und fummelte suchend an den Tasten.

„Habe ich dich geweckt?", tönte es, und Fernando konnte Sánchez schadenfroh grinsen sehen.

„Hmm…", brummte er missmutig.

„Also, da macht man sich in aller Früh an die Arbeit, und du pennst in den Tag hinein", sagte der Inspector vorwurfsvoll.

„Jaja… wie spät ist es denn?"

„Willst du jetzt die Angaben, oder lassen wir es bleiben?"

Jetzt war Fernando da. „Schieß los, Javier! Wem gehört der verfluchte Kahn."

„Du bist gut!", brummte Sánchez. „Der Kahn ist eine Luxus-Yacht und gehört der spanischen Regierung."

„Scheiße!" Jetzt war Fernando hellwach.

„Hör endlich auf zu fluchen!", sagte der Inspector. „Die ʻPrincesaʻ ist in Barcelona registriert, auf den Namen José Manuel Vasquez, den persönlichen Sekretär des Ministers von Energía y Minas. Da lässt du besser die Finger davon."

Fernando saß auf der Bettkante. Sein Hirn lief auf Hochtouren. Er stöhnte: „Das darf doch nicht wahr sein. – Was zum Teufel hat der Nobody Danilo mit der spanischen Regierung zu tun? Das stinkt doch gewaltig zum Himmel, in was für ein Wespennest sind wir da geraten? Ich muss wissen, was diese Yacht hier will. Ich brauche einen Durchsuchungsbefehl."

„Du spinnst wohl!", fuhr ihn Sánchez an. „Vergiss es, den bekommen wir nie. Eine Yacht der Regierung, die hat wahrscheinlich sogar diplomatische Immunität."

„Versuch es trotzdem!"

„Wie stellst du dir das vor? Ich, ein kleiner Beamter einer kleinen Insel, soll in Madrid um Rechtshilfe bitten. Wenn die überhaupt zuhören, dann würde das bestimmt Jahre dauern, bis sie dann höflich ablehnen. – Du verrennst dich da in etwas."

Fernando wanderte inzwischen im Zimmer auf und ab. Er überlegte fieberhaft. Das hatte er nicht erwartet, und langsam entglitt ihm der Fall. Sollte er vielleicht die ganze Angelegenheit auf sich beruhen lassen und einfach zu seinem ruhigen Dasein als Kellner im El Rondó zurückkehren. Ilona würde sich freuen und verstehen. – Aber wenn er ehrlich war, im Geheimen würde er sich immer Vorwürfe machen, eine ungelöste Aufgabe einfach liegen gelassen zu haben, und das war überhaupt nicht seine Art. Er musste irgendwie herausfinden, was da ablief. Hatte er etwas übersehen? Wo war das Puzzleteil, das dem Ganzen einen Sinn gab? Es musste dort auf dieser Yacht sein, und irgendwie musste er es finden.

Gegen Mittag beschloss Fernando, nochmals zur Marina zu fahren. Er informierte die Rezeption, dass sie eine weitere Nacht zu bleiben gedachten und bestellte ein Taxi. Sein Sohn hatte sich immer noch nicht gemeldet, aber das konnte viele Gründe haben, und Fernando vertraute darauf, dass dieser wusste was er tat und sich nicht in Schwierigkeiten brachte. Er selber war sich nicht ganz sicher, ob er dieselbe Vorsicht walten lassen konnte, wie er es von seinem Sohn erwartete.

Die Sonne stand direkt im Zenit als er ausstieg, den Fahrer entlohnte und dem Kai entlangging. Es war brütend heiß, und er verfluchte seinen Anzug und dass er ohne Kopfbedeckung unterwegs war. Außerdem fiel er auf, wo doch die Touristen und Bootsleute meist in leichten Shirts und kurzer Hose unterwegs waren. Er entledigte sich seiner Jacke und öffnete die oberen Kragenknöpfe. Als er die Stelle seines gestrigen Beobachtungspostens erreichte, war er völlig verschwitzt, entdeckte aber, dass dort eine Palme etwas Schatten spendete. Er ließ sich auf eine Betonbank sinken und beobachtete die im Wasser dümpelnden Yachten. Die 'Princesa' lag leicht schräg vor ihm, und er sah erneut die beiden Wächter, wie sie sich auf dem Steg herumdrückten. Offensichtlich war auch ihnen heiß, und vor dem Boot war natürlich kein Schatten. Auf der Yacht war niemand zu sehen, aber ob sich jemand in den Kabinen aufhielt, das war natürlich nicht auszumachen. Die lockere Art, wie sich die beiden Wächter hielten, deutete aber darauf hin, dass sie alleine da waren und ihre Aufgabe keine große Herausforderung darstellte. Sie quatschten auch ungehemmt in einem für Fernando unverständlichen Dialekt und lachten oft laut und ungehemmt.

Während sich Fernando schon geraume Zeit fragte, ob er hier nicht einfach einer dummen Idee aufsaß und langsam Gefahr lief entdeckt zu werden, bemerkte er plötzlich, dass die beiden Männer sich einig wurden, zielbewusst den Steg verließen und die gegenüberliegenden Cafés ansteuerten. Das war seine Chance.

Sobald die beiden Männer außer Sicht waren, betrat Fernando den Steg und ging auf die Yacht zu. Er lief natürlich Gefahr, dass noch jemand an Bord war. Aber dieses Risiko musste er eingehen. Er überlegte nicht lange und verdrängte den Gedanken, dass er hier eigentlich einen strafbaren Einbruch beging, und betrat das Deck. Das Boot schaukelte leicht, aber alles blieb ruhig. Mit einem Blick zurück versicherte er sich, dass niemand in der Nähe war und betrat dann die Kabine. Das braune Täfer und die dunklen Möbel ließen den Raum äußerst luxuriös erscheinen. Er war makellos aufgeräumt und diente wohl als Aufenthaltsraum. Dahinter, durch eine Tür abgetrennt, befand sich ein Arbeitsbereich, mit Schreibtisch, Aktenschrank und einer komfortablen Sitzgruppe. Den modernen Computer brauchte Fernando nicht zu beachten, denn der war mit Sicherheit passwortgeschützt. Er warf einen Blick in die Fächer des Aktenschrankes, aber auch dafür war keine Zeit. Auf dem Tisch fand er im Ablagefach einige Dokumente, welche er rasch durchblätterte. Irgendwelche Lieferscheine, Rechnungen und Briefkopien. Ein Fax erregte seine Aufmerksamkeit. Er nahm es auf und las:

'Alle zwanzig in El Cabril angekommen. Wir erwarten umgehend die nächste Lieferung'. Der Absender in der obersten Reihe war: Ministerio E. y M. 04.02.

Fernando zitterte vor Aufregung. Hier war der gesuchte Beweis. Er holte sein Handy aus der Tasche und fotografierte das Papier. Er ordnete alles wieder, wie es da gelegen hatte und blickte sich um. Auf einem Regal standen einige Bücher. Er blätterte durch ein Handbuch für Segler und legte es zurück. Da war nichts von Bedeutung. Ein Logbuch war vermutlich im Steuerhaus und nicht hier in der Kabine. – Unschlüssig verweilte er einen Moment, als er plötzlich ein leichtes Schaukeln wahrnahm. Da war jemand an Bord! Und jetzt kamen Schritte näher! Mit einem Sprung tauchte Fernando hinter das Sofa. Keine Sekunde zu früh, denn durch die Türe kam ein Mann.

„Verfluchte Bande", brummte der Ankömmling vor sich hin. „Lassen die Yacht einfach unbewacht. Die werden…"

Der Mann stand vor dem Schreibtisch und schien die Papiere durchzusehen. Fernando duckte sich weiter hinter das Sofa. Er entdeckte eine weiße Hose über teuren braunen Schuhen. Mehr war aus seiner Position nicht zu sehen. Er verhielt sich steif und still, voller Angst entdeckt zu werden. Es war nicht vorstellbar, was geschehen würde...

Plötzlich ertönte die Melodie eines Klingelzeichens. Die Person am Schreibtisch trat zurück und nahm den Anruf an: „...Ja, hier spricht Vasquez... Natürlich, es ist alles..."

Offensichtlich war die Verbindung schlecht, und der Mann verließ den Raum und begab sich an Deck. Seine Stimme war nun nur noch bruchstückhaft zu hören, und Fernando verstand nichts mehr. Er atmete auf. Für den Moment war er gerettet, aber wie sollte er jetzt hier wegkommen. Offensichtlich war der Mann, Vasquez, der Eigner der Yacht, und wenn der blieb, war er geliefert. Vorsichtig erhob sich Fernando hinter dem Sofa, immer bereit sofort wieder abzutauchen. Der Schatten vor dem Eingang schien eine Ewigkeit zu telefonieren, aber dann eilte er entschlossen von Bord und ging dem Kai entlang zur nahen Sailors Bar.

Das war knapp! Auf wackeligen Beinen ging Fernando ebenfalls von Bord und dankte seinem Glück, dass er da nochmals heil davon gekommen war. Er verließ die Marina, jetzt schon zum zweiten Mal innert vierundzwanzig Stunden, zu Fuß. An einer geschützten Stelle der Promenade setzte er sich auf eine Bank und lehnte sich erschöpft zurück.

Endlich hatte er einen Anhaltspunkt in der verworrenen Geschichte. Er öffnete auf dem Handy das Foto des Faxes und las die Worte vor sich hin. Es konnte eigentlich nur eines bedeuten, dieser Vasquez organisierte, im Auftrage höherer Stelle, die Flucht der Männer aus Afrika nach Spanien. Aber warum denn? Spanien wollte doch mit allen Mitteln die Immigration in die Europäische Union verhindern. Warum holte man denn diese Leute praktisch ab und brachte sie ins Land. Der Ort El Cabril sagte ihm nichts, und wo der lag, wusste er auch nicht, aber das konnte man wahrscheinlich im Internet recherchieren.

Dann kamen, wie lästiges Ungeziefer, schleichend Bedenken auf. Was hatte er eigentlich da in der Hand? – Nichts! Er konnte doch nicht Beweise erbringen, die er sich durch eine illegale Art und Weise ergattert hatte. Ein Handy-Foto war gar nichts, und alles andere waren auch nur Vermutungen. Außerdem genossen diese

Leute mit größter Wahrscheinlichkeit diplomatischen Status, welcher sie sowieso vor Strafverfolgung schützte. Sie waren also keinen Schritt weiter gekommen, und was dieser Danilo für eine Rolle spielte, wusste immer noch keiner. Er konnte nur hoffen, dass Pablo mehr Glück hatte und mehr Licht in die unselige Sache bringen konnte. Ja, aber wo war sein Sohn?

Kapitel 30

Statt wie geplant auf der Fähre nach Corralejo, hinüber nach Fuerteventura zu sein, jagte Danilo ein paar Tage später erneut über die Schnellstraße Richtung Osten. Sie hatten ihm unmissverständlich gedroht, ihn bei der Guardia Civil zu melden, wenn er versuchen würde die Insel zu verlassen. Außerdem erwarteten sie noch eine Lieferung, denn durch das Verschwinden eines Teiles der Gruppe das letzte Mal, wäre der Auftrag nicht erfüllt. Man hätte Möglichkeiten, von denen er nichts ahnen würde, drohten sie. Damit hatten die wohl recht, denn dieser Vasquez hatte offensichtlich Verbindungen bis weit oben in Madrid. Seit er die Angelegenheit von Christian übernommen hatte, war einiges schief gelaufen, und er schwor sich, dass er sich heil aus der ganzen Sache verabschieden würde, sobald er sein Geld hätte. Er würde ein letztes Mal die Bande in Empfang nehmen, das restliche Geld abholen und dann schnellstens, still und leise, verschwinden.

Kurz vor Tías verließ Danilo die Hauptstraße und steuerte sein Mietauto Richtung Conil. Die Instruktionen aus Marokko, zur Abholung der Schwarzen, mussten inzwischen eingetroffen sein. Er brauchte sie einfach an Sindy weiterzugeben und dann auf die Ankunft zu warten. Ihm graute zwar vor dem Gedanken, nochmals zum Bunker zu gehen, aber er wusste jetzt auf die Schnelle auch keinen besseren Ort, um die Kerle in Empfang zu nehmen. Die Unzugänglichkeit und Abgeschiedenheit war einfach ideal, und Sindy würde die Stelle mittlerweile auch ohne Funkkontakt und Anweisungen zu finden wissen. Selbst wenn jemand, er meinte damit vor allen diesen Ex-Bullen und seinen Sohn, von der Ankunft Wind bekommen sollte, so wären sie doch längst über alle Berge, bis dort jemand auftauchen würde. Dieser Plan war einfach genial, und er verstand bis heute nicht, was dabei mit Christian falsch gelaufen war. Der Blödmann hatte wahrscheinlich einfach die Nerven verloren und war damit ins offene Messer gelaufen. Ihm würde so etwas mit Sicherheit nicht zustoßen.

Danilo stellte sein Auto vorne bei der Ermita Magdalena ab, stieg aus und steckte die Pistole in den Gürtel. Die Finca lag verlassen in der Dunkelheit, aber Ingrids Auto stand einsam im Hof. Er hatte natürlich von der sensationellen Rettung der Deutschen gehört, hatte aber keine Ahnung, ob diese wieder auf der Finca war. Vielleicht war sie im Haus und schlief auch schon. Er probierte vorsichtig die Haustür. Sie war verschlossen. Er kannte das Anwesen ja bereits, weshalb er ohne Zögern über die Terrasse zum hinteren Eingang ging. Die Glastür mit dem einfachen Schloss stellte keine große Herausforderung dar. Ein kleiner Ruck, und sie sprang auf. Er verharrte und lauschte in die Dunkelheit des Raumes. Wo sollte er die Maske suchen? War das Paket überhaupt angekommen? Ingrid hätte es bestimmt geöffnet, vielleicht ahnungslos weggelegt oder sogar entsorgt.

Während er so dastand, flammte plötzlich Licht auf, und Ingrid stand wie ein Racheengel in der Küchentür. Sie hatte ein großes Fleischermesser in der Hand und blickte erstarrt auf den Eindringling. Als sie ihn erkannte, stieß sie einen grellen Schrei aus und stürzte auf ihn zu.

Danilo reagierte blitzartig und richtete seine Waffe auf die entfesselte Gestalt. „Lass das Messer fallen!", bellte er. „Ich zögere nicht."

Sie stoppte abrupt und schrie: „Du Schwein, bist gekommen um deine Verbrechen zu Ende zu bringen." Noch immer war das Messer in ihrer erhobenen Hand. „Na los worauf wartest du…" – Klirrend fiel das Messer zu Boden, und Ingrid stand wie eine erlahmte Stoffpuppe da und schwankte.

„Na also", knurrte Daniel. „Es geht doch. Ich will nur die Maske abholen, dann bin ich gleich wieder weg."

Er blickte suchend um sich und entdeckte das Packet tatsächlich auf der Anrichte.

„Das ist nicht für dich", flüsterte Ingrid. Langsam sickerte die Erkenntnis in ihre Gedanken, dass dies wohl eine weitere illegale Aktion bedeutete, und dass Danilo jetzt eigentlich keine andere Wahl hatte, als sie zu töten. Sie hatte sich schon gewundert, als wieder so eine Maske ankam, dachte aber, es habe nichts mehr zu bedeuten, und es wäre alles vorbei.

Danilo winkte mit der Pistole zur Wand. „Stell dich dort hin und rühr dich nicht!", befahl er. Er ging zur Anrichte und riss das Packet auf. Die Maske polterte auf die Platte und blieb dort mit dem Profil nach oben liegen. Die schwarze Frau schien unbeteiligt in die Luft zu starren. Ingrid hatte gestern das geheimnisvolle Gesicht lange betrachtet. Es hatte etwas Faszinierendes, Erotisches, aber auch Kaltblütiges an sich. Diesmal war darin aber kein Schlüssel versteckt, sondern ein kleiner Zettel mit unverständlichen Zahlen.

Plötzlich ertönten lauter Motorenlärm und das Rutschen eines heftig gebremsten Wagens. Danilo riss die Pistole hoch. Ein Schuss peitschte los, verfehlte Ingrid aber knapp. Wildes Hämmern ertönte an der Haustür, und lautes Rufen drang herein. Danilo schoss unkontrolliert drei Mal in die Tür, drehte sich um und rannte hinaus auf die Terrasse. Mittlerweile schrie Ingrid hemmungslos und in Todesangst. Sie hatte sich unter den Tisch verkrochen und erwartete jeden Moment den tödlichen Schuss.

„Ingrid!", schrie draußen jemand verzweifelt. „Ingrid! Bist du da drin? Ingrid! Mach auf!"

Sie erkannte Pablos Stimme und kroch zur Tür. Draußen ertönten ein weiterer Schuss und ein Schrei. „Nein!", schrie sie auf und sprang hoch, entriegelte die Tür und sank in die Knie. „Pablo! Nein, nicht!"

Er fing sie auf und sank mit ihr zu Boden. Einen Moment lang umklammerten sie sich wie zwei Ertrinkende. Dann erkannten sie die plötzliche Stille.

„Er ist weg", flüsterte Pablo. „Er ist geflohen, du bist in Sicherheit. – Ingrid, Liebste, bist du in Ordnung?"

269

„Oh Gott! Er wollte mich erschießen. Es war so schrecklich! Warum?"

„Nicht wichtig. Hauptsache du bist heil. Ich könnte mich ohrfeigen, dich alleine gelassen zu haben." Pablo stand auf und zog sie hoch. Das geliebte Gesicht war bleich und verzerrt, und die Augen blickten glanzlos wirr. Er nahm sie sanft in die Arme. Der ganze Körper zitterte, und ein verzweifeltes Stöhnen drang aus ihr wie von einem weidwunden Tier.

Noch war die Gefahr nicht vorbei, erkannte Pablo plötzlich. Er spähte über die Schulter der schluchzenden Frau, konnte aber auf der Terrasse keine Bewegung erkennen. Er führte Ingrid zu einem Stuhl, küsste sie und bewegte sich vorsichtig in Richtung Terrassentür. Unbewaffnet wie er war, hätte er keine Chance. Dann sah er aber eine Bewegung weiter unten an der Zufahrt. Danilo musste von der Terrasse hinunter gesprungen, dann über die Mauer in den Weinberg gelangt sein und hatte jetzt schon beinahe sein Auto erreicht. Wieder ein Fehler, sagte sich Pablo. Es wäre ein leichtes gewesen, dessen Auto mit seinem eigenen Wagen zu blockieren, aber jetzt musste er im Mondlicht zusehen, wie Danilo einstieg und ungehindert davonbrauste.

Ein leises Stöhnen ließ ihn herumfahren. Am Zugang zur Terrasse lag Edi. Er versuchte sich zu erheben, sank aber stöhnend zurück. Seine Hose war blutgetränkt und sein Gesicht aschfahl.

Pablo war sofort zur Stelle. „Edi, du bist verletzt", stellte er unnötigerweise fest.

„Mein Bein", stammelte der Verletzte. „Er hat mir ins Bein geschossen…"

Pablo rief: „Ingrid! Bitte komm! Danilo ist weg, aber hier liegt Edi. Er ist verletzt. Wir müssen ihn verbinden."

Ingrid erschien in der Terrassentür und blickte verstört um sich. „Edi!", rief sie. „Der ist doch auch…"

Pablo verstand. „Er braucht jetzt Hilfe", sagte er. „Der Mann ist nicht so… Ich erklär's dir später."

Die Blutung war schnell gestoppt. Ein Streifschuss, stellte Pablo fest, nicht besonders tief, aber wahrscheinlich recht schmerzhaft. Sie desinfizierten und verbanden. Edi hatte sich inzwischen vom Schock etwas erholt und saß aufrecht an die Hausmauer gelehnt.

„Es tut mir leid", sagte er. „Das alles wollte ich wirklich nicht. Danilo ist ja völlig daneben."

„Das kann man tatsächlich so sagen", stimmte Pablo bei. „Außerdem haben wir ihn jetzt auch noch verloren. – Mein Vater wird keine Freude haben."

„Lasst den Schuft doch gehen!", protestierte Ingrid. „Hat er nicht schon genug angerichtet. Ich denke, Edi sollte ins Krankenhaus."

Edi erhob sich und humpelte ein paar Schritte. Dann sagte er: „Es geht schon, es scheint ja nur ein Kratzer zu sein. Danke Ingrid, danke, dass du mir geholfen hast. Ich weiß, ich hätte es nicht verdient." Er machte ein paar weitere Schritte und nickte. „Ja, es geht schon, und was den Danilo anbetrifft, ich glaube nicht, dass wir ihn verloren haben. Der hat jetzt eigentlich nur noch wenige Möglichkeiten sich zu verkriechen. – Ein Hotel ist eher unwahrscheinlich, warum sollte er. Bei mir wird er sich, jetzt nach allem, wohl kaum verstecken, bleibt also nur die Catalina."

Ingrid nickte. „Richtig, das könnte sein. Er hat doch die Anweisungen aus der Maske mitgenommen, und das betrifft doch mit großer Wahrscheinlichkeit wieder so einen Flüchtlingstransport, womit denn sonst, wenn nicht mit dem Kutter Catalina."

„Wir müssen sofort los!", rief Pablo. „Der Kerl darf uns nicht entkommen."

„Halt!", bremste Edi. „Der Mann wird dich glatt erschießen, wenn du dort auftauchst. Er hat nichts mehr zu verlieren."

„Er hat recht", bat Ingrid und klammerte sich an Pablos Arm. „Danilo ist gefährlich, und ich will nicht, dass du dort hinfährst. Ich will dich nicht verlieren, keinen von euch. Es ist schon genug Schlimmes geschehen, und ich denke, es ist an der Zeit die Polizei zu rufen."

Sie suchte ihr Handy und begann zu tippen. Aber Pablo hielt sie auf. „Warte! Wir müssen überlegen und nicht vorschnell handeln. Die Polizei würde Danilo natürlich sofort verhaften und vielleicht auch die Catalina beschlagnahmen. Aber damit würden wir nie erfahren, was eigentlich hinter der ganzen Geschichte steckt und wer die wirklichen Drahtzieher sind. – Wir müssen zuerst mit meinem Vater sprechen."

271

„Der steckt doch sicher noch in Playa Blanca", warf Edi ein. „Er hat keine Ahnung, was hier alles passiert ist."

„Genau", sagte Pablo. „Deshalb rufe ich jetzt an."

Nachdem er mehrere Male versuchte eine Verbindung herzustellen, ließ er das Handy sinken und schimpfte: „Scheiße, keine Verbindung. – Ingrid, probier du mal!"

Aber auch deren Bemühungen fruchteten nichts. Die Verbindung war tot. „Hier ist doch kein Funkloch!", schimpfte sie. „Normalerweise haben wir problemlosen Empfang. Es muss, wie das ja öfter vorkommt, eine Störung beim Anbieter vorliegen. – Was machen wir jetzt?"

„Abwarten und weiter versuchen", antwortete Pablo verärgert.

Inzwischen war es weit nach Mitternacht geworden, und bleiernes Schweigen machte sich zwischen den Dreien breit. Ingrid und Pablo hatten sich hingesetzt, nur Edi tigerte ruhelos durch den Raum. Pablo wollte schon genervt auffahren, als Edi abrupt stehen blieb. „Ich fahre zum Hafen", sagte er in die Stille hinein. „Ich bin sicher, er wird zur Catalina wollen. Dort stelle ich ihn zur Rede."

„Spinnst du!", rief Pablo. „Vorhin hast du selber gesagt, dass der Kerl unberechenbar ist und sofort schießen wird. Bist du lebensmüde?"

Edi schüttelte unmerklich den Kopf und antwortete: „Ich glaube nicht, dass es so ist. Du vergisst, ich war ja sein Freund."

„Ja schon, aber er hat doch mitbekommen, dass du mit mir gekommen bist, und er hat sogar auf dich geschossen."

„So war es aber nicht", stellte Edi richtig. „Es war ein Reflex. Als er floh bin ich um die Ecke gekommen, und er hat einfach abgedrückt. Ich glaube nicht, dass er mich erkannt hat."

Pablo protestierte: „Das ist viel zu unsicher! Es könnte genauso gut umgekehrt sein, dass er sehr wohl weiß, dass du die Seiten gewechselt hast."

Ingrid warf leise ein: „Hat er das…?"

Das betretene Schweigen brach Edi mit einer schnellen Bewegung. Er schnappte sich den Autoschlüssel, den Pablo achtlos auf dem Tisch hatte liegen lassen, und rannte durch die Tür.

„Edi!", rief Pablo und sprang auf. „Warte doch!"

Aber der Mann war schon beim Auto und fuhr ohne einen Blick zurück davon. Pablo drehte sich zu Ingrid um und schüttelte den Kopf. Er konnte einfach nicht glauben, dass er sich in dem Manne erneut getäuscht hatte. Auch sein Vater hatte doch von dessen Rettung und der darauf folgenden Hilfsbereitschaft erzählt. Waren sie so naiv darauf hereingefallen und hatten geglaubt, er würde ihnen bei der Festnahme seines Landsmannes helfen. Er hatte ja eben bestätigt, dass Danilo und er Freunde waren, und Menschen gleicher Herkunft hielten sowieso zusammen. – Ja, er hatte alles verbockt. Aber eines hatte er sich vorgenommen und geschworen. Niemals, unter keinen Umständen, würde er Ingrid noch einmal alleine lassen. Er würde sie beschützen und wenn es sein musste, mit seinem Leben.

Pablo hatte zu diesem Zeitpunkt keine Ahnung, dass er genau diesen Schwur, noch in diesen Tagen, erneut brechen würde.

Kapitel 31

Es war zwecklos, länger in Playa Blanca zu bleiben. Fernando hatte längst begriffen, dass die Yacht Princesa ein unantastbarer Bereich darstellte. Er hatte unverschämtes Glück gehabt, dass er nicht entdeckt worden war, denn dann wäre er jetzt wohl in den Fängen der Guardia Civil, und man wusste ja, dass man da nicht so einfach wieder los kam. Dieser Vasquez hätte wohl alle diplomatischen Fäden gezogen, sodass er wochenlang, wenn nicht Monate, außer Gefecht gesetzt worden wäre. Verdammt, warum fuhr er nicht einfach zurück nach Puerto del Carmen zu Ilona und ließ andere die Arbeit tun.

Pablo war immer noch nicht zu erreichen. Erneut schimpfte Fernando, es war einfach kein Verlass auf diese neuartigen Kommunikationsmittel. Genau dann, wenn man sie dringend brauchte, versagten sie. Ein weiterer Versuch scheiterte kläglich.

Fernando verließ die unbequeme Bank an der Promenade und machte sich auf den Weg zur Pension. Er musste das Zimmer bezahlen, und dann war es Zeit nach Hause zu fahren. – Plötzlich durchfuhr ihn ein Gedanke. Maria! Die Dame der Autovermietung mit dem Tracking-System. Sie konnte den Standort von Danilos Wagen ermitteln, und Pablo musste dann nicht weit sein, er verfolgte diesen ja.

Er hatte Glück, um die Mittagszeit war Maria noch nicht zur üblichen Siesta weggegangen. Sie erkannte den Ankommenden sofort und begrüßte ihn mit einem Lächeln.

„Señor Comisario, Sie wieder. Haben Sie ihn gefunden?"

Verlegen antwortete Fernando: „Na ja, aber leider ist er uns wieder entwischt. Könnten Sie uns nochmals helfen?"

Seine Bitte löste etwas Unbehagen aus, aber nach kurzem Zögern sagte sie: „Nachdem ich's bereits einmal getan habe, kommt's auf ein zweites Mal auch nicht mehr an." Sie betätigte die Tastatur des Computers. „Das gleiche Auto, die gleiche Nummer. Da ja, da ist es. Es steht an der Calle Agustin de la Hoz Betancort in Arrecife. Das ist eine Parallelstraße beim Puerto de Naos."

„Also doch", entfuhr es Fernando, und dann überlegte er: „Sie können wohl nicht feststellen, wie lange er da schon steht? – Das ist wohl zu viel verlangt. Er steht wahrscheinlich schon die halbe Nacht dort."

„Das kann ich tatsächlich nicht feststellen, so gerne ich wollte", sagte Maria. „Ist der Mann denn gefährlich, ein Verbrecher?"

Innerlich schmunzelte Fernando. Viele Leute wähnten sich plötzlich im Mittelpunkt einer Ermittlung, wenn sie dazu eine kleine Hilfeleistung erbringen konnten. Dann fühlten sie sich im Rampenlicht und waren sich gar nicht bewusst, wie aufreibend und mühsam so ein Fall sein konnte und überhaupt nichts mit Ehre und Ansehen zu tun hatte. Es war harte Knochenarbeit und manchmal auch sehr frustrierend.

„Wir suchen einen Verdächtigen", stellte er deshalb richtig. „Er ist kein Verurteilter, und wir versuchen einfach die Tatsachen aufzuklären. – Ich danke ihnen aber für ihre Hilfsbereitschaft, meine Liebe."

Fernando wollte schon zur Tür, als ihm plötzlich einfiel, dass er ja ohne Transportmittel dastand. Sein Auto hatten Pablo und Edi. Er hatte wenig Lust auf eine lange Busfahrt. Er wandte sich also wieder an Maria und verlangte einen Mietwagen.

„Gerne", reagierte die Frau mit einem wiederkommenden Lächeln. „Sie haben Glück, wir haben einen fast neuen Seat mit Automatik-Schaltung. Ein Auto wie geschaffen für Sie Señor."

Es war nicht ganz billig, aber er wollte los. Die Ungewissheit und Pablos Stillschweigen belasteten ihn immer mehr. Es war wichtig, dass er erfuhr, was bei der Verfolgung des Verdächtigen geschehen war. Immer mehr Zweifel stiegen in ihm hoch. War es richtig gewesen, als er seinen Sohn und Edi losschickte, dem Wagen zu folgen. Danilo schien in die Enge getrieben, und wer konnte wissen was geschehen würde, wenn ihn die Beiden aufzuhalten versuchten. Das Unbehagen trieb ihn an, und nachdem er bezahlt hatte und die Schlüssel von der hilfreichen Maria erhalten hatte, eilte er zum Auto und preschte los.

Die erlaubten achtzig km/h ignorierend, fuhr Fernando auf der Schnellstraße um den Ort Yaiza und durch Macher in Richtung Tías. Er entschied sich für einen kurzen Halt zu Hause. Vielleicht wusste Tanta Amara mehr über den Verbleib ihres Neffen. Außerdem war das Telefon dort höchstwahrscheinlich in Ordnung. Immerhin hatte die Tante noch einen festen Anschluss, denn sie schimpfte ständig über die maßlose Telefoniererei mit den Handys, Smartphones und Konsorten. Wenn er Glück hatte, konnte er von dort seinen Sohn erreichen.

Tante Amara wusste von nichts, und die Verbindung kam auch nicht zustande.

„Sag ich's doch", frohlockte die Tante. „Die blöden Dinger taugen nichts. – Ich denke, Pablo wird bei seiner neuen Freundin sein. Du hast ihm ja gesagt, er soll auf sie aufpassen."

Womit Tante Amara natürlich recht hatte, aber das half ihm nun wirklich nicht weiter.

„Ich fahr hoch und sehe nach", entschloss sich Fernando und knallte die Tür hinter sich zu. Das war ungerecht, durchfuhr es ihn im selben Moment. Amara konnte nun wirklich nichts dafür, dass ihm die Sache aus den Händen glitt. Die Sorgen wurden aber mit dieser Einsicht nicht kleiner, und er trat entschlossen aufs Gas und brauste davon.

Kurze Zeit danach fuhr er, weit gemäßigter, an der Ermita Magdalena vorbei auf die Finca zu. Ingrids Wagen stand am gewohnten Platz. – Aber sein eigenes Auto fehlte. Fehlanzeige, seine beiden Helden waren also auch nicht hier. Er stellte seinen Mietwagen mitten in die Einfahrt und eilte zur Tür. Scheinbar war seine Ankunft bemerkt worden, denn die Tür wurde aufgerissen und Pablo erschien.

„Pablo!", rief er erleichtert. „Ich befürchtete schon..."

„Papá, bitte beruhige dich. Ich weiß, dieses blöde Telefon funktioniert nicht. Aber jetzt bist du ja da. – Gott sind wir froh!"

Inzwischen war auch Ingrid in der Tür erschienen. „Señor Fernando, nun wird alles gut."

Fernando war sich nicht klar, was jetzt gut sein sollte, aber er freute sich doch, die Beiden unversehrt anzutreffen. Doch irgendetwas schien nicht in Ordnung.

„Schön", entgegnete er. „Aber wo ist mein Auto? – Und Edi, der ist doch auch hier, oder?"

„Komm erst herein", bat Pablo und machte den Weg frei. „Wir haben viel zu besprechen."

Dann entdeckte Fernando die Schusslöcher in der Tür und erschrak. „Edi?", stieß er aus. „Was ist mit ihm? Wo ist er?"

„Er ist in Ordnung", erwiderte Pablo. „Aber er ist abgehauen."

„Mit meinem Auto!"

„Ja, aber das ist eine komplizierte Geschichte. Komm Papá, setz dich doch." Dann wandte sich Pablo an Ingrid: „Liebes, bitte bring uns doch etwas zu trinken. Limonade, oder einfach nur kaltes Wasser."

Fernando setzte sich an den Tisch und blickte um sich. Er entdeckte das Verbandsmaterial auf der Anrichte und daneben die schwarze Maske. „Was war hier los? Wurde jemand verletzt? Komm, erzähl schon!"

Pablo begann mit ihrer Ankunft und wie sie Danilo im Haus angetroffen hatten. Er hatte wild um sich geschossen, aber zum Glück niemanden ernsthaft verletzt. Einzig der Edi hatte einen Streifschuss am Bein.

„Und dann ist unser lieber Edi einfach auf und davon", sagte Pablo. „Er behauptete, er wisse genau wohin Danilo wolle. Er schnappte sich den Schlüssel und stahl dein Auto."

Ingrid hatte sich zu den Männern gesellt und berichtete: „Ich traue diesem Kerl auch nicht. Obwohl Danilo derjenige war, der mich bedrohte. Ich hatte Glück, dass er mich nicht erschoss." Ihre Stimme zitterte als sie fortfuhr: „Es stimmt schon, sein Ziel muss

278

der Hafen von Arrecife sein, denn er hatte ja die Anweisungen in der Maske gefunden. Wir denken, dass ein weiterer Flüchtlingstransport geplant ist. – Edi hat das sofort begriffen und ist ihm nachgefahren."

Fernando seufzte: „Mein Gott bin ich froh, dass niemand zu Schaden gekommen ist. Die Ungewissheit war schrecklich."

Auch Pablo atmete schwer. „Ich bin immer noch erschlagen und mache mir Vorwürfe. Ich hätte Ingrid nie alleine lassen dürfen. Wenn ihr etwas zugestoßen wäre..."

Fernando grummelte vor sich hin und schien zu überlegen. Auch er hatte Neuigkeiten, solche, die vielleicht den Hintergrund des Falles etwas aufdecken konnten. Er berichtete von seiner Aktion auf der Yacht Princesa und wie er die Faxkopie entdeckt hatte. Er zeigte das Bild auf seinem Handy.

„Bitte lasst euch nicht täuschen", sagte er. „Dieses Foto hat überhaupt keine Beweiskraft. Es ist während einem Einbruch und illegal entstanden. Ich habe mich dabei sogar strafbar gemacht."

Pablo reagierte darauf richtig wütend. „So eine Schweinerei wird von unseren höchsten Behörden organisiert. Das ist ja unglaublich! Wahrscheinlich fließt da viel Geld in die Taschen der Akteure. Kein Wunder, dass ein Danilo bis zum Letzten dran bleibt und vor nichts zurückschreckt."

Ingrid hatte aufmerksam zugehört, wandte aber jetzt ein: „Ich verstehe einfach nicht, wofür sich die Regierung die Mühe macht, Flüchtlinge aus Afrika zu holen, wenn die doch sowieso dauernd nach Europa drücken. Normalerweise heißt es doch, diese Leute sollen, wenn sie schon einmal hier sind, auf den Kanaren bleiben und nicht nach Spanien gebracht werden. Warum werden die jetzt nach El Cabril gebracht, was sollen die denn dort?"

„Eine gute Frage", antwortete Fernando. „El Cabril... wurde dieser Name nicht schon früher einmal erwähnt? – Ich kann mich nicht erinnern, aber Pablo, das müsste doch leicht im Internet zu finden sein."

Sein Sohn nickte zustimmend. „Klar doch, ich geh' gleich und starte den Rechner. El Cabril..."

Er verschwand nebenan im Arbeitszimmer, und man hörte das Hochfahren des Computers. Dann herrschte angespannte Stille.

Fernando unterbrach sie mit der Frage: „Was ist jetzt mit unserem Edi? – Der ist also mit meinem Auto zum Puerto de Naos gefahren. – Dort wurde auch Danilos Mietauto lokalisiert."

„Genau!", triumphierte Ingrid. „Er will offensichtlich zu seinem Kumpel. Hab ich doch gleich gesagt, dem ist nicht zu trauen."

Fernando schüttelte den Kopf. Konnte er sich wirklich so täuschen? Er hatte Edi doch ganz anders eingeschätzt. Ja, dieser war Teil der miesen Geschichte, aber er war auch reumütig und hilfsbereit erschienen. Es war einfach unwahrscheinlich, dass er jetzt plötzlich wieder zu Danilo fuhr und diesem bei seinen Untaten auch noch half. Er erinnerte sich an Carmen, Edis Freundin, welche ihnen sogar geholfen hatte. Selbst Ilona war von der Ehrlichkeit der Frau beeindruckt. – Das Beste wäre wohl, da nochmals hinzufahren. Vielleicht war Edi einfach zu seiner Wohnung und Freundin gefahren? – Na ja, aber mit seinem Auto...

Pablo war aus dem Arbeitszimmer zurückgekommen und stellte den mitgebrachten Laptop mitten auf den Tisch. „Es ist kaum zu glauben", begann er, „aber die Leute werden an den Ort gebracht, der für die Lagerung von radioaktivem Müll bestimmt ist. Hier, seht", er deutete auf den Bildschirm, „westlich von Córdoba befindet sich die Sierra de Hornachuelos, und dort ist auch das gesuchte El Cabril. Ich habe versucht herauszufinden, was genau dort geschieht, aber die meisten Seiten sind geblockt oder geschwärzt. Soviel ist aber klar, dort befindet sich ein altes Bergwerk, welches schon zu Francos Zeiten für die Lagerung von radioaktivem Müll benutzt wurde. Es ist eine wenig besiedelte bergige Gegend, und die Bevölkerung der entfernten Dörfer wurde lange Zeit im Ungewissen gehalten. In neuerer Zeit wird die Anlage aber erneut ausgebaut. Durch das Abschalten der Kernkraftwerke, was ja auch die spanische Regierung beschlossen hat, wird das Endlager nun immer wichtiger."

„Großer Gott!", rief Ingrid. „Die schicken diese armen Menschen dort in die Minen."

„Moment!", bremste Pablo. „Da wird natürlich nichts abgebaut, sondern deponiert. Das heißt, sie brauchen Arbeiter für Transporte und Lagerung. Es ist offensichtlich, dass sich dort von der Bevölkerung wohl keiner hergibt, unter dieser Gefahr zu arbeiten, auch wenn noch so große Schutzmaßnahmen versprochen werden. Man weiß ja, dass es immer wieder Unfälle gibt und radioaktive Strahlung austritt. – Also ich selber würde da weit weg wollen."

Fernando nickte. „Also, jetzt wissen wir warum diese Flüchtlinge bei Nacht und Nebel ins Land geschmuggelt werden. – Nur, beweisen können wir überhaupt nichts. Danilo ist der Organisator, und der Kutter Catalina bringt die Leute beim Bunker am Barranco Parrado ins Land, alles im Auftrag von diesem Vasquez für das Ministerio de Energía y Minas. – Seid ihr euch eigentlich bewusst in was für einem Wespennest wir hier stochern?"

„Unerhört!", protestierte Ingrid erneut. „Ich kann es kaum fassen, und in so etwas war Christian verwickelt. – Er war mein Verlobter…"

„Es scheint so", sagte Pablo bedrückt. „Aber auch Danilo und Edi. Sie scheinen das Ganze durchgeführt zu haben. Christian ist tot, aber dieser Danilo, der müsste doch zur Rechenschaft gezogen werden. Vermutlich auch Edi…"

Fernando zögerte, wandte aber ein: „Beim Letzteren bin ich mir nicht sicher, aber da ist noch einer, den wir nicht vergessen dürfen. Der Bootsführer der Catalina, dieser Sindy, der hat ja die ganze Aktion mit seinem Kutter eigentlich ermöglicht. – Den möchte ich mir einmal vorknöpfen."

„Richtig!", stimmte Pablo zu. „Wir müssen sofort los, zum Puerto de Naos."

„Klar, vor allem möchte ich auch mein Auto wieder", brummte Fernando.

Pablo sprang auf und klappte den Laptop zu. Er küsste Ingrid zum Abschied und war schon bei der Tür, als ihm plötzlich bewusst wurde, dass er die Frau, welche er über alles liebte, erneut alleine zurück lassen wollte. Er stoppte und sagte: „Ingrid, ich…"

„Geh' nur!", unterbrach sie ihn. „Ich komme zurecht. Die Gefahr ist vorbei und dein Vater braucht dich jetzt."

„Aber…"

„Nun geht endlich! Ich werde alles verschließen und niemanden hereinlassen bis du wieder zurück bist. Ich warte auf dich."

Fernando holte sein Handy hervor. „Hier!", sagte er, „nimm es, es funktioniert, und wenn irgendetwas ist, wähl sofort die Notnummer."

„Klar, mach ich. Seid unbesorgt, mir passiert nichts."

Auf dem Weg zum Auto murmelte Pablo vor sich hin. Der letzte Spruch strafte jeder Tatsache der letzten Stunden lügen, und er hatte doch geschworen, sie nicht mehr alleine zu lassen.

Fernando, der die Anspannung seines Sohnes bemerkte, sagte beruhigend: „Pablo, sie ist in Sicherheit. Wir müssen uns jetzt ganz auf das konzentrieren, was wir am Hafen wollen."

„Wir wollen diese Scheißkerle endlich einlochen und für immer und ewig hinter Gitter bringen", knurrte Pablo und warf die Autotür krachend zu.

„Richtig", antwortete Fernando. „Dafür brauchen wir aber die Polizei, und deshalb fahren wir jetzt zuerst zum Posten in Tías. Inspector Sánchez muss uns helfen."

Die kurze Fahrt zum Zentrum von Tías bewältigten sie schweigend, jeder mit seinen Gedanken beschäftigt. Fernando wusste ganz genau, dass er von Sánchez selbst wenig Hilfe zu erwarten hatte. Schließlich war der Puerto de Naos in Arrecife und war damit dem dortigen Revier unterstellt. Dort würden aber Stunden verstreichen, bis die Beamten den Fall erfasst hätten und die notwendigen Schritte einleiten würden. Sánches kannte aber den Fall und hatte die notwendigen Kontakte um ein rasches Eingreifen und eine Verhaftung auszulösen.

„Ich werde sofort eine Fahndung nach Danilo Gasser veranlassen", versprach der Inspector. „Der Hafen wird natürlich als erstes überwacht. Ihr könnt also damit rechnen, dass es dort bald von Polizisten wimmeln wird."

„Danke Javier", sagte Fernando. „Er wird uns nicht entkommen, diesmal nicht mehr. Wir fahren jetzt dort hin."

Der Inspector ahnte, dass sich sein Freund nicht einfach zurückhalten würde und warnte deshalb: „Seid vorsichtig, der Mann ist bewaffnet. Überlasst das besser den Polizeibeamten."

Als sie wieder im Auto saßen und in Richtung Arrecife brausten, brummte Fernando vor sich hin. „Wir lassen die ihre Arbeit machen und halten uns raus. Ich möchte lieber einen Besuch in Edis

Wohnung machen. Ich glaube zwar nicht, dass Danilo sich dort versteckt, aber möglich wäre es. Außerdem interessiert mich wo Edi geblieben ist, und vielleicht könnte uns seine Freundin Carmen da weiterhelfen."

Eine halbe Stunde später hatten sie die Gasse in der Nähe des Hafens erreicht. Als erstes entdeckte Fernando erleichtert, dass sein Auto dort abgestellt war. Der Skoda war leer und sogar abgeschlossen. Vorsichtig näherten sie sich dem Tor zum Hof von Edis Bleibe. Fernando hielt seinen Sohn zurück und zog seine Waffe.

„Bleib hinter mir!", raunte er. „Besser noch, bleib draußen."

Der Innenhof war genauso wie er ihn in Erinnerung hatte. Er durchquerte die leere Fläche zur Tür. Undeutlich klangen Geräusche aus der Wohnung, wie von einem Fernseh- oder Radiogerät. Fernando stieß die Tür auf, sprang in den Raum und schwenkte die Waffe von links nach rechts.

„Polizei!", schrie er. Eine rasche Kontrolle der anschließenden Räume ergab keine Überraschungen. Dann ließ er die Waffe sinken.

Auf dem Sofa vor ihm saß Carmen, völlig erstarrt und totenbleich. Der Fernseher plärrte weiter. Pablo war hinterhergekommen und machte das Gerät aus.

Fernando steckte die Pistole weg und wandte sich an die Frau und sagte: „Señora Carmen bitte …bitte entschuldigen Sie. Haben Sie keine Angst, es geschieht ihnen nichts. – Ist noch jemand hier im Haus?"

Die Frage schien die Frau aus ihrem Schock zu hohlen. „Sie!", schrie sie. „Was fällt ihnen ein?"

Fernando versuchte es erneut: „Bitte Carmen, ich bitte Sie sehr um Entschuldigung. Sie haben meine Frage nicht beantwortet. Ist hier noch jemand?"

„Nein, natürlich nicht!", rief Carmen und sprang auf. „Was erlauben Sie sich…? Nein hier ist niemand außer mir."

„Bitte beruhigen Sie sich", sagte Fernando. „Wo ist ihr Freund Edi Wiederkehr?"

„Ich sagte doch hier ist niemand", antwortete Carmen aufgebracht.

„Bitte setzen Sie sich doch wieder. Wir wollen ihnen nichts Böses und haben nur ein paar Fragen."

Sie ließ sich zurück aufs Sofa fallen und stöhnte: „Mein Gott, haben Sie mich erschreckt. War das notwendig? Normale Besucher klopfen an der Tür."

Fernando seufzte. „Leider ging es nicht anders, meine liebe Carmen. Wir sind auf der Suche nach einem Verbrecher und der ist bewaffnet."

Carmen war zusammengesunken und saß zitternd in der Sofaecke. Der Schock, dachte Fernando, aber für Bedauern war jetzt nicht die Zeit. „Wissen Sie wo sich Danilo Gasser aufhält?"

„Ich habe keine Ahnung. – Edi sagte, er wisse nicht mehr was mit dem Danilo los sei."

„Aha, Edi war hier. Wann?"

„Am frühen Nachmittag, so gegen zwei Uhr."

„Er ist also von der Finca direkt hierher gefahren", stellte Pablo fest. Er hatte sich in der Zwischenzeit umgesehen und ruhig der Unterhaltung gelauscht. „Ist Edi bewaffnet?", wollte er jetzt wissen. „Oder anders, hat er hier vielleicht eine Waffe versteckt und jetzt mitgenommen? Wo ist er denn jetzt eigentlich?"

„Was sollen all diese Fragen?", stammelte Carmen. „Edi ist ein guter Mensch, er hat nichts Böses getan. Er hat sicher keine Waffe."

Fernando mischte sich ein. „Wir glauben ihnen. Es geht auch in erster Linie nicht um ihren Freund, sondern um diesen Danilo Gasser. – Noch einmal, was wissen sie über ihn?"

„Ich weiß wirklich nicht was da eigentlich vor sich geht", sagte Carmen. „Sie hatten irgendein Geschäft laufen, eine einfache Sache, sagte Edi. Er war ein paarmal draußen mit dem Kutter, aber wofür ist mir nicht bekannt."

„Sie meinen den Kutter Catalina?"

„Ja, genau den. Der Kapitän ist so ein Schwarzer. Der ist mir ziemlich angsteinflößend."

„Wissen Sie was die Catalina transportierte?"

„Ich dachte die gehen zum Fischen."

„Eher nicht."

Carmen überlegte und äußerte ihren vage aufkommenden Verdacht: „Sie wollen doch nicht etwa behaupten die hätten geschmuggelt. – Das ist doch völliger Unsinn, was sollte man nach Lanzarote schmuggeln."

„Flüchtlinge", sagte Pablo.

„Wie das? – Ihr meint die Catalina würde Flüchtlinge nach Europa schmuggeln. – Nun ja, es ist wohl nicht ganz legal, aber viele Menschen unterstützen solche Hilfe für diese Verfolgten und Vertriebenen. Ich denke man muss diesen armen Leuten helfen."

Fernando nickte. „Sie haben völlig recht. Aber dieser Fall liegt etwas komplizierter. Es geht hier um viel mehr, und dieser Danilo Gasser hat einige Verbrechen begangen, welche nicht toleriert werden können. Wir suchen also ihn. Wo ist er, Carmen? Wenn Sie es wissen, dann sagen sie es jetzt."

Ihre Augen blickten besorgt, aber sie sagte: „Edi ist kurz nachdem er hier ankam hinüber zu Hafen. Ich denke, er wollte zur Catalina. – Mein Gott, wenn Danilo auch dort, ist dann…"

„Meine Liebe, seien sie unbesorgt, wir tun alles damit nichts passiert. Die Polizei wird vor Ort sein und ihrem Freund geschieht nichts.

Kapitel 32

Die Lokale entlang der Promenade von Playa Blanca öffneten zögerlich, wie wenn das Frühstück noch nicht ganz bereit wäre. Zehn Uhr war für den Ort aber durchaus die übliche Zeit die Rollladen der Geschäfte ratternd hochzuziehen und die Auslagen auf den Gehsteig zu stellen. Die Sonne stand bereits hoch über dem Meer, aber auch die Touristen schienen sich Zeit zu lassen, und nur wenige schlenderten entlang der Bucht.

Die Drei hatten sich aufgeteilt. Einer startete am Hafen in Richtung der Promenade. Die anderen Beiden begannen am zentralen Platz bei der Touristen-Information. Jeder von ihnen hatte eine Schachtel voller Sonnenbrillen, Armbändern und weiteren einfachen Souvenirs bei sich. Der Händler wollte ihnen auch noch eine lustige Kopfbedeckung aufdrängen, doch das war für die stolzen Männer nun doch zu viel.

Aus echter Dankbarkeit hatten sich Jabari, Zahir und Ousainou dafür hergegeben, als Straßenverkäufer diese Souvenirs den Touristen anzubieten. Sie hatten sich schnell erholt, und außerdem war der Handel auf den Straßen nichts Fremdes für sie, auch in ihrer Heimat. Sie hatten sich ihre Zukunft zwar etwas anders vorgestellt, aber das konnte sich ja noch ändern. Im Moment war es wichtig etwas zu verdienen, damit sie nicht weiter auf die Barmherzigkeit anderer angewiesen waren. Antonio und seine Verwandten waren äußerst hilfsbereit gewesen, und sogar dieser Krämer Ahmed hatte ihnen bereitwillig diese Arbeit zugewiesen.

Zahir ging mit einem scheuen Lächeln durch die Touristen und präsentierte die Sachen mit leisen Sprüchen in seiner fremden Sprache. Das wenige Englisch, das er beherrschte, reichte gerade mal um die Preise zu nennen und um, wenn notwendig, zu feilschen. Manche der Urlauber machten sich tatsächlich einen großen Spaß daraus, um den letzten Cent zu kämpfen, nur um dann großzügig aufzurunden, weil sie ja das notwendige Kleingeld sowieso nicht dabei hatten.

Ahmed hatte ihnen wiederholt eingebläut, sich ja nicht von der Polizei erwischen zu lassen und sofort in eine Seitengasse zu verschwinden, wenn Uniformierte auftauchten. Zahir verstand diese Anweisung nicht ganz, denn sie taten ja nichts Unrechtes und betrogen niemanden, aber trotzdem war er auf der Hut. Guten Mutes ging er der Promenade entlang, blieb da und dort stehen und zeigte seine Waren. Eine blonde Frau wollte ein farbiges Armband kaufen und, unter dem Gekicher ihrer Freundinnen, unbedingt die magische Wirkung des Schmuckes erfahren. Man wusste ja, von Afrika, da kam viel mysteriöse Heilkunst und schwarze Magie. Was für eine okkulte Bedeutung hatte nun das Erworbene? Da Zahir ihr Englisch kaum verstand und sowieso nicht wusste was die Frau eigentlich wollte, grinste er nur breit, bedankte sich und zog weiter. Der ältere Tourist mit nackt baumelndem Bauch, rempelte ihn mutwillig an und schimpfte, was denn jetzt solche Schwarze hier zu suchen hätten. Sie sollten verschwinden, nach Afrika zurück und nicht die friedlich flanierenden Menschen belästigen. Seine Begleiterin, nicht minder unförmig, keifte schrill und befahl ihrem Gatten endlich zu schweigen und sofort mitzukommen.

Zahir überquerte die Promenade und ging durch eine enge Gasse, welche zur parallel laufenden Einkaufsstraße führte. Dort traf er tatsächlich auf seine beiden Freunde, die von der Gegenseite kamen. Auch sie blickten ihm etwas unglücklich entgegen, waren aber erfreut, als sie ihren Kameraden erblickten. Sie blieben an der Ecke stehen und tauschten die gemachten Erfahrungen aus. Jabari, der Ältere, sprach ihnen Mut zu. Es wäre ja nur vorübergehend...

Plötzlich gewahrte Zahir zwei Uniformierte auf der gegenüberliegenden Seite der Straße. Zu spät! Ein Wegrennen war zwecklos,
und die beiden Polizisten waren auch schon da.

Beinahe hätte Ousainou seine Schachtel mit den Brillen fallen
lassen. Der jüngere Polizist fing sie gerade noch auf. Er drückte sie
dem Verängstigten in die Hand und grinste. Die Drei ausführlich
musternd, sagte er: „Ich denke, wir sollten mal sehen, wen wir da
haben."

„Ihre Papiere bitte!", befahl der Ältere. „Na ja, offensichtlich
keine dabei", bestätigte er, als keiner der Drei reagierte. „Und eine
Lizenz für den Straßenverkauf hat wohl auch keiner."

Zahir versuchte zu verhandeln. „Officer, Sir, wir sind eben..."
Er verhaspelte sich in seinem Gemisch aus Englisch, Französisch
und seiner eigenen Stammessprache. „Arbeiten... um Essen..."

„Jaja, das kennen wir. Mitkommen, meine Herren!"

Sie führten die Männer zum unweit stehenden Wagen. Der große Kombi mit dem Blaulicht trug die Aufschrift „Guardia Civil".
Erst jetzt realisierte Zahir, die militärisch anmutenden Uniformen
der Beamten, und dass es sich nicht um normale Straßen-Polizisten
handeln konnte. Die Schachteln mit den Waren kamen in den Kof-
ferraum und alle Drei auf den Rücksitz. Die Beamten waren höflich,
aber bestimmend. Eine Flucht wäre zwecklos.

Die Fahrt dauerte lange, viel zu lange überlegte Zahir. Er hatte
ja keine Ahnung wohin es ging und wie groß diese Insel überhaupt
war. Der Fahrer und sein Kollege schwiegen beharrlich und befah-
len strikte Ruhe, als sich die Gefangenen unterhalten wollten. Dabei
war es doch nur, dass sie sich völlig überrumpelt und verschleppt
vorkamen und darüber tausend Fragen hatten. Sie fuhren durch eine
öde Steppe und dann auch durch bizarre schwarze Lavafelder, die
sie so noch nie gesehen hatten. In der Ferne erhoben sich gespens-
tisch die Kegel und Krater von Vulkanen. Wären sie nicht als Gefangene durch das Land gefahren worden, hätte diese Gegend
durchaus einen außergewöhnlichen Reiz gehabt. So war die Szenerie nur noch dazu angetan, sie noch mehr zu verunsichern und zu
ängstigen.

Eine gute halbe Stunde später erreichten sie wieder dichter be-
bautes Gebiet, und die Straße führte hinunter zu einer Küstenregion

mit eng ineinander verschachtelten Häusern und einem wirren Verkehrschaos. Sie durchfuhren mehrere Kreisel, nahmen mit heulendem Motor eine kurze Steigung und stoppten schließlich auf einem abgeschlossenen Parkplatz.

Man führte sie die Treppe hoch, durch einen kahlen Vorraum in eine einfache Zelle. Als die Tür zuschlug und sich die Schritte der Polizisten entfernten, ließ sich Zahir auf die einfache Holzbank sinken und schlug die Hände vor den Kopf. So endete also ihre Irrfahrt, dachte er, hier im Gefängnis. Offensichtlich waren sie eingesperrt, denn die innere Klinke an der Tür fehlte, und der Raum war fensterlos. Allerdings fehlten die für eine Zelle üblichen Pritschen und die sanitären Anlagen. Trotzdem, sie waren ihrer Freiheit beraubt und waren den fremden Beamten hilflos ausgeliefert. Für einen Moment schwebten ihm die Bilder seines Dorfes vor den Augen, und er erinnerte sich an die großen Hoffnungen und Versprechungen, die sie damals antrieb aufzubrechen, in ein fremdes Land wo Arbeit und Wohlstand für alle da sein würde. Hatten sie sich derart geirrt, für dumm verkauft und waren einer unwahren Illusion verfallen. Wut keimte in ihm auf. Sie hatten den Agenten vertraut, hatten ihr letztes Geld für die Reise hergegeben. Diese Lügner, Schlepper und Bootsleute hatten sie schmählich betrogen und im Stich gelassen. Es waren Sklavenhändler, nicht besser als jene, die vor langer Zeit seine Vorfahren nach Amerika verschleppt hatten. Waren sie jetzt tatsächlich am Ende, in einer Situation, wo nichts mehr half? Flucht war unmöglich. Verhandeln schien genauso hoffnungslos, und das Schlimmste war, er hatte auch noch seine beiden Freunde in diese missliche Lage gebracht. – Er dachte an seine alte Großmutter, die noch an die Kraft der Magie des Schwarzen Afrikas glaubte. Ja, wäre es nicht nur gerecht, diesen Weißen allen die tödliche Nadel einer Voodoo-Puppe in den Körper zu stoßen. Sie brauchten eine magische Kraft, denn aus eigener Anstrengung konnten sie sich hier nicht mehr befreien. Jabari der Ältere und der junge Ousainou hockten auf dem Boden an die Wand gelehnt und blickten mit hoffnungslosen Augen ins Leere. Hatten sie nicht bereits aufgegeben und harrten gleichmütig auf das was kommen würde. Ja, er hatte sie vor dem Hungertod gerettet, aber was jetzt kam konnte niemand ahnen. Vielleicht wäre der Tod oben im

Ziegenstall gnädiger gewesen, und ja, sogar der Mann, der bei der Landung ertrunken war, war vielleicht besser davon gekommen. Wie sollte es nun weitergehen?

Die Frage beantwortete sich selber, als nach einer Stunde die Tür krachend aufschlug. Der Mann, der im Eingang stand, musterte die drei Schwarzen eindringlich. Er trug eine stattliche Uniform und war offensichtlich ein ranghöherer Offizier.

„Buenas tardes", grüßte er betont formell. „Ich bin Coronel Martinez der Guardia Civil. Ich werde ihren Fall untersuchen. Wer von euch spricht Spanisch?"

Zahir erhob sich und sagte in gebrochenem Englisch: „Ich bin Zahir. Ich spreche ein wenig Englisch oder Französisch. Spanisch nicht..."

„Gut, dann kommen Sie mit!"

„Sir... meine Freunde...", stammelte Zahir.

Martinez winkte ab. „Die kommen auch noch dran. Kommen Sie jetzt!"

Er führte ihn in einen großen Raum. Außer einem Tisch und mehreren Stühlen war er völlig leer. Durch das vergitterte Fenster erhaschte Zahir einen Blick auf einen großen staubigen Parkplatz.

„Setzen Sie sich!", befahl Martinez und nahm seinerseits am Kopfende des Tisches Platz. Er hatte einen Notizblock vor sich und klopfte mit dem Stift Aufmerksamkeit fordernd darauf.

„Also", begann er. „Wir nehmen an, ihr seid illegale Immigranten und habt auch keine Papiere dabei. – Die Personalien werden wir umgehend feststellen, damit beginnen meine Untergebenen jetzt mit den zwei Anderen. – Sie habe ich hierher gebeten um zu erfahren wie es kommt, dass sie ohne Erlaubnis in das Spanische Königreich einreisen und hier illegalen Handel betreiben. Sie wissen schon, dass ihnen die sofortige Abschiebung droht."

Zahir hatte kaum die Hälfte verstanden, war sich aber bewusst, dass sie sich alle in einer schwierigen Lage befanden. Das Wort 'Abschiebung' hörte sich bedrohlich an, obwohl er den Sinn nicht ganz begriffen hatte.

Er versuchte sich irgendwie zu rechtfertigen: „Sir, wir wollen arbeiten. – Wurde uns versprochen..."

„Wer hat euch was versprochen?", hakte Martinez nach.

„Der Agent zu Hause."

„Und wo ist dein Zuhause?"

„Kongo."

„Das ist aber sehr weit weg. Wie kommt ihr aus dem tiefsten Afrika auf die Idee gerade nach Spanien zu wollen?"

Zahir wiederholte sich: „Gute Arbeit, Sir …Geld für Familie."

„Deine Familie, ist die auch hier? – Sind die beiden auch…?"

„Nein, es sind Freunde."

Martinez überlegte. So kamen sie nicht weiter. Sein Englisch war auch nicht besonders gut, aber einen Dolmetscher gab es weit und breit nicht. Was sollte er mit diesen Früchtchen nur tun. Die Regierung untersagte eine Überführung der Flüchtlinge in ein Camp auf dem Festland, und hier auf der Insel wusste man sowieso nicht wohin mit ihnen. Die in Madrid konnten gut reden und allen versprechen, die Außengrenzen der EU zu schützen, aber er hatte dann die Probleme am Hals.

Er fuhr also leicht gereizt fort: „Wie seid ihr überhaupt nach Lanzarote gekommen?"

„Mit einem Schiff."

„Schlaumeier! Geschwommen seid ihr sicher nicht. Wie hieß denn der Kahn?"

„Weiß nicht…"

„Du willst mir doch nicht erzählen, dass du nicht einmal den Namen des Schiffes kennst. Willst du mich verarschen!"

„Es war Nacht."

„Pass auf, du Mistkerl", knurrte Martinez wütend. „Mit der Guardia Civil macht man keine Späßchen. Wir können auch ganz anders vorgehen."

Zahir wehrte sich eingeschüchtert: „Ich weiß den Namen nicht. Ein Boot zum Fischen vielleicht."

„Wieviele sind mitgefahren?"

„Vierundzwanzig."

„Und wo auf Lanzarote gelandet?"

Es dauerte noch über eine Stunde, bis Martinez alles aus dem Flüchtling gequetscht hatte, und nach der folgenden Befragung seiner beiden Gefährten, reimte sich der Coronel die Sachlage zusammen. Die Drei gehörten zu den Zwanzig, die ja bereits auf dem Weg nach Cádiz waren. Es war der Kutter Catalina, der die Flüchtlinge nach Lanzarote gebracht hatte. Auf Geheiß des Ministers waren sie ohne große Formalitäten nach Spanien weitergeschickt worden. Das war eine undurchsichtige Aktion gewesen, deren Sinn und Richtigkeit er besser nicht hinterfragen wollte. Diese Flüchtlinge waren damit aus seiner Verantwortung verschwunden, und auch die Catalina und deren Skipper waren wieder frei. – Aber was sollte er jetzt mit diesen Dreien machen?

Kapitel 33

Als er seine Wohnung verließ, wusste Edi immer noch nicht wie er sich verhalten sollte. Er ließ das Auto stehen, überquerte die Avenida de Naos und betrat, unbeachtet vom Torwart, den Pier. Die Catalina lag vertäut zwischen den anderen Fischerbooten und schien verlassen.

Er zögerte. Was wollte er denn? Einerseits war Danilo immer noch sein Freund und Kumpel, andererseits hatte er aber auf ihn geschossen. Die Wunde am Bein schmerzte, aber glücklicherweise störte sie ihn beim Laufen kaum. War sich Danilo bewusst, dass er ihn getroffen hatte, oder war das Ganze unbeabsichtigt und alles ein großes Missverständnis?

Edi betrat den Steg zur Catalina, als er laute Stimmen aus dem Inneren des Schiffes hörte. Er nahm seinen ganzen Mut zusammen und betrat das Deck, blieb aber beim Eingang zur Kajüte stehen und hörte nun laut und deutlich eine hitzige Diskussion.

„Nein, nicht mehr!", schrie eine grelle Stimme, welche offensichtlich zu Sindy dem Bootsführer gehörte. „Du bist verrückt, nach allem was geschehen ist…"

„Wir müssen!", antwortete der Andere nicht minder laut. Es war Danilo. „Unser Auftrag ist nicht erfüllt. Vasquez hat erfahren, dass vier fehlen und will nicht mehr zahlen, bevor alle da sind. Eine weitere Ladung ist schon unterwegs."

„Ich pfeif auf die verfluchten Schwarzen", brüllte Sindy. „Es ist mein Kutter und meine Haut, die da in ein Himmelfahrtskommando geschickt wird. Du kannst mich mal!"

„Aber das letzte Mal ging's doch gut", murrte Danilo. „Mit Verlusten muss man manchmal einfach rechnen..."

„Du bist ein richtiges mieses Schwein!", fuhr der Skipper auf. „Dir ist sogar der Tod deines Kumpels egal. Damit will ich nichts mehr zu schaffen haben."

„Ha, du vergisst sicher, lieber Freund", sagte Danilo hämisch, „wer in Tat und Wahrheit Christian auf dem Gewissen hat."

„Das war der Edi, nicht ich."

„Der sagt aber etwas ganz anderes, und dann sind da noch zwei Dutzend Männer, die das bestimmt auch genau wissen. – Also, was ist jetzt, fährst du heute Abend?"

Schimpfend sagte Sindy: „Wie, verflucht noch mal, wie stellst du dir das vor. Ich hab' ja nicht einmal einen Bootsmann, der mir zur Hand gehen könnte. Der Edi kommt wohl nicht mehr in Frage."

„Finde jemanden! – Oder du schaffst es auch alleine. Du weißt jetzt ja Ort und Zeit. Ich erwarte euch dann die folgende Nacht an der gewohnten Stelle. Sei pünktlich, oder willst du, dass die Polizei..."

„Scheiße, du Mistkerl, du Erpresser..."

Das derbe Fluchen war eine ganze Weile zu hören. Edi schlich sich leise vom Schiff und hoffte, dass er nicht entdeckt worden war. Aber es war zu spät. Danilo war auf dem Deck erschienen und erblickte ihn mitten auf dem Pier. Er sprang an Land und eilte hinter dem Flüchtenden her.

Plötzlich kamen Uniformierte durch die Einfahrt und verteilten sich eilig, Deckung suchend. Sie schienen die beiden Männer nicht zu beachten.

„Hier lang!", schrie Danilo und rannte in die andere Richtung. Edi folgte automatisch. Das Letzte was er jetzt brauchte, war ein Verhör bei der Polizei. Sie schlüpften durch eine Lücke im Zaun, nahe am Wasser, durchquerten einen kleinen Park und kamen auf die belebte Avenida. Dort sahen sie wie eine ganze Wagenkolonne der Guardia Civil vor dem Hafeneingang stand. Schwer atmend überquerten sie die Straße und tauchten in eine der engen Gassen des Hafenquartiers ein.

„Das war knapp", keuchte Danilo. „Die wollen zur Catalina."

„Offensichtlich", antwortete Edi, nicht weniger atemlos. „Danilo, wir müssen reden."

„Du sagst es", sagte Danilo. Die vertraute Sprache schaffte einen Moment der Zusammengehörigkeit. Schließlich waren sie beide Schweizer und sprachen den gleichen Dialekt. „Lass uns zu deiner Wohnung gehen."

„Wenn du meinst", antwortete Edi etwas unschlüssig.

Minuten später erreichten sie die Calle Puerto Naos 5 und die Wohnung. Blicke in beide Richtungen zurück verrieten, dass ihnen niemand gefolgt war.

Als die Beiden hereinstürmten, schrak Carmen vom Sofa hoch, wurde bleich und erstarrte. Danilo verriegelte sofort die Tür.

„Bleibt einfach schön ruhig und macht keine Dummheiten", befahl er und holte seine Pistole aus dem Gürtel.

Edi trat schützend vor seine Freundin und sagte: „Lass das! – Oder ist das deine Art zu reden? Steck die Waffe weg!"

Danilo grinste überheblich. „Schlaumeier, du denkst wohl, du bist fein raus. Du hängst mit drin, und jetzt erledigen wir noch den Rest."

„Sei doch vernünftig", bat Edi. „Du hast ja selber gesehen, die Polizei ist uns auf die Schliche gekommen. Gib auf, dann hast du eine Chance. Als Ausländer werden wir im besten Fall einfach abgeschoben. Illegale Beihilfe zur Einreise von Flüchtlingen. Die kriegen dich mit Sicherheit."

„Woher willst du das alles wissen?", knurrte Danilo. „Du hast wohl kalte Füße bekommen. Die Bullen werden auf der Catalina nichts finden und wieder abziehen. Der Sindy wird die Klappe halten, und wir werden in der nächsten Nacht die letzte Ladung abholen. Wir werden sie erwarten und dann klammheimlich verschwinden."

„Da mache ich nicht mehr mit", sagte Edi mit einem Blick auf Carmen. „Mein Zuhause ist hier. Hast du das vergessen?"

Danilo schwenkte die Pistole. „Basta, du packst jetzt deine paar Sachen und kommst mit."

„Dann will ich auch mit", erklärte Carmen und griff nach ihrem Smartphone.

„Lass das!" Die Pistole zeigte bedrohlich auf sie. „Ich nehme das, und du bleibst wo du bist."

„Aber..."

„Kein Aber, wir fahren jetzt. Hohl deinen Kram Edi!"

„Bleib ruhig meine Liebe", sagte Edi. „Mir wird nichts geschehen, und du wartest einfach hier auf mich."

„Wird's bald!"

Edi eilte nach hinten und packte eine Tasche mit dem Notwendigsten. Pass, Kreditkarten und Geld ließ er bewusst zurück. Er wollte Danilo nicht noch bei der Flucht helfen. Als er zurück ins Wohnzimmer kam, saß Carmen zusammengesunken auf dem Sofa. Danilo stand mit der Pistole hinter ihr.

„Wenn du ihr nur ein Haar krümmst, bringe ich dich um", knurrte Edi. „Das schwöre ich dir."

„Sei nicht so pathetisch, ihr geschieht nichts. Ich bin doch kein Unmensch. Nun komm schon!"

Nur schnell hier raus, dachte Edi. Wenn sie weg waren, wäre Carmen in Sicherheit, und die Polizei würde sicher bald auch hier aufkreuzen. Sie wäre also nicht mehr in Gefahr. Er warf einen letzten Blick auf die zusammengesunkene Gestalt und ging zur Tür.

Danilo folgte nach draußen und deutete auf das Auto. „Ist das deine Karre?"

„Nein, sie gehört dem Ex-Polizisten, dem Alten", sagte Edi. „Ich hab es nur ausgeliehen."

„Schnell rein! Du fährst!", befahl Danilo und grinste, als sie im Wagen saßen. „Du bist vielleicht ein Früchtchen, klaust der Polizei sogar das Auto. Los, fahr schon!"

Edi fuhr los. „Wohin denn soll es gehen?", fragte er und kämpfte mit den Gängen. Seine Fahrkünste waren bescheiden, denn er besaß selber, hier auf der Insel, kein Fahrzeug und war meist mit dem Rad unterwegs.

„Wir fahren zuerst zur Finca!"

Edi bremste abrupt. „Spinnst du! Was soll das?"

„Du hast keine Ahnung. Wir brauchen eine Versicherung. Die Ingrid ist jetzt ganz alleine dort oben. – Und auch die Maske muss ich holen."

„Hör' endlich auf!" schrie Edi und rammte beinahe das Fahrzeug vor ihm.

„Pass doch auf! Du hast keine andere Wahl, und die liebe Ingrid verschafft uns den notwendigen Vorsprung."

Edi verlegte sich aufs Bitten: „Danilo sei doch vernünftig. Das bringt doch alles nichts. Was soll das? Bis jetzt wusste ich nur von der Fluchthilfe für diese armen Kerle aus Afrika. Aber jetzt…"

„Du hast wohl immer noch nicht begriffen, das sind keine normalen Flüchtlinge. Die werden in Spanien für besondere Aufgaben gebraucht. Die schwarze Maske ist das Zeichen, dass so eine Gruppe unterwegs ist. – Wir sind eigentlich nur das Transportunternehmen, und was danach geschieht geht uns nichts an."

„Was für besondere Aufgaben?", fragte Edi unsicher.

„Weiß ich auch nicht so genau. Vermutlich Arbeiten bei einem Lager für Atommüll. Will ja keiner sonst machen."

Edi klammerte sich ans Steuer und schwenkte auf die Schnellstraße ein. Danilos Worte drangen wie glühende Eisen in sein Gedächtnis ein. – Großer Gott, was wurde da getan. Was hatten sie da angerichtet. Sie waren mitschuldig für ein Verbrechen, welches an diesen gutgläubigen Menschen verübt wurde. Diese wurden nichtsahnend für etwas eingesetzt, das kein normaler Bürger auf sich nehmen wollte. Die Gefahr von radioaktiver Verstrahlung war bedeutend. Das wusste man seit langem, und die Politik war über diesem Problem seit Jahren machtlos. In diesem Moment, auf der irren Fahrt durch die öde Landschaft in Richtung Tías, kippte seine Ansicht über die vergangenen Geschehnisse. Jetzt verstand er und nahm sich vor, diese ganze Tragödie zu beenden. Egal was für Unannehmlichkeiten auf ihn selber zukamen, er musste mithelfen, diese Schweinerei zu beenden. Er könnte den Rest seines Lebens nicht in Frieden verbringen, wenn er hier und jetzt versagte.

Edis Schweigen ließ Danilo wachsam werden. Er tastete nach seiner Pistole und brummte: „Hast du endlich begriffen um was es geht? – Um viel Geld natürlich, und das wollen wir uns nicht entgehen lassen."

Auf der Ausfahrt in Richtung Tías und Conil überlegte Edi fieberhaft, wie er die Situation retten könnte. „Danilo, warum fahren wir nicht einfach weiter nach Süden, du holst das Geld und verschwindest. Von der Playa Blanca kannst du mit der Fähre hinüber nach Fuerteventura."

„So geht das nicht mehr", sagte Danilo. „Inzwischen sind Polizei und Guardia Civil hinter uns her, und ohne Geisel kommen wir nicht weg."

„Aber warum denn die Ingrid?", fragte Edi und dachte mit Entsetzen, dass er ja ohne Weiteres auch hätte Carmen mitnehmen können. Die hatte es ihm ja sogar noch angeboten.

„Eine Ausländerin", grinste Danilo. „Die werden sich hüten eine Deutsche in Gefahr zu bringen."

Das stimmte, dachte Edi. Ingrid war schon einmal in die Hände von Danilo gefallen, und sie hatten alle Hebel in Bewegung gesetzt, sie zu finden. Bei einer Einheimischen hätte man wohl erst einmal ruhig abgewartet. Allerdings waren dabei dieser Fernando und sein Sohn die treibende Kraft gewesen. Glücklicherweise hatten sie die Frau noch rechtzeitig gefunden, sonst würde er jetzt hier tatsächlich neben einem Mörder sitzen. Ja, war dieser Mann, den er einmal seinen Freund nannte, nicht schon ein Verbrecher? Er musste unbedingt gestoppt werden. – Sie saßen jetzt im Auto des Ex-Polizisten, aber würde die Polizei deshalb zur rechten Zeit da sein? Wohl kaum, es lag an ihm, dafür zu sorgen, und er wusste auch schon wie…

Der superschlaue Kollege neben ihm hatte nämlich vergessen, ihn nach seinem Handy zu fragen. Dieses steckte immer noch in seiner Tasche, und wenn die Ermittler schlau waren, konnten sie es auch orten. Wohin auch immer die Reise ging, sie konnten ihnen also folgen. Die Frage war nur, wie lange glaubte Danilo noch, er würde ihm weiter treu ergeben folgen und sich nicht quer legten. Er musste dafür sorgen, dass das so blieb.

Edi sagte deshalb: „Schlau ausgedacht. Nur, die Ingrid wird sicher nicht freiwillig mitgehen."

„Ha, ich habe da eine wirksame Möglichkeit sie zu überreden. Sie kann sich nicht weigern."

„Gut, wir sind gleich da."

Edi nahm die letzte Kehre hinauf zur Ermita Magdalena und hin zur Finca. Das Tor stand weit offen, und der Hof war leer. Ingrids Auto fehlte, was darauf hindeutete, dass sie nicht zu Hause war. Edi atmete auf. Damit war die Geiselnahme vom Tisch. Er hielt an und beide stiegen aus.

„Scheiße!", bellte Danilo. „Die Dame ist ausgeflogen. Wir müssen warten."

„Wir können nicht warten", protestierte Edi. „Die sind hinter uns her, und wir wissen nicht wie lange Ingrid wegbleibt. – Außerdem wird sie das Auto erkennen, wenn sie zurückkommt."

„Und wenn schon. Sie wird glauben ihr Polizeifreund sei zurück, es ist schließlich seine Karre."

Die Vordertür war natürlich verschlossen, aber sie gingen um das Haus und drangen durch die bereits ramponierte Terrassentür ein. Edi konnte nur hoffen, dass damit diese Odyssee zu Ende ging und die Polizei endlich anrückte.

Kapitel 34

Als sie am Hafen ankamen, hatte die Polizei die Mole besetz und gesichert. Schwer bewaffnete Einheiten warteten hinter der Ecke eines Gebäudes. Sie trafen auf Sanchez beim Eingang und begaben sich zusammen zum Pförtner-Häuschen.

„Die Einheit gehört zur Guardia Civil", erklärte Sanchez. „Sie ist für die Sicherung der Häfen auf Lanzarote verantwortlich. „Coronel Martinez wird wohl jeden Moment eintreffen."

„Wir nehmen an, auf dem Kutter befinden sich drei Männer", sagte Fernando. „Der Skipper Sindy, Danilo Gasser und dieser Edi. Mindestens einer von ihnen ist mit einer Pistole bewaffnet."

„Gut, ich werde Martinez sofort informieren", bestätigte Sanchez und fummelte an einem Funkgerät.

„Worauf warten die denn noch?", reklamierte Pablo ungeduldig.

Es dauerte dann aber nur wenige Minuten, bis der ganze Spuk vorbei war. Der Blitz einer Blendgranate fuhr durch das Schiff, und der Trupp in schwarzen Westen, Helmen und Brillen, stürmte über den Steg. Laute Rufe schallten herüber, aber kein Schuss ertönte. Kurze Zeit danach rückte die Truppe ab, und zurück blieben zwei Männer mit einem Gefangenen. Sie schupsten ihn in Richtung Tor und zu dem bereitstehenden Fahrzeug, wo ihn Sanchez empfing.

„Sindy Nyasse, Sie sind verhaftet", sagte Sanchez und murmelte einige Worte über dessen Rechte. „Wo sind die beiden Anderen?"

„Wer?"

„Stellen Sie sich nicht blöd!", fuhr Sanchez auf. „Sie wissen genau wen ich meine: Danilo Gasser und Edi Wiederkehr. Wo sind die Beiden?"

„Woher soll ich das wissen?"

„Die waren auf ihrem Kahn, das wissen wir. Wo sind sie jetzt?"

„Wo denn wohl? Sie sind weg", höhnte Sindy.

„Wohin sind sie?", knurrte der Inspector böse.

„Ich sagte schon, ich weiß es nicht."

„Sie werden ihr höhnisches Lächeln bald verlieren", drohte Sanchez und befahl: „Abführen!"

Während Sindy zum Polizeiauto geführt wurde, war auch Coronel Martinez erschienen. Er sprach kurz mit seinen Männern, die im Begriff waren abzuziehen. Enttäuscht von der misslungenen Aktion, kam er auf Inspector Sanchez zu.

„Wenigstens haben wir einen der Delinquenten, den Skipper der Catalina. Er ist für den Tod des Schweizers Christian Sonderegger verantwortlich."

Fernando fuhr herum. „Woher wissen Sie das Coronel?"

„Uns ist ein guter Fang gelungen", antwortete Martinez stolz. „Drei Passagiere der Catalina haben ausgesagt. Sindy Nyasse hat den Schweizer nach einer Auseinandersetzung über Bord gestoßen und hat ihn ertrinken lassen."

Sanchez nickte. „Damit liegt ein Tötungsdelikt vor, und das ist Aufgabe der Policía National. Der Gefangene kommt in Untersuchungshaft und dann vor ein Gericht. – Bitte Coronel, schicken Sie uns ihren Bericht und die Aussagen der Zeugen, damit wir das Ganze schnellstens der Staatsanwaltschaft übergeben können."

Fernando beobachtete die Szene und sagte zu Pablo: „Damit ist der Tod von Christian Sonderegger wohl geklärt. Aber die Anderen sind ihnen leider entwischt. Weiß der Teufel wie."

Pablo seufzte enttäuscht. „Ich dachte, jetzt wäre endlich ein Ende mit dieser verfluchten Geschichte. Die Drahtzieher im Hintergrund werden wir wohl nie ermitteln, aber diesen Danilo würde ich doch gerne ebenfalls hinter Gittern sehen. – Wohin wollen die denn jetzt noch?"

Während die Kolonne der Guardia Civil dröhnend davonfuhr und Sanchez ebenfalls in sein Auto stieg, standen die beiden Männer gedankenversunken mitten auf dem Pier.

Plötzlich knurrte Fernando ungehalten: „Mein Auto, verdammt, es steht doch dort drüben bei Edis Wohnung, und die Kerle haben kein Fahrzeug. Zu Fuß werden sie nicht weit kommen. Sie werden sich mein Auto holen."

Er hatte den Satz noch nicht beendet, da sprinteten sie bereits über die Avenida. Sie kamen um die Ecke, nur um festzustellen, dass das Auto verschwunden war.

„Verflucht!", schimpfte Fernando schwer atmend. „Zu spät. Sie sind weg."

„Sie beide?", keuchte Pablo. „Vielleicht ist Edi hier geblieben. Papá, du glaubtest ja immer, dass der Edi nicht der Schlimmste sei. Vielleicht…"

Sie stürmten durch das Tor und in die Wohnung. Carmen trat ihnen entgegen, verängstigt und mit großen weit aufgerissenen Augen.

„Wo sind sie?", brüllte Fernando. Dann, als er den verstörten Zustand der Frau bemerkte, bat er gemäßigter: „Bitte sagen Sie uns wo Danilo und Edi sind."

„Weg", stotterte sie. „Sie sind weg, mit dem Auto."

„Ja, mit meinem Auto", knurrte Fernando. „Aber wohin? Haben sie eine Ahnung?"

„Danilo sagte, sie müssten in der kommenden Nacht die letzte Ladung abholen. Er zwang Edi mit der Pistole mitzugehen."

„Ha, die Art der Ladung kennen wir ja", sagte Pablo und blickte sich in der Wohnung um. „Hat er etwas mitgenommen? Und hat er gesagt wohin sie wollten."

„Nein, das hat er nicht, aber er befahl Edi seine Sachen zu packen. Ich habe nachgesehen, er hat, neben ein paar Kleidungsstücken, auch sein Smartphone mitgenommen. Ich glaube, das hat Danilo nicht mitbekommen. Wenn es eingeschaltet ist, könnte man es orten."

„Zum Teufel!", rief Fernando. „Diese neuartigen Möglichkeiten sind manchmal tatsächlich doch etwas wert. Eine Methode zur Ortung, das ist doch etwas!"

Pablo war schon am tippen. „Wie ist denn seine Nummer?"

„Moment mal!", stoppte ihn sein Vater. „Besteht da nicht die Gefahr, dass das Ding klingelt und damit Danilo alarmiert? Das wäre für Edi sehr gefährlich."

„Nein nein, das merkt er nicht einmal. Man nennt das Geolokalisierung über GPS, ist kostenlos und völlig anonym. – Also, wie ist die Nummer?"

Es dauerte nur ein paar Sekunden, und da war er, der blinkende Punkt auf dem Bildschirm.

„Ein schlauer Mann, unser Edi, er hat das Ding tatsächlich eingeschaltet gelassen, damit wir ihn finden", sagte Pablo und studierte die Anzeige. – Dann wurde er bleich. „Ingrid!", stöhnte er und ließ das Handy sinken.

Fernando schnappte sich das Gerät und erkannte sofort, dass die Ortung die Finca Magdalena anzeigte. „Zum Teufel!", fluchte er jetzt schon zum zweiten Mal. „Wir müssen sofort hin. Was hat der Dreckskerl erneut dort zu suchen?"

„Ich bring ihn um!", keuchte Pablo. „Wenn Ingrid nur das Kleinste geschieht, erwürge ich den Kerl mit meinen eigenen Händen. – Nein, ich will sein Blut sehen. Er soll jämmerlich verbluten und verrecken!"

„Ruhe!", donnerte Fernando. „Reiß dich zusammen, Pablo! Du hilfst Ingrid damit überhaupt nicht. – Kann man sie telefonisch erreichen?"

„Ja, schon", sagte Carmen und reichte ihm ihr Gerät. „Die Nummer ist gespeichert."

„Bringen wir sie damit nicht noch mehr in Gefahr?", protestierte Pablo entsetzt.

„Kaum, sollte Danilo dabeistehen, kann er ihr höchstens das Handy wegnehmen, wenn er's nicht schon getan hat." Fernando war sich überhaupt nicht sicher, aber er wählte die Nummer.

Es klingelte eine Ewigkeit. Dann endlich knackte es in der Leitung. „Hallo! Wer spricht da?"

„Señora Ingrid", sagte Fernando. „Ich bin's, Inspector Romero, der Vater von Pablo."

„Ach, Herr Romero, ich grüße Sie."

„Wo sind Sie im Moment, meine Liebe? – Zu Hause?"

Ingrid zögerte irritiert. „Nein, ich bin nicht zu Hause. Warum wollen Sie das wissen?"

„Gott sei Dank!", sagte Fernando erleichtert. „Bleiben Sie wo sie sind. – Ja, wo sind Sie denn?"

„Ich bin jetzt gerade im Einkaufszentrum Biosfera. – Aber was ist denn los?"

„Ingrid, Sie sollten auf keinen Fall jetzt nach Hause fahren. Bleiben Sie da, oder noch besser, gehen Sie ins El Rondó zu Ilona und bleiben Sie dort bis wir da sind."

„Aber, was ist denn los? Ich bin eben fertig mit dem Einkauf. Wieso soll ich nicht nach Hause?"

„Es geht um ihre Sicherheit", erklärte Fernando. „Danilo ist noch immer auf freiem Fuß, und er ist vermutlich auf der Finca. Ich bitte Sie, bleiben sie weg. Wir werden versuchen ihn dort festzunehmen."

Die Entspannung in den Gesichtern der Drei war deutlich. Ingrid war in Sicherheit. – Das einzige was zählte. – Dann kam aber sofort der Gedanke auf, dass die Situation auf der Finca keineswegs gelöst war. Wie konnte man sie entschärfen, ohne Edi in Gefahr zu bringen. Es war nicht einmal klar, ob dieser von seinem ehemaligen Kumpel wirklich bedroht wurde. Edi passte irgendwie nicht zu dem rücksichtslosen Freund und schien das auch erkannt zu haben. Wenn sie jetzt die Polizei aufboten und die Finca gestürmt wurde, dann war Edi als Mitläufer oder auch als Unschuldiger in höchster Gefahr. Fernandos Gefühl gebot ihm, dieses Risiko nicht einzugehen. Sein Verstand riet ihm aber, die Lösung dieses Dramas den Professionellen zu überlassen.

Er entschied sich für einen Mittelweg. „Wir fahren jetzt da hin", sagte er. „Wir sollten versuchen zu verhandeln, um noch mehr Unglück zu vermeiden. Hoffen wir, dass Danilo endlich aufgibt, denn er ist am Ende. Andererseits werde ich Inspector Sanchez aufbieten, der uns die notwendige Rückendeckung verschaffen kann."

Carmen, welche die Gefahr für Edi instinktiv erkannte, bestand darauf: „Ich werde mitkommen."

„Das ist zu gefährlich, meine Liebe. Sie bleiben besser hier. Wir werden Sie sofort über den Ausgang der Aktion informieren."

„Nein! Ich will nicht nur warten, um dann zu hören, dass Edi tot ist. Ich liebe ihn, und ich glaube auch, dass er unschuldig ist. Er muss leben."

„Das genau ist auch unser Ziel", sagte Fernando beruhigend. „Sie waren uns bereits eine große Hilfe. Bitte verstehen Sie jetzt, das wird kein Spaziergang werden."

„Natürlich", entgegnete Carmen. „Aber ich komme trotzdem mit. Außerdem brauchen sie mein Smartphone."

Da hatte sie natürlich nicht ganz unrecht, und ihr das Gerät einfach wegzunehmen, das kam nicht in Frage. „Sie bleiben dort oben aber im Auto!", befahl Fernando. „Los jetzt, worauf warten wir noch."

Der Mietwagen stand etwas weiter vorne in der Gasse. Sie eilten hin und kletterten hinein. Fernando setzte sich ans Steuer und fuhr hinaus auf die Avenida. Für Pablo ging das alles viel zu langsam.

„Fahr doch schneller!", drängte er seinen Vater.

Fernando schaltete und sagte: „Nun beruhige dich doch. Es besteht keine Gefahr mehr, für deine Ingrid. Sie ist in Sicherheit. Die Beiden dort oben wissen nicht, dass sie gewarnt ist. Es stellt sich mir einfach die Frage: Was wollen die dort eigentlich? – Das einzig Logische wäre, sie wollten Ingrid als Geisel nehmen, praktisch eine Versicherung um wegzukommen. Das wäre dem Danilo tatsächlich zuzutrauen. Sie werden also vorerst abwarten und hoffen, dass Ingrid bald zurückkommt. Das ist unsere Chance sie dort jetzt festzunageln."

„Ja, schon", pflichtete Pablo bei. „Aber irgendwann werden sie merken, dass sie vergeblich warten, und dann hauen sie ab. – Wir sollten jetzt die Polizei aufbieten, die sollen die Finca stürmen und die Verbrecher am besten einfach abknallen."

„Nein!", stöhnte Carmen auf dem Rücksitz. „Die können Edi doch nicht einfach erschießen. Er ist unschuldig."

„Ha, unschuldig...", bellte Pablo.

„Jetzt sei doch endlich ruhig!", fuhr ihn Fernando an. „Ich habe Edi als durchaus vernünftigen, sensiblen Mann erlebt. Die Grenze zwischen Schuld und Unschuld ist oft nicht so klar, wie wir es gerne hätten. Diese Erfahrung musste ich als Polizist während vielen

308

Jahren immer wieder machen. Selbst der Staat, das Gesetz, schreibt vor, dass die Unschuld so lange gilt, bis die Schuld auch wirklich bewiesen ist. Eine schnelle Vorverurteilung ist also völlig fehl am Platz. Das gilt auch für Edi."

Mittlerweile war es später Nachmittag geworden, und die Sonne stand bereits weit im Westen. Sie blendete den Fahrer des Autos, weshalb Fernando sein Tempo auch mäßigte. Auf der rechten Seite, über der Hauptstadt der Insel, erhob sich massiv der Vulkankegel Montaña Blanca. Die hellen Flanken, die dem Berg wohl den Namen verliehen, gingen weiter vorne über in die weiß getünchten Häuser von Tías.

Als sie die Ausfahrt erreichten und Richtung Conil hinauf fuhren, wurden die Schatten länger, und es würde in weniger als einer halben Stunde dunkel werden.

„Ist die GPS-Ortung immer noch die gleiche?", fragte Fernando seinen Sohn.

„Ja, sie sind noch dort. Jetzt haben wir sie!"

Fernando fuhr hinauf, hielt aber neben der Ermita, wo das Auto von der Finca aus nicht einzusehen war. „Wir gehen von hier zu Fuß!", befahl er. „Carmen, Sie bleiben im Auto. Sind wir in einer Stunde nicht zurück, oder sollten Sie Schüsse hören, rufen Sie sofort die Polizei. – Aber bleiben Sie auf jeden Fall hier!"

Pablo war schon auf dem Weg, aber Fernando hielt ihn zurück. „Langsam, es wird gleich dunkel, und dann können wir uns der Finca viel sicherer nähern. Bleib du hinter mir!"

Er kontrollierte seine Pistole und steckte sie in den Gürtel. Er kam sich etwas theatralisch vor, er, der pensionierte Jäger auf der Pirsch. Dies war aber kein Spiel, und er war sich sehr bewusst, dass es durchaus um Leben und Tod gehen könnte. Er winkte Pablo ihm zu folgen.

Wenige Minuten später näherten sie sich, die Schatten nutzend, dem Gebäude. Die Finca lag im Dunkeln, einzig auf der Terrasse war ein leichter Schimmer zu sehen. Die Gesuchten mussten sich demnach im Wohnzimmer aufhalten, aber sicher konnten sie sich nicht sein. Vielleicht stand da einer in einer dunklen Ecke und wartete auf sie. Das Tor stand weit offen, und im Hof war die Kontur seines Autos auszumachen. Damit hatte Fernando gerechnet. Er huschte entlang der Mauer zu seinem Fahrzeug und duckte sich dahinter. Pablo hatte er bedeutet, hinter der Mauer, neben dem Tor zu bleiben. Vorsichtig öffnete er die Fahrertür und tastete nach dem Schlüssel. Tatsächlich, er steckte im Schloss. Einmal mehr bestätigte sich, dass viele Fahrer einfach zu faul waren, beim Verlassen des Fahrzeuges den Schlüssel abzuziehen. Er zog ihn ab und steckte ihn in die Tasche. Damit war für die Gesuchten eine Flucht mit dem Auto verunmöglicht. Wie aber konnte er die Beiden dort drinnen herauslocken und nach Möglichkeit trennen? Er musste es versuchen.

Fernando beugte sich erneut ins Auto, drückte auf die Hupe und tauchte hinter das Fahrzeug. Wie ein Böllerschuss dröhnte der Lärm durch den Hof.

„Papá!", schrie Pablo.

„Bleib in Deckung!", rief Fernando befehlend.

Die Haustür sprang auf, und Danilo erschien, mit der Pistole schussbereit in der Hand, im hellen Viereck. Er blickte wild um sich, konnte aber in der Dunkelheit draußen wenig erkennen.

„Danilo", rief Fernando hinter dem Auto hervor. „Wirf die Waffe weg! Gib auf, es ist vorbei."

Ein Schuss war die Antwort. Die Kugel schlug auf der anderen Seite in die Autotür. Die dunkle Gestalt kam auf ihn zu.

Fernando schoss in die Luft und rief: „Sei doch vernünftig, und lass endlich die Waffe fallen."

Danilo fluchte, flüchtete und sprang um die Ecke hinter das Haus. Ein Poltern war zu hören, und dann herrschte plötzliche Ruhe. Der Lichtschimmer aus der Tür warf gespenstige Schatten in den Hof, aber nichts bewegte sich.

„Bleib wo du bist!", rief er Pablo zu und kauerte seinerseits weiter hinter dem Auto.

So verharrten sie etliche Minuten in der Ungewissheit, ob Danilo nicht doch noch hinter einer Ecke lauerte und, sobald sie sich zeigten, auf sie schießen würde. Und da war noch die Frage wo Edi steckte. War er noch im Haus, oder war er ebenfalls geflohen. Nichts geschah, und völlige Stille herrschte. Danilo war höchstwahrscheinlich geflohen. Dann, es schien eine Ewigkeit vergangen, ertönten in der Ferne Sirenen. Die Polizei war im Anmarsch.

Fernando entschloss sich zu handeln. Er rannte geduckt zur Hausmauer neben der Tür, wo der Schatten ihn etwas schützte. Langsam arbeitete er sich zur hellen Öffnung vor und presste sich gegen die Wand, immer schussbereit und höchst angespannt.

„Edi!", rief er. „Edi, bist du da drin? Komm heraus und zeig dich. Wir wollen dir nichts Böses."

Nichts bewegte sich, kein Ton war zu hören. Wo zum Teufel war der Kerl? Fernando dachte an den verzweifelten Mann, den er vor etwas mehr als einem Tag aus der Brandung gerettet hatte. – Nein, dieser Mann würde nicht auf ihn schießen. Es war auch unwahrscheinlich, dass er eine Waffe hatte. Fernando erinnerte sich an die alten Flinten im Schrank, welche Pablo damals schon unbrauchbar gemacht hatte. Er musste das Risiko eingehen.

Er rief nochmals: „Edi, ich komme jetzt herein. Ich bin bewaffnet und werde nicht zögern."

Wieder kam keine Antwort. Fernando sprang mit erhobener Pistole durch den Eingang und blickte wild um sich. Der Raum war leer. Vorsichtig kontrollierte er Küche, Schlaf- und Arbeitszimmer. Die Tür zum Bad war angelehnt. Er stieß sie mit dem Fuß auf und erschrak. Edi hockte vor der Schüssel und umklammerte die schwarze Maske. Erst hielt er sie wie eine wertvolle Trophäe an die Brust gedrückt, aber dann ließ er sie wie ein glühendes Eisen fallen. Starre, fragende Augen blickten dem Eindringling angstvoll entgegen.

Fernando ließ die Pistole sinken und beugte sich zu der Gestalt.

„Edi, es ist vorbei. Du brauchst keine Angst zu haben. – Bist du verletzt?"

„Danilo...", stammelte Edi.

„Er ist weg", antwortete Fernando. „Er ist geflohen, aber die Polizei ist schon da. Er wird nicht weit kommen. – Komm, ich helf dir hoch."

Mittlerweile waren die Sirenen gellend angeschwollen, und der Lärm der Motoren zeigte, dass die Polizei auf den Hof fuhr. Wagentüren schlugen zu, und das Geräusch schwerer Stiefel war zu hören. Laute Kommandos ertönten.

Bevor die Situation eskalierte, drehte Fernando alle Lichter an und trat aus dem jetzt hell erleuchteten Haus.

Er winkte den Männern zu und rief: „Alles in Ordnung! Das Haus ist sicher."

Pablo war sofort bei ihm, und aus der Dunkelheit erschien Inspector Sanchez mit einem seiner Männer.

„Inspector", sagte Fernando und steckte seine Pistole weg. „Gut, dass sie gekommen sind. Allerdings ist der Gesuchte geflüchtet. Danilo Gasser ist aber zu Fuß unterwegs. Wahrscheinlich irrt er jetzt dort unten durch die Weinberge. Ich denke, da kommt er in der Dunkelheit nicht weit. Die Trichter und die Mauern werden ihn aufhalten."

Sanchez erteile ein paar Befehle und wandte sich danach wieder an Fernando. „Mensch, du hast da etwas ausgelöst. Die Frau, die uns anrief, redete völlig verstört von vielen Schüssen, und es gäbe sicher Tote."

„Ja, es gab einen Schusswechsel, aber keine Opfer. Die Frau ist Carmen Lopez, die Freundin von Edi. Sie sitzt in unserem Wagen unten bei der Ermita."

Fernando stockte und wandte sich an Pablo: „Bitte geh und hol Carmen."

Ein paar Minuten später kehrte sein Sohn mit der verstörten Frau zurück. Sie stammelte: „Edi, was ist mit Edi? Wo ist er?"

Fernando deutete zum Haus. Wenige Momente später lagen sich die beiden in den Armen.

„Was ist mit dem?", verlangte Sanchez zu wissen. „Der war doch auch dabei. – Ich lasse ihn festnehmen."

„Ist nicht notwendig", wehrte Fernando ab. „Der Mann ist kein Problem, aber er hat einen Schock. Ich glaube nicht, dass er ein Verbrechen begangen hat. – Wir werden morgen früh im Revier vorbeikommen, und dann können wir seine Geschichte hören und aufnehmen. Es ist jetzt aber wichtig, dass Danilo gefasst wird, bevor der noch mehr Unheil anrichtet."

Sanchez nickte. „Ist schon in die Wege geleitet. Unsere Leute sperren das Gebiet großräumig ab, und sobald es hell wird durchsuchen wir die Weinberge. Wie du schon sagtest, weit kann er nicht gekommen sein. Das ist ein äußerst zerklüftetes Gelände."

„Gut", antwortete Fernando. Wir werden alle vier jetzt zu mir fahren. Auf der Finca möchte ich nicht bleiben, das ist mir zu unsicher, obwohl ich kaum glaube, dass Danilo hierher zurückkommen könnte."

„Wir lassen natürlich eine Wache hier", sagte Sanchez. „Aber ich denke, du hast recht. – Also, dann bis morgens."

Sie fuhren mit beiden Autos. Fernando war froh, sein Fahrzeug wieder zu haben, auch wenn die Reparatur der linken Tür einiges kosten würde. Neben ihm saß Edi. Der Mann war noch immer völlig durcheinander und stammelte: „Es tut mir so leid. – Das alles wollte ich wirklich nicht..."

Kapitel 35

Die stetige Brise aus Nordosten trieb ein paar weiße Wolken über die Insel und malte dunkle Flecken auf die Vulkane des Ajaches-Gebirges. Sie gaben dem Bild über den weißen Häusern des alten Hafens eine fast dreidimensionale, ständig wechselnde Wirkung. Ein paar Möwen segelten über dem Hafenbecken und schrien gefräßig nach den Happen, die gelegentlich von den Booten oder anliegenden Lokalen im Wasser landeten.

Das El Rondó lag etwas weg von der Stelle, wo Boote über eine Rampe ins Wasser gelassen werden konnten. Hier brachten die Fischer in der Frühe ihren Fang herein, der später in der Fischhalle angeboten wurde.

Um zwei Uhr nachmittags war aber alles vorbei, und die Boote waren längst wieder verschwunden. Im Lokal herrschte wenig Betrieb, denn es war die übliche Siesta-Zeit. Ein paar Touristen schlenderten trotzdem dem Steg entlang, der eine Aussicht auf die Hafenanlage bot.

Ilona hatte im oberen Teil des Lokals eine lange Tafel gerichtet und mit den herrlichen roten Blüten einer Bougainvillea geschmückt. Mehrere Flaschen Wasser standen bereit, aber im Kühlschrank wartete auch ein köstlicher Malvasía-Wein der Bodega El Grifo. Aufgeregt zupfte sie an einer Serviette, ordnete das Besteck und begutachtete die glänzenden Gläser. Alles war zu ihrer Zufriedenheit, und die Gäste konnten kommen.

Es war natürlich Fernando, der seine Gäste zu diesem Treffen und zu einem Mittagessen eingeladen hatte. Sie ließen aber auf sich warten, was aber für eine Spanierin natürlich nichts Außergewöhnliches war. Mit einem Blick zurück stieg sie die Treppe hinunter und verschwand hinter der großen Theke. Hier, an ihrem gewohnten Platz, fühlte sie sich sicher. Beruhigt sah sie wie die zwei Kellner die wenigen Gäste bedienten, und half wie gewohnt mit dem Ausschenken eines Bieres.

Dann tauchte Fernando auf. Er trug ein dunkles Jackett, was ihm das Aussehen eines richtigen spanischen Dons verlieh. Ilonas Herz klopfte heftig, als er auf sie zukam. Sie verließ den Tresen und eilte ihm entgegen. Die Umarmung war eher schüchtern, man wollte im Lokal kein Aufsehen erregen. Trotzdem spürte Ilona eine glückliche Wärme aufsteigen, und ihre Wangen glühten.

„Ilona", flüsterte er. „Wie schön du bist."

„Schmeichler", entgegnete sie mit leuchtenden Augen. „Ihr seid spät dran."

Dann entdeckte sie über seine Schulter die Ankunft der Anderen. Sein Sohn Pablo führte sie an, Ingrid, Carmen, Edi, Inspector Sanchez mit Gemahlin, Manuel Ortiz der Fischhändler und natürlich Tante Amara.

Mit großem Hallo begrüßte man sich, umarmte sich, und klopfte sich auf die Schultern. Ilona geleitete sie die Treppe hoch. Der Raum dort oben glich einer Terrasse, inmitten des Lokals. Bunte Gemälde von Fischen und Kraken zierten die Wände. Im Gewölbe über ihnen baumelten zwei große Leuchter. Man verteilte sich rasch um den Tisch, rutschte laut Stühle und setzte sich mit fröhlichem Gelächter.

Der Tisch war gut besetzt, aber was war mit den drei zusätzlichen Gedecken? Fernando war beim Aufgang stehen geblieben und winkte hinab. Drei Schwarze waren im Eingang zögernd stehen geblieben. Man sah deutlich ihre Scheu, aber Fernando winkte heftig und zeigte auf die Treppe.

Oben angekommen empfing sie Fernando mit einem freundlichen Lächeln, nahm den ersten am Arm und geleitete ihn zum Tisch. Die beiden Anderen standen betreten dabei.

„Meine lieben Gäste", begann Fernando. „Darf ich ihnen vorstellen: Das sind Jabari, Zahir und Ousainou. Die Herren sind auf ziemlich ungewöhnliche Weise zu uns nach Lanzarote gekommen. Ich denke, das ist ihnen allen bekannt. – Ich habe sie eingeladen, weil ich denke, dass diese Männer ein Recht haben zu erfahren, dass nicht alle Weißen sie nur ausnützen und schinden wollen. Sie sind Menschen wie wir, und ich heiße sie herzlich willkommen."

Er führte sie zu ihren Plätzen, während ein zustimmendes Murmeln um den Tisch ging. Sie nickten scheu und setzten sich.

„Ilona, meine Liebe", fuhr Fernando fort. „Bitte lass auftischen, wir sind alle sehr hungrig."

Die üppigen Vorspeisen waren einfach köstlich. Es gab Tapas mit diversen Meeresfrüchten, Pimientos de Padrón, gebratene, frittierte kleine Tintenfische, eingelegte Oliven und Ziegenkäse. Natürlich fehlte auch die Mojo-Sauce nicht, grün mit Koriander, rot mit Chili und hell mit Knoblauch. Duftende, frisch gebackene Brötchen gab es in kleinen Körbchen. Der kühle Malvasía mundete dazu einfach hervorragend.

Während sich alle an den Köstlichkeiten labten, beobachtete Fernando seine drei speziellen Gäste. Sie probierten scheu eine Kleinigkeit und saßen stumm an der Tafel, während die Anderen laut palaverten und kräftig zugriffen. Hatte er vielleicht einen Fehler begangen, als er sie einlud. Wie auch immer, er hatte einiges zu erklären, aber das konnte warten.

Eine ganze Weile später, Essen war auf der Insel eine beschauliche Angelegenheit, wurde geschmortes Schweinefleisch, Fisch grilliert und Kaninchenragout aufgetischt. Dazu gab es Papas Arrugadas, diese kleinen Schrumpfkartoffeln, und natürlich noch mehr Mojo. In den Gläsern funkelte ein kräftiger roter Listán Negro aus dem Weintal La Geria.

Fernando legte seine Serviette zur Seite und klopfte an sein Glas. Er musste das mehrmals wiederholen, bis alle über den lauten Stimmen und Gelächter merkten, dass er etwas zu sagen hatte.

In der entstandenen Ruhe begann Fernando: „Meine Lieben, wir sind hier glücklich zusammen, nachdem wir eine schreckliche Woche erleben mussten. Es geht uns gut, ja hervorragend, und deshalb sollten wir uns auch etwas nachdenklich all den Fakten stellen."

Er nickte in Richtung des Polizisten. „Inspector Sanchez hat einen großen Teil zur Beendigung der Geschichte beigetragen. Bitte unterbrechen Sie mich Señor, wenn ich etwas Falsches behaupte.

Danilo Gasser wurde nach seiner Flucht von der Finca Magdalena, am frühen Morgen im Weinberg unterhalb des Hauses gefunden. Er war von einer der Trockenmauern gestürzt und hatte sich das Bein gebrochen. Er war also unfähig seine Flucht fortzusetzen und konnte widerstandslos festgenommen werden. Er hat noch kein umfassendes Geständnis abgelegt, aber die Beweislage ist erdrückend. Ihm wird vorgeworfen: Entführung mit Tötungsabsicht, Menschenhandel und Widerstand mit Waffengewalt. Er wird definitiv hinter spanischen Gefängnismauern landen. Das gleiche widerfährt dem Skipper Sindy Nyasse. Er hat sich als Flüchtlingsschlepper zu verantworten und ist des Mordes an Christian Sonderegger angeklagt. Damit sind die Haupttäter gefasst, und die Gefahr ist vorbei.

Nun zu Edi. Er ist heute unter uns und verdankt diesen Umstand seiner offenen Bereitschaft zur Aussage. Er ist unter der Auflage frei, sich den Behörden zur Verfügung zu halten und darf vorerst das Land nicht verlassen. Durch seine Aussagen wissen wir heute, wie die ganze Geschichte zusammenhängt und wie sie angefangen hat.

Ein noch unbekannter Mittelsmann hatte den Besitzer der Finca Magdalena, also Ingrids Vater, kontaktiert. Er bat ihn um Hilfe bei der Rettung von Flüchtlingen, welche Lanzarote erreichen wollten. Obwohl der alte Herr die humanitäre Aufgabe befürwortete, fühlte er sich nicht in der Lage, diese zu übernehmen. Er war bereits im hohen Alter und seit langem nicht mehr auf die Insel gereist. Er übertrug deshalb diese Aufgabe seiner Tochter und deren Freund Christian, auch mit dem Gedanken, dass die Beiden das Weingut übernehmen und ihr gemeinsames Leben dort aufbauen könnten. Das junge Paar war begeistert und freute sich, dass sie ihren Teil an der Linderung der vielen Flüchtlingsdramen leisten durften. Dass sie dabei vielleicht bei nicht ganz legalen Immigrationen mithelfen würden, fanden sie ein vertretbares Abenteuer."

„Das war wohl richtig naiv von mir", murmelte Ingrid dazwischen.

Aber Fernando fuhr unbeirrt fort: „Na ja, aber leider war das Ganze von allem Anfang an ein riesiger Schwindel, sorgfältig geplant und organisiert von einem hohen Regierungsbeamten, einem gewissen José Manuel Vasquez. Dieser nutzte die Gutgläubigkeit der Schweizer schamlos aus.

Als Christian nach Lanzarote kam, kontaktierte er seinen langjährigen Freund Edi, der inzwischen in Arrecife wohnte. Auch dieser war bereit aktiv mitzuhelfen. Seine technischen Kenntnisse waren bei den geplanten Überfahrten von großem Wert, und dass die beiden Schweizer den Funkverkehr in einem unverständlichen Dialekt durchführen konnten, war geradezu genial.

Nach den ersten dieser Operationen merkte Christian bald einmal, dass es dabei nicht mehr um humanitäre Hilfe ging, und die Flüchtlinge keineswegs bedauernswerte Menschen waren, sondern alles junge kräftige Männer, die für einen bestimmten Zweck nach Spanien gebracht werden sollten. Noch wusste er nicht, was in diesem El Cabril geplant war, aber das alles war nicht in seinem Sinn. Bei einem Streit mit dem Skipper erschlug ihn dieser und warf ihn kurzerhand über Bord. Wie genau sich das abspielte, werden die weiteren Untersuchungen noch ergeben. Wie sich später herausstellte, befindet sich in El Cabril das spanische Endlager für atomaren Abfall, und die Männer aus dem Kongo waren dafür vorgesehen, diese Anlage zu bewirtschaften, was ja, wegen der Strahlengefahr, kein vernünftiger Mensch machen wollte. Das Ministerio de Energía y Minas wollte mit dieser Aktion ein langjähriges Problem lösen.

Der Beauftragte Vasquez ließ sich aber nicht beirren und schickte eine weitere Gruppe los. Und diese Nachricht geriet in die Hände von Danilo Gasser. Sie erhielt ein großzügiges Angebot, welchem er nicht widerstehen konnte. Er kam seinerseits nach Lanzarote und empfing die nächste Gruppe. Mittlerweile hatte auch Edi seine Zweifel an den Unternehmungen. Er versuchte, sich auf der

Finca Magdalena Gewissheit zu verschaffen, wurde dabei aber von meinem Sohn Pablo überrascht."

„Auah! Der hat vielleicht einen Schlag!", flachste Pablo und knuffte Edi in die Seite. „Ich hab ja nichts gegen eine richtige Prügelei, aber so, von hinten…"

„Es tut mir wirklich leid", entschuldigte sich Edi. „Ich bin so erschrocken, dass ich einfach nicht klar denken konnte."

„Ist ja schon gut. Ich war ja auch nicht gerade fair. Ich hatte dich lange Zeit falsch eingeschätzt."

Fernando nickte. „Ja, unser Edi war wirklich nicht einfach einzuordnen. Aber jetzt wissen wir, und auch die Polizei, dass er nichts Böses wollte. Seine Mithilfe am Menschenschmuggel war einfach dumm, so wie das anfangs auch für alle Anderen galt. Leider war lange Zeit nicht klar, was hinter dieser Aktion, ausgelöst durch die Masken, eigentlich beabsichtigt war. – Diese schwarzen Masken, die waren das ausgemachte Zeichen, dass eine Gruppe Flüchtlinge unterwegs war. Eine besondere Gruppe Flüchtlinge, wie wir heute wissen. Die Verantwortlichen für diese Ungeheuerlichkeiten werden wohl nie ans Licht kommen oder zur Rechenschaft gezogen werden, aber diese Menschen sind da, und die Maske ist wie ein doppelseitiges Symbol für deren Situation. Das gilt eigentlich für alle diese Leute, die nach Europa drängen. Einerseits, die Vorderseite ist deren Wunsch auf eine bessere Zukunft, auf Sicherheit und Wohlstand. Diese vordergründige Seite ist künstlich, glatt, schwarz und abweisend. Sie spiegelt das Neuartige, Unverstandene und Angsteinflößende wieder. – Aber hinter der Maske verdeckt, steckt eine menschliche Seele, die traurig, entwurzelt und heimatlos ist. Die Gedanken an die Familie, an ihr Land und an ihre Kultur sind wie nicht verheilte Narben, die immer weiter schmerzen.

Unsere drei Brüder, Jabari, Zahir und Ousainou, befinden sich genau in dieser Situation, und deshalb habe ich sie heute hierher eingeladen. Sie verstehen unsere Sprache kaum und haben keine Ahnung wie es weiter gehen soll. Sie kennen niemanden hier, haben keine Freunde, Arbeit oder Geld. Sie sitzen hier bei uns und sind eigentlich doch nicht da. Es ist nicht einmal sicher, ob ihnen unser Essen überhaupt schmeckt. Aber, es sind Menschen wie wir alle.

Es wurde entschieden, dass sie vorerst auf Lanzarote bleiben können. Sie werden ein ordentliches Asylverfahren durchlaufen, und wenn alles gut geht, bleiben können. – Ich meinerseits heiße sie herzlich willkommen."

Fernandos lange Rede hatte die Gesellschaft nachdenklich gestimmt. Ilona berührte liebevoll seinen Arm als er sich setzte und blickte ihm innig in die Augen. Pablo und Ingrid hielten sich an den Händen, und Carmen wischte sich verstohlen die Augen.

Es dauerte noch eine ganze Weile bis der Nachtisch gebracht wurde. Inzwischen flackerten die verstummten Gespräche wieder auf und, wohl dem Genuss von Wein zu verdanken, kam die Fröhlichkeit wieder zurück.

Auf einmal sahen sie, wie sich einer der drei Schwarzen zögernd erhob und verlegen um sich blickte. Die Stimmen erstarben.

Zahir stockte, dann sagte leise: „Gracias Mister Fernando. Gracias für alles.

Epilog

Lanzarote, die östlichste Insel der Kanaren, vermittelt dem Besucher einen ganz besonderen ersten Eindruck. Sie empfängt ihn mit den Silhouetten kahler Vulkankegel, blendend weißen Dörfern und steinigen, trockenen unbestellten Feldern. Die Küsten sind meist felsig und schroff, und der Atlantik donnert oft tosend dagegen. Die Strände sind häufig mit schwarzem Sand bedeckt, und weiter im Inneren erstarren weite Flächen unter schwarzer, erloschener Lava. Ein steifer, stetiger Wind bläst meist von Nordosten her über die Insel.

Dieser erste Anschein verfliegt aber schnell, sobald man etwas näher hinschaut. Lanzarote vermittelt eine außergewöhnliche Schöpfungskraft der Elemente, Wasser, Erde, Feuer und Himmel. Es ist, wie wenn die Eruptionen, das Feuer, erst vor kurzem die Insel geschaffen hätten und sich die Natur langsam wieder entfalten würde. Plötzlich entdeckt man Flechten, kleine Pflanzen und Kakteen, wie aus dem Nichts. Der spärliche Regen, das Wasser, verwandelt die Erde in wenigen Tagen in ein Blumenmeer, welches einmalig in ihre Farbenpracht leuchtet. Die fliegenden weißen Wolken fegen über die Hügel und Vulkane und lassen, in einem Tanz von Licht und Schatten, die Schöpfung in seiner ganzen Pracht erkennen. Wer einen der Berge besteigt und von oben über die ganze Insel blickt, vom weiten Ozean umgeben, der merkt plötzlich, wie nahe der Himmel doch ist. Der Mensch wird bescheiden und dankbar für diese herrliche Schöpfung Gottes.

Die Lanzaroteños leben ein einfaches Dasein. Es ist überliefert, dass die Ureinwohner der Insel, die 'Guanchen', von den Berbern aus Nordafrika abstammen. Spanische Kolonialkriege haben dieser Ethnie aber keine Chance gelassen, so dass heute nur noch einige wenige Überreste dieser Kultur vorhanden sind. Afrika liegt aber nur knappe hundert Kilometer über dem Meer entfernt und hat, neben Spanien, immer noch einen großen Einfluss auf die Insel.

Die Hauptfigur dieses Romans, Comisario Fernando, passt bestens in diese Umgebung, und die erdachte Geschichte über die Flüchtlinge ist für Lanzarote keinesfalls fremd. Wegen der Nähe zum afrikanischen Kontinent wagen viele Menschen von dort die Fahrt über das Meer und setzen damit ihr Leben aufs Spiel. Es ist deshalb nicht verwunderlich, dass unter der Bevölkerung der Insel immer mehr Leute mit westafrikanischen Wurzeln weilen.

Es herrscht auf Lanzarote also ein buntes Völkergemisch, und nur ganz wenige können sich wirklich Einheimische nennen. Erstaunlicherweise werden in diesem Roman auch einige Schweizer beschrieben. In Realität fehlt diese Nationalität auf der Insel aber fast vollständig. Nun ja, die Erwähnung dieser Landsleute im Roman ist wahrscheinlich dem Umstande zuzuschreiben, dass der Autor selber ein Schweizer ist.